Sarah Mason

Wie Hund und Katz

Roman

Aus dem Englischen von
Margarethe von Pée

BLANVALET

Die Originalausgabe erschien 2002 unter dem Titel
»Playing James« bei Time Warner Books, UK, London.

Umwelthinweis:
Alle bedruckten Materialien dieses Taschenbuches
sind chlorfrei und umweltschonend.

Blanvalet Taschenbücher erscheinen im
Goldmann Verlag, einem Unternehmen der
Verlagsgruppe Random House GmbH.

2. Auflage
Taschenbuchausgabe September 2003

Umschlaggestaltung: Design Team München
Umschlagfoto: Zefa/Peisl
Satz: Buch-Werkstatt GmbH, Bad Aibling
Druck: Elsnerdruck, Berlin
Verlagsnummer: 35765
Lektorat: Maria Dürig
Redaktion: Petra Zimmermann
Made in Germany
ISBN 3-442-35765-9
www.blanvalet-verlag.de

– 1 –

Hallo, Notfallambulanz?«

»Hallo? Ist dort die Notfallambulanz?« Denken Sie jetzt bitte nicht, ich sei blöd, ich weiß, dass die Frau Notfallambulanz gesagt hat. Ich wollte mich nur noch mal vergewissern, um ganz sicherzugehen. Das hätten Sie in meiner Lage auch gemacht.

»Ja, hier ist die Notfallambulanz. Was kann ich für Sie tun?«

»Ich habe ein Problem.«

»Was für ein Problem?«

»Ich habe ein Kondom, das feststeckt.«

»Wo feststeckt?«, fragt sie höflich.

Finster blicke ich den Telefonhörer an. Wer ist hier blöd? »In meiner, äh … meiner, äh …«, panisch suche ich nach dem passenden medizinischen Ausdruck, »… wie nennt man das gleich?«

»Vagina?«, fragt sie.

Ich zucke zusammen, weil sie das Wort so unverblümt ausspricht. »Ja. Genau.«

»Bleiben Sie dran«, sagt sie sachlich.

Bleiben Sie dran? BLEIBEN SIE DRAN?? Genau das ist ja das verdammte Problem. DRANBLEIBEN. Es geht hier nicht ums Dranbleiben, es geht ums Loswerden.

Eigentlich sollte ich an dieser Stelle etwas erklären. Bei mir steckt gar kein Kondom fest. Nirgendwo. Absolut nicht. Das wüsste ich.

Weshalb rufe ich dann in der Notfallambulanz an? Na

ja, *irgendwie* stimmt es natürlich schon. Es ist nur nicht bei mir, sondern bei Lizzie, meiner besten Freundin, die mir auf dem Sofa gegenübersitzt und meine Küchenrollen für ihre Tränenfluten verbraucht.

»Ich bleibe dran!«, erwidere ich heiter. Ich überlege, ob ich Lizzie nicht am besten sage, sie soll sich entspannen und dann rutscht das Kondom schon von alleine heraus, aber ich entscheide mich dagegen. Man sollte meinen, im hohen Alter von sechsundzwanzig sei man aus dieser Art von Dramen herausgewachsen und habe eher mit den Dramen à la »Die-Schuhe-der-Brautjungfern-passen-nicht-zum-Kleid« zu tun.

Missverstehen Sie mich nicht, mir ist das eigentlich egal, aber ich hatte schon etwas anderes erwartet. Zumindest ist es eine gute Entschuldigung, um morgens um neun schon Jaffa-Kekse zu essen und beruhigenden Brandy zu trinken.

Die arme Lizzie war völlig außer sich, als sie vor meiner Tür stand. Ich dachte, irgendetwas Grauenerregendes sei passiert. Offenbar ist die Situation aber wirklich nicht so toll. Der arme Ben, mein außergewöhnlicher Freund, wurde so schnell zur Tür rausgeschoben, dass er noch den Löffel in der Hand hielt, mit dem er morgens sein Müsli isst.

Ich will jetzt nicht ins Detail gehen, weil Sie sich vermutlich denken können, was passiert ist. Lizzys Freund, den sie seit sechs Monaten hat, Alastair, ist in der Zwischenzeit ins Büro gefahren und hat eine wichtige Sitzung vorgeschoben, sodass es mir überlassen bleibt, die Dinge in Ordnung zu bringen. Ich habe es nicht übers Herz gebracht, sie selber in der Notfallambulanz anrufen zu lassen, und da darf es mir auch nichts ausmachen, wenn ich so tun muss, als sei es mir geschehen.

Lizzie und ich sind in Cornwall aufgewachsen und die besten Freundinnen, seit wir dreizehn sind. Bei Lizzies Familie lagen überall Zierdeckchen herum und es gab tolles Abendessen. Ganz anders als bei mir zu Hause, wo kein Teller zum anderen passt und die Hunde überall herumsabbern.

Wahrscheinlich liebten wir unsere Familien gegenseitig, weil sie so unterschiedlich waren. Ich jedenfalls genoss die gemütliche Atmosphäre in Lizzies Elternhaus und sie liebte das Chaos bei mir zu Hause. Wir saßen auf der Treppe, aßen Äpfel und beobachteten alle (ich habe drei Brüder und eine Schwester zu bieten). Ich schnalzte mit der Zunge und verdrehte die Augen, sie dagegen saß leicht vorgebeugt da und sog gierig die Atmosphäre ein.

Es wäre viel leichter gewesen, wenn das Kondom wirklich mein Problem gewesen wäre und nicht Lizzies, weil ich mit Krisen effektiv besser umgehen kann. Ich meine, wie viele Familien haben schon die Nummer der Notfallambulanz in der Kurzwahlliste gespeichert? Bei mir steht sie an sechster Stelle, nach Tante Pegs und vor Katherine, der ersten Frau meines Vaters. Sie und mein Vater kommen gut miteinander aus. Katherine und meine Mutter sind die besten Freundinnen und ich schicke ihr jedes Jahr zu Weihnachten eine Karte.

Die Dame von der Notfallambulanz meldet sich wieder. Ich hoffe aufrichtig, dass sie in der Zwischenzeit mit einem erfahrenen Arzt gesprochen hat und nicht ins Schwesternzimmer gerauscht ist und geschrien hat: »Hört mal alle her! Ich hab hier 'ne tolle Geschichte!«

»Hallo?«

»Hallo!«, antworte ich gefasst.

»Ich habe mit einer der Schwestern geredet …«

»Jaaa …?«, sage ich ermutigend, wobei ich unwillkürlich ihren Tonfall imitiere.

»Sie hat gemeint, Sie sollen sofort herkommen, damit es hier entfernt werden kann.«

»Vielen herzlichen Dank. Das werde ich tun.« Dankbar lege ich auf. Wenigstens hat sie mir keinen Entfernungskurs am Telefon verpasst. Ich hatte mich nämlich schon gefragt, wie Lizzie und ich damit wohl umgehen sollten.

Lizzie blinzelt mich fragend an. »Wir müssen da hin, Liz«, informiere ich sie.

Sie vergräbt ihr Gesicht in den Händen und bricht erneut in Tränen aus. Ich tätschele ihr erfolglos die Schulter und sage schließlich: »Liz, ist alles in Ordnung? Willst du nicht dahin?«

Okay, okay, blöde Frage, aber irgendwo müssen wir ja anfangen. Es sieht allerdings nicht so aus, als wolle sie in die Notfallambulanz.

»Am … am Ende treffe ich da jemanden.« Ihre Schultern beben.

»Braves Mädchen, Liz! So ist es richtig! Es geht nichts über einen neuen Mann, wenn man den letzten vergessen will.« Ich springe auf und ergreife meine Tasche. Lizzie hört auf zu schluchzen und fixiert mich finster. Ich setze mich wieder.

»Oh, tut mir Leid.« Ich beiße mir in die Wange, um ein Kichern zu unterdrücken, und stiere auf meine Schuhe.

»Wenn meine Mutter das herausfindet, verzeiht sie mir nie.«

Ich rolle mit den Augen. »Wie soll sie es denn herausfinden? Du meine Güte, sie lebt in Cornwall!«

»Und wenn uns jemand sieht oder belauscht und es ihr erzählt?«

»Wer denn?«

Lizzie starrt mich verheult an. Ich seufze. »Oh.« Wir sind in Cornwall mit einem Mädchen namens Teresa in die Schule gegangen, die jetzt hier in Bristol wohnt und leider als Freiwillige im Krankenhaus arbeitet. Sie tut immer so schrecklich christlich und trägt überall diese kleinen Fischsymbole an sich, aber im Grunde ist sie eine der grässlichsten Personen, denen ich jemals begegnet bin. Auf der Schule war Teresas einziges Ziel, uns so oft wie möglich anzuschwärzen, was ihr auch regelmäßig gelungen ist. Wenn jemand die Geschichte Lizzies Mutter erzählen würde, dann bestimmt Teresa, die heilige Kuh, und wahrscheinlich würde ihr das orgiastische Genugtuung bereiten.

»Wir melden dich unter meinem Namen an. Meine Eltern erfahren bestimmt nichts davon.« Außerdem würde es ihnen nichts ausmachen. Meine Mutter würde es vermutlich sowieso falsch verstehen, meine Geschwister würden mir lediglich zuzwinkern, wenn ich ihnen irgendwo begegne, und so was sagen wie »Aparte Entsorgung«. Und mein Vater? Mein Vater würde nicht mal von seiner Zeitung aufblicken.

»Sagt Alastair im Büro Bescheid, dass du ins Krankenhaus gefahren bist?«

Lizzie arbeitet mit Alastair zusammen. Eigentlich ist er ihr Chef. Sie nickt kläglich.

»Macht es dir was aus, wenn wir an der Redaktion vorbeifahren? Sie liegt auf dem Weg und ich sollte ihnen besser sagen, wo ich bin. Das kann Stunden dauern in der Notfallambulanz.«

»Du sagst ihnen aber nicht, warum du da hinfährst, oder?«

»Lizzie, ich mag ja Reporterin sein, aber mein zweiter Name ist Diskretion.«

Ich führe Lizzie vorsichtig am Ellbogen aus meiner Wohnung. Sie geht ein bisschen o-beinig, ein Ferkel könnte sie jetzt nicht fangen, wie man so sagt. Ruckartig bleiben wir stehen.

»Na los!«, dränge ich und schiebe sie in Richtung Auto, für den Fall, dass sie erneut kalte Füße kriegt. Sie blickt mich finster an.

»Was ist?«

»Ich bin weder krank noch eine hilfsbedürftige alte Frau noch bin ich schwanger! Lass bitte meinen Arm los!« Steht sie jetzt unter Drogen? Gehorsam lasse ich ihren Arm fallen und wir bewegen uns im Schneckentempo auf mein Auto zu. Ab und zu schauen wir uns beide in der vergeblichen Hoffnung um, dass das Kondom sich vielleicht von selbst gelöst haben könnte und auf dem Pflaster liegt. So viel Glück haben wir aber nicht. Na ja, egal. Ich fahre gerne in die Notfallambulanz. Ich liebe das Drama.

Lizzie tut sich schwer, in mein Auto einzusteigen, aber das geht allen so, es ist halt nicht ganz einfach. Es gibt nur zwei Arten, in einen MG einzusteigen, die elegante Art oder meine. Die elegante Art ist das, was Sie von den Filmstars kennen, wenn sie zur Oscar-Verleihung vorfahren. Um einzusteigen, schiebt man zuerst seinen Hintern hinein und zieht dann die Beine nach. Beim Aussteigen ist es genau umgekehrt. Man schwingt zuerst die Beine heraus und zieht dann den Hintern nach. Ich steige ein, indem ich alles, außer den Hintern, zuerst im Auto verstaue, und wenn ich mich dann eingerichtet habe, kann der Hintern folgen. Wenn ich aussteigen will, falle ich einfach auf den Bürgersteig.

Ich nenne mein Auto Tristan. Ich weiß, dass es total blöd ist, toten Gegenständen Namen zu geben, aber er hat so viel Charakter und Eigenheiten, dass er sicher noch unzuverlässiger wäre, wenn ich ihm keinen Namen gegeben hätte.

Ich bete dieses Mal zu Allah, dass Tristan mich nicht im Stich lässt (Gott war beim letzten Mal nicht besonders gnädig) und anspringt. Ich halte die Luft an, als ich den Motor anlasse, und atme erst wieder aus, als er zündet. Entspannen kann ich mich jedoch noch nicht, weil Tristan ohne jeden Grund jederzeit wieder stehen bleiben kann. Ich habe manch fröhlichen Abend mit der Polizei am Randstreifen der Straße nach Cornwall verbracht und darauf gewartet, dass der Abschleppdienst kam. Weil ich eine einsame Frau bin, hat die Polizei die Pflicht, sofort zu kommen und mir schützend Gesellschaft zu leisten. Auf diesem Streckenabschnitt kenne ich mittlerweile alle Jungs ziemlich gut und sie schummeln alle entsetzlich beim Gin Rummy. Ich glaube, es täte mir Leid, sie nicht mehr zu treffen, weil a) Tristan anfängt, sich gut zu benehmen, oder ich ihn b) durch einen verlässlichen Volvo namens Brian ersetzen würde.

Lizzie deutet das Funkeln in meinen Augen korrekt und schnallt sich an. Sie stemmt beide Füße fest auf den Boden und hält sich fest, während ich begeistert ausnutze, dass wir ein »Notfall« sind und endlich einen Vorwand habe, um zu brettern wie ein Rennfahrer. Wir hüpfen über Geschwindigkeitsbarrieren, fahren falsch herum durch den Kreisverkehr und hupen und winken.

Zehn Minuten und einige Fast-Unfälle später halte ich mit kreischenden Bremsen vor dem Zeitungsgebäude und rase durch die Eingangstür der *Bristol Gazette*. Ich kämpfe mich durch die üppigen Pflanzen in der Halle zum Aufzug durch, wobei ich einem der Sicherheitsbeamten, die sowieso nur aus dekorativen Gründen dort herumlungern, zuwinke.

Die Aufzugtüren gehen im dritten Stock auf, wo das Feuilleton ist, und ich schwenke gleich nach links zum Büro des Chefredakteurs. Ich klopfe und ein bellendes »Herein« erschallt.

Joseph Heesman sitzt da wie üblich, als ich eintrete. Er hat die Füße auf dem Schreibtisch (Klischee eines Chefredakteurs, aber leider nur zu wahr), sein greller Schlips hängt auf Halbmast, weil er offenbar angestrengt versucht abzuhauen, denn er ist mit einem leuchtend türkisfarbenen Hemd kombiniert. Joe telefoniert und raucht gerade die mindestens zehnte Zigarette des Tages. Er ist ein Riese von einem Mann und man legt sich besser nicht mit ihm an. Seine Jovialität kann in Sekundenschnelle in Wut umschlagen, nur weil man sagt: »Aber *ich* dachte …«

Er legt den Hörer auf. »Holly, dauert es lange? Wir haben heute ein paar Probleme.«

»Meine Freundin muss ins Krankenhaus wegen … wegen, äh … aus einem bestimmten Grund und ich muss sie unbedingt begleiten.«

Er nimmt die Zigarette aus dem Mund und legt sie auf dem Kaffeebecher ab. Misstrauisch kneift er die Augen zusammen.

»Was fehlt ihr denn?«

»Was ihr fehlt?«

»Ja, was ihr fehlt.«

»Was ihr fehlt?«

»Holly! Hör auf, dich wie ein geistesschwacher Papagei anzustellen, und sag mir, was ihr fehlt. Sie muss ja vermutlich ins Krankenhaus, weil ihr etwas fehlt.«

»Natürlich hat sie was«, erwidere ich gepresst. Die Situation ist mir unbehaglich. Ich wünsche, ich hätte meine Zeit konstruktiver verbracht und mir rechtzeitig was ausgedacht.

»Es geht doch nicht etwa um dich? Gibt es die Freundin wirklich?«

Sehen Sie? Das mit Freunden glaubt einem nie jemand. »Ja, natürlich. Es ist Lizzie, sie sitzt unten im Auto«, erwidere ich empört.

»Gut. Und was fehlt ihr?«

»Es … äh … ach, eine Frauengeschichte«, stottere ich ausweichend. Das stimmt ja auch in etwa.

Glücklicherweise wirkt das bei Joe sofort. Müde wedelt er mich weg, als ob er auf verlorenem Posten stünde. »Sieh zu, dass es nicht so lange dauert«, sagt er resigniert.

»Danke, Joe.«

Ich habe meine Hand schon an der Türklinke, als er mich mit einer Frage zurückhält.

»Sagtest du, du fährst ins Krankenhaus?«

Ich blinzele nervös. Will er mich reinlegen oder was? »Ins Krankenhaus. Ja.«

Hektisch durchwühlt er einen Stapel Papiere vor sich. »Wenn du schon mal da bist, könntest du dich um eine Story kümmern.«

»Um was geht es?«, frage ich interessiert und trete wieder an seinen Schreibtisch.

»Ein Verdächtiger in einem Betrugsfall wollte flitzen und hat einen Autounfall gehabt. Die Polizei ist gerade da und wartet darauf, dass er behandelt wird.«

»Sollte dann Pete nicht besser hinfahren?« Der selbstgefällige Pete ist der Gerichtsreporter der Zeitung und deshalb ist das sein Ressort.

»Pete ist wegen einer anderen Sache unterwegs.«

»Na gut!«, erwidere ich eifrig. Gerichtsreporter ist zwar keine besonders geschätzte Position, weil unsere Beziehung zur Polizei kaum als ideal zu bezeichnen ist. Aber ich stehe an unterster Stelle in der Hierarchie der Feature-

Abteilung, deshalb bekomme ich äußerst selten eine eigene Story. Ich greife mir einen Notizblock und die Kurzbeschreibung und rase zu Tristan und Lizzie, bevor Joe seine Meinung ändert. Alles ist im Moment eine willkommene Abwechslung.

»Ich muss eine Story machen«, keuche ich, als ich ein paar Minuten später alle meine Gliedmaßen ins Auto stopfe.

»Häh?«

»Eine Story im Krankenhaus. Joe möchte, dass ich mich darum kümmere, nachdem ich schon mal da bin.« Ich greife nach meinem Gurt und lasse gleichzeitig den Motor an.

»Holly! Du sollst bei *mir* bleiben!«

»Das tu ich doch auch. Es ist nur eine ganz winzige Story.«

Ich fahre in halsbrecherischem Tempo los und rase durch die Straßen der Stadt. Viel zu schnell gelangen wir an unser Ziel und sehen auch prompt einen Parkplatz, den ich einem BMW wegschnappe.

»Puh!«, rufe ich atemlos aus. »Das hat Spaß gemacht, was?«

»Du hättest mich genauso gut bei den Knöcheln packen und durchschütteln können«, murrt Lizzie.

»Wir mussten doch so schnell wie möglich hier sein, Lizzie! Schließlich hättest du an toxischem Schock oder so sterben können!«

»Anstatt an ganz normalem Schock, was?«, giftet sie und klettert aus dem Wagen.

Ich schlendere zur Aufnahme, während Lizzie verbissen hinter mir herhumpelt. Vor uns steht ein kleiner Junge mit seiner Mutter. Der Junge hat einen Plastikdinosaurier verschluckt und das offenbar schon zum dritten Mal in dieser Woche. Zuerst ein Stegosaurus, dann ein Raptor und schließlich jetzt ein Tyrannosaurus. Lizzie und ich warten geduldig, während die Frau an der Aufnahme alles peinlich genau notiert.

Nervös blickt Lizzie sich nach Spionen wie zum Beispiel Möchtegern-Wohltätern namens Teresa um und auch ich habe genügend Zeit, mich umzusehen, während »Tyrannosaurus« buchstabiert wird. Seit ich das letzte Mal hier in der Notfallambulanz war, hat sich nicht viel geändert. Ich bin oft hier. Das letzte Mal, weil ich mir mit einem Tennisschläger ins Gesicht gehauen hatte und mit sechs Stichen an der Augenbraue genäht werden musste. Wegen meiner heftig blutenden Wunde hatte ich mich damals ganz vorne an der Aufnahme anstellen dürfen.

Ein zusätzlicher Bonus war noch, dass der Arzt, der mich behandelte, ab-so-lut umwerfend war. Er sah aus wie George Clooney und ich vergaß fast, weswegen ich eigentlich da war, bis ich seinen hübschen, weißen Kittel voll kleckerte. Es war schwer, meinen natürlichen Charme unter den Sturzbächen von Blut zu erkennen, also versuchte ich, seine Aufmerksamkeit auf meine Füße zu lenken, die mein zweitbestes Körperteil sind (so hat man mir jedenfalls gesagt). Ich glaube allerdings nicht, dass sie ihm wirklich auffielen, denn als ich ihm anbot, mir die Turnschuhe auszuziehen, meinte er, das sei nicht nötig. Ich kann mich noch gut an seinen Namen erinnern. Dr. Kirkpatrick. Ich finde, das ist ein absolut großartiger Name, und damals hätte es mir gut gefallen, Mrs Kirkpatrick zu werden, aber jetzt kann davon natürlich nicht mehr die Rede sein, weil ich Ben liebe und auch vorhabe, dabei zu bleiben.

Endlich wird der Schrecken aller Dinosaurier von seiner Mutter weggeführt und Lizzie und ich treten vor.

»Hallo!«, begrüße ich die Dame an der Aufnahme vergnügt.

»Was kann ich für Sie tun?«

»Ich habe eben angerufen und mir wurde geraten, hierher zu kommen. Ich habe ein etwas delikates Problem.«

Fragend zieht die Dame die Augenbrauen hoch und schürzt ihre pinkfarben angemalten Lippen, also fahre ich im Flüsterton fort.

»Ein Kondom steckt in mir fest.« Wir blicken einander eine Sekunde lang an. Sie sieht so aus, als hätte sie ihre Lippen verschluckt, und dann reicht sie mir ein Formular und bittet mich, es auszufüllen. Das tue ich und danach gehen Lizzie und ich ins Wartezimmer und setzen uns.

Ich tätschele Lizzies Knie. Das arme Ding sieht ein bisschen angespannt aus.

»Siehst du?«, flüstere ich. »Das war ganz einfach.«

»Wenn ich aufgerufen werde, kommst du dann mit?«

Ich schaue mich rasch um und sehe zwei offiziell aussehende Typen, die in der Ecke miteinander reden. Das könnten die Polizisten in dem Betrugsfall sein. »Eigentlich muss ich gehen und mich um meine Geschichte kümmern«, sage ich.

»Bitte!« Sie sieht mich aus flehenden Hundeaugen an.

Ich seufze. »Na gut. Aber ich glaube, das sind die Polizisten da drüben. Ich gehe nur mal schnell hin und stelle ihnen ein paar Fragen. Ich komme gleich wieder. Die Dinosaurier dauern mindestens zehn Minuten.« Und mit diesen Worten eile ich zu ihnen hinüber.

»Hallo!«, mache ich mich bei den Männern bemerkbar. Beide tragen Krawatten und Hemden mit aufgerollten Ärmeln, aber keine Jacketts. Derjenige, dem ich gegenüberstehe, lächelt träge. Er sieht ganz nett aus, mit dicken, dunklen Haaren. Der andere dreht sich jetzt um. Die grünsten Augen, die ich je gesehen habe, mustern mich misstrauisch. Die grünen Augen gehören zu dem Kopf eines attraktiven jungen Mannes und der Kopf sitzt auf einem absolut nicht zu verachtenden Körper.

Irgendwie überrascht mich das. »Ja?«, raunzt er mich an.

»Äh …«

»Nun?«

»Sind Sie Polizeibeamte?«

»Wollen Sie eine Anzeige erstatten?«, fragt er missmutig.

Tapfer sage ich: »Ich habe gehört, einer Ihrer Verdächtigen aus dem Stacey-Betrugsfall war in einen Autounfall verwickelt?«

»Ach ja? Das haben Sie gehört? Von welcher Zeitung sind Sie?«

»*Bristol Gazette.*«

»Und was wollen Sie wissen?«

»Alles, was Sie mir sagen können.«

»Reden Sie mit unserer Pressestelle. Sie geben eine Pressemitteilung heraus.«

»Ist denn der Verdächtige schwer verletzt? Wollten Sie ihn gerade verhaften? Haben Sie in Verbindung mit dem Fall irgendjemand anderen verhaftet? Oder …«

Er unterbricht mich. »Wie heißen Sie?« Ich wünsche mir langsam, die Manieren von Grünauge wären so gut wie sein Aussehen.

»Holly Colshannon.«

»Nun, Holly Colshannon, so hartnäckig Sie auch sein mögen, Sie müssen auf die Pressemitteilung warten«, sagt er grimmig und schiebt mich an den Ellbogen Richtung Aufnahme.

»Das können Sie nicht tun!«, protestiere ich. Lizzie

sieht uns entsetzt zu. Er antwortet gar nicht. Mein Gott, dieser Mann hat den Charme einer Cruise-Missile.

»Lassen Sie diese junge Dame bitte nicht wieder hinein«, befiehlt er der Dame am Schalter.

Die Dame sieht mich an. »Aber sie wird hier behandelt, Officer.«

»Ja! Ich werde hier behandelt, Officer«, wiederhole ich empört.

»Ach, tatsächlich?« Er lässt meinen Ellbogen los und betrachtet mich von oben bis unten. »Und was fehlt ihr? Meiner Meinung nach sieht sie bemerkenswert gesund aus.«

O Shit. Die Dame und ich zögern.

»Nun?«

»Das ist, äh, persönlich.«

»Was für ein Zufall, was? Zufällig brauchen Sie gerade jetzt eine Behandlung, wo einer der Verdächtigen von der Story, die Sie schreiben müssen, auch eingeliefert worden ist!«

»Nun, es tut mir ja schrecklich Leid, dass ich ein solcher Zufall bin«, sage ich in meinem sarkastischsten Ton.

»Holly?«, unterbricht uns Lizzie. »Sie rufen dich auf.« Mit weit aufgerissenen Augen und zusammengebissenen Zähnen winkt sie mir mit dem Kopf.

»Entschuldigen Sie mich, Officer. Ich muss jetzt zu meiner Behandlung.« Mit hocherhobenem Haupt marschiere ich zu Lizzie.

»Diese schweineköpfige, gemeine Ratte«, flüstere ich Lizzie wütend zu, als wir der Krankenschwester durch die Flure folgen.

»Äh, Holly?«

»Schlecht gelaunter, hässlicher, widerlicher Wurm …«

»Holly?«

»Stinkender, Ekel erregender, verächtlicher …«

»HOLLY!«

Ich zucke zusammen. »Was ist?«

»Würdest du dich jetzt bitte mal für eine Sekunde auf mich konzentrieren?«

»Ja, klar, Lizzie.« Ich reibe ihr tröstend über den Arm. »Schließlich sind wir ja deinetwegen hier. Weißt du«, fahre ich fort, »dass er die arme Frau praktisch beschuldigt hat …«

»HOLLY! HÖR AUF!«

»Klar, Entschuldigung. Ich bin hundertprozentig bei dir.«

Wir folgen der Schwester zu einem Bett, um das sie einen Vorhang zieht. Sie sagt, der Arzt werde gleich kommen. Wir warten ein paar Sekunden und ich grübele vor mich hin.

Schließlich sage ich: »Lizzie, hast du was dagegen, wenn ich mich ein bisschen umschaue, ob der verletzte Typ hier irgendwo liegt? Ich kann die Vorstellung nicht ertragen, dass der schleimige Kerl da draußen mich ausgebootet hat. Ich bin sofort wieder da …« Lizzie macht eine ungeduldige Geste und ich schlüpfe auf den Gang der Station.

Angestrengt überlege ich mir, wie ich den Typen überhaupt finden soll. Ich weiß ja noch nicht mal seinen Namen oder in was für einen Unfall er verwickelt war. Wie angewurzelt bleibe ich stehen, als ich in einer Ecke jemanden erspähe.

Es ist ein altmodischer englischer Bobby in seiner schwarzweißen Uniform und er wirkt wesentlich freundlicher als sein Kollege in Zivil. Er sitzt vor einem von Vorhängen umgebenen Bett und trinkt Tee. Ich unterdrücke das Verlangen, quietschend vor Freude auf ihn zuzuhechten, und schreite stattdessen majestätisch auf ihn zu.

Zehn Minuten später verfüge ich über alle Informationen, die ich für eine exzellente Story brauche. Leider muss ich das Gespräch abrupt abbrechen, weil mein grünäugiger Freund in mein Blickfeld gerät, und seinem Gesichtsausdruck nach zu schließen, hat er mich ebenfalls gesehen. Rasch verschwinde ich durch eine Gangtür hinter mir und renne breit grinsend zu Lizzie zurück.

»Lizzie«, rufe ich durch die Vorhänge, »bist du informationsbereit?«

»Ja, Holly.«

Ich stecke den Kopf durch die Abtrennung, hinter der Lizzie mit finsterer Miene auf der Bettkante sitzt. »Na, war der Arzt schon da?«

»Nein.«

Bevor ich ihr von meinem Erfolg berichten kann, wird der Vorhang beiseite gezogen und eine Krankenschwester fragt: »Wer von Ihnen ist Holly Colshannon?«

»Ich«, sage ich automatisch.

Sie zeigt auf mich und sagt zu einer Person, die näher tritt: »Das ist die Patientin.« Der tolle Dr. Kirkpatrick steht vor uns.

Noch nie in meinem ganzen Leben habe ich mich in einer so peinlichen Lage befunden. Die emotionalen Wunden der letzten Stunde werden mich noch lange begleiten und wahrscheinlich kann ich nie wieder Sex haben, ohne nicht mindestens ein Jahr lang in Therapie gewesen zu sein.

Dr. Kirkpatrick sieht immer noch toll aus. Ich weiß, ich habe gesagt, dass ich Ben liebe, und das stimmt auch, aber deswegen kann ich ja trotzdem andere Leute bewundern und darauf bedacht sein, dass sie eine gute Meinung von mir haben. Leider werden Dr. Kirkpatricks gute Meinung und ich uns niemals begegnen. Das Erste, was er sagt, ist: »Sie waren schon einmal hier, nicht wahr? Ich habe Ihren Namen wiedererkannt.«

Verflixt und zugenäht. Die Schwester sieht mich merkwürdig an, so als hätte ich ständig Kondome in mir stecken.

Ich laufe hellrot an und bringe keinen Pieps heraus.

»Das braucht Ihnen nicht peinlich zu sein. Ziehen Sie Ihren Slip aus und legen Sie sich aufs Bett.«

Grr! Ich wäre am liebsten im Boden versunken! Das ist so schrecklich peinlich! Und was tut meine beste Freundin? Sehr gute Frage. Anscheinend ist sie auch total erschlagen von seiner Schönheit und noch nicht bereit, sich in ihre missliche Lage zu ergeben.

Sie hat noch keinen Ton von sich gegeben. Ich funkele sie so böse an, dass ich fast erwarte, ihre Haare würden in Flammen aufgehen. Unsere Freundschaft hängt in diesem Moment an einem seidenen Faden. Sie weiß genau, was ich mit meinem Blick sagen will. Ich will damit ganz bestimmt nicht ausdrücken: »Könntest du mir bitte helfen, aufs Bett zu steigen?«, sondern ich kreische sozusagen: »JETZT SAG ENDLICH, DASS DU ES BIST!«

Es wird immer schlimmer. Zwischen der Schwester und mir entspinnt sich so etwas wie ein Handgemenge, weil sie versucht, mich aufs Bett zu drücken. »Jetzt kommen Sie schon, der Doktor hat nicht den ganzen Tag Zeit.«

Da endlich finde ich meine Stimme wieder. Mit hochrotem Gesicht stoße ich hervor: »Lizzie, jetzt sag's ihnen endlich!« Im selben Moment kommt Lizzie wieder zu Bewusstsein und erklärt ihnen, sie habe das Problem und nicht ich. Ich sinke völlig erschöpft auf den Stuhl neben dem Bett. Es passiert einem nicht jeden Tag, dass eine übereifrige Krankenschwester an deinem Höschen zerrt.

Die Schwester hält uns daraufhin einen Vortrag über schlechte Scherze und darüber, dass wir kostbare Krankenhauszeit verschwendeten. Der süße Dr. Kirkpatrick eilt geschäftig hin und her. Wahrscheinlich hat er einen solchen Tumult nicht mehr erlebt, seit ich das letzte Mal hier gewesen bin, und ich bin sicher, dass ich das Thema des Tages im Schwesternzimmer sein werde. Ich kann es förmlich hören. »Weißt du noch, als ...« Und dann herzhaftes Gelächter.

Ab und zu tätschelt er einer erneut weinenden Lizzie den Arm und sagt: »Es ist nicht so schlimm.«

Ich hätte am liebsten gebrüllt: »Im Gegenteil, Monsieur le Docteur, es *ist* so schlimm. Und hören Sie auf, sie zu tätscheln, sie verdient es nicht!«

Aber das wäre wahrscheinlich wenig mitfühlend gewesen. Ich werde wohl nie erfahren, warum es mir darauf ankam, in Dr. Kirkpatricks Anwesenheit mitfühlend zu wirken.

Es tut mir Leid, aber ich kann jetzt nicht mehr darüber reden. Es ist zehn Uhr morgens und ich habe bereits einen Zusammenstoß mit einem Polizeibeamten in Zivil gehabt und wurde von einer Krankenschwester angegriffen, die glaubte, ich würde spaßeshalber ein Kondom in mir tragen.

Schmeiß die Jaffa-Kekse weg. Ich trinke nur den Brandy.

– 2 –

Die *Bristol Gazette* war nicht meine erste Wahl, als ich vor drei Jahren frisch von der Universität hier angefangen habe. Eigentlich wollte ich in London leben und für eine der überregionalen Zeitungen arbeiten, aber dazu brauchte man Berufserfahrung. Meine einzige Berufserfahrung bestand darin, dass ich in den Ferien Erdbeeren gepflückt (ich bin wahrscheinlich die einzige Person auf der Welt, der es gelungen ist, aus diesem Job gefeuert zu werden) und ein bisschen gekellnert hatte. Als ich den zwanzigsten Absagebrief öffnete, wurde mir klar, dass ich meine Erwartungen herunterschrauben und wirklich alles annehmen musste. Und da bot sich dieser Job in Bristol an. Ich hatte wirklich Glück, dass ich ihn bekam, denn Sie machen sich keine Vorstellungen davon, was man alles für Lügen auftischen muss, um Sportreporterin werden zu können. Aber das wollen Sie wahrscheinlich auch gar nicht wissen.

Als Joe merkte, dass ich absolut nichts von Sport verstand, was wahrscheinlich daran lag, dass ich fragte, ob Tiger Woods dieses Jahr in Wimbledon spielt, steckte er mich in die Feature-Redaktion. Ich bin die Jüngste in dem jungen Team, was bedeutet, dass ich alle die Jobs machen muss, die sonst keiner haben will. Im Moment scheine ich auf Haustier-Beerdigungen abonniert zu sein. Aber es ist schwer zu zeigen, wie gut man schreiben kann, wenn man lyrische Ergüsse über eine Katze fabrizieren muss: »… und Persils blendend weißes Fell sah aus wie Schnee an …« Ja. Genau.

Es ist Freitag und wie üblich komme ich zu spät. Die Redaktion ist nur zehn Minuten mit dem Auto von meiner Wohnung entfernt, aber ich schaffe es nie, pünktlich zu sein. Obwohl ich nicht gefrühstückt habe, stehe ich trotzdem zu spät vor dem Aufzug, der mich in den dritten Stock bringt. Dabei versuche ich angestrengt, nicht an den gestrigen Zwischenfall im Krankenhaus zu denken. Der bloße Anblick weißer Kittel macht mich nervös. Der Aufzug kommt und die Türen gleiten auf. Ich trete ein und laufe voll gegen Pete, den Gerichtsreporter. Er trägt eine große Pappschachtel. Der Zusammenprall ist so heftig, dass meine Brüste nach innen gedrückt werden.

Der schmucke Pete und ich verstehen uns nicht. Ich finde ihn selbstgefällig und er findet mich grässlich (vermutlich bin ich das auch). Glücklicherweise brauchen wir nicht so zu tun, als ob wir uns gut leiden könnten.

»Pete!«, keuche ich und wäre fast zu Boden gegangen. »Was ist in der Schachtel?«, frage ich dann hoffnungsvoll. »Du verlässt uns doch nicht etwa?«

Der schmucke Pete trägt ein selbstzufriedenes Grinsen zur Schau. Es gelingt mir nicht allzu oft, aber dieses Mal scheine ich den sprichwörtlichen Nagel auf den Kopf getroffen zu haben.

Pete lächelt also sein selbstgefälliges Lächeln. »Ich habe gerade gekündigt. Ich habe einen Job bei der *Daily Mail.*«

»Ah. Ja denn. Viel Glück!«, lüge ich.

»Danke.«

Er schiebt sich an mir vorbei aus dem Aufzug.

»Ach, übrigens, Holly«, sagt er, während die Türen schon fast zu sind, »Joe will dich sehen.« Höhnisch verzieht er das Gesicht.

Ich laufe hastig zu Joes Büro und klopfe. Ein bellendes »Herein« erschallt.

Er ist am Telefon und ich gucke mich in seinem Büro um, während er auf irgendeinen armen Kerl einredet. Es ist das unpersönlichste Büro, das ich je in meinem Leben gesehen habe. Es erstaunt mich immer wieder, wie ein, metaphorisch und physisch, so großer Mann so wenig Wirkung auf seine Umgebung hat. Er hat kein einziges Foto auf seinem Schreibtisch, nur Berge von Papier. An den Wänden hängen keine Bilder oder andere Dinge. Das muss wohl daran liegen, dass er seinen Job so sehr liebt. Er legt den Hörer auf.

»Joe, hi.«

»Holly! Wie geht es deinem Vetter? Ich habe gestern Abend in den Spanish Open nach ihm Ausschau gehalten.«

Als ich versucht habe, Sportreporterin zu werden, habe ich einen imaginären Supersportler-Vetter namens Buntam erfunden. Ursprünglich wollte ich ihn eigentlich Bunbury nennen, nach Oscar Wildes fiktivem Invaliden auf dem Land, aber kaum war mir die erste Silbe über die Zunge geschlüpft, stellte ich fest, dass Joe die literarische Anspielung vermutlich verstehen würde. Also machte ich Buntam daraus. Das Problem ist, dass er Golf spielt (ich bin schon ziemlich ehrgeizig).

»Er war krank. Konnte nicht spielen.«

»So ein Pech! Was hatte er denn?«

»Äh … die Grippe.«

»Die Grippe?« Jetzt, wo er es sagt, finde ich auch, dass Grippe nicht ernst genug klingt, um Buntam von einem wichtigen Spiel abzuhalten.

»Na ja, grippeähnliche Symptome. Eher so was wie Typhus.« Ich nicke nachdrücklich.

»Typhus? In Spanien?«

»Er hat es sich nicht in Spanien gefangen«, erwidere ich.

»Natürlich nicht.«

»Ja, genau. Du weißt Bescheid über Tropenkrankheiten, was?« Ich strahle Joe an. Schade ist nur, dass ich nicht Bescheid weiß. »Er hat ihn sich in, äh, Afrika gefangen.« Afrika scheint mir als Kontinent groß genug zu sein, um alle Arten von Seuchen beherbergen zu können, und da Joe mitfühlend nickt, wiederhole ich mit Bestimmtheit: »Ja, in Afrika.«

»Was hat er denn da gemacht?«

»In Afrika?«, frage ich, um Zeit zu gewinnen. Joe nickt. »Tja, Golf gespielt natürlich. Zu wohltätigen Zwecken.« Vor meinem inneren Auge tauchen kleine Golfplätze in den Wüsten und Savannen Afrikas auf, ein Bild, das mir allerdings ziemlich unwahrscheinlich vorkommt.

Glücklicherweise scheint Joe das nicht so zu sehen. »Mann, da hat er aber Pech gehabt!«, ruft er mitfühlend aus.

»Na ja, du kennst doch Buntam. Katastrophen säumen seinen Weg!« Ich widerstehe der Versuchung, mir mit einem Papier von seinem Schreibtisch Luft zuzufächeln.

»Er hat wirklich besonders viel Pech. Wie viele Turniere hat er dieses Jahr gespielt? Zwei? Und beide Male war ich unterwegs. Und was ihm alles so passiert! Schande! Na ja, vielleicht erwische ich ihn nächstes Mal.«

»Vielleicht.« Darauf würde ich mich an deiner Stelle nicht verlassen, füge ich im Stillen hinzu.

Ich bin so erschöpft nach dieser mentalen Gymnastik, dass es ein Weilchen dauert, bevor mir einfällt, warum ich eigentlich hier bin. »Du wolltest mich sehen?«

»Ja. Der Artikel, den du gestern über die Stacey-Betrugssache geschrieben hast, war gut.«

»Oh, danke.«

»Ist mit deiner Freundin alles wieder in Ordnung?«

»Lizzie? Ja, sie ist wieder okay.«

»Gut. Unter anderem wollte ich dich auch wegen deiner Story sehen. Pete geht.«

»Ja, ich weiß. Ich habe ihn gerade im … äh, im …«, stammele ich, weil mir einfällt, dass ich um Viertel nach neun im Aufzug eigentlich nichts zu suchen habe. Da sollte ich schon längst an meinem Platz sitzen. Aber Joe wedelt meinen plötzlichen Gedächtnisschwund beiseite.

»Das sind doch gute Neuigkeiten für dich! Wie heißt es? Der Gerechte lässt sich von keinem Sturm umblasen? Ein leichtes Lüftchen …« Ich glaube, beim ersten Mal war es richtig. Das ist eine ärgerliche Angewohnheit von ihm, Sprichwörter und Metaphern zu verwechseln, weil man nie so genau weiß, was er eigentlich damit ausdrücken will.

»Ach ja?«, frage ich misstrauisch.

»Ja, ja, tolle Neuigkeiten.«

»Ach ja?«

»Ja. Weißt du, wer der neue Gerichtsreporter ist?« Ich mag ja langsam sein, aber jetzt dämmert es selbst mir. Ich zwinkere nervös. Gerichtsreporter ist eine wenig geachtete Position und der selbstgefällige Pete musste ganz schön ackern, um die Beziehungen zur örtlichen Polizei zu verbessern, weil die Polizei sich uns gegenüber aggressiv verhält und uns hasst. Wir hassen sie allerdings genauso und schreiben schlimme Sachen über sie, und deswegen ist das ein Teufelskreis. Wenn der Job vakant wird, verstecken sich die Leute tagelang unter ihren Schreibtischen. Es ist ein schwarzes Loch für die Karriere und offensichtlich werde ich gerade aufgesaugt.

Joe steht auf, kommt um seinen Schreibtisch herum

und hockt sich auf die Kante. Soll ich jetzt Begeisterung heucheln und später versuchen, mich da wieder rauszustammeln? Oder soll ich es sofort ablehnen?

Ein Mädchen muss essen und deshalb entscheide ich mich für Ersteres und gebe einen kleinen Freudenjuchzer von mir. Das scheint Joe zu gefallen und er strahlt mich an. Gute Entscheidung, Holly.

»Genau, du bist es! Ich gebe dir die Chance!«

»Das ist toll!! Aber … glaubst du, ich habe genug Erfahrung, um mit der Polizei fertig zu werden???« Gespieltes Entsetzen. Bitte sag nein! Bitte sag nein!

»Ja! Aber natürlich!« Mist. »Ich gebe dir diese Chance. Du hast sie verdient.« Er legt den Kopf schräg und sieht mich ernst an. »Holly, ich möchte, dass du deine Sache gut machst. In der Vergangenheit hatten wir stets die besten Leute auf diesem Job …«

Okay, okay. Worauf will er hinaus?

»… aber sie sind ständig zu aggressiv vorgegangen. Ich möchte, dass du ein besseres Verhältnis zur Polizei aufbaust. Gieß Öl auf, äh, du weißt schon, tiefe Wasser. Iss kleine Brötchen.«

Er bringt mich ganz durcheinander.

»Jetzt, wo Pete weg ist, liegt es ganz an dir. Verstehst du, was ich sagen will?« Äh, nein. Eigentlich nicht, aber ich nicke trotzdem.

»Das *Journal* hat schon von jeher eine gute Beziehung zur Polizei gehabt und das merkt man in der letzten Zeit auch an ihrer Berichterstattung.« Das *Bristol Journal* ist die zweitgrößte Zeitung in der Region und unser Hauptkonkurrent. Seitdem sie unsere Zeitung »als einen zügellosen Haufen von Redakteuren, die Tony Blair und Tony Bennett nicht auseinander halten können«, bezeichnet haben, nehmen wir das sehr persönlich. Wenn ich wüsste, wer Tony Bennett ist, würde ich gerne ausgiebig darüber diskutieren. Sie haben den Kommentar am nächsten Tag widerrufen, nachdem wir ihnen eine einstweilige Verfügung angedroht haben, aber wenn er bloß ihren Namen hört, hat Joe Schaum vor dem Mund.

Stirnrunzelnd fährt er fort: »Wenn es um Kriminalfälle geht, scheinen sie uns immer einen Schritt voraus zu sein, wahrscheinlich haben sie einen Informanten bei der Polizei. Auf jeden Fall verlasse ich mich darauf, dass du den Bären bei den Hörnern packst.«

Er tätschelt mir die Schulter. »Gut, ich bin froh, dass wir uns ausgesprochen haben. Ich fühle mich jetzt sehr viel besser.«

Na, wenigstens einer, dem es so geht.

»Montag kannst du anfangen. Hab ein schönes Wochenende, wenn ich dich nicht mehr sehe. Und grüße Buntam von mir«, fügt er hinzu.

Letztes Jahr hatten wir sechs Monate lang eine Flüchekasse im Büro stehen und der Inhalt ist einer Wohltätigkeitsorganisation zugute gekommen. Schon nach drei Monaten bekamen wir einen Brief von der Vereinigung für Blindenhunde, in dem sie uns für die Stiftung dankten und schrieben, dass von dem Geld jetzt vier Golden Retriever ausgebildet würden. Nun, ich war mindestens für zwei Hunde und ein Bein des dritten verantwortlich, aber so sehr ich den guten Zweck auch schätze, so viel verdiene ich nun auch nicht und Fluchen ist offensichtlich keine attraktive Eigenschaft bei einer Frau. Also entwarf ich ein neues Fluchsystem, bei dem ich Obst- und Gemüsenamen verwendete. Die schlimmen Wörter sind die Obst- und Gemüsesorten, die man hasst, und diejenigen, die man gerne isst, sind die guten. Meine neue Position in der Zeitung wäre dann wahrscheinlich Gelbe Rüben, aber dass Pete ging, wäre vielleicht Äpfel (also nicht Erdbeeren oder so, weil das für die echt guten Dinge reserviert ist). Jetzt schwirren im Büro dauernd Sätze herum wie: »Ist es zu glauben? Das ist doch wirklich Gelbe Rüben!«

Natürlich ist das System interpretierbar. Ein Mädchen hier schreit immer ins Telefon: »Das ist doch Kiwi!« Wir haben uns schon gefragt, ob wir ihr das System noch mal erklären sollten, bis irgendjemand erwähnte, dass sie allergisch gegen Kiwis ist.

»Wie war dein Tag?«, fragt Ben allen Ernstes.

Ich betrachte ihn spöttisch. Das ist eine gefährliche Frage. Wir sitzen in Henry Afrika's Hothouse bei unserem traditionellen Freitagstreffen nach der Arbeit. Die riesigen Palmen regen mich auf, da ein besonders lästiges Blatt mich pausenlos am Kopf kratzt. Außerdem muss ich ständig blinzeln, weil die untergehende Sonne durch die Fenster scheint. Komischerweise habe ich keine besonders gute Laune.

»Och, ein bisschen merkwürdig.« Ich sauge einen Schluck Wodka mit ganz wenig Orangensaft durch meinen Strohhalm.

»Wie merkwürdig?« Ben beugt sich näher zu mir, damit wir einander bei dem Geräuschpegel besser verstehen können.

Ich stütze den Kopf auf mein Glas, wobei ich den Strohhalm im Mund behalte, damit ich nicht zu weit davon weg bin. Vor heute Abend habe ich nie begriffen, wozu Strohhalme eigentlich gut sind, aber jetzt ist es mir auf einmal klar geworden. Wussten Sie schon, dass man seinen Kopf gar nicht mehr zu bewegen braucht? »Sie haben mich bei der Zeitung zur neuen Gerichtsreporterin ernannt!«, erwidere ich mit meinem neuen Freund aus Stroh im Mundwinkel und versuche, heiter durch mein Glas zu lächeln.

»Ist das gut? Ich meine, hattest du nicht gesagt, das sei ein grässlicher Job? Was ist denn mit Percy oder wie der Typ heißt?«

»Pete.« Wieder schabt das Palmenblatt an meinem Kopf.

»Was ist denn mit Pete passiert?«

Ich seufze tief auf. »Er hat einen neuen Job bei der *Daily Mail.*«

»Ach so. Also für dich eine Art Karrieresprung, oder?«

Ich blinzle ihn von der Seite her an. Wenn er wüsste.

»So kann man es auch sehen.«

»Holly Colshannon, Gerichtsreporterin bei der *Bristol Gazette.*« Er malt meinen neuen Titel mit der Hand in die Luft.

»Das klingt schon ganz gut«, erwidere ich und zähle meine Eiswürfel.

»Es klingt toll!«, sagt Ben laut. Normalerweise würde er mich jetzt in den Arm zwicken oder auf den Rücken schlagen. Das sind so seine Ermunterungsgesten, die allerdings nicht so ganz ihren Zweck erfüllen, wenn man bedenkt, dass sie von einem ein Meter neunzig großen Rugby-Spieler kommen.

»Joe hat gesagt, er hat mir den Job gegeben, weil mein Artikel über den Stacey-Betrug gut war.« Die Riesenpalme sucht offenbar Streit und ich schiebe ungeduldig das Blatt weg.

»War das die Geschichte im Krankenhaus? Mit dem blöden Polizeibeamten?«

»Genau die.«

»Der eine hatte vermutlich nur schlechte Laune. Du hast doch gesagt, der andere Beamte machte einen ganz netten Eindruck.«

»Ich hatte ja gar keine Gelegenheit, mit ihm zu reden.«

»Ist sonst noch was passiert?«, fragt er.

»Reicht das nicht?«

Ich spiele mit dem Gedanken, ihm von meinem Gespräch über Buntam zu erzählen, entscheide mich aber dagegen, weil Ben das komische Element daran nicht erkennen würde. Ab und zu ist er ganz verwirrt über mich und meine Einfälle und fragt ständig: »Aber wie …?« und »Warum hast du …?«

Ich schüttele den Kopf und frage ihn: »Gegen wen spielt ihr morgen?«

»Gegen Bath.«

»Oh«, erwidere ich wissend, »Bath. Das wird ein schwieriges Spiel.« Eigentlich habe ich keine Ahnung davon, aber es kann mir vermutlich nicht viel passieren, wenn ich derart vage gestrickte Kommentare abgebe. »Und trägst du deine roten Schuhe oder die blauen?«, frage ich, um das Gespräch wieder auf sicheres Terrain zu bringen.

»Holly, ich habe es dir doch schon hundert Mal gesagt. Es sind keine Schuhe. Es sind Stiefel. Und das hängt davon ab, ob es nass ist oder trocken. Und es hat nichts damit zu tun, welche Farbe die Stiefel der anderen Mannschaft haben.« Lächelnd beugt er sich vor, um mich liebevoll auf die Stirn zu küssen.

Ben ist ein außergewöhnlicher Freund. Er ist einfach perfekt. Ich habe ihn bei einer Preisverleihung kennen gelernt, als ich noch Sportkorrespondentin war. Ben nahm den »Spieler des Jahres« für die örtliche Rugby-Mannschaft entgegen. Als er aufs Podium kam, hielt er eine kleine Dankesrede und erzählte dabei den witzigsten Witz des Jahres über einen Labrador, einen Priester und ein Skateboard. Wie ging noch mal die Pointe? Na ja, womöglich wären Sie dazu besser dabei gewesen.

Ich konnte den Blick nicht von ihm wenden. Er trug den obligatorischen Abendanzug, seine blonden Haare fielen ihm ins Gesicht, er hatte die blauesten Augen, die ich jemals gesehen hatte, und war gebräunt, weil er eine Woche Segeln gewesen war. Ich habe den ganzen Abend über nicht eine Zeile zu Papier gebracht. Am nächsten Morgen musste ich hektisch bei allen anderen Zeitungen anrufen und den anderen Sportkorrespondenten alle möglichen unzüchtigen Versprechungen machen, damit sie mir ihre Notizen liehen.

Wenn ich will, kann ich ganz gut aussehen. Eigentlich sogar richtig hübsch. Natürlich sehe ich nicht so aus wie die Frauen aus der Werbung, die schon gut aussehend aufwachen, dann einen Waldlauf machen, die Kinder in die Schule bringen, einen alten Menschen retten und nach wie vor gut aussehen. Aber wenn ich mir Mühe mit meinen Haaren und meinem Make-up gebe, dann ist das Resultat recht erfreulich. Ich bin groß (einsfünfundsiebzig, um genau zu sein), habe blonde, halblange Haare, Sommersprossen (ich habe es schon mit Zitronensaft versucht, aber es nützt nichts) und ein breites Lächeln, das ich sehr elegant finde, aber Lizzie versichert mir ständig, es sei fröhlich (also nicht besonders elegant). Ben ist sehr groß, was toll ist, weil ich auf große Männer stehe. Ich finde es höchst erbaulich, mir zierlich vorzukommen, wenn ich seine Klamotten anhabe. Ich war immer schon relativ groß für mein Alter. In der Schule bin ich einmal als Blumenfee zu einer Party gegangen und habe wahrhaftig den zweiten Preis gewonnen. Für den fröhlichen, grünen Riesen …

Aber an dem Abend, als ich Ben kennen gelernt habe, waren die Götter mir gnädig, denn mit ihm habe ich den Jackpot gewonnen.

Bis auf den heutigen Tag weiß ich nicht genau, warum eigentlich, denn, wie Lizzie sagen würde, ist er ein richtiger »Fang«. Und jetzt sind wir, Wunder über Wunder, schon fast ein Jahr zusammen. Das Leben ist also sehr gut. Nicht perfekt, aber wessen Leben ist das schon? Es wäre nett, wenn Ben bei mir einziehen würde, aber manchmal muss man auf die richtig guten Sachen eben warten. Jeden Samstag Rugby und das ständige Training wird außerdem ein bisschen langweilig.

Und nach den Spielen hocken die Männer ewig zusammen … Aber ich weiß, dass massenhaft Mädchen nur zu gerne mit ihm ausgehen würden, also bin ich der glücklichste Mensch unter der Sonne. Ich will auch nicht eine Freundin sein, die ständig herummeckert, dass sie ihn nie sieht, weil es so schön ist, ihn überhaupt zu sehen, und ich weiß ja auch, wie wichtig ihm sein Sport ist. Ich komme mit Rugby und allem, was damit zusammenhängt, schon klar, weil er fast perfekt für mich ist. Er ist charmant, witzig, lustig, toll im Bett … ich könnte die Liste endlos fortsetzen. Und obwohl ich noch nicht so richtig darüber nachgedacht habe, glaube ich, dass er der Richtige ist. Was kann ein Mädchen denn mehr wollen? Stimmt's?

»Komm, Colshannon«, sagt Ben und trinkt sein Bier aus, »lass uns nach Hause gehen.«

Ich widerstehe dem Verlangen, der Palme einen Tritt zu versetzen, als wir gehen. Stattdessen winke ich dem Barkeeper über die Köpfe der Menschenmassen zu und bleibe in der Drehtür stecken, bis Ben mich befreit.

Angetrunken schwanken Ben und ich zu meiner Wohnung, wobei wir raue Rugbylieder singen, deren Text ich nicht kenne, sodass ich lieber meinen eigenen dazu erfinde.

Ich wohne in einer süßen, kleinen Wohnung in Clifton (dem schicken Teil von Bristol). Sie ist winzig, aber das gefällt mir gerade. Sie liegt im ersten Stock eines prächtigen alten Regency-Hauses, und mein Wohnzimmer hat so riesige Fenster, dass mich die Gardinen dafür über ein halbes Monatsgehalt gekostet haben. Das Schlafzimmer liegt im hinteren Teil des Hauses und hat Gott sei Dank kleinere Fenster, die auf die Gartenanlage des Hauses hinausgehen. Ich habe auch ein winziges Gästezimmer, in das gerade mal ein schmales Doppelbett passt.

Im Moment lebe ich allein, aber ich hoffe, dass in nicht allzu ferner Zukunft auch Ben hier wohnt. Ich habe mich ganz bewusst dafür entschieden, alleine zu leben, weil es offensichtliche Vorteile hat, wie zum Beispiel, dass man einfach nur trockenen Toast zu Abend essen kann, ohne dass einen jemand ständig fragt, warum man das tut. (Isst du nicht mehr? Warum legst du nicht wenigstens Schinken darauf? Hast du heute schon Gemüse gegessen?) Außerdem brauche ich auf diese Weise nicht mit meiner Familie zusammenzuwohnen, der es ständig gelingt, sämtliche Grenzen zu übertreten. Sie haben ja keine Ahnung, wie wunderbar es ist, den Kühlschrank so vorzufinden, wie man ihn verlassen hat. Für mich ist es ein ständiges Wunder, dass mein Auto vor der Tür steht, dass ich Geld im Portemonnaie habe und meine Augenbrauen am nächsten Morgen noch intakt sind. Da ich die Jüngste von fünf Kindern bin, war ich vermutlich so eine Art Unfall. Die anderen waren ziemlich anstrengend, und obwohl ich nicht gerade eine gesegnete Kindheit hatte, habe ich, in der Relation zu ihnen, meinen Eltern nicht besonders viel Kummer bereitet. Vor allem meine Brüder haben es meiner Mutter schwer gemacht. Ich weiß noch, dass sie sich ein Buch mit dem Titel *Vom Umgang mit einem problematischen Teenager* gekauft hat, und als ich sie fragte, für welchen meiner Brüder es gedacht sei, sagte sie: »Für alle. Entweder schlage ich es ihnen auf den Kopf oder ich stelle mich darauf, damit ich ihnen mit etwas anderem auf den Kopf schlagen kann.«

Oben an der Park Street kaufen wir Kebab. Ben isst es ganz auf und ich esse alles, bis auf das Fleisch, weil es immer ein bisschen vergammelt aussieht und einer aus der Redaktion danach fünf Tage lang krank war. Aber Ben hat die Konstitution eines Ochsen. Er ist nie krank. Wie Hänsel und Gretel hinterlassen wir Salatstreifen auf unserem Weg und wandern den Hügel nach Clifton hinauf.

Auf halber Strecke beschließe ich, dass ich gerne huckepack getragen werden möchte, aber es gelingt mir nicht, auf Bens Rücken zu springen. Der Himmel weiß, warum jemand so Unsportlicher wie ich schon so lange mit Ben zusammen ist. Nach dem dritten Versuch läuft Ben einfach los, wobei er lediglich ein Bein von mir trägt und ich doppelt so eifrig mit dem mir verbleibenden hoppeln muss.

Kichernd fallen wir zu Hause aufs Bett.

»Nun«, sagt Ben, »es gibt ein wichtiges Thema, um das sich die frisch gebackene Gerichtsreporterin mal kümmern sollte …«

Am Samstagmorgen wache ich früh auf, liege im Bett und überlege, ob mir gestern etwas Grässliches passiert ist oder ob ich nur geträumt habe. Langsam fällt mir alles wieder ein und ich erinnere mich, dass ich jetzt Gerichtsreporterin bin. Ben schläft noch. Ich schlüpfe aus dem Bett, um Tee zu kochen und meinen Durst zu stillen. Die Ereignisse von gestern gehen mir nicht mehr aus dem Kopf, also kehre ich, nachdem ich Tee gekocht habe, wieder ins Schlafzimmer zurück, um nachzusehen, ob Ben vielleicht schon wach ist und ich mit ihm darüber reden kann.

Er ist nicht wach. Eine Zeit lang mache ich mir im Schlafzimmer zu schaffen, ziehe Schubläden und Vorhänge auf und zu und mache Lärm. Ben öffnet verschlafen ein Auge und murmelt: »Geh weg, Holly.«

Ich gehe in den Flur und greife zum Telefonhörer. Mein Finger verharrt über der ersten Zahl von Lizzies Nummer. Da mir jedoch einfällt, wie sie das letzte Mal reagiert hat, als ich so früh angerufen habe, wähle ich eine andere Nummer.

»Hi, ich bin's«, sage ich, als meine Mutter abhebt.

»Wer?«

»Ich, Holly.«

»Holly, Ho-l-ly.« Nachdenklich spricht sie den Namen aus, als wüsste sie nicht genau, wo sie ihn hintun sollte. Das ist die Vorstellung meiner Mutter von Humor und eine nicht besonders subtile Art, mir mitzuteilen, dass ich mich schon seit zwei Wochen nicht mehr gemeldet habe. Ungeduldig unterbreche ich sie.

»Deine Tochter Holly.«

»Oh, die Holly! Wie nett, dass du anrufst, Liebling!«

»Wie ist das Wetter bei euch?«, frage ich und blicke auf den Regen vor meinem Fenster.

»Abscheulich, Liebling. Absolut abscheulich. An dieser schrecklich gesunden Seeluft ersticke ich fast, jedes Mal, wenn ich Luft hole. Ich muss zwanzig Zigaretten am Tag rauchen, um damit fertig zu werden. Kannst du dir das vorstellen? Zwanzig am Tag. Das wird mich früh ins Grab bringen.« Trotz ihrer leidenschaftlichen Plädoyers für den Londoner Smog habe ich den Verdacht, dass es meiner Mutter in Cornwall ziemlich gut gefällt, aber das würde sie natürlich nie zugeben.

»Wie läuft das Stück?« Meiner Mutter ist es gelungen, die Truppe des letzten Stücks, in dem sie mitspielt, zu überreden, mit den Proben in Cornwall zu beginnen. Der Regisseur, ein langjähriger Freund von ihr, hat allerdings nur zugestimmt, weil sie dadurch anderswo kein Chaos anrichten kann. Wenn sie mit einem neuen Stück anfängt, nimmt sie zum Teil üblicherweise die Identität der Person an, die sie spielt. Dieses Mal ist es Lady Gosling in »Bunbury«. Die ganze Familie hat aufgeatmet, als »Meine Kusine Rachel« von Daphne du Maurier vorüber war.

»Dein Vater war bei der letzten Probe dabei und einer der neuen Schauspieler hat ihn gefragt, ob er ihm einen Rat geben könnte. Er hat ihm empfohlen, seinen Text zu sprechen und nicht über die Möbel zu stolpern.«

»Na, das war doch ein guter Rat.«

»Ja, nicht wahr? Wie geht es dem köstlichen Ben?«

Bei der bloßen Erwähnung seines Namens breitet sich ein albernes Lächeln auf meinem Gesicht aus und ich drehe die Telefonschnur um meine Finger.

»Oh, es geht ihm gut. Richtig gut. Er schläft noch. Wie geht es Dad und Morgan?« Morgan ist der Pekinese meiner Mutter. Er ist uralt und hat nur noch zwei Zähne ganz hinten im Mund. Das ist ganz lustig, wenn er versucht, andere Hunde zu beißen, weil er zuerst an ihnen lutschen muss.

»Er hat ein wenig Blähungen.« Ich hoffe aufrichtig, sie meint Morgan und nicht meinen Vater. »Wie läuft die Arbeit?«, erkundigt sie sich.

»Du redest gerade mit der neuen Gerichtsreporterin der *Bristol Gazette.* Es ist eine Art Beförderung.«

Meine Mutter stößt einen angemessenen Laut der Bewunderung aus und sagt: »Das ist ja wundervoll!« Ich grinse ins Telefon. Es ist von Vorteil, eine Mutter zu haben, die Schauspielerin ist, weil man stets eine gute Reaktion bekommt.

»Aber was ist denn mit diesem, äh, Frettchen passiert? Hatte er nicht den Job vor dir?«

»Pete. Obwohl Frettchen besser zu ihm passt. Er hat einen Job bei *der Daily Mail* bekommen.«

»Geschieht ihm recht.« Manchmal hat meine Mutter andere Vorstellungen als ich über die gerechte Strafe, die eine Person verdient.

»Gerichtsreporter ist nicht gerade ein toller Job.«

»Liebling, du musst das anders sehen. Du wirst das sicher großartig hinkriegen. Lass das, Morgan! Aus! Liebling, ich muss Schluss machen. Morgan steht auf dem Tisch und frisst den Stilton.«

Er kann nur auf den Tisch gekommen sein, weil sie ihn dort abgesetzt hat, als sie das Telefon abgenommen hat. Ich verabschiede mich.

»Liebe Grüße an Lizzie«, sagt sie und legt auf.

– 3 –

Am Montag versuche ich, das Unvermeidliche hinauszuzögern, indem ich fast eine Stunde lang meinen Schreibtisch aufräume, E-Mails an Freunde schicke und mich mit der Buchhaltung herumschlage. Ich sollte langsam wirklich zur Polizei gehen und mich in meiner neuen Position zu erkennen geben, aber noch bin ich dazu nicht in der Lage.

Ich habe das ganze Wochenende über meinen Jobwechsel nachgedacht und das Positive daran ist vermutlich, dass ich jetzt nicht mehr auf Haustierbeerdigungen gehen muss. Außerdem klingt »Gerichtsreporterin der *Bristol Gazette*« recht gut. Sogar sexy. Vermutlich kann ich jetzt sogar anspruchsvollere Artikel schreiben, was wirklich toll ist.

Joe lugt um die Ecke und runzelt die Stirn.

»Holly, was machst du noch hier? Los, mach dich auf den Weg zur Polizeiwache. In der Zwischenzeit könnten zehn Raubüberfälle, Entführungen oder Brandanschläge passiert sein!«

Ich springe auf, murmele etwas von »Ich wollte mich gerade auf den Weg machen«, schnappe mir einen Notizblock und Stifte, nehme meine Tasche und breche auf.

Ich werfe Tristan an und wir starten in einer Wolke von Kohlenmonoxyd. Ich muss zugeben, ich bin nervös. Ich hasse es, die Neue zu sein und nicht zu wissen, wo es langgeht. Nicht zu wissen, dass der Kaffeeautomat Suppe ausspuckt, wenn man eigentlich heiße Schokolade wollte, oder dass man mit seinem Boss nie reden darf, wenn Arsenal verloren hat. Diese kleinen Nuancen von Vertrautheit, die das alltägliche Leben bequem machen.

Die Polizeiwache ist ein großes, hässliches Gebäude am Rande der Innenstadt. Ich war noch nie hier, jedenfalls nicht aus beruflichen Gründen. Aus nichtberuflichen allerdings schon. Lizzie und ich sind einmal verhaftet worden, weil wir eine Abkürzung durch einen fremden Garten genommen haben. Es war mitten in der Nacht und wir kamen blitzeblau aus einem Nachtclub. Als wir auf der anderen Seite einer ziemlich hohen Mauer, die der Eigentümer aus egoistischen Motiven errichtet hatte, herunterkrabbelten, strahlten uns Scheinwerfer an. Wir wurden festgenommen und auf die Polizeiwache gefahren. Vielleicht ein bisschen heftig dafür, dass wir nur durch einen Garten gelaufen waren, aber es stellte sich heraus, dass der Garten zur Jugendstrafanstalt gehörte und die Polizei glaubte, wir seien entsprungene Jugendliche. Als sie ihren Irrtum bemerkten, ließen sie uns schnell wieder frei.

Ich weiß nicht so ganz genau, wie ich vorgehen muss. Normalerweise würde einen der Vorgänger einarbeiten und vorstellen, aber der selbstgefällige Pete ist Gott sei Dank schon weg und angesichts meiner Beziehung zu ihm wäre eine solche Vorgehensweise auch sicherlich unklug gewesen. Er hätte mich wahrscheinlich auf dem Parkplatz des Polizeipräsidenten parken lassen oder mir weismachen wollen, dass bei einer Gerichtsverhandlung Kommentare des Reporters dringend erwünscht seien.

Ich glaube, ich schwatze einfach ein bisschen mit jemandem aus der Presseabteilung der Polizei, gebe mich charmant und setze auf die Karte »Ich bin neu hier«, und vielleicht geben sie mir dann einen Hinweis, was ich tun soll.

Als ich die Wache durch das Portal betrete, stehen ein paar Leute im Empfangsbereich herum, aber ich eile direkt zum Tresen und warte darauf, dass der Sergeant, der dort Dienst hat, aufblickt.Das tut er aber nicht. Wir werden wahrscheinlich keine guten Freunde. Er trägt Uniform. Ein weißes Hemd und Krawatte und eine dieser attraktiven marineblauen Hosen.

Ohne den Kopf zu heben, schnauzt er mich an: »Ja?«

»Äh, könnten Sie mir bitte sagen, wo die Presseabteilung ist?«

»Sie sind?«, bellt er.

»Holly Colshannon, die neue Gerichtsreporterin bei der *Bristol Gazette.*« Ich liege fast über dem Tresen mit dem Kopf in seinem Schoß, nur um Blickkontakt mit ihm zu bekommen.

»Ausweis bitte.« Ich reiche ihm meinen Ausweis und jetzt endlich bewegt er seine Augen in meine Richtung, um die Ähnlichkeit zwischen mir und dem Foto zu überprüfen.

Stirnrunzelnd mustert er mich, dann produziert er schmale Sehschlitze und sieht wieder auf das Foto. Ich kämme mir rasch den Pony in die Stirn, lege den Kopf schräg und verziehe das Gesicht.

»Ja, jetzt kann ich's erkennen«, giftet er und schiebt mir den Ausweis verächtlich wieder zu. Wie üblich, wenn ich mit Missbilligung konfrontiert werde, plappere ich drauflos.

»Ich weiß, dass es mir nicht ähnlich sieht, aber wissen Sie, Sie werden lachen … na ja, vielleicht auch nicht … auf jeden Fall hatte meine Zeitung gerade einen Preis gewonnen als ›Lokalzeitung des Jahres‹, und da habe ich ein oder zwei Gläser getrunken und …«

Er unterbricht mich roh. »Waren Sie schon einmal hier?«

Ich zucke zusammen. Von meiner Verhaftung erzähle ich ihm lieber nichts. Eine Oktave höher als gewöhnlich stammele ich: »Nein, eigentlich bin ich zum ersten Mal auf einer Polizeiwache. Ist nicht so lustig hier, oder? Ich meine, wenn da ein paar Topfpflanzen stünden und hier vielleicht ein Sofa mit ein paar Kissen, dann …«

Eine sarkastische Stimme hinter mir unterbricht meinen Monolog.

»Ich möchte Ihren faszinierenden Vortrag nur ungern unterbrechen, aber …«

Mit einer nervösen Entschuldigung auf den Lippen drehe ich mich um und schaue in ein Paar sehr vertraute grüne Augen.

»Oh, Sie sind es«, sagt er lakonisch.

»Das kann ich nicht leugnen. Ich bin es.«

»Was wollen Sie?«

»Ich bin zufällig die neue Gerichtsreporterin.«

»Oh, wundervoll. Das hat uns genau gefehlt.«

Er wendet sich an den Beamten hinter dem Schalter, der auf einmal ganz belebt wirkt. »Guten Morgen, Sir.«

»Guten Morgen, Dave. Wie steht's? Wie geht es Frau und Kindern? Alles okay?«

»Ja, danke, Sir.« Ich glaube, mir wird übel. Der Dienst habende Polizist reicht ihm ein paar Papiere und Grünauge verschwindet. Er ist anscheinend ziemlich wichtig, weil er a) mit »Sir« angeredet worden ist und b) Zivil trägt. Na toll. Ich bin noch nicht einmal im Gebäude drin und habe schon jemanden verärgert, den ich besser nicht verärgert hätte. Ich wende mich wieder an den Dienst habenden Polizisten und sage kleinlaut: »Könnten Sie mir bitte sagen, wie ich in die Presseabteilung komme?«

Er raunzt mir eine kurze Wegbeschreibung zu, drückt mit einem verborgenen Knopf die Sicherheitstür auf und so schnell ich kann, eile ich hindurch. Meine Begegnung mit Grünauge hat mich ein bisschen nervös gemacht.

Ich muss ein paar Treppen hoch und durch lange Flure. Das Gebäude hier erinnert mich an eine Schule. Vielleicht liegt es an dem muffigen Essensgeruch, der durch die Gänge weht. Wie bei der *Bristol Gazette* geht es hier ganz bestimmt nicht zu. Keine gemütlichen Plaudereien am Kaffeeautomaten oder ausgedehnte Mittagessen.

Die Presseabteilung liegt im zweiten Stock und nichts unterscheidet sie von den anderen Holztüren am Gang, bis auf das winzigste Schild, das ich je an einer Presseabteilung gesehen habe. Ich klopfe und warte geduldig. Keine Antwort, also klopfe ich noch einmal und stecke dann den Kopf durch die Tür.

»Hallo?« Es ist niemand im Zimmer, also sage ich noch einmal: »Hallo?«

Ich weiß, dass ich gesagt habe, es sei niemand im Zimmer, aber eventuell verstecken sie sich ja im Schrank oder sonst wo.

Unter einem Schreibtisch ertönen erstickte Laute und dann taucht eine Frau auf, die triumphierend auf mich zeigt. Sie sieht absolut toll aus. Sie trägt ein Kleid, das mindestens von Versace, Chanel oder sonst einem unglaublich teuren Designer stammen muss. Jedenfalls ein Kleid, mit dem man nicht unter Schreibtischen herumkrabbeln sollte. Und sie balanciert auf acht Zentimeter hohen Absätzen. Wenn ich jemals versuchen würde, solche Schuhe zu tragen, dann würde ich in der Notaufnahme landen, noch ehe jemand zu mir sagen konnte: »Holly, du wirkst nicht besonders stabil.« Ihre dunklen Haare sind zu einem Chignon zurückgesteckt und ihre frisch manikürten Fingernägel sind leuchtend rot. Ihr Make-up ist so elegant, dass ich Stunden brauchen würde, um das zu erreichen, wenn überhaupt. Zwischen den schäbigen Büromöbeln wirkt sie hoffnungslos fehl am Platz. Alleine ihr Outfit macht den Eindruck, als würde es mehr kosten als das Budget der gesamten Polizei.

»Hier ist sie!«, ruft sie aus. »Ich habe eine meiner Tabletten fallen gelassen! Ich bin Robin, die neue Leiterin der PR-Abteilung. Na ja, relativ neu.«

Als ich an ihren Schreibtisch trete, versuche ich, den Namen der Tabletten zu lesen. Es ist einfach nur ein Reflex, so wie ein Zahnarzt einem sofort auf die Zähne guckt. »Holly Colshannon«, sage ich, und bevor ich sie anblicke, gelingt es mir noch, das Wort »Prozac« zu entziffern.

Sie schüttelt mir die Hand. »Freut mich, Sie kennen zu lernen, Holly. Ich bin erst vor zwei Monaten aus London hierher gekommen und ich habe mich noch nicht so richtig eingelebt, also müssen Sie mir zeigen, wie das alles so funktioniert.«

»Äh, eigentlich bin ich auch neu.«

»Möchten Sie einen Kaffee?«

»Sie wissen also, wo die Kantine ist?«

»Süße, das war meine erste Amtshandlung«, sagt sie und stöckelt mir voraus aus dem Zimmer.

Ich glaube, ich bin auf den Ursprung des Geruchs nach Schulessen gestoßen, der überall in der Luft hängt. Die Kantine ist im Keller des Gebäudes und scheint hauptsächlich von Freigängern aus *Zellenblock H* geführt zu werden. Mein Blick wird sofort magisch von einer glänzenden neuen Kaffeemaschine angezogen, die stolz auf einer Stahlplatte hinter dem Tresen thront. Der Kaffeehimmel.

»Entschuldigung, aber es ist ziemlich einfach hier«, flüstert Robin laut, als wir uns auf den Tresen zubewegen. »Als ich das erste Mal hier war, hatten die hier keinen Schimmer, was ein Latte macchiato ist! Ich kam mir vor, als ob ich holländisch redete! Ich musste einen Riesenaufstand machen, damit sie sich eine anständige Kaffeemaschine kauften!« Vermutlich ist »Riesenaufstand« noch untertrieben, wenn ich mir die aufsässigen Gesichter vor mir so angucke. Hoffentlich schwimmen in meinem Kaffee keine Rasierklingen oder abgehackte Mäuseschwänze rum.

»Leider gibt es im Moment nur Cappuccino«, fügt Robin hinzu. »Ganz egal, was für einen Kaffee du verlangst, es wird Cappuccino. Wahrscheinlich weil es neu und aufregend für sie ist.«

Ich vermute eher, es ist eine kleine Verschwörung gegen die tolle Robin.

Wir bestellen und bezahlen zwei Cappuccino und gehen langsam mit unseren Tassen zu einem kleinen Tisch hinten im Raum. Dort setzen wir uns.

»So«, sagt Robin und verteilt Süßstoff in den Kaffee, »von was für einer Zeitung kommen Sie?«

»*Bristol Gazette.* Das ist die größte Lokalzeitung.«

Sofort wird ihr Blick wachsam. »Ich habe Ihren Vorgänger kennen gelernt. Wie hieß er noch mal?«

»Pete?«

»Ja, genau. Wo ist er hin?«

»Er hat eine Stelle bei der *Daily Mail* bekommen.«

Sie zieht die Augenbrauen hoch und ihr Mund formt ein »Oh«.

»Ist schon okay. Sie brauchen nicht höflich zu sein. Wir haben uns nicht besonders gut verstanden.«

Sie wirkt erleichtert. »Oh, gut, er war ein bisschen …«

»Selbstgefällig?«

»Ja, genau. Selbstgefällig.« Wir trinken beide einen Schluck Kaffee.

Danach schwatzen wir über dies und das, bis ich endlich ganz beiläufig die Frage stellen kann, die mir schon die ganze Zeit auf der Seele brennt.

»Und wie hat es Sie nach Bristol verschlagen?«

Vielleicht bilde ich es mir ja nur ein, aber in ihre Augen tritt ein misstrauischer Ausdruck.

»Ich habe in London gearbeitet. In der Werbung«, erwidert sie knapp. Aha! »Ich wollte mich einfach mal verändern.«

»Na, das ist wirklich eine Veränderung, und dazu noch in die Pressestelle der Polizei!«

»Ja.«

Schweigend schauen wir uns ein bisschen um. Offensichtlich will sie nicht darüber reden. Eine der ersten Regeln im Journalismus ist, Schweigen niemals von sich aus zu beenden.

Dahinter steht die Theorie, dass Menschen Schweigen hassen und oft irgendwas sagen, nur um es zu durchbrechen. Aber da schaltet sich mein ärgerlicher Sinn für Fair Play ein. Schließlich mache ich kein Interview mit Robin, ich bin ja nur neugierig. Also beschließe ich, das Schweigen nicht weiter andauern zu lassen, indem ich sage: »Für mich war es ein ziemlicher Schock zu erfahren, dass ich mit der Polizei zusammenarbeiten muss.«

»Warum?«

»Na ja, historisch gesehen ist das nicht gerade der beste Job auf der Welt.«

Ich fange an, ihr zu erklären, wie die Situation in der Vergangenheit war und was für ein entsetzlicher Job Gerichtsreporter ist. Stirnrunzelnd erwidert sie: »Na, dann müssen wir eben was dagegen unternehmen.«

»Also, ich weiß nicht, was man dagegen unternehmen kann, weil die Situation schon solange ich denken kann so ist. Da gab es einmal einen Typ, Rob, der den Job geerbt hat, und er hat sich hinten in einem Streifenwagen versteckt. Ich meine, er wollte nur alles aus nächster Nähe miterleben. Den *Aufstand* hätten Sie erleben sollen ...«

Während ich rede, löffele ich den Schaum von meinem Kaffee und lutsche ihn vom Löffel. Und genau an diesem nicht sehr attraktiven Punkt in meinem Leben marschiert Grünauge in die Kantine. Fast hätte ich mich an meinem Löffel verschluckt. Er nickt Robin zu und setzt sich an das andere Ende des Raumes. Robin starrt ihm nach.

»Robin?«

Sie blickt mich zerstreut an. »Mir ist gerade etwas eingefallen.«

Dann wendet sie sich mir wieder ganz zu und fügt aufgeregt hinzu: »Wir könnten das Ganze umdrehen, Holly. Genau das könnten wir. Stellen Sie sich das doch nur mal vor! Sie könnten Ihre eigene Kolumne haben und ich könnte ruhmbedeckt früher nach London zurückkehren, als ich es mir je erträumt habe!«

Man merkt, dass Robin in der Werbung gearbeitet hat, oder? Warum will sie denn ruhmbedeckt nach London zurückkehren? Ihre Begeisterung ist ansteckend.

»Und wie? Wie soll das gehen?«

»Er sieht gut aus, was?« Sie deutet dezent zu Grünauge.

»Äh, ja. Was für eine Idee haben Sie?«

»Wie der nette Junge von nebenan.«

Ich sehe noch einmal zu Grünauge hin. Was für Jungens haben bei ihr nebenan gewohnt? Ich weiß ja nicht, wie es Ihnen ergangen ist, aber bei mir waren es immer nur pickelige Skateboarder und keiner von ihnen kam auch nur annähernd an diese Schönheit heran. Nicht, dass ich es gerne gehabt hätte, wenn er neben mir wohnte, jedenfalls nicht, nachdem ich seine bissigen Kommentare erlebt habe. Der Himmel weiß, was er über meine Beinwärmer-Phase gesagt hätte.

Robin hüpft hoch. »Kommen Sie, ich zeige Ihnen alles, und dann rede ich mit dem Chief über meine Idee.«

In ihrem Büro zeigt sie mir den Berichtskorb, wo alle Pressemitteilungen für die Reporter abgelegt werden. Wir brauchen einfach nur hierher zu kommen und uns eine Kopie zu machen. Über ihre Idee sagt sie gar nichts mehr, sie zwinkert nur und bittet mich, morgen wieder zu kommen. Ich nehme mir drei Pressemitteilungen aus dem Korb und trabe zum Parkplatz und zu Tristan.

In der Redaktion arbeite ich die Berichte durch. Nicht besonders aufregend; ein Fall von Auto-Vandalismus durch Studenten (jetzt, wo ich keine Studentin mehr bin, bereitet es mir große Freude, die Augen zu verdrehen und zu sagen: »Studenten, na so was, ist es denn zu glauben!«). Ein Geisterfahrer und eine gefälschte Banknote. Ich greife mir das Interessanteste heraus, die Banknote, und telefoniere ein bisschen. Es wird interessant, und ehe ich mich versehe, ist es halb sechs, als ich den Artikel fertig habe. Eventuell ist Gerichtsreporter ja doch ein ganz annehmbarer Job. Ich habe sehr darauf geachtet, höflich zu dem Detective zu sein, der den Fall bearbeitet, obwohl er mich deutlich hat spüren lassen, dass ich ihm seine Zeit klaue. Und in meinem Artikel gibt es keine einzige negative Äußerung über die Polizei. Robins positive Einstellung ist ansteckend. Vielleicht kann ich, Holly Colshannon, ja alles anders machen. Vielleicht werden sie mich ja mögen.

Heute Abend kommt Lizzie zu mir. Für gewöhnlich verbringen wir die Montagabende stets gemeinsam, um dem Beginn der Arbeitswoche Tribut zu zollen. Wir trinken eine Flasche Wein, essen manchmal ein bisschen Eiscreme, manchmal schauen wir uns ein Video an und manchmal reden wir einfach nur. Montagabend hat Ben meistens Training und Alastair arbeitet meistens, allerdings nicht nur am Montagabend.

Lizzie hat die Sache mit dem Kondom gut überstanden. Eigentlich haben wir schon am nächsten Morgen beide nicht mehr daran gedacht, obwohl es uns am Abend zuvor noch eine große Packung Eiscreme und zahlreiche Videos gekostet hat. Das gesamte Wochenende über hat sich Alastair nicht blicken lassen, allerdings behauptet Lizzie, er sei zu einer wichtigen Sitzung nach London gerufen worden. Ich frage mich, wie ernst er es überhaupt mit ihr meint. Allerdings bin ich wohl voreingenommen, denn wer würde nicht gerne mit Lizzie zusammen sein? Mir ist es ein Rätsel, warum er so viel arbeitet und sie in meiner Gesellschaft lässt. Sie ist verrückt nach ihm und ich hoffe, dass es sich bei ihm nur um das natürliche Abkühlen in einer Beziehung handelt.

Ich drücke für Lizzie den Knopf zum Öffnen der Haustür nach unten und ein paar Sekunden später erscheint sie vor meiner Wohnungstür mit einer Flasche Wein in der einen Hand und zwei Überraschungseiern in der anderen. Ihre langen dunklen Haare fallen glänzend auf ihre Schultern und ihre D-Cup-Brüste hüpfen, als sie auf ihren langen, gazellengleichen Beinen die letzten Stufen heraufspringt. Lizzie hat eine Körbchengröße mehr als ich, worüber ich nur zu froh wäre, aber sie beklagt sich ständig darüber. Kennen Sie den Test, wo man sich einen Bleistift unter die Brust klemmen muss? Na ja, Lizzie beschwert sich darüber, dass sie nicht nur mehrere Bleistifte, sondern auch ein Lineal, einen Winkelmesser und ein großen Radiergummi darunter klemmen könnte.

»Hallo!« Sie küsst mich strahlend auf beide Wangen. »Wie geht's dir?«

»Gut, und dir? Geht's dir wieder besser? Ist Alastair am Sonntag zurückgekommen?«

Sie nickt. Ich bin Alastair erst zwei Mal begegnet, was eigentlich ein wenig seltsam ist, aber er arbeitet so viel, dass er schon Lizzie nur selten sieht, geschweige denn mich. Er sieht auf eine fleißige Art gut aus und trägt eine schicke Nickelbrille.

»Habe ich dir schon gesagt, wie Leid mir das alles tut?«

Ich grinse. »Ja. Ich glaube, du hast es erwähnt. Aber wenn du möchtest, kannst du es gerne noch einmal sagen. Mir gefällt es, wie es dir von den Lippen perlt.«

»Tut mir Leid.«

Ich nehme ihr den Wein ab und gehe voraus ins Wohnzimmer. Sie wirft sich auf ein Sofa, während ich in der Küche Gläser und einen Korkenzieher hole.

Sie ruft mir nach: »Wie war dein erster Tag?«

Ich komme aus der Küche und beginne, die Flasche zu entkorken.

»Okay, abgesehen von der Tatsache, dass der Erste, den ich auf der Polizeiwache getroffen habe, der Polizeibeamte aus dem Krankenhaus war.«

»Der Eklige?«

»Genau.«

»Hat er dich wiedererkannt?«

»Sofort, aber dafür war die Pressesprecherin nett, also war der Tag nicht ganz so schrecklich«.

Ich schenke uns Wein ein und wir trinken beide einen Schluck.

»Dann hast du Alastair also im Büro gesehen?«, frage ich.

Lizzie arbeitet mit Computern. Hmm, ja, sie ist ziemlich intelligent. Allerdings behauptet sie, sie verstünde nichts davon, sie würde nur bei passender Gelegenheit mit Ausdrücken wie »bytes« und »hard drive« um sich werfen. Als sie bei der Software-Firma angefangen hat, war Alastair ihr Chef. Zuerst hat sie ihn monatelang ignoriert, weil sie annahm, er sei auch nur einer von den verkannten Genies, die in Computerfirmen enden. Aber dann haben sie zusammen an einem Projekt gearbeitet und sie behauptete, er habe etwas an sich, was ihr gefiele. Und dann hat sie sich in ihn verliebt.

»Oh, das war langweilig. Alastair hat den ganzen Tag nicht einmal mit mir geredet, er war die meiste Zeit in irgendeiner Vertriebssitzung. Gott, früher war das anders. Weißt du noch, Hol? Er hat mich immer in die Schränke reingezogen! Jetzt kann er sich nur noch mit Mühe von seiner Arbeit losreißen!«

Ich erinnere mich noch gut. Ich habe es praktisch mit ihr durchlebt. Sie sind sich eines Abends näher gekommen, als sie gemeinsam lange gearbeitet hatten, und ich habe erleichtert aufgeseufzt, als die Spannung, die sich so lange aufgebaut hatte, endlich vorbei war. Aber so wie am Anfang ist es bei den beiden wirklich nicht mehr.

Lizzie fährt fort: »Ich bin also heute Mittag in die Stadt gegangen, um mich zu trösten, und rate mal, wen ich getroffen habe.«

»Wen?«

»Die blöde Teresa! Und du wirst es nicht glauben, sie hat nur einen Blick auf meine Einkaufstüten geworfen und fing sofort an, mir zu erzählen, dass Jesus Christus seinem Nachbarn sein letztes Hemd gegeben hat und wenn ich doch nur einmal das Gleiche täte.«

»Nein!«

»Und ich weiß, dass es blasphemisch ist, aber ich habe ihr geantwortet, dass es unheimlich schwer war, an das neue Top heranzukommen, und ich würde es nicht gerne mit jemandem teilen. Ich weiß, das war grausam von mir, aber ich konnte einfach nicht widerstehen.«

Ich muss lachen. In Teresas Augen haben Lizzie und ich unsere Chancen bei Jesus Christus schon lange verspielt. Seit damals, als wir Jungens und Alkohol entdeckten.

In der Schule war Teresa der frömmste Teenager, den man sich vorstellen kann. Sie schminkte sich nicht, redete nicht über Klamotten und pfiff auch nicht hinter Jungens her. In der Pause las sie in der Bibel und besuchte pausenlos die christliche Jugendgruppe. Sie war stets perfekt gekleidet. Absolut züchtig. Auch heute noch. Sie hat glänzende, dunkelbraune Haare, die leicht wellig und halb lang sind. Eigentlich ist sie ein sehr hübsches Mädchen, aber dadurch, dass sie sich nicht schminkt und stattdessen eine zitronensaure Miene zur Schau trägt, ruiniert sie alles. Ich glaube im Übrigen nicht an ihre Heiligkeit, weil sie ein absolutes Luder ist. Dahinter muss irgendetwas anderes stecken, was ich mir nicht vorstellen kann. Einmal hat sie in der Schule das gemeine Gerücht verbreitet, ich sei erwischt worden, wie ich Matt, meine damalige Flamme, auf einem Billardtisch gevögelt hätte! Wenn man bedenkt, dass meine Begegnungen mit Matt sich bis dahin an der Bushaltestelle mit mindestens drei Schichten Kleidern zwischen uns abgespielt hatten, dann war das wirklich eine spektakuläre Anschuldigung. Ich kann seit dieser Zeit keinem Billardtisch mehr nahe kommen, geschweige denn mich auf einem vögeln lassen. Meiner Meinung nach nicht besonders christlich von Teresa.

Lizzie schenkt uns Wein nach und zieht die Füße unter sich.

»Na, was für ein schreckliches Schicksal hat denn Buntam in der letzten Zeit erlitten?«

– 4 –

Am nächsten Morgen finde ich in der Redaktion die Nachricht vor, ich solle dringend Robin anrufen. Ein weiteres reizendes Mitglied der Bristoler Polizeiwache verbindet mich mit ihr.

»Hallo?«, sagt sie.

»Robin, hier ist Holly Colshannon von der *Bristol Gazette.* Wir haben uns gestern kennen gelernt.«

»Holly! Ich wollte Sie gerade anrufen! Halten Sie die Presse an, ich habe Neuigkeiten für Sie!«

»Ach ja?« Ich blinzele überrascht.

Sie spuckt die Worte aus wie eine durchgedrehte Schreibmaschine. »Es ist mir gerade eingefallen. Es ist eine unglaubliche PR-Chance! Ich weiß gar nicht, warum ich nicht schon früher daran gedacht habe! Das ist es, Holly! Es war ziemlich schwer, sie zu überreden, aber schließlich haben sie zugestimmt. Es ist allerdings nur für sechs Wochen!«

»Wer sind ›sie‹? Und in was haben ›sie‹ eingewilligt?«

Robin macht eine dramatische Pause und erwidert ganz langsam. »Sie arbeiten mit einem Detective zusammen.«

Sie atmet schwer ins Telefon und wartet offenbar auf Beifall. Das Problem ist nur, dass ich es immer noch nicht begriffen habe. Ich runzele die Stirn.

»Mit einem Detective? Wie meinen Sie das?«

»Holly«, erwidert sie ungeduldig. »Statt die üblichen Kanäle zu nutzen – Sie wissen schon, ich schreibe die

Pressemitteilung und Sie machen Ihren Artikel daraus –, können Sie einen Detective begleiten und Ihre Erfahrungen aufschreiben.«

»Wie eine Art Tagebuch?«

»Ja, ja, eine Art Tagebuch. Sie können dem Detective den ganzen Tag über folgen und Ihren Lesern aus erster Hand berichten, wie das so ist. Überall, wo er hingeht, gehen Sie auch hin.«

Das ist brillant. Einfach brillant. Und ich, Holly Colshannon, bekomme die Chance. Das ist mein Durchbruch. Am liebsten wäre ich um den Schreibtisch getanzt.

»Robin! Sie sind wundervoll!«, hauche ich in den Hörer. Steve aus der Buchhaltung, der gerade vorbeikommt, wirft mir einen seltsamen Blick zu.

»Ich weiß, Liebling. Allerdings müssen Sie ein paar Regeln beachten.«

»Warum eigentlich ich? Warum nicht der Typ vom *Journal* oder ein freier Journalist?«

»Na ja, Sie sind die größte Zeitung in der Region. Außerdem sollten wir Frauen zusammenhalten.«

Ein Hurra auf die Schwestern! Ich bombardiere sie mit Fragen.

»Wann kann ich anfangen?«

»Sofort.« Ich stocke. Das ist schnell, selbst nach unseren Maßstäben.

»Muss ich mich beim Chief vorstellen?«

»Natürlich.«

»Wann?«

»Heute Nachmittag.«

»Und ich kann über alles schreiben, was ich sehe?«

»Ja, außer über vertrauliche Details, bestimmte Teile des polizeilichen Vorgehens und die Identitäten derjenigen, die in einen Fall verwickelt sind. Sie und die *Gazette* müssen verschiedene Vertraulichkeitsvereinbarungen unterschreiben.«

»Was hat die Polizei davon?«

»Die beste PR, die es je in dieser Gegend gegeben hat. Und Sie dürfen nichts Schlechtes über die Polizei schreiben, das gehört auch zur Vereinbarung.«

Schließlich fällt mir die wichtigste Frage ein. »Und wem werde ich zugeteilt?«

»Erinnern Sie sich noch an den Mann in der Kantine?«

»Grünauge? Der nette Junge von nebenan?«

»Genau der! Sie sind ihm zugeteilt.«

Meine euphorische Wolke zerplatzt mit einem lauten Knall. Ich kenne zwar Grünauge im Grunde nicht, aber mein Zusammenstoß mit ihm sagt mir, dass ihm das nicht gefallen wird. Kein bisschen. Aber ich will Robin gegenüber nicht undankbar erscheinen und sie würde den Job wahrscheinlich jemand anderem geben, wenn ich zu viele Einwände habe. Andererseits kommt es mir nicht besonders attraktiv vor, einen Monat lang seiner scharfen Zunge ausgesetzt zu sein. Kleinlaut sage ich: »Warum gerade er?«

»Nun, er heiratet nächsten Monat. Sie haben sechs Wochen und können sofort anfangen. Wir haben gedacht, das begrenzt die ganze Sache, weil es ja ein Experiment ist. Und vor seinem großen Tag setzt man ihn auch nicht mehr bei gefährlichen Fällen ein. Der Chief meinte, dass Ihnen so auch nichts passieren könnte.«

Nach der Mittagspause soll ich auf der Polizeiwache antanzen, dann hat der Chief Grünauge die Neuigkeiten mitgeteilt.

Das hat im Übrigen Robin gesagt und nicht ich. »Die Neuigkeiten mitgeteilt.« Das macht man so mit Neuigkeiten, die die Leute nicht hören wollen. Hm, kein gutes

Omen für eine freundliche Aufnahme bei Grünauge. Er hat übrigens auch einen Namen. Detective James Sabine.

Ich platze in Joes Büro. Er ist am Telefon und verzieht ärgerlich das Gesicht, aber ich muss ihm dringend sagen, er soll sofort den Chief anrufen, um mit ihm die Vereinbarung durchzusprechen. Er legt den Hörer auf, und noch bevor er sagen kann: »Wie geht es Buntam?«, schnattere ich schon los.

Joe ist begeistert. In seiner Aufregung wirft er noch mehr Sprichwörter als sonst durcheinander. Händereibend ruft er den Chief an. Nach einem ungefähr zwanzigminütigen Gespräch und Joes Versprechen, mir eine Kopie der gefaxten Vereinbarung heute Nachmittag mitzugeben, lädt er mich zur Feier des Tages auf das Glasboot, einem Boot auf dem nahe gelegenen Kanal, zum Mittagessen ein (wobei er die ganze Zeit über fröhlich von der Reaktion des *Journal* schwatzt). Um ehrlich zu sein, verursacht mir das leichte Schaukeln des Restaurants Übelkeit, aber es gehört zu den Lieblingslokalen in der Redaktion, also komme ich oft hierher. Dieses Mal jedoch verbanne ich energisch alle Gedanken ans Übergeben aus meinem Kopf und bestelle das zweitteuerste Gericht auf der Karte. Es ist mir egal, ob Joe denkt, ich wolle die Situation ausnutzen. Während wir auf das Essen warten, kaue ich die ganze Zeit Brot und starre wie ein hypnotisiertes Kaninchen auf einen Punkt hinter Joes Schulter. Joe merkt das allerdings gar nicht.

»Das ist toll, Holly. Richtig toll. Wie hast du sie denn dazu gebracht?«

Ich zucke bescheiden mit den Schultern. Er muss ja nicht wissen, was passiert ist, oder? Und wenn er erführe, dass es Robins Idee und nicht meine war, würde er am

Ende noch jemand Erfahreneren an meine Stelle setzen. »Kontakte«, murmele ich vage.

»Ha, so viel zu dem Typ beim *Journal* mit seinen guten Beziehungen!« Er klatscht in die Hände. »Das wird sie nervös machen! Stell dir nur mal vor, wie sich das für uns auswirkt! Exklusive Berichterstattung von jemandem, der bei der Polizeiarbeit dabei ist! Weißt du, Holly, ich habe eigentlich nicht geglaubt, dass du das schaffst. Ich dachte, wir überholen das *Journal* nie. Seit der neue Gerichtsreporter da angefangen hat, haben sie ihre Auflage ständig erhöht.«

»Nun, jetzt sind wir die Ersten!«

»Der Chief hat mir gesagt, dass ein Detective normalerweise immer ein paar Fälle gleichzeitig zu bearbeiten hat, also brauchst du dir bloß die geeigneten aussuchen. Am besten die, die innerhalb von sechs Wochen gelöst werden können, klar?«

»Okay«, murmele ich und werfe ihm einen zweifelnden Blick zu. Woher soll ich wissen, ob ein Fall gelöst werden kann oder nicht?

»Wir drucken die Geschichte jeden Tag. Die erste Episode nicht vor nächster Woche, dann hast du ein bisschen Zeit, um dich an alles zu gewöhnen und eine wirklich gute Einleitung zu schreiben. Und wir brauchen einen Titel. Einen richtig auffälligen Titel. Wie wäre es mit ›Das Tagebuch des wahren Dick Tracey‹? Ja, ich glaube, das gefällt mir. Es hat was. Wir behalten das mal im Auge bis zum Ende der Woche. Mach die Einleitung bis Donnerstag fertig, dann können wir sie am Freitag bringen.«

Das Tagebuch des wahren Dick Tracey.

Das wird Detective James Sabine ebenfalls nicht gefallen. Kein bisschen.

Als ich auf der Polizeiwache eintreffe, ist es kurz nach zwei. Auf dem Parkplatz ist wieder derselbe Platz frei und ich manövriere Tristan hinein. Derselbe Polizist wie gestern hat Dienst und ich winke ihm fröhlich zu und rufe »Hallo«, als ich zur Pressestelle hinaufeile. Er sieht auf und wirft mir einen düsteren Blick zu. Ein Fortschritt, ein echter Fortschritt. Als ich in der Pressestelle ankomme, klopft mein Herz heftig. Ich weiß gar nicht, warum ich so nervös bin.

Robin hat offensichtlich schon auf mich gewartet. Ihre Augen funkeln und sie zappelt aufgeregt. Sie trägt ein anderes, aber genauso Aufsehen erregendes Kleid wie am Tag zuvor, und ihre Haare sind offen, weswegen sie ständig den Kopf zurückwerfen muss. Ohne ein Wort zu sagen, packt sie mich am Arm und zieht mich den Flur entlang zu Büros, in denen ich noch nie zuvor war. Hier ist der Teufel los. Überall sind Menschen. Stapel von Akten liegen auf den Schreibtischen und Männer schreien ins Telefon. Die Luft summt geradezu. Niemand trägt eine Uniform, was man doch eigentlich auf einer Polizeiwache vermuten sollte. Alle tragen Hemden und Krawatten und es herrscht ein erstaunlicher Mangel an Frauen, weshalb Robin auch wirkt wie eine Nonne in einem Nachtclub. Am Ende des Raums befindet sich ein abgetrenntes Büro mit einer undurchsichtigen Glasscheibe. Vermutlich das Büro des Chiefs. Als Fremde (und Frau) ziehe ich ein paar neugierige Blicke auf mich. Robin klopft an die Tür, und während wir warten, flüstert sie mir zu: »Der Chief wollte alles über Sie wissen, deshalb musste ich leider die Lücken ein bisschen auffüllen.« Bevor ich sie genauer nach den aufgefüllten Lücken fragen kann, werden wir aufgefordert, hereinzukommen. Grünauge, oder James, wie ich ihn besser ab jetzt nenne, läuft hin und her und mein siebter Sinn sagt mir, dass ihn die Neuigkeiten nicht unbedingt entzückt haben. Als wir eintreten, bleibt er stehen und starrt uns finster an. Selbst die kesse Robin scheint unter seinem Medusenblick zu schrumpfen.

Der Chief erhebt sich mit jovialem Lächeln. Er erinnert mich an einen wohlwollenden Bankmanager, ein großer Mann mit einem mächtigen Schnauzer und dickem Bauch.

Herzlich sagt er: »Aah! Da sind Sie ja!«

Er kommt um den Schreibtisch herum und schüttelt mir die Hand.

»Sie müssen Holly sein.«

»Äh, ja. Nett, Sie kennen zu lernen.«

»Wir freuen uns so, Sie an Bord zu haben! Robin hat uns erzählt, dass sie Sie aus London kennt, und ich weiß alles über Ihre journalistischen Abenteuer! Sie sagt, Sie seien an ungewöhnliche Aufträge gewöhnt! Sie müssen mir unbedingt von Ihrer Undercover-Zeit in Beirut erzählen, das ist ja eine tolle Geschichte!«

»Hm, ja. Das muss ich«, erwidere ich mit einer Stimme, die nicht mehr ganz zu mir zu gehören scheint. Ich war noch nicht einmal in Brighton, geschweige denn in Beirut. Ich werfe Robin einen Blick zu. Sie strahlt mich an, hat aber einen warnenden Ausdruck in den Augen. Ich habe so das dumpfe Gefühl, als ob sie immer bekommt, was sie will.

»Das ist Detective James Sabine. James, Ihr neuer Schatten in den nächsten vier Wochen.«

James hat anscheinend Schwierigkeiten, mich anzuschauen. Er hat die ganze Zeit über zu Boden gestarrt, die Hände tief in den Hosentaschen vergraben.

»Wir kennen uns bereits«, quetscht er durch zusammengebissene Zähne, dreht sich aber wenigstens um, um mir die Hand zu schütteln. Verdammt, er reißt sie fast aus. Ich versuche, nicht zu ächzen.

Der Chief fährt fort: »Holly, ich habe veranlasst, dass ein Schreibtisch für Sie frei geräumt wird, damit Sie Ihre Artikel hier schreiben können, während James seine Berichte schreibt. Das müssen Sie unbedingt mitbekommen. Unsere Polizeibeamten haben so viel Schreibkram zu erledigen! Aber vermutlich haben Sie Geduld ja bei Ihrer Arktisexpedition gelernt!«

Ich war in meinem ganzen Leben noch nicht auf einer Arktisexpedition!

»Es gibt sicher eine Menge für mich zu lernen!«, erwidere ich versöhnlich, damit wir endlich das Thema wechseln können.

»Hat Ihnen Ihr Chefredakteur die unterschriebene Vereinbarung mitgegeben?«

Ich hole die gefaxten Papiere, über denen unser Justitiar in der Mittagspause gebrütet hat, aus meiner Tasche. Joe hat unten auf der letzten Seite unterschrieben und ich setze meine Unterschrift daneben. Ich spüre, wie sich James Sabines Augen in meinen Rücken bohren, und trete unbehaglich von einem Fuß auf den anderen.

Als ich dem Chief die Vereinbarung reiche, sagt er: »Gut! Wollt ihr beiden nicht in die Kantine gehen und euch ein bisschen besser kennen lernen? Ich muss noch ein paar Dinge mit Robin besprechen.« Damit sind James und ich entlassen.

James Sabine rast mit halsbrecherischer Geschwindigkeit den Flur entlang. Ich haste hinter ihm her, wobei ich ständig sein breites Kreuz in einem Tweedjackett vor Augen habe. Fast muss ich laufen, um mit ihm Schritt zu halten, seine Beine sind anscheinend doppelt so lang wie meine.

Zum zweiten Mal innerhalb von vierundzwanzig Stunden bin ich wieder in der Kantine und werde von allen Seiten misstrauisch beäugt. James sagt kein einziges Wort, als wir uns unseren Kaffee holen. Er sieht mich nicht einmal an. Er bekommt seinen Kaffee als Erster, geht stumm an einen der Tische und ich hechel ihm hinterher. Schüchtern setze ich mich ihm gegenüber. Ich komme mir vor wie ein kleines Mädchen, das von seinem Vater gelobt werden möchte. Ohne mir einen Blick zu spendieren, sagt er: »Na, Sie sind sicher äußerst zufrieden mit sich. Halten Sie das für eine gute Idee, Robin und den Chief beschwatzt zu haben?«

Ich schlucke. Du meine Güte, stehen wir jetzt mit den Handschuhen schon mitten im Boxring? Können wir uns nicht wenigstens vorher noch ein bisschen verbal aufwärmen? So nach dem Motto: »Das Wetter war ein wenig unbeständig in der letzten Zeit.«

»Nun, es mag ja für Sie ein bisschen unbequem sein, aber …«

»Ein bisschen unbequem? Wenn ich einer opportunistischen Journalistin den Hintern abputzen soll, die sich ständig ihre Zähne an mir wetzt? Nein, nein. Das ist keineswegs unbequem. ES IST EINE VERDAMMTE SCHEISSAUFGABE, DAS IST ES!« Er brüllt den letzten Satz so laut, dass jeder in der Kantine erstarrt. Alle Leute drehen sich nach uns um und ich sinke auf meinem Stuhl zusammen, aber James Sabine wendet seine durchdringenden, grünen Augen jetzt nicht von meinem hochroten Gesicht. »Glauben Sie vielleicht, ich habe nicht schon genug zu tun, auch ohne dass ich Sie ständig mit mir herumschleppen muss?«

Das kränkt mich, vor allem das Wort »schleppen«, weil es Gewicht impliziert.

Ich versuche es noch einmal. »Aber James …«

»Für Sie Detective Sabine«, grollt er zwischen zusammengebissenen Zähnen.

»Detective Sabine. Es ist eine tolle Werbechance. Überlegen Sie doch mal, was das für die Polizei hier bewirken kann.«

»Sie meinen also, dass unser Ruf, wenn Sie hier fertig sind, dann auf demselben Gossenniveau ist wie die Presse?«

Anscheinend hat er was gegen Zeitungen. Fast bin ich versucht zu fragen, ob er als Kind irgendwelche schlechten Erfahrungen mit Reportern gemacht hat. Vielleicht hat ihm mal einer den Kaugummi weggenommen. »Nein, ich meine, das schafft gute PR. Es zeigt den Leuten, was Sie hier für großartige Arbeit leisten.«

»Die Kriminellen in Bristol können bestimmt ruhiger schlafen, wenn Sie wissen, dass Sie dabei sind.« Und damit steht er mit solcher Wucht auf, dass sein Stuhl krachend nach hinten kippt, und dampft ab. Ich lasse den Stuhl liegen und renne hinter ihm her. Langsam werde ich wütend. Wenn er denkt, er kann mich herumschubsen, dann hat er sich aber geirrt. Mich nicht. Ich habe die Chance meines Lebens bekommen, eine Chance, die mich möglicherweise in meine Traumkarriere befördert, und ich werde es nicht zulassen, dass mir das jemand verbaut. Passen Sie gut auf, Detective Sabine, denn für die nächsten sechs Wochen haben Sie einen nicht zu verscheuchenden Schatten, der extrem an Ihnen klebt.

Ich folge ihm ins Büro. Als er sich zwischen den anderen Schreibtischen hindurchschlängelt, stelle ich fest, dass seine Kollegen das Ganze offenbar äußerst amüsant finden. Dass er so schlechte Laune hat, erheitert sie nur noch mehr. Ich vermeide jeden Blickkontakt mit ihnen, um die Situation nicht noch zu verschärfen. Er setzt sich an seinen Schreibtisch, und da der Schreibtisch ihm gegenüber frei geräumt ist, nehme ich an, er ist für mich. Ich setze mich und sage so leise, dass niemand es hören kann: »Hören Sie zu. Es tut mir wirklich Leid, dass Sie das so sehen. Ich kann Ihnen nur versichern, dass ich mein Bestes tun werde.« Er verzieht höhnisch das Gesicht.

»Haben Sie nicht gefragt, ob mich jemand anderer in dieser Abteilung mitnehmen kann?«, frage ich hoffnungsvoll.

»Das war meine erste Frage.«

»Und was haben sie gesagt?«

»Was glauben Sie denn? Warum fragen *Sie* nicht, ob Sie jemand anderer mitnehmen kann?«

»O nein. Ich bekomme diese Chance nur einmal, und wenn Sie es sind, muss ich eben mit Ihnen vorlieb nehmen.«

»Na, erwarten Sie bloß nicht, dass es leicht wird«, grummelt er.

Ohne darauf einzugehen, fahre ich fort: »Wir sind für die nächsten sechs Wochen aufeinander angewiesen. Warum stellen Sie nicht einfach ein paar Regeln auf? Vielleicht geht es Ihnen ja dann besser.«

Schweigend sitzen wir ein paar Sekunden lang da, während er meinen Vorschlag überdenkt. Schließlich sagt er langsam: »Okay. Regel Nummer eins. Sie dürfen sich nicht in meine Arbeit einmischen. Ich will kein Wort von Ihnen hören. Sie sind nur als Beobachterin dabei.«

»Verstanden.« Ich mache eine Bewegung, als zöge ich mir einen Reißverschluss über dem Mund zu. Seine Augen flackern.

Er redet jetzt schneller. »Regel Nummer zwei. Sie fragen mich bei jedem Detail meiner Fälle, das Sie in Ihrer Zeitung abdrucken wollen. Haben Sie gehört? Bei jedem einzelnen Detail. Wenn Sie unbedacht Informationen weitergeben, können Sie den ganzen Fall gefährden. Und Regel Nummer drei«, er beugt sich vor, »Sie machen den besten PR-Job, den Sie jemals gemacht haben, Mrs Colshannon.«

»Das habe ich vor.«

»Gut.«

»Gut.«

Wir schweigen. Endlich sage ich: »Gut. Ich glaube, wir verstehen einander. Ich soll morgen früh anfangen. Um wie viel Uhr geht es los?«

»Punkt acht Uhr.«

»Dann bis dahin, Detective Sabine.«

Als ich aufstehe, bricht die gesamte Abteilung in Jubelrufe aus. Unwillkürlich muss ich lächeln und ich nicke den anderen zu, als ich hinausgehe. Ich habe meine gute Laune wiedergefunden. Womöglich komme ich mit Detective Sabine nie zurecht, aber den Rest der Abteilung werde ich bestimmt mögen.

– 5 –

»Wie ist er denn so, dieser Detective Sabine?«

Ich telefoniere mit Lizzie. Ich sitze mit gekreuzten Beinen auf dem Fußboden, lehne meinen Kopf gegen die Wand und trinke einen großen Schluck von meinem Wodka-Lemon.

»Wie meinst du das? Ich habe dir doch erzählt, wie er ist. Gemein, launisch …«

»Nein. Wie sieht er aus?«

»Wie er aussieht?«

»Ja, Holly«, erwidert Lizzie geduldig. »Wie er aussieht. Hat er Warzen? Schielt er? Hat er vorstehende Zähne? Du weißt schon, sein Aussehen …«

»Hast du ihn denn im Krankenhaus nicht gesehen?«

»Na ja«, gibt sie zu, »nur den Hinterkopf.«

»Oh! Ach so!«, erwidere ich achselzuckend. »Also, er sieht durchschnittlich aus. Du weißt schon, wie der Junge von nebenan.« Ich leihe mir einfach Robins Satz.

»Der Junge von nebenan? Soll das heißen, er sieht aus wie Warren Mitchell? Hey! Krass! Das ist ja …«

Lizzie und ich haben so ziemlich die gleichen Erfahrungen mit Jungens von nebenan gemacht und die waren nicht so berauschend.

»Nein, Lizzie, eigentlich nicht. Nicht wie Warren Mitchell.«

»Wer denn?«

»Er sieht einfach nur nett aus, aber wir wissen ja, dass er

nicht nett ist. Aber er sieht nett aus. Grüne Augen, dunkelblond, groß. Gut gebaut. Das Übliche.«

Es sieht mir eigentlich gar nicht ähnlich, einen gut aussehenden Mann zu beschreiben und dann »das Übliche« zu sagen. Aber Detective Sabine entlockt mir nun wahrhaftig keine Begeisterungsschreie. Wissen Sie, für mich spielt die Persönlichkeit eines Mannes eine große Rolle. Er sollte amüsant sein, ohne zu sarkastisch zu sein. Und Detective Sabine ist einfach nur sarkastisch. Er muss warmherzig und freundlich sein. Auch hier konnte er keine Punkte sammeln. Und nett. Das finde ich am wichtigsten. Und ist es etwa nett, unfreundlich zu einem Mädchen an ihrem ersten Arbeitstag zu sein? Nein, ist es nicht.

»Ich finde, er klingt ziemlich nett«, träumt Lizzie laut.

»Ist er aber nicht. Er gibt mir das Gefühl, zehn Jahre alt zu sein, und außerdem will er mich nicht dabeihaben«, grummele ich.

»Als Polizist ist er wahrscheinlich ziemlich fit.«

»Wo ist Alastair heute Abend?«, frage ich betont.

»In Schottland auf irgendeiner Konferenz.«

»Wie geht es ihm?«

»Ich glaube gut. Ich habe ihn seit dem Wochenende nicht mehr gesehen.«

Lizzie und ich verabschieden uns und ich lege den Hörer auf. Rasch wende ich meine Gedanken gewichtigeren Themen zu. Was sollte eine Reporterin, die einen Detective begleitet, anziehen? Vielleicht wäre ein Hauch von Glamour nicht schlecht. Ich lege Aretha Franklin auf, um mich zu inspirieren, gehe mit einem frisch gefüllten Glas ins Schlafzimmer, öffne meinen Schrank und betrachte den Inhalt. Hmm. Ich lege alle Kleider auf mein Bett, um das gewisse Etwas zu finden. Schließlich entscheide ich mich für eine schwarze Wildlederhose, einen kurzen, lilafarbenen Pullover und hohe, schwarze Stiefel. Ehrlich gesagt sind es die ersten Sachen, die ich aus dem Schrank hole.

»… Nein! Cremefarben ist bestimmt gut … Schokoladenfarbene Tinte? Was ist das denn? … Oh. Okay, klingt nicht schlecht … Nein. Hör mal, ich muss jetzt los … Diese Reporterin ist hier … Was? Cremefarbene Tinte auf Schokolade? Reden wir über das Gleiche? Du suchst ganz bestimmt das Richtige aus … Ich muss jetzt gehen … Ja, ja … Tschüs.«

Seitdem ich angekommen bin, hat Detective Sabine die ganze Zeit telefoniert, und der letzte Anruf war vermutlich von seiner Verlobten. Zumindest hoffe ich das. Ich habe das Gespräch schamlos belauscht, weil es mal eine Abwechslung war zu hören, wie nett er sein kann.

Ich war heute früh von mir selber überrascht. Mit Hilfe von zwei Weckern, dem Radio und einem telefonischen Weckruf habe ich es geschafft, um Punkt acht auf der Polizeiwache zu sein. Wie ein Kind, das auf eine neue Schule kommt, habe ich mich vorher bei der *Gazette* mit Blöcken, Stiften und Bändern für mein Diktiergerät ausgerüstet. Kurz habe ich sogar überlegt, ob ich mir wohl Namensschildchen in die Wäsche nähen sollte.

Ich habe die Zeit seit meiner Ankunft gut genutzt und mich mit dem Rest der Abteilung angefreundet. Oder vielmehr, sie haben sich mit mir angefreundet, weil mich das nämlich gar keine Mühe gekostet hat. Ich habe einfach an meinem Schreibtisch gesessen und die Typen sind zu mir gekommen und haben sich vorgestellt. Sie scheinen alle ganz nett zu sein. Warum ich gerade mit dem mürrischsten von allen zusammenarbeiten muss, wird mir auf ewig ein Rätsel bleiben.

Ich warte darauf, dass Detective Sabine endlich aufhört zu telefonieren, drehe mich auf meinem Drehstuhl und bedauere die arme junge Dame am anderen Ende der Leitung, als schon wieder einer der Beamten an meinem Schreibtisch auftaucht.

»Hi, ich bin Callum. Sie müssen Holly sein.« Er grinst mich verschmitzt an.

Ich lächele strahlend zurück. Manchmal weiß man von vornherein, dass man jemanden mögen wird. Callum würde ich bestimmt mögen.

»Sie kennen meinen Namen?«, sage ich überrascht.

»Die ganze Abteilung redet von nichts anderem. Das hat einen ganz schönen Aufruhr verursacht! Der Chief und Robin haben uns einen langen Vortrag über das Projekt gehalten.«

Er betrachtet mich nun ernst.

»Was ist mit ihm? Ihm haben sie wohl keinen Vortrag gehalten.«

»Machen Sie sich nichts daraus. James ist nur schlecht drauf.« Er weist mit dem Kopf auf Detective Sabine und mein Lächeln wird noch breiter.

»Das kommt daher, dass er nächsten Monat heiratet«, fährt Callum fröhlich fort und macht eine Geste, als würde ihm der Hals durchschnitten.

»Für welche Zeitung arbeiten Sie?«

»Für die *Gazette.*«

Callum senkt seine Stimme zu einem übertriebenen Flüstern und beugt sich dicht zu mir. »Er kann Reporter nicht ausstehen, wissen Sie.«

Ich flüstere zurück: »Ich weiß. Können Sie mir einen Tipp geben?«

»Nehmen Sie mit mir das nächste Flugzeug nach Griechenland?«

Ich werfe Detective Sabine einen Blick zu. »Reizvoller Gedanke, aber leider nicht möglich.«

»Okay, ich frage Sie in einer Woche noch einmal, dann sind Sie wahrscheinlich so weit.« Er richtet sich auf. »Einen schönen Tag, Holly, bis später dann.«

Detective Sabine hat kaum den Hörer aufgelegt, als er auch schon aufsteht.

»Kommen Sie, wir müssen los. Im Krankenhaus sind Medikamente gestohlen worden.«

Oh. Meine erste Amtshandlung. Ich wackele eilig hinter ihm her.

Wir steigen in die Tiefen des Gebäudes. Na ja, eigentlich nicht »wir«, weil James Sabine zehn Schritte vor mir her läuft und ich wie eine behinderte Spinne hinter ihm her krabbele. Verfluchte schwarze Stiefel. Gerade, als ich denke, wir gehen aus irgendeinem bizarren Grund wieder in die Kantine, biegt er überraschend links ab und wir gelangen in die Tiefgarage. James tritt an einen kleinen Stand, holt sich dort die Schlüssel ab – der Typ sieht ähnlich mürrisch aus wie Dave am Empfang – und strebt damit zu einer unauffälligen grauen Limousine. Als ich mich neben ihn auf den Beifahrersitz winde, hat er schon den Motor gestartet und sich angeschnallt.

»Sie werden sich schneller bewegen müssen, Mrs Colshannon, wenn Sie nichts verpassen wollen. Wenn Sie dem Tempo nicht folgen können, muss ich einfach ohne Sie auskommen.«

»Ich war mir nicht bewusst, dass ich irgendetwas verpasse, und außerdem bin ich Miss Colshannon. Ich schäme mich nicht, weil ich Single bin«, erwidere ich hochnäsig.

Er zieht die Augenbrauen hoch und sagt »ah«, in einem Tonfall, als ob das alles erklären würde. Wütend drücke ich mein Rückgrat durch. »Darf ich vielleicht geeigneteres Schuhwerk vorschlagen?«, sagt er mit einem Blick auf meine todschicken, aber zugegebenermaßen ziemlich hochhackigen Stiefel.

»Sobald ich heute Abend nach Hause komme, werde ich meine Laufschuhe heraussuchen«, zische ich hinter zusammengebissenen Zähnen.

Der Wagen fährt aus der Tiefgarage in den hellen Sonnenschein hinein. Im Vorbeifahren werfe ich Tristan einen traurigen Blick zu.

Ich schaue stumm aus dem Fenster, bis mir auf einmal durch den Kopf geht, dass der blöde Typ wahrscheinlich genau das will.

Also hole ich meinen Notizblock heraus, räuspere mich und frage: »Was machen Detectives denn im Allgemeinen so? Ich meine, auch im Besonderen?«

»Alles, von Vergewaltigung über Einbruch bis hin zu Mord. Alles, wozu Ermittlungen notwendig sind, im Gegensatz zu den Fällen, die auch Uniformierte übernehmen können.«

»Uniformierte?«

»Ja, die Jungs in Blau, Miss Colshannon.« Er zeigt auf seine Hose. Er trägt beigefarbene Chinos. Mein Blick gleitet höher und ich bemerke das Ralph-Lauren-Hemd und die schicke Krawatte. Rasch schreibe ich auf, was er gesagt hat, damit er nicht denkt, ich mustere ihn. »Und wie lange sind Sie schon bei der Polizei, Detective?«

»Neun Jahre.«

»Haben Sie direkt nach der Schule dort angefangen?«

»Nach der Universität.«

»Auf welcher Uni waren Sie?«

»Durham.« Ich höre auf mitzuschreiben und ziehe verblüfft die Augenbrauen hoch. Er wirft mir einen maliziösen Blick zu. »Überrascht Sie das, Miss Colshannon? Dass ich einen akademischen Abschluss habe? Haben Sie gedacht, ich hätte Holzfäller gelernt?«

»Wenn Sie das gelernt hätten, dann hätten Sie sich zumindest den Balken aus den Augen entfernen können«, erwidere ich bissig. Er regt mich langsam auf.

»Touché«, murmelt er. Der Rest der Fahrt verläuft in tiefem Schweigen.

Als wir das Krankenhaus betreten und der starke, vertraute Geruch nach Desinfektionsmitteln uns entgegenschlägt, fällt mir sofort der Kondomzwischenfall von letzter Woche ein. Hoffentlich erkennt mich keiner, aber eigentlich kann das gar nicht sein, schließlich kommen hier jeden Tag Hunderte von Leuten her. Selbstbewusst folge ich Detective Sabine zum Empfang. Er zeigt seinen Ausweis.

»Ich möchte mit jemandem über die Diebstähle reden.« Die Frau greift zum Hörer, spricht kurz hinein und legt dann wieder auf.

»Sie müssen mit Dr. Kirkpatrick sprechen. Er ist im Munroe-Flügel, fragen Sie dort am Empfang nach.« Sofort wendet sie ihre Aufmerksamkeit wieder der Zeitschrift zu, die aufgeschlagen vor ihr liegt.

Ich erstarre. Dr. Kirkpatrick?? Dr. KIRKPATRICK?? Oh, nein. Das darf doch nicht wahr sein!

Detective Sabine marschiert mit großen Schritten los zum Munroe-Flügel. Ich trödele hinterher, damit ich noch ein bisschen nachdenken kann, aber da ruft er schon: »Beeilen Sie sich!«

Auf dem Weg dorthin überlege ich, welche Möglichkeiten mir bleiben. Ich könnte verloren gehen oder plötzlich Windpocken bekommen. Aber das Problem ist, dass ich bei dem ersten Fall wirklich dabei sein sollte, sonst denkt

Detective Sabine noch, er hätte mir den Schneid abgekauft.

Genau. Ich kann die Sache nur durchstehen.

In olympiaverdächtiger Rekordzeit erreichen wir den Munroe-Flügel und Detective Sabine fragt nach Dr. Kirkpatrick. Er erscheint und die beiden Männer schütteln sich die Hände, während Detective Sabine sich vorstellt. Dann dreht sich Detective Sabine zu mir um und sagt: »Das ist Miss Holly Colshannon. Sie ist nur als Beobachterin dabei.« Er sagt das zu Dr. Kirkpatrick, aber mit einem solchen Nachdruck, dass mir schon klar ist, er will mich nur an Regel Nummer eins erinnern. Als ob ich sie vergessen könnte. Dr. Kirkpatrick starrt mich an.

»Du lieber Himmel! Den Namen werde ich anscheinend nicht mehr los! Man sollte Ihnen einen eigenen Parkplatz geben!« Oh, Scheiße! Das wird ja noch schlimmer, als ich mir das vorgestellt habe. Verflucht sei sein pedantisches Gedächtnis! Ich lächele mühsam und Detective Sabine zieht seine Augenbrauen so hoch, dass sie gleich bestimmt unter seinen Haaren auf dem Hinterkopf verschwinden.

»Ha, ha! Nett, Sie wiederzusehen«, presse ich hervor.

»Sie waren doch letzte Woche schon einmal hier, oder? Interessantes, äh, Schauspiel.« Jetzt starren sie mich beide an.

»Ja, ja, das war es.« Hektisch drehe ich mir die Haare um den Finger und werde knallrot. Du meine Güte, müssen wir uns so lange über das Thema auslassen? Es gibt doch bestimmt interessantere Dinge zu besprechen. Der Euro zum Beispiel oder die globale Erwärmung? Die Schulden der Dritten Welt?

»Wie geht es denn Ihrer Freundin? Ist alles wieder in Ordnung?«

»Ja, danke. Es geht ihr gut.« Unbehaglich trete ich von einem Fuß auf den anderen.

»Sie werden noch jahrelang darüber lachen!«

Ach ja? Ich glaube, wir werden eher verlegen lächeln und rasch das Thema wechseln. Aber ich antworte mit unnatürlich hoher Stimme: »Ja, vermutlich.« Mittlerweile steht Detective Sabines Mund beinahe offen. Um deutlich zu machen, dass ich jetzt am Gespräch nicht mehr teilnehme, zücke ich meinen Notizblock, lecke an meinem Bleistift (was ich noch nie in meinem ganzen Leben getan habe) und warte.

Sie starren mich immer noch an, bis endlich bei ihnen der Groschen fällt und sie kapieren, dass die Show vorüber ist. Der Detective wendet nur mit Mühe seine Stielaugen von mir ab und dreht sich wieder zu dem Arzt. Offensichtlich hat er vergessen, warum wir eigentlich hier sind.

»Äh, gut«, sagt er benommen. »Wo waren wir stehen geblieben? Also, Doktor, könnten Sie uns ein bisschen was über die Diebstähle erzählen?«

Endlich sind wir beim Thema. Detective Sabine zieht ebenfalls einen Notizblock heraus. Zuerst zeigt uns der Arzt den Medikamentenschrank, aus dem die Medikamente gestohlen worden sind. Es sieht nicht so aus, als ob er gewaltsam aufgebrochen worden wäre.

Detective Sabine fragt: »Ich nehme an, der Schrank ist normalerweise abgeschlossen?«

»Richtig. Wir nehmen das sehr ernst. Mit mir gibt es nur vier Personen in diesem Flügel, die den Schlüssel dazu haben.«

»Was genau wurde gestohlen?«

Der Arzt rattert eine Liste von zehn verschreibungspflichtigen Medikamenten herunter. Detective Sabine kann sie, im Gegensatz zu mir, alle mitschreiben. Er fragt: »Haben Sie irgendeinen Wert als Drogen?«

»Ein paar, nicht alle.«

»Können Sie oder sonst einer sich erinnern, wann der Schrank zuletzt verschlossen wurde?«

»Nun, die vier Personen mit dem Schlüssel waren gestern alle da, aber wir haben erst heute Morgen entdeckt, dass die Medikamente fehlen.«

»Wie oft wird der Schrank benutzt? Sagen wir mal, an einem Tag wie gestern?«

»Ungefähr einmal pro Stunde, manchmal mehr, manchmal weniger.«

»Haben Sie jemand Verdächtigen gesehen?«

»Nein, aber ich muss das übrige Personal auf der Station noch fragen.«

»Es könnte also sein, dass jemand vergessen hat, den Schrank abzuschließen, und der Dieb hat das ausgenutzt. Vertrauen Sie dem Personal, Doktor?«

»Unbedingt.«

»Sie glauben also nicht, dass jemand von ihnen die Medikamente genommen haben könnte oder den Schrank absichtlich offen gelassen hat?«

»Nein, definitiv nicht.«

»Ich schicke Ihnen ein paar Polizisten, die die Personen mit Schlüssel befragen können und wahrscheinlich auch die anderen Angestellten, um zu hören, ob irgendjemand etwas Verdächtiges bemerkt hat.«

Während ich mitschreibe, schaue ich mir den Arzt genauer an. Zerstreut fährt er sich mit der Hand durch seine kurzen, dunklen Haare. Ich verspüre den leisen Wunsch, dass es meine Hand wäre, weise mich im Stillen jedoch sofort zurecht. Aber er ist nett, denke ich verträumt. Richtig nett. Eine Stimme unterbricht meine Gedanken.

»Miss Colshannon? Hallo?«

Ich zucke zusammen und blicke Detective Sabine an. »Hmm?«

»Wir gehen.«

»Oh. Ach ja.« Hastig ergreife ich meine Tasche und erhebe mich, wobei ich schuldbewusst erröte. Mein Blut hat im Moment viel zu tun.

»Ich bringe Sie hinaus«, sagt Dr. Kirkpatrick.

Die beiden Männer gehen auf die Doppeltüren zu und der Arzt bleibt zurück, um neben mir herzulaufen.

»Sie arbeiten also mit der Polizei zusammen?«

»Nein, eigentlich bin ich Reporterin. Ich begleite den Detective sechs Wochen lang, um einen Bericht für meine Zeitung zu schreiben.«

»Das habe ich noch nie gehört.«

»Es ist auch ein neues Projekt. Heute ist mein erster Tag.«

»Für welche Zeitung arbeiten Sie?«

»Für die *Bristol Gazette.*«

»Das werde ich mir merken.«

Schweigend gehen wir weiter und ich zermartere mir den Kopf, worüber wir uns noch unterhalten könnten. Schließlich sage ich: »Und Sie sind also Arzt?« Na toll, Holly. Das reinste Gesprächs-Harakiri.

»Das wird allgemein angenommen.« Er lächelt mich an. Er hat Lachfältchen um die Augen, also lächelt er wohl oft.

»Arbeiten Sie häufig so lange?«

»Ja, ich bin überarbeitet und unterbezahlt. Aber immerhin lerne ich nette Leute kennen.« Er zwinkert mir zu und mein Herz stolpert. In meinem emotionalen Aufruhr falle ich fast über einen Rollstuhl und ein Paar Krücken, die an der Wand lehnen.

Als wir am Eingang des Krankenhauses angelangt sind, schüttelt er zuerst Detective Sabine die Hand und dann mir. »Es war nett, Sie kennen zu lernen, Holly. Noch einmal kennen zu lernen, ich meine, nicht unter beruflichen Umständen.«

Detective Sabine und ich gehen zum Auto.

»Dann war das letzte Woche also kein Zufall?«, will er wissen.

»Ich bin ziemlich häufig hier. Ich ziehe Unfälle magisch an.« Ich grinse, weil mir Dr. Kirkpatrick gute Laune gemacht hat.

»Na, großartig«, murmelt er.

Als wir losfahren, frage ich: »Und, was meinen Sie?«

»Ich schicke Polizisten zur Befragung hin. Vielleicht hat das Personal was damit zu tun. Und ich will Ihren Bericht sehen, bevor er an die Zeitung geht! Ich habe keine Lust, dass Sie mir die Ermittlungen vermasseln.«

»Das haben Sie bereits deutlich zum Ausdruck gebracht.«

»Nun, Sie kennen ja Reporter. Wie oft man auch etwas sagen mag, sie glauben immer, sie hören etwas anderes.«

Auf dem Weg halten wir an, um einen Kaffee zu trinken. Detective Sabine geht in ein Café, um welchen zum Mitnehmen zu holen, nachdem er mich mürrisch gefragt hat, ob ich auch Kaffee möchte. Ich sitze im Auto und warte auf ihn. Das Funkgerät sagt irgendwas. Es hört gar nicht mehr auf. Darf ich mit ihm reden? Andererseits könnten wir etwas verpassen.

Es redet immer noch.

Zögernd drücke ich auf einen Knopf und sage: »Hallo?«

»Ist da Einheit siebzehn?«, fragt das Funkgerät.

»Äh, kann sein.«
»Sie sind die Reporterin, nicht wahr?«
»Ja.«
»Wo ist Einheit siebzehn?«
»Äh, er holt Kaffee.«
»Sagen Sie Einheit siebzehn, es gab einen Code fünf auf der Hanbury Road elf.«
»Okay, mache ich«, erwidere ich forsch.

Mein erster Funkruf! Ich bin so aufgeregt! Detective Sabine kommt zurück und reicht mir einen dampfenden Becher Kaffee. Ich nehme ihn entgegen und sage: »Wir hatten gerade einen Funkruf.«

»Wir hatten keinen Funkruf, ich hatte einen. Und was fällt Ihnen ein, ihn zu beantworten? Wie war noch mal Regel Nummer eins? Sie dürfen nichts sagen. Zu niemandem. Und schon gar nicht über Funk. Das ist geheim!«

Ich glaube, ich warte erst mal, bis er ein bisschen Koffein zu sich genommen hat, bevor ich ihm mehr sage. Ich trinke einen Schluck Kaffee und blicke stur aus dem Fenster, wobei ich spüre, wie er mich ansieht.

»Und? Was wollten sie?«, fragt er ungeduldig. Ich unterdrücke mein kindisches Verlangen, ihn aufzufordern, er solle das Zauberwort aussprechen.

»Sie haben gesagt, es gab einen Code elf auf der Hanbury Road fünf.«

»Einen Code elf?? Oh, Scheiße! Schütten Sie den Kaffee aus! Los! Schütten Sie ihn aus dem Fenster!«

Unser erster Einsatz! O mein Gott! Er schaltet die Sirene ein und wir rasen durch den Verkehr. Wow! Das ist ja fantastisch! Die Leute springen zur Seite, während wir … Auf einmal fällt mir etwas ein. Können Sie es sich schon denken? Es war gar nicht Code elf, nicht wahr? Glauben Sie, die Zahl ist so wichtig? Soll ich es ihm gleich sagen? Ja, das tue ich, ganz leise und kleinlaut, wobei ich hoffe, dass er mich gar nicht hört.

»Äh, Detective Sabine? Es war gar nicht Code elf. Es war Code fünf.«

»WAS?!?!«

Ich stehe bei McDonald's an, um Kaffee zu bestellen. Er war ziemlich wütend. Ich muss ihm wahrscheinlich das Fluchen mit Obst- und Gemüsesorten beibringen. Er hat gerade praktisch einen ganzen Blindenhund finanziert.

– 6 –

In der Vereinbarung zwischen dem Chief und meiner Zeitung stand auch drin, dass ich Robin über meine Berichterstattung auf dem Laufenden halte. Also gehe ich in der Mittagspause in ihr Büro und wir begeben uns schwesterlich duzend in die Kantine, um ein Sandwich zu essen.

»Kann ich bitte Thunfisch ohne Mayonnaise auf Foccaccia mit Rucola haben?«, herrscht sie die Bedienung hinter dem Tresen an. »Was möchtest du haben, Holly?«

»Ein ganz normales Thunfisch-Sandwich, danke.«

Wir setzen uns an einen der Plastiktische und warten auf unsere Sandwiches. Robin fragt: »Und wie war dein erster Tag?«

»Okay.« Ich erzähle ihr von dem Funkspruch und sie lacht.

»Das wird schon noch besser. Er wird an dir wachsen.«

Ja, klar, wie ein giftiger Pilz.

Ich bespreche mit ihr ein paar der Ideen, die ich für meine Berichte hatte.

»Das klingt großartig, Holly. Du musst nur immer an unsere Abmachung denken. Stell die Polizei gut dar und wir sind beide hier heraus, noch bevor du …« Sie bricht mitten im Satz ab, als ob ihr auf einmal klar geworden wäre, dass sie zu viel gesagt hat. In diesem Moment bringt uns die Bedienung unsere Sandwiches, deshalb tue ich so, als hätte ich es nicht gemerkt.

Die Frau knallt uns zwei Teller mit absolut identischen Thunfisch-Mayonnaise-Sandwiches hin und verschwindet wortlos wieder. Robin wirkt geschlagen angesichts der offenen Meuterei.

»Ach, wenn ich doch nur schon wieder in London wäre«, seufzt sie und blickt auf ihr rucolafreies Mayonnaise-Sandwich.

Und schon wieder frage ich mich, warum sie denn eigentlich aus London weggegangen ist, wenn sie unbedingt wieder dorthin will?

Ein halbe Stunde später kehre ich an meinen Schreibtisch zurück. Callum winkt mir zu und ich wedele geistesabwesend zurück. Er ist am Telefon, hat die Füße auf den Schreibtisch gelegt und isst eine Banane.

Ich setze mich, um am Computer mit der Einleitung für meinen Bericht anzufangen. Frustriert überlege ich mir den ersten Satz. Soll ich den Bericht ernst und nachdenklich anlegen? Oder mit einer Spur Humor? Was lesen die Leute wirklich? Ich kaue an meinem Bleistift und drehe mich ein paar Mal auf meinem Drehstuhl, um meine kleinen grauen Zellen in Bewegung zu bringen.

Die Leute wollen über andere Leute lesen. Also wird dieses Tagebuch ein absolut aufrichtiger Bericht über meine sechs Wochen mit Detective Sabine werden. Es mag an meiner weiblichen Intuition liegen, aber ich bin mir absolut sicher, dass er von der ganzen Angelegenheit nichts hält, und deshalb werde ich seinen Namen ändern. In Jack. (Eine der Katzen meiner Mutter heißt so. Es ist eine besonders gemeine Katze.)

Aber ansonsten werde ich ihn nicht verfremden, die Leser sollen schon wissen, mit wem sie es zu tun haben.

In Gedanken versunken starre ich vor mich hin. Detective Sabine mir gegenüber hat sich den Telefonhörer zwischen Ohr und Schulter geklemmt und versucht, ein in Zellophan verpacktes Sandwich auszupacken. Ab und zu hält er inne, um lebhaft zu reden und zu gestikulieren. Schließlich gibt er den Versuch auf, das Zellophan mit den Händen aufzureißen, holt ein Taschenmesser aus der Schreibtischschublade und sticht wild auf die Verpackung ein. Lächelnd widme ich mich wieder meinem Computer. Der Mann braucht echt Urlaub.

Zwei Stunden lang arbeite ich konzentriert an meiner Einführung, während Detective Sabine telefoniert und seinen Schreibkram erledigt. Auf einmal steht er auf. Voller Angst, dass er mich einfach sitzen lassen will, frage ich: »Wohin gehen Sie?«

Er starrt mich finster an. »Ich gehe zur Toilette. Wollen Sie mitkommen und sich Notizen machen?«

»Nein. Nein. Ich dachte, Sie wollten weggehen«, murmele ich verlegen. Wieder steigt mir das Blut in den Kopf.

»Sosehr mir die Tatsache auch missfällt, Miss Colshannon, aber unser verehrter Chief hat mir leider untersagt, irgendwohin ohne Sie zu gehen, außer zur Toilette. Glauben Sie mir also, dass ich es Sie sofort wissen lasse, wenn ich irgendwo hingehe.«

»Das freut mich«, grummele ich und starre auf meinen Bildschirm.

»Warum kann er mich nicht leiden?«, frage ich Callum, der kurz darauf an meinen Schreibtisch kommt, um mich zu fragen, ob er mir einen Tee vom Automaten mitbringen kann.

»Nehmen Sie es nicht persönlich.«

»Er meint es aber persönlich.«

»Nein. Ich habe Ihnen doch schon gesagt, dass er Reporter nicht leiden kann.«

»Warum?«

»Die Vergangenheit holt uns immer wieder ein«, erwidert er geheimnisvoll. »Zucker?«

Die Einführung fängt folgendermaßen an: »... *Tag für Tag. Zug um Zug. Sie sind dabei, an der vordersten Front mit unserer Holly Colshannon. Das Tagebuch des wahren Dick Tracey. Es beginnt am Montag ...*«

Nachdenklich lese ich den Text noch einmal durch, verändere ihn noch ein bisschen und dann schicke ich ihn mit einer zusätzlichen E-Mail an Joe versehen an die Redaktion.

Ich habe mich mit Lizzie und Ben nach der Arbeit in der Square Bar verabredet. Deshalb mache ich mich, nachdem ich mich von Detective Sabine verabschiedet habe, mit Tristan auf den Weg und finde vor der Bar sogar einen Parkplatz.

Die Square Bar ist ein schickes kleines Lokal im Keller eines alten Häuserblocks in Bristol. Ich mag diese alten Plätze, sie erinnern mich an vergangene Zeiten, als der Regency-Adel noch nach Bath zur Kur fuhr.

Genau in diesem Häuserblock ist eine Fernsehserie gedreht worden. Ich weiß das, weil ich zufällig eines Tages mitten in das Set gelaufen bin. Die Kameras waren in Betrieb, Kinder in edwardianischer Kleidung trieben Reifen vor sich her und eine Kutsche wartete vor einem der Häuser. Und ich sah nichts davon. Ich marschierte direkt hinein. Erst als der aufgebrachte Regisseur »Schnitt« schrie, erwachte ich aus meinem Tagtraum.

Ich gehe die Außentreppe zur Bar hinunter und spähe hinein. Lizzie sitzt Gott sei Dank schon da und hält noch zwei weitere Barhocker besetzt.

Ich dränge mich zu ihr durch, küsse sie auf die Wange, stelle meine Tasche auf den Boden und klettere auf einen Hocker. Da sie spürt, dass ich es nötig habe, reicht sie mir wortlos ihren Drink und ich nehme dankbar erst mal einen Schluck.

»Wie läuft es in der Verbrecherszene?«, fragt sie dann.

»Nicht gut.«

Sie bestellt zwei weitere Drinks beim Barkeeper und wendet sich danach wieder mir zu.

»Also kommst du nicht so gut mit ihm klar?«

»Ich glaube nicht, dass es noch schlimmer werden kann.«

»Was ist passiert?«

Ich erzähle ihr in Länge und Breite von Detective Sabines Sarkasmus, dem Funkruf und schließlich lande ich bei unserem Krankenhausbesuch heute früh.

»Und du rätst nie, wem ich da begegnet bin!«

Lizzie grinst nur.

»Dem Arzt von letzter Woche? Ha, ha!«

Ihr Lächeln erlischt, als ich streng die Augenbrauen hochziehe.

»Das ist doch nicht dein Ernst, oder?«

»Leider doch. Er war der Arzt, der Auskunft wegen der Diebstähle geben konnte. Es war so peinlich«, graule ich mich und trinke noch einen Schluck von meinem Wodka-Lemon.

»Wie hieß er noch mal?«

»Dr. Kirkpatrick.«

»Jesus! Und ich dachte, du hättest Teresa, die heilige Kuh gemeint.«

Eine Stimme unterbricht uns. »Hallo, Holly, hallo Lizzie. Na, das ist aber eine Überraschung, dass ich euch beide in einer Bar treffe!«

Es ist Teresa, die heilige Kuh. Rhabarber.

Kleinlaut begrüßen wir sie, weil sie das mit der heiligen Kuh möglicherweise gehört hat.

»Na, was macht ihr beiden denn hier?«

Lizzie erwidert ironisch: »Eigentlich feiern wir. Holly hat gerade eine aufregende neue Arbeit angefangen.«

»Wie wundervoll«, sagt Teresa, wobei sich ihre Lippen kaum bewegen und, ich brauche es nicht noch extra zu erwähnen, natürlich auch nicht zu einem Lächeln verziehen.

»Ja. Das ist es.«

»Und was macht sie?«

»Sie erforscht neues Gebiet, erweitert den Horizont und ergründet den genetischen Abdruck. So was in der Art, weißt du.«

»Übertreib es nicht, Lizzie«, wispere ich. Sie erwärmt sich ein bisschen sehr für ihr Thema, die Gute.

»Ja, die Zeitung bringt ab Freitag ihr neues Tagebuch heraus. Du solltest aufpassen, dass du es nicht versäumst.«

Ich trete Lizzie gegen den Knöchel, weil das mehr ist, als Teresa zu wissen braucht. Schließlich haben wir doch beide lernen müssen, dass Teresa besser so gut wie gar nichts weiß. Lizzie zuckt zusammen, aber Gott sei Dank merkt Teresa es nicht, denn sie wendet sich jetzt an mich.

»Wie mutig von dir, Holly, etwas so Ungewöhnliches zu tun. Und das im heutigen Klima. Ich hoffe, dass es funktioniert.« Ja. Genau.

»Was machst du denn hier, Teresa?«, frage ich betont.

»Ich bin mit der Bibelgesellschaft hier. Wir haben auch etwas zu feiern, deshalb sind wir vor unserer Versammlung rasch auf einen Gespritzten hier hereingekommen. Wir haben zwei neue Mitglieder gewonnen. Es ist so ein beglückendes Gefühl, wenn jemand einsieht, dass er auf dem falschen Weg war. Und wenn er begreift, wie oberflächlich sein Leben bisher war. Voller Männer, Alkohol und Seifenopern. Wirklich jämmerlich.«

Genau an diesem Punkt tritt Ben ein, sieht uns und kommt auf uns zu. Ein dankbares Lächeln gleitet über mein Gesicht. Das ist genau der richtige Zeitpunkt. Wie üblich sieht er absolut großartig aus. Träge lächelnd streicht er sich die blonden Haare aus der Stirn. Er gibt mir und Lizzie rasch einen Kuss auf die Wange und wendet sich dann an Teresa.

»Entschuldigung, wir kennen einander noch nicht. Ich bin Ben.« Auf Teresa hat er eine unglaubliche Wirkung. Sie wirft sich ihm praktisch zu Füßen. Ein strahlendes Lächeln überzieht ihr kühles Gesicht und es ist erstaunlich, wie hübsch sie auf einmal aussieht.

»Teresa. Teresa Fothersby. Ich bin eine alte Schulfreundin von Holly und Lizzie.«

Lizzie nimmt noch einen Schluck und grummelt: »Ganz bestimmt nicht.«

»Kann ich dich zu einem Drink einladen, Teresa? Ich wollte mir gerade auch was bestellen.«

»Danke, Ben. Das wäre reizend.«

Nachdem er sich vergewissert hat, dass Lizzie und ich noch genug zu trinken haben, stellt er sich ein Stückchen von uns entfernt an die Bar, wo noch Platz ist. Teresa folgt ihm. Lizzie und ich verdrehen die Augen.

Er sagt irgendetwas zu ihr, sie lacht und legt ihm die Hand auf den Arm. Ich kräusele die Lippen. Was ist mit deinen christlichen Werten, Teresa? Kein Sex vor der Ehe und all das? Ich teile meine Meinung Lizzie mit.

»Sie will uns nur zeigen, dass sie könnte, wenn sie wollte«, sagt Lizzie. »Du weißt schon, dass sie jederzeit jeden Mann bekommen könnte. Außerdem trägt sie weiße Söckchen, du meine Güte!«

»Na ja, aber Ben wehrt sie nicht gerade mit beiden Händen ab, oder?«

Ich rege mich echt auf, denn Teresa denkt offensichtlich nicht nur, dass sie irgendeinen Mann bekommen kann, wenn sie will, sondern dass sie *meinen* bekommen kann.

»Sieh nicht hin! Wenn sie merkt, dass du sie beobachtest, treibt sie es noch toller. Unterhalt dich lieber mit mir. Hat Dr. Kirkpatrick dich denn wiedererkannt?«

»Auf der Stelle«, berichte ich missmutig. »Aber er ist wirklich nett. Wenn es nicht den Casanova dort drüben gäbe, dann wäre ich fast versucht, noch ein paar Unfälle zu inszenieren.«

Ben tritt mit seinem Bierglas in der Hand wieder zu uns.

»Geht es euch beiden gut? Diese Teresa ist ein nettes Mädchen, was?«

Eine Sekunde starre ich ihn wie einen unappetitlichen Marsmenschen an, aber dann fange ich Lizzies Blick auf und muss unwillkürlich lächeln. Männer merken auch gar nichts, oder?

»Ist sie weg?«

»Ein paar ihrer Leute sind hereingekommen. Irgendeine Gesellschaft. Und wie war dein erster Tag?«

Zögernd erwidere ich »gut« und lächele ihn an. Ich kann ihm ja später von Detective Sabine erzählen, aber im Moment möchte ich lieber nicht an ihn denken. Außerdem verstehen Männer sowieso meistens nur Bahnhof, wenn man von so etwas redet. Höchstens bieten sie dann an: »Willst du, dass ich ihm eine reindonnere?«

Ben wird von ein paar Kollegen abgelenkt und gesellt sich zu ihnen, um mit ihnen zu plaudern. Wieder sitzen Lizzie und ich alleine da.

»Geht es dir gut?«, frage ich. »Du wirkst ein bisschen

gedämpft.« Sie macht schon die ganze Zeit einen leicht niedergeschlagenen Eindruck. Ihr Lächeln erreicht ihre Augen nicht.

Sie nickt, ohne mich anzusehen, und trinkt einen Schluck. »Ja, alles okay.«

»Bestimmt?«

»Na ja, nur …« Sie zuckt mit den Schultern.

»Was?«

»Ich weiß nicht. Alastair hat nie mehr Zeit. Ich weiß ja, wie viel er arbeiten muss, aber ich fand es trotzdem nicht gut, dass er an dem Wochenende, nachdem ich im Krankenhaus war, nicht da war.«

Ich tätschele ihr die Hand. »Das tut mir Leid. Wenn er gekonnt hätte, wäre er sicher gekommen.«

»Und dann war heute im Büro eine, die sich gerade verlobt hat. Sie machte so einen glücklichen Eindruck und mir ist klar geworden, wie fern Alastair und ich uns in der letzten Zeit sind. Es tut mir Leid, ich wollte eigentlich nicht davon reden.«

»Ist schon okay.« Besorgt blicke ich sie an und überlege, was ich Tröstliches sagen kann.

»Ich habe Angst, dass er mich nicht mehr will und nur nicht weiß, wie er Schluss machen soll, und sich deshalb hinter seiner Arbeit versteckt. Am Anfang war es so schön, und ich weiß nicht, wie ich die Zeit wieder zurückholen soll.«

»Ich glaube nicht, dass er sich hinter seiner Arbeit versteckt. Es lastet wahrscheinlich ein ziemlicher Druck auf ihm und deshalb ist er so distanziert.« Ich bin mir nicht sicher, ob ich mir selber glaube.

»Na ja, wenn er Schluss machen will, dann soll er es doch einfach tun.«

»Mein armer Schatz. Aber ich finde nicht, dass du das

abwarten solltest. Warum wirst du nicht aktiv?« Wieder tätschele ich ihr die Hand. Sie schaut betrübt in ihr Glas.

»Ja, du hast wahrscheinlich Recht. Ich denke mal darüber nach. Gehst du mit Ben heute Abend in die Pizzeria?«

»Ja. Willst du nicht mitkommen?«

»Nein. Das ist lieb von dir, aber ich bin heute nicht besonders unterhaltsam. Außerdem solltet ihr mehr Zeit alleine verbringen. Ich nehme ein heißes Bad und gehe früh ins Bett.«

»Okay«, erwidere ich. Ich lasse sie jetzt ungern allein. Ich schaue zu Ben und bin fast versucht, das Abendessen mit ihm abzusagen. Weil er meinen Blick spürt, sieht er auf und tippt auf seine Armbanduhr. Ich nicke und stehe auf.

»Bist du sicher, dass du wirklich allein sein möchtest?«, frage ich zweifelnd.

»Ja, klar. Mir geht es gut. Habt einen schönen Abend, ihr zwei.«

Wir drei treten in den kühlen Abend hinaus und verabschieden uns voneinander. Ich umarme Lizzie und sage ihr, dass wir morgen miteinander reden. Sie geht über den Platz zu ihrem Auto, und Ben und ich machen uns Hand in Hand auf den Weg in unser Restaurant.

– 7 –

Als ich am nächsten Morgen aufstehe, bin ich ein bisschen kaputt. An den nassen Handtüchern auf dem Badezimmerboden erkenne ich, dass Ben schon zur Arbeit gefahren ist.

Sorgfältig wähle ich aus, was ich anziehe. Sonst greife ich einfach das Erstbeste, was mir in die Finger fällt, aber heute muss ich meine Kleidung als eine Art Rüstung gegen die Angriffe von Detective Sabine einsetzen.

Auf dem Weg zur Polizeiwache halte ich nur rasch an, um mir einen Fruchtsaft anstelle von Frühstück zu kaufen. Das ist ein ziemlich jämmerlicher Versuch von mir, mich besser zu fühlen. Dank Detective Sabines scharfer Zunge ist mein Selbstbewusstein seit gestern ein wenig angeschlagen, und wenn ich frisch gepressten Saft trinke, fühle ich mich normalerweise wie ein Supermodel.

Ich parke auf meinem üblichen Platz, steige erfolgreich aus Tristan aus und atme tief die frische Morgenluft ein. Die Sonne geht gerade hinter den Gebäuden auf.

»Morgen!«, schmettere ich vergnügt dem griesgrämigen Dave am Empfang zu. Mittlerweile blickt er wenigstens auf und lässt mich nach einem kurzen Nicken durch die Sicherheitstüren eintreten.

Ich stecke meinen Kopf durch die Tür der Presseabteilung und wechsele rasch ein paar nette Worte mit Robin. Dann gehe ich im Büro der Detectives an meinen Schreibtisch. Das Büro ist halb leer, weil ein paar der Polizisten erst zur Spätschicht kommen. Callum allerdings ist bereits da und begrüßt mich lautstark.

»Morgen! Wie geht es Ihnen? Sie sehen niedergeschlagen aus, gar nicht so kess wie gewohnt. Sie haben doch wohl nicht etwa von unserem übellaunigen Detective Sabine geträumt, was?«

Grinsend beuge ich mich über seinen Schreibtisch und flüstere: »Nein, viel, viel schlimmer. Ich habe geträumt, dass mich wilde Pferde auf dem Rücken durchs Gebüsch gezogen haben, während ein Jamaikaner Abba auf seiner Maultrommel gespielt hat und Detective Sabine mich verbal auspeitschte.«

Er grinst breit und murmelt: »Na, das muss ja ein aufregender Traum gewesen sein. War wohl ziemlich laut, was? Sie haben nicht zufällig einen Bikini angehabt? Sie wissen schon, im Traum?«

Ich richte mich auf. »Nein, definitiv nicht. Wenn ich mich recht erinnere, war ich wie eine Nonne gekleidet.«

»Oh, na ja. Man kann nicht alles haben.«

Ich lächle vor mich hin, während ich mich hinter meinen Schreibtisch setze. Callum erinnert mich an einen verspielten Labrador und er schafft es immer, mich aufzuheitern. Detective Sabine sitzt mir bereits gegenüber. Er hängt gerade am Telefon und nickt mir kurz zu. Der Gedanke, dass ich heute schon wieder den Tag mit ihm verbringen muss, lässt meine gute Laune so schnell in sich zusammensinken, wie Callum sie verursacht hat. Ich richte mich auf meinem Stuhl auf. Ich werde reserviert und höflich sein und mich absolut korrekt verhalten.

Ich wende meine Gedanken dem heutigen Tag zu. Hoffentlich gibt es irgendeine saftige Geschichte, über die ich schreiben kann, irgendetwas wirklich Aufregendes. Ein dramatischer Überfall vielleicht oder eine rasende Verfolgungsjagd zumindest, weil ich heute die erste Folge von Dick Traceys Tagebuch schreiben muss. Ich könnte sicher auch den Medikamentendiebstahl von gestern noch verbraten. Als ich zu dem imaginären Jack hinüberspähe, hat er gerade den Hörer aufgelegt und ordnet irgendwelche Papiere. Ich frage mich, was er wohl für heute geplant hat. Eine Verhaftung wäre für die erste Folge auch nicht schlecht.

»Verhaften Sie heute jemanden, Detective Sabine?«

Er starrt mich an.

»Ich weiß nicht. Ich muss mal in meinem Terminkalender nachsehen. Ich könnte Sie ja verhaften, wenn Sie wollen.« Er steht auf. »Kommen Sie, in Clifton hat es einen Einbruch gegeben.«

»Toll!« Begeistert springe ich auf.

»Miss Colshannon, ich sage es Ihnen ungern, aber Einbrüche sind nicht toll. Wirklich nicht.«

Ich versuche, entsprechend mitfühlend und besorgt dreinzusehen.

»Nein, nein, natürlich nicht«, murmele ich, ergreife meine Tasche und folge ihm aus dem Zimmer, wobei ich mich sehr zusammenreißen muss, um nicht vor Freude wie eine Gazelle zu hüpfen.

Klasse! Ein Einbruch! Noch nie zuvor habe ich mich über die Kriminalität in Bristol so sehr gefreut. Keine rasende Verfolgungsjagd, aber immerhin. Meine Gedanken überschlagen sich, als wir erneut mit halsbrecherischer Geschwindigkeit in die Tiefgarage eilen. Hoffentlich wird es eine ganze Serie. Wenn ja, dann könnte ich ihnen einen Namen geben, irgendetwas, das ins Auge fällt. Hoffentlich lässt er mich ein paar interessante Details veröffentlichen. Ein Gedanke kommt mir und ich hetze ihm nach.

»Äh, Detective Sabine!«, rufe ich.

»Was?«, fragt er über die Schulter.

»Sagen Sie eigentlich etwas, wenn Sie jemanden verhaften?«

Er bleibt abrupt stehen. Ein bisschen zu abrupt. Ich renne wie in einem Zeichentrickfilm direkt in ihn hinein.

»Uff! Tut mir Leid. Sie haben zu schlagartig gestoppt.«

Er dreht sich um und fixiert mich mit seinen grünen Augen.

»Wie meinen Sie das? Ich lese ihnen natürlich ihre Rechte vor.«

»Nein, ich meine, sagen Sie selber irgendeinen Satz zu ihnen?«, frage ich.

»Wie? Als Ratschlag oder was?«

»Ja, oder sonst etwas?«

»Worauf wollen Sie hinaus?«

»Ich habe nur gerade gedacht, dass es wirklich nett wäre, wenn Sie irgendeinen, äh, Spruch draufhätten. Na ja, eigentlich nicht Sie, sondern der Protagonist in meinem Tagebuch ...«

»Einen was?« Er sagt es ganz leise und seine Augen funkeln gefährlich. Selbst ich kann merken, dass ihm die Vorstellung überhaupt nicht gefällt.

»Sie wissen schon, einen Spruch. So wie Dirty Harry.«

»Sie sind absolut unglaublich.« Er dreht sich um und düst weiter.

»Ich habe es mir aber so ausgedacht. Es wäre nur schön, wenn es etwas Bedrohliches wäre ...«, rufe ich ihm nach.

Keuchend komme ich etliche Minuten nach ihm in der Tiefgarage an. Er steht in einer Ecke und spricht stirnrunzelnd mit einem Beamten.

Als ich näher komme, fragt er mich: »Haben Sie ein Auto?«

»Ja, warum?«

»Weil wir keine Wagen mehr haben, sie sind alle für einen Fall in der Stadt abgezogen worden. Können wir Ihren nehmen?«

»Ähmm …« Ich zögere. Nicht, dass es mir etwas ausmachen würde, mit meinem Auto zu fahren, aber Tristan ist nicht gerade für seine Zuverlässigkeit bekannt, und außerdem habe ich ihn innen nicht sauber gemacht. Kein Mädchen möchte mit zwanzig leeren Crisp-Packungen im Auto erwischt werden.

»Es ist ja auch in Ihrem Interesse, dass wir dorthin kommen. Entweder nehmen wir Ihr Auto oder wir warten auf eins aus dem Pool, aber ich weiß nicht, wie lange das dauert …«

Das wirkt. Ich muss unbedingt zu diesem Einbruch. Tristan wird schon keine Probleme machen, eigentlich wird er nur auf der Autobahn nervös.

»Kein Problem!«, sage ich also leichthin. Ich führe ihn zu Tristan.

Ich tue mein Bestes, um elegant einzusteigen. Keine leichte Aufgabe. Meinen Hintern kriege ich relativ leicht hinein, aber der Rest meiner Gliedmaßen hat sich verknotet. Mein rechtes Bein schlingt sich um mein linkes und bleibt dann am Trittbrett stecken.

»Ich hab's gleich«, verspreche ich und keuche unattraktiv, während ich hektisch versuche, mein unbotmäßiges Bein zu befreien.

»Was haben Sie gesagt?« Er kommt auf die Fahrerseite.

»Ich sagte, ich hab's gleich.«

Ich wünsche mir glühend, er würde wieder auf seine Seite des Autos zurückkehren, wo er hingehört. Ich brauche nicht auch noch Publikum. »Was machen Sie da?«, fragt er zweifelnd.

»Ich versuche, ins Auto zu steigen«, erwidere ich hochnäsig.

»Tatsächlich?«, fragt er ungläubig. »Sind Sie sicher?«

Ich beiße die Zähne zusammen und malme: »Detective Sabine. Wenn Sie …« Genau in dem Moment kommt mein Bein frei und – KLATSCH! – mein Knie haut mir genau zwischen die Augen.

»Du lieber Himmel!«, ruft er aus und springt zu mir. »Sind Sie in Ordnung?« Seine Mundwinkel zucken leicht.

Ich reibe mir die Stelle und frage mich, wie es mir wohl gelungen ist, mich selbst zu verprügeln. »Ja, es geht mir gut«, presse ich hervor.

»Sie, äh, Sie haben sich selber ins Gesicht geschlagen. Mit dem *Knie.*« Jetzt zuckt sein ganzes Gesicht.

Ich beiße noch fester die Zähne zusammen. »Ich weiß. Es ist nicht so leicht, in dieses Auto einzusteigen, Detective. Warum versuchen Sie es nicht selbst einmal?«

Er geht zur Beifahrerseite und springt geschmeidig wie ein Olympiateilnehmer hinein.

»Anfängerglück!«, gifte ich. Ruhig, Holly, ruhig. Du wolltest doch heute ganz cool bleiben.

Schweigend legen wir uns die Sicherheitsgurte an. Ich würde gerne noch einmal über die Stelle zwischen meinen Augen reiben, möchte aber seine Aufmerksamkeit nicht noch einmal darauf lenken.

»Jetzt verstehe ich auch, warum Sie so oft in der Notaufnahme sind«, bemerkt er.

Ich würdige ihn keiner Antwort.

»Tut es noch weh?«, will er wissen, wobei er sich noch nicht einmal besonders viel Mühe gibt zu verbergen, dass er lacht.

»Nein, danke«, quetsche ich hervor. Ich hoffe bloß, dass es keine Narbe gibt, weil dann Detective Sabine und ich eine ständige Erinnerung an den Zwischenfall hätten. Ich umfasse entschlossen das Lenkrad, damit Tristan gar nicht erst auf dumme Gedanken kommt, lege den ersten Gang ein und schon brausen wir davon. Zum ersten Mal, seit wir im Auto sitzen, blicke ich mich um, um nachzuschauen, in was für einem Zustand der Wagen ist.

»Du liebe Güte!«, murmele ich. Seine Füße sind unter den Bergen von Abfall nicht mehr zu sehen. Diet-Coke-Dosen, leere Crisp-Packungen und Einwickelpapier von Schokoriegeln quellen aus jeder Öffnung. »Entschuldigung, ich bin noch nicht dazu gekommen, aufzuräumen.« Ich beuge mich vor und schiebe den Müll zur Seite, damit seine Schuhe wieder zu sehen sind.

»Ist schon okay. PASSEN SIE AUF …!« Hastig blicke ich auf und stelle fest, dass die Bordsteinkante bedrohlich nahe gekommen ist.

»Ist schon in Ordnung. Ehrlich«, sagt er angespannt, wobei er merkwürdig steil sitzt. »Fahren Sie nur.«

Pflichtbewusst konzentriere ich mich auf das Fahren. Dabei atme ich tief durch. Schließlich habe ich mich wieder so weit unter Kontrolle, dass ich fragen kann: »Wohin fahren wir überhaupt?« Er gibt mir eine Adresse in der Nähe der Hängebrücke von Clifton.

Während ich mich durch eine Einbahnstraße schlängele, sieht Detective Sabine sich im Auto um.

»Bleibt dieser Apparat oft liegen?«

Ich zucke sichtlich zusammen. Wir sind wie zwei Ritter, die mit ihren Schwertern umeinander schleichen und er hat gerade ein Riesenloch in meiner Rüstung entdeckt. Aber ich setze mich bewundernswert zur Wehr.

»Tristan ist kein Apparat!«

»Tristan?«, echot er spöttisch und zieht eine Augenbraue hoch.

Verdammt. Ich verrate doch sonst Fremden nie, dass ich meinem Auto einen Namen gebe. Es ist so kindisch. »Er hieß schon so, als ich ihn kaufte«, erfinde ich rasch.

»Sie haben ihn *gekauft?*«

»Es war zufällig ein äußerst günstiger Gebrauchtwagen!« Na gut, das stimmt nur zur Hälfte. Und besonders günstig war er auch nicht.

»Günstig sind sie nur, wenn sie wirklich funktionieren, Miss Colshannon«, sagt er, nimmt die Karte vom Automobilclub vom Armaturenbrett, wo ich sie immer hinlege, damit ich sie jederzeit griffbereit habe, und wedelt mir damit vor der Nase herum. Verflucht seien seine detektivischen Fähigkeiten!

Ich wechsele rasch das Thema. »Warum hat man Sie jetzt eigentlich gerufen? Detectives müssen doch normalerweise bestimmt keine Einbrüche untersuchen?«

»Der Beamte am Tatort ist anscheinend der Meinung, dass es sich hier um einen Spezialisten handelt. Deshalb hat er mich gerufen.« Er zieht sein Notizbuch aus der Jackentasche und studiert es.

Nach ein paar Minuten, in denen wir uns gegenseitig angeschwiegen haben, versuche ich, ein paar persönliche Details aus ihm herauszukramen. »Wie findet Ihre zukünftige Frau Ihren Job?«

»Das geht Sie nichts an«, erwidert er, ohne aufzublicken.

»Wie ist es mit Ihrer Familie? Machen sie sich Sorgen über Sie?«

»Geht Sie auch nichts an. Biegen Sie hier ab.« Wir halten vor der angegebenen Adresse. Ich ziehe die Handbremse an.

»Wollen Sie die ganze Zeit im aktiven Dienst bleiben?«

Er wirft mir einen Blick zu. »Nun …«, sagt er zögernd.

Ich angele nach meinem Notizblock. »Der Chief hat vor ein paar Tagen etwas Interessantes zu mir gesagt.« Ich zücke meinen Stift. Toll! Ein Zitat! »Soll ich es Ihnen aufschreiben?«, bietet er mir höflich an.

Er nimmt meinen Stift, schreibt einen Satz und steigt dann elegant aus, wobei er den Block auf dem Sitz liegen lässt. Dort steht: »Seine Neugier hat den Kriminalreporter umgebracht.« Ich seufze. Das wird schwerer, als ich mir vorgestellt habe.

Minuten später gehen wir über einen Kiesweg zu der angegebenen Adresse. Es ist ein eindrucksvolles georgianisches Haus, und es überrascht mich gar nicht, dass hier eingebrochen worden ist. Der Rasen ist sorgfältig gepflegt, nicht ein Hälmchen tanzt aus der Reihe. Über eine Treppe gelangt man zu der schicken marineblauen Eingangstür und auf jeder Stufe stehen kunstvoll beschnittene Buchsbäume. Detective Sabine läutet. Wir warten ein paar Sekunden, dann wird die Tür von einem Butler geöffnet. Beeindruckt weichen wir einen Schritt zurück. Keiner von uns hatte damit gerechnet, dass heutzutage noch jemand einen Butler hat.

»Jaaa?«

Detective Sabine zückt seinen Ausweis. »Ich bin Detective Sergeant Sabine und das ist Holly Colshannon. Sie begleitet mich *nur* als Beobachterin.« Schon wieder ein Punkt für ihn.

Wir folgen dem Butler ins Haus, und als Detective Sabine vor mir hergeht, fällt mir etwas Buntes an seinem Hintern auf. Ich spähe genauer hin und mein Verdacht bestätigt sich. Ja, es ist das Papier von einem Kaubonbon mit Erdbeergeschmack, und ich kann sogar erraten, wie es dorthin gekommen ist. Im Geiste zucke ich zusammen.

Soll ich es einfach da kleben lassen, damit es jeder sieht? Oder soll ich beiläufig ins Gespräch flechten: »... Ach, übrigens, Detective, an Ihrem Hinterteil klebt ein Einwickelpapierchen ...« Ich könnte es natürlich auch selber abfummeln. Ich fälle eine ziemlich einfache Entscheidung und lass es einfach kleben.

Wir werden in einen großen, überladenen Salon geführt, in dem sogar ein Flügel steht. Vor den hohen Fenstern, die so typisch für die Regency-Häuser von Bristol sind, hängen üppige Gardinen. Ein uniformierter Beamter, Notizblock in der einen und Tasse und Untertasse in der anderen Hand, sitzt bereits da. Als wir eintreten, steht er auf. Ein anderer Mann, der ihm gegenübersitzt, erhebt sich ebenfalls.

»Guten Morgen, Sir.«

»Morgen, Matt.« Detective Sabine wendet sich an den Fremden und streckt seine Hand aus.

»Guten Morgen, Sir. Ich bin Detective Sergeant Sabine und das ist Holly Colshannon. Sie ist *nur* als Beobachterin dabei.« Mensch! Wie oft will er das denn noch sagen? Ich habe die Botschaft laut und deutlich verstanden.

»Sebastian Forquar-White. Wie geht es Ihnen?«, sagt der Fremde in der affektiertesten Stimme, die ich je gehört habe. Woher lernen die Leute nur einen solchen Akzent? Er trägt einen Tweedanzug. Seine Weste spannt über seinem leichten Bauchansatz und sein Kinn hängt über seine Paisley-Fliege. Er hat einen riesigen Schnauzbart.

Er schüttelt Detective Sabine die Hand. Dann wendet er sich zu mir und schüttelt mir ebenfalls die Hand. Ich murmele gnädig: »Wie geht es Ihnen?« Detective Sabine wirft mir einen finsteren Blick zu.

»Die ganze Angelegenheit ist äußerst unangenehm. In der Tat äußerst unangenehm. Einige Dinge waren seit

Jahrhunderten in Familienbesitz. Setzen Sie sich doch. Möchten Sie einen Tee?« Das Doppelkinn zittert erregt. Sebastian Forquar-Was-auch-immers Blick pendelt von Detective Sabine zu mir.

»Ja, bitte.«

»Schrecklich gerne!«, antworte ich enthusiastisch. Detective Sabine wirft mir diesmal eine Steigerung, nämlich einen vernichtenden Blick zu.

Sebastian Wie-auch-immer tritt aus dem Salon und ruft laut: »Anton! Tee, bitte!«

Anton ist vermutlich der Butler. Detective Sabine redet mit leiser, drängender Stimme auf Matt ein, dem uniformierten Beamten. Ich tausche meinen Platz, ziehe meinen Notizblock hervor und lege das Ohr an den Boden (nicht wörtlich natürlich), um ihrer Unterhaltung zu lauschen. Ich schnappe ein paar Wörter auf, wie »Zeit«, »Einbruch« und »Vernehmung«, aber es gelingt mir nicht, einen vollständigen Satz mitzubekommen. Schließlich lösen sie sich voneinander und ich ziehe mich hastig zurück.

»Was ist denn jetzt so interessant an dem Einbruch?«, frage ich.

Detective Sabine bedenkt mich mit einem zerstreuten Blick. »Er ist so …« Ich warte mit angehaltenem Atem und gezücktem Stift, weil dies doch die Eröffnungsepisode meines Tagebuchs sein soll und ich wirklich hoffe, dass es besonders toll ist.

»… organisiert.«

Organisiert? *Organisiert?* Bei ihm klingt das so, als hätte sich im Bristoler Männerchor eine Stimme besonders hervorgetan. Natürlich sind sie organisiert, schließlich handelt es sich doch um professionelle Kriminelle. Das ist wohl kaum ein Aufmacher. Ich sehe schon die Schlagzeile vor mir. SIE WAREN ORGANISIERT! Was soll das heißen? Dass sie daran gedacht haben, alle Werkzeuge mitzubringen? Stirnrunzelnd bemühe ich mich, nicht allzu enttäuscht zu klingen.

»Wie meinen Sie das? Organisiert?« Aber Detective Sabine kritzelt schon emsig in sein Notizbuch und ignoriert mich. Der andere Beamte, der wahrscheinlich Mitleid mit mir hat, greift ein.

Matt sagt: »Darf ich, Sir?«, und schaut Detective Sabine fragend an. Der blickt kurz auf und nickt, dann widmet er sich wieder seinen Notizen. Matt wendet sich mir zu.

»Ich habe so etwas noch nie gesehen. Der Einbrecher wusste ganz genau, wie er die Alarmanlage ausschalten musste. Und die ist reichlich raffiniert. Außerdem wusste er ganz genau, wo er ins Haus eindringen muss. Er hat kaum etwas durchwühlt, so als ob er ganz genau wusste, wo alles zu finden ist und was er genau mitnehmen will. Er hat nur die besten Sachen gestohlen, den Videorecorder und die Stereoanlage hat er links liegen gelassen und ist direkt zum Wesentlichen übergegangen.«

»Und was war das?«, frage ich.

»Antiquitäten.«

»Antiquitäten?«, erwidere ich ungläubig.

Matt nickt nachdrücklich. »Antiquitäten.«

»Antiquitäten?«, wiederhole ich.

»Du meine Güte!«, explodiert Detective Sabine. »Kennen Sie so was nicht?« Ich metzele ihn mit einem giftigen Blick nieder und wende mich wieder an Matt. Ermutigend ziehe ich meine Augenbrauen hoch. Das Wort mit dem A spreche ich jetzt bestimmt nicht mehr aus. Dankbar fährt Matt fort.

»Porzellan, Silber, Uhren und anderer Schnickschnack. Laut Mr Forquar-White alles äußerst wertvoll.«

»Also hat der Dieb extrem viel von Antiquitäten verstanden?«, frage ich gespannt.

Detective Sabine wirft müde ein: »Man braucht kein Genie zu sein, um zu dieser Schlussfolgerung zu gelangen.«

Ich möchte gerne noch mehr erfahren, aber ich werde von Sebastian Forquar-White unterbrochen, der wieder ins Zimmer tritt, gefolgt von einem beladenen Teetablett, das Anton, der Butler, trägt.

»Es tut mir Leid, dass es so lange gedauert hat, aber ich wurde durch ein Telefonat aufgehalten. Die Versicherung hat angerufen.« Er setzt sich auf das gegenüberliegende Sofa. Detective Sabine dankt Anton für seine Tasse Tee, dann wendet er sich an Sebastian Forquar-White. »Wann ist Ihnen aufgefallen, dass etwas fehlte?«

»Anton kam heute früh ins Esszimmer, wo alle Sammelgegenstände aufbewahrt werden, um Staub zu wischen. Er kam sofort zu mir und sagte es mir, und ich habe die Polizei gerufen.«

»Wann haben Sie die fehlenden Gegenstände zuletzt gesehen?« Er blickt Anton an.

»Gestern, Sir.«

»Sind Sie heute Nacht durch irgendetwas geweckt worden?«

Beide schütteln verneinend den Kopf.

»Ist die Alarmanlage immer eingeschaltet, wenn Sie zu Bett gehen?«

»Immer«, grollt Sebastian F.-W.

»Haben Sie irgendeine verdächtige Person bemerkt?«

»Nein.«

»Mein Beamter hier wird die Nachbarn befragen, wenn es Ihnen recht ist, Sir.« Mr Forquar-White nickt zustimmend. »Können wir bitte sehen, wo der Einbrecher ins Haus eingedrungen ist?«

»Natürlich.« Wir stellen alle unsere leeren Tassen aufs Tablett und stehen auf, um ihm zu folgen. Detective Sabine geht als Erster, dahinter kommen Matt und ich. Nach ein paar Sekunden tippt Matt ihm auf die Schulter.

»Sir?«

»Ja, Matt?«

»An Ihrer Hose, äh, klebt etwas.«

Detective Sabine greift mit der Hand nach hinten und ertastet das Bonbonpapier. Er steckt es in die Tasche. Ich entwickele ein ungewöhnliches Interesse für die Einrichtung.

»Danke, Matt.« Er verzieht keine Miene, sieht mich nur aus eisgrünen Augen an. Wir gehen durch eine riesige Küche und Sebastian Forquar-White öffnet eine Tür hinten im Raum. Es ist eine Art Speisekammer.

»Sie sind hier eingestiegen.« Er zeigt auf ein kleines Fenster oben in der Ecke. »Der Riegel war kaputt. Ziemlich ärgerlich, weil mich die Versicherungsgesellschaft erst letzte Woche noch aufgefordert hat, das Fenster zu reparieren. Es ist immer dasselbe, was?«

»Ja«, erwidert Detective Sabine nachdenklich. »Ja, das ist es.« Er blickt kurz zu dem Fenster, dann fragt er: »Ist irgendetwas angefasst worden, während Sie auf uns gewartet haben?«

»Nein, nichts.«

»Gut. Matt, sagst du bitte der Spurensicherung Bescheid, dass sie vorbeikommen sollen? Und sie sollen auch noch ein paar Beamte für die Nachbarn schicken.«

Matt verschwindet, um seinen Auftrag zu erledigen.

»Ist das Fenster nicht ein bisschen klein, als dass jemand hindurchklettern könnte?«, frage ich.

»Nun, womöglich ist eine kleine Person eingestiegen«, bemerkt Detective Sabine bissig.

Wir gehen wieder in die Küche und durch die Hintertür hinaus. Dort zeigt uns Mr Forquar-White die Alarmanlage, die in einem Eimer Wasser versenkt worden ist. Danach begeben wir uns wieder in den Salon und warten auf die Leute von der Spurensicherung. Während wir warten, stellt Detective Sabine noch ein paar Fragen. Als die Spurensicherung eintrifft, steht er auf und erklärt ihnen die Sachelage. Er dreht sich zu mir herum.

»Fassen Sie nichts an. Und stehen Sie nicht im Weg.«

»Jawohl, Sir«, erwidere ich, stehe stramm und salutiere spöttisch.

Es sind drei Beamte, und als sie sich ihre Overalls angezogen haben und in den Flur treten, spricht Detective Sabine die Vorgehensweise mit ihnen ab. Ich stelle mich dazu, weil ich auf eine Gelegenheit hoffe, ein wenig mit ihnen plaudern zu können. Aber ich darf nicht mit ins Esszimmer (ich könnte den Tatort verseuchen), also muss ich bis Mittag warten. Als sie endlich polternd wieder herauskommen, lege ich sofort das Marmite-Sandwich weg, das Anton mir freundlicherweise gebastelt hat, und springe auf den Erstbesten zu. Es ist ein Mann Ende fünfzig mit dichten, grauen Haaren und blitzenden Augen. Nachdem wir uns einander vorgestellt haben (er heißt Roger), frage ich ihn, ob er etwas gefunden hat.

»Tut mir Leid, meine Liebe. Das darf ich Ihnen nicht sagen, nur der verantwortliche Beamte.«

»Ja oder nein?«, frage ich flehend.

Er grinst mich an. »Ja, aber nach Einzelheiten müssen Sie ihn fragen.«

Ich blicke mich um und sehe James Sabine mit einem Beamten sprechen.

»Detective Sabine?«, rufe ich. Er reagiert mürrisch.

»Was ist?«

»Darf Roger mir vom Ergebnis der Ermittlung erzählen?«

Er zögert zwei quälende Sekunden lang. Wahrscheinlich wägt er die Reaktion seines Chefs gegen seinen Widerwillen ab, mir überhaupt etwas zu sagen.

»Okay. Aber wenn Sie auch nur einen Ton darüber schreiben, drehe ich Ihnen den Hals um.«

Strahlend wende ich mich wieder an Roger und ziehe aufmunternd die Augenbrauen hoch.

Roger holt tief Luft. »Nun, wir haben ein paar Fasern gefunden, was ganz normal ist. Sie können so ziemlich von allem stammen. Kleidern, Autositzen, von jedem Stoff eigentlich, sodass man sie unmöglich etwas Bestimmtem zuordnen kann. Wir haben auch ein Haar gefunden, von dem eine DNA-Analyse gemacht werden kann. Leider dauert es ziemlich lange, bis vom Labor etwas zurückkommt. Das Gute daran ist jedoch, dass wir die DNA-Information in den Computer eingeben können, und wenn der Täter vorbestraft ist, dann spuckt der Computer einen Namen aus.

Wir haben auch eine merkwürdige Substanz um den Schrank herum gefunden, aus dem die Gegenstände gestohlen wurden, aber ich weiß nicht, was es ist. Sie könnte von den Handschuhen stammen, die der Einbrecher verwendet hat, weil wir sie auch an dem Fensterriegel gefunden haben.«

»Wie haben Sie diese Substanz festgestellt?«

»Wir fahren mit einer Art fluoreszierendem Licht über den Tatort, in dem Fasern, verschiedene Flüssigkeiten und Substanzen sichtbar werden. Hier ist es etwas Besonderes, weil die Substanz sehr lokalisiert ist.«

»Wie meinen Sie das?«

»Nun, irgendwo sonst um das Haus herum kommt sie

nicht vor. Nur am Fensterriegel im Haus, an der Türklinke des Esszimmers und am Schrank. Also wusste der Dieb ganz genau, wohin er gehen musste und was er stehlen wollte. Die anderen Gegenstände im Schrank sind nicht angerührt worden.«

»Und Sie wissen nicht, was das für eine Substanz ist?«

Roger seufzte. »Ich habe sie noch nie zuvor gesehen.«

Ich sehe ihm zu, wie er sich aus seinem Overall schält.

»Sie sind also die Reporterin?«

»Ja.«

»Wie kommen Sie klar?«, fragt er und weist mit dem Kopf auf James Sabines Rücken. Ich verziehe das Gesicht und verdrehe die Augen und Roger lacht herzlich. Die anderen Beamten drehen sich nach uns um.

Roger beugt sich zu mir und flüstert: »Es wird schon noch besser, lassen Sie ihm Zeit.«

»Ich habe nur sechs Wochen, Roger, keine Ewigkeit.«

Nachdem ich mich von Roger verabschiedet und Anton meinen leeren Teller in die Küche gebracht habe, mache ich mich auf die Suche nach Detective Sabine. Ich finde ihn im Wohnzimmer, wo er an seinem Handy ein Gespräch führt, in dem es offenbar um seine Hochzeitszeremonie geht. Ich frage mich, wie seine zukünftige Frau wohl sein mag und was für eine Beziehung sie haben.

»Können wir gehen?«, fragt er mich, nachdem er sein Gespräch beendet hat. Ich nicke und wir verabschieden uns von Sebastian (er) und Anton (ich).

»Nun«, sage ich beiläufig, als wir im Auto sitzen, »glauben Sie, dass Sie ihn fangen?«

Detective Sabine fixiert mich verdrossen. »Wir sind hier nicht in einer Krimiserie. Fälle werden nicht im Stundenrhythmus gelöst. Ich weiß, dass es Ihnen am liebsten wäre, wenn wir es in ein paar Wochen geregelt kriegen, damit Sie Ihren Lesern ein nettes Happy End präsentieren können, aber leider ist Polizeiarbeit nicht so einfach.«

Als wir wieder an der Polizeiwache angelangt sind, rangiere ich Tristan in eine Parklücke und wir gehen gemeinsam zum Eingang.

»James! Holly! Wartet mal!« Es ist Callum. Er drängt sich zwischen uns.

»Na, wie war euer Tag?« Er blickt uns fragend an.

»Gut«, erwidern wir beide gleichzeitig. Vermutlich ist das die Standardantwort von Detectives, weil echte Antworten zu kompliziert sind.

»Kommen Sie nach der Arbeit einen mit uns trinken, Holly?« Verstohlen werfe ich Detective Sabine einen Blick zu. Ich glaube nicht.

»Ich glaube nicht. Ich muss den Artikel noch schreiben.«

»Ach ja, natürlich. Das berüchtigte Tagebuch! Ich muss sagen, wir freuen uns schon alle darauf. Besonders unser Jamie hier. Nicht wahr?« »Jamie« wirft ihm einen Blick zu, der mir bekannt vorkommt, aber Callum lacht nur.

»Wann erscheint er denn? Montag?« Ich nicke lächelnd.

»Bis dann, Holly! Schönes Wochenende! Bis später, James!«, ruft er noch über die Schulter, als er davoneilt.

Den Rest des Nachmittags arbeite ich auf meinem Laptop am Tagebuch, während Detective James Anrufe und Papierkram erledigt. Ich feile an meinem Text, um unter faktischen Gesichtspunkten einen guten ersten Eindruck zu machen. Die Person von Jack möchte ich gerne mit so viel Leben füllen, dass die Leser ihn in den nächsten Wochen wirklich kennen lernen (ob sie ihn auch sympathisch finden, steht auf einem anderen Blatt). Er stellt mir nicht gerade viel Material zur Verfügung, aber ich tue mein Bestes und arbeite mich durch die interessanten Teile der polizeilichen Ermittlungen, indem ich mich auf die Verbrechen selber konzentriere.

Als ich fertig bin, schicke ich den Artikel mit einer E-Mail an Joe. Erleichtert seufze ich auf. Das Wochenende liegt vor mir, eine garantiert polizeifreie Zone.

– 8 –

»Liebling, wir sind es. Lass uns sofort herein. Dein Vater ist fußkrank.« Die Stimme meiner Mutter hat eine gewisse Präsenz, selbst über die Sprechanlage. Das hat wahrscheinlich etwas mit dem Sprechunterricht als Schauspielerin zu tun. Ich bin völlig verblüfft, weil ich glaubte, sie seien in Cornwall. Erfreut lasse ich sie herein und stürme die Treppe hinunter, um sie zu begrüßen und meinem Vater zu helfen, der offenbar einen Unfall hatte. Das überrascht mich nicht. Es ist Samstagnachmittag und ich habe einen angenehmen Freitagabend mit einigen Kollegen verbracht, nachdem Joe meinen ersten Artikel abgesegnet hatte, um das Tagebuch zu feiern. Heute früh war ich schon im Supermarkt und heute Nachmittag hatte ich vor zu faulenzen, bevor ich mich für Ben heute Abend anhübschen wollte.

Meine Mutter ist wie immer ein einziger Wirbel aus Hund, Handtasche und Rock.

Mein Vater humpelt, scheint sich aber trotzdem zu freuen, mich zu sehen.

»Was um alles in der Welt ist denn passiert?«, frage ich.

»Hast du einen Gin?«, fragt meine Mutter, die es anscheinend nötig hat.

»Äh, ja. Dad, die solltest du nicht tragen«, sage ich und zeige auf die Krücken, die mein Vater unter den Arm geklemmt hat. »Eigentlich sollen sie dich tragen.«

»Ich komme mit den blöden Dingern nicht zurecht.

Kannst du einem alten Mann mal helfen, die Treppe heraufzukommen?«

Gemeinsam gelingt es uns, meinen Vater in meine Wohnung zu hieven. Meine Mutter hält Morgan, den Pekinesen, unter einem Arm und schiebt meinen Vater mit dem anderen. Ich habe ihr die Handtasche abgenommen, die wie immer hoffnungslos überladen ist, und die Krücken meines Vaters, mit denen ich mich ganz gut abstützen kann. Alle zwei Stufen schwanken wir eine wieder zurück. Hysterie liegt in der Luft und meine Mutter und ich müssen unwillkürlich kichern.

Nachdem wir buchstäblich durch die Tür in meine Wohnung gefallen sind, legen wir ihn aufs Sofa, und ich bereite drei große Drinks zu. Ich grabe die staubige Ginflasche aus, die ich extra für ihre Besuche aufbewahre, finde eine angejahrte Zitrone und altes Tonicwater, mache jedoch diesen Mangel an exquisiten Köstlichkeiten mit viel Eis wett.

»Und?«, rufe ich aus der Küche. »Was treibt euch hierher?«

»Das ist eine lange, hässliche Geschichte«, sagt Dad. Ich reiche ihnen ihre Gläser und sie trinken beide einen großen Schluck. Meine Mutter blickt stirnrunzelnd auf den Drink.

»Liebling, bist du sicher, dass du das trinken darfst? Hat der Arzt dir nicht Antibiotika gegeben?«

»Scheiß auf den Arzt«, erwidert er verächtlich und trinkt noch einen Schluck. Sie sehen beide schick aus. Meine Mutter trägt eins ihrer üblichen geblümten Kleider, während mein Vater in Jackett und Krawatte gekleidet ist. Seine Krücken stammen, dem Aufkleber nach zu urteilen, aus dem Krankenhaus.

Ich warte, bis sie sich mit Hilfe des Gins ein wenig beruhigt haben, und frage dann noch einmal.

»Nun, eigentlich ist es ganz einfach. Dein Vater und ich wollten zu einem Pensionierungsessen in Bath. Wir dachten, wir schauen mal vorbei, wollten dich aber nicht stören, weil wir dich ja in ein paar Wochen sowieso sehen, und dann fahren wir wieder nach Hause.«

»Wann seht ihr mich sowieso?«

»Das habe ich dir noch gar nicht erzählt, oder?« Ich schüttele den Kopf. »Wir sind in ein paar Wochen auf einer Hochzeit hier eingeladen, und wir hatten uns überlegt, dass wir vorher zwei, drei Tage bei dir bleiben. Ist das in Ordnung?«

»Ja, klar. Und wessen Pensionierungsessen war das heute?«

»Das von Alex, Liebling. Alex Scott. Du weißt schon, der mit dieser grässlichen Tochter. Sie ist Buddhistin oder so und trägt immer nur Saris. Na ja, auf jeden Fall waren dein Vater und ich zu früh, deshalb haben wir in Super-Weston-Mare angehalten und wollten am Strand spazieren gehen. Wir haben beide die Schuhe ausgezogen und schon tritt dein Vater auf einen Stein und schneidet sich die Ferse auf. Sehr blöd. Aber er behauptete, es sei nicht so schlimm, also sind wir zu der Einladung gefahren. Das Essen war furchtbar und dann wollten sie auch noch, dass ich ein paar meiner alten Nummern singe. Da habe ich deinem Vater auf den Fuß getreten und wir hatten eine perfekte Entschuldigung, um ins Krankenhaus zu fahren.«

Sehen Sie? Habe ich Ihnen das mit der Notaufnahme nicht erzählt? Wir verbringen anscheinend alle unsere Zeit dort. Mein Vater nimmt es meiner Mutter offenbar gar nicht übel, dass sie ihm so auf den Fuß getreten ist. Sie entwickelt allerdings auch keinerlei Schuldgefühle in dieser Richtung.

»Dein Vater hat einen unglaublichen Aufstand im

Krankenhaus gemacht. Zum Glück sind wir fremd hier. Ich glaube nicht, dass wir dort noch einmal behandelt werden.«

»Ihr wart nicht zufällig bei Dr. Kirkpatrick?« Ich mustere sie besorgt. Es ist vielleicht noch ein bisschen früh für ihn, meine Eltern kennen zu lernen.

»Nein, nein, so hat er nicht geheißen. Irgendetwas ganz Gewöhnliches, aber ich kann mich nicht erinnern. Auf jeden Fall hat der Arzt gesagt, er würde jetzt die Steine aus dem Fuß deines Vaters entfernen und dazu müsste er ihm eine örtliche Betäubung geben, aber das wäre nicht schlimmer als ein Bienenstich.« Beide grinsen verschmitzt. »Er setzt die Spritze und dein Vater fängt an, sich zu winden und zu schreien: ›Wie sehen denn die Bienen aus, von denen Sie sich stechen lassen?‹«

Wir lachen alle. Mein Vater, normalerweise sehr ausgeglichen und ein perfekter Gegenpart für die dramatischen Auftritte meiner Mutter, scheint es zu genießen, auch einmal im Rampenlicht zu stehen.

»Aber wie geht's denn dir, Holly?«, fragt er. »Was macht die Verbrecherjagd?«

»Oh, gut. Das ist mal eine Abwechslung.«

»Und welchen Detective sollst du beschatten?«

»Detective Sabine. Im Artikel nenne ich ihn Jack. Nach der Katze. Er ist okay, aber er mag mich nicht besonders.«

»Wir haben mit dem Zeitschriftenladen an der Ecke vereinbart, dass er uns jeden Tag eine Zeitung schickt. Also, erzähl uns alles.«

Ich erzähle ihnen von dem Einbruch und wie ich an den Job gekommen bin. Auch über James berichte ich detailliert und dass er mich liebt wie ein Furunkel. Sie meinen, dass er mich mit der Zeit sicher mögen wird, doch die Einschätzung teile ich absolut nicht.

Wir sind jetzt mittlerweile alle beim zweiten Gin-Tonic angekommen. Ich bin gerne mit meinen Eltern zusammen. Für Erwachsene sind sie großartige Eltern. Als Kind jedoch fand ich ihr exzentrisches Benehmen schrecklich. Überall passierten irgendwelche Dramen und als Kind schätzt man das nicht sonderlich. Ich hielt mich immer ein wenig abseits von ihnen und litt unter den Blicken, die man mir zuwarf. Elternabende, Schulaufführungen, Sommerfeste, die meine Mutter für gewöhnlich eröffnete, weil sie in gewisser Weise ein Star war. Sie sorgte pausenlos für großartige Auftritte, unter denen man als Zehnjährige leidet. Heute jedoch amüsiert es mich.

»Wie laufen die Proben?«, frage ich.

»In ein paar Monaten haben wir Premiere am National.« Sie blickt stirnrunzelnd in ihr Glas. »Es war keine glückliche Zeit für mich, seit sich Mildred, meine Garderobiere, die Fingerspitze mit dem Schwert aus dem Finale angesäbelt hat.«

»Die arme Mildred.«

»Theater ist immer gefährlich, Liebling«, bemerkt sie fröhlich. Mildred sieht das sicher nicht anders.

In der Zwischenzeit ist Morgan, der Pekinese, aufgewacht. Er klettert vom Sofa herunter mit der Miene eines Hundes, der ganz genau weiß, was er will. Meine Mutter geht ohne den kleinen Hund nirgendwo hin. Momentan versucht er, eine tiefe, bedeutungsvolle Beziehung zu einem Stuhlbein herzustellen. Jetzt bin ich an der Reihe, die Stirn zu runzeln. Ich frage: »Der Hund will doch nicht etwa irgendwohin pinkeln?«

»Morgan würde nie in die Wohnungen anderer Leute pinkeln. Er hat zwar manchmal Blähungen, aber er ist sehr süß.« Hmm. »Hast du eigentlich in der letzten Zeit diese grässliche Teresa gesehen?«

Es ist seltsam, aber im Lauf der Jahre scheint meine Mutter eine Abneigung gegen Teresa entwickelt zu haben, die schon an Hass grenzt. Als wir jünger waren, war sie ihr völlig gleichgültig. Wahrscheinlich hat sie sie mal in Rosa gesehen. Ich erwidere achselzuckend: »Sie läuft mir ab und zu über den Weg.«

»Ist sie immer noch so religiös? Zehn Ave-Maria, weil sie ohne Schirm auf die Straße gegangen ist?«

»So was in der Art.«

»Wie geht es Lizzie? Hat sie immer noch diesen Freund? Wie hieß er noch mal gleich?«

»Alastair. Ja, so gerade noch. Es sieht so aus, als ob es bald zu Ende wäre. Sie sieht ihn nicht besonders häufig, da er die ganze Zeit angeblich arbeiten muss.«

»Da wir gerade von Freunden sprechen, wann lernen wir denn endlich deinen mysteriösen Ben kennen?«

Oh, Mist. Ich erstarre. Das hatte ich ganz vergessen. Er kommt ja heute Abend, und jetzt ist es, ich blicke auf meine Armbanduhr, sieben Uhr. Nun lernen sie sich ein bisschen früher kennen als vorgesehen. Nicht, dass ich mich meiner Eltern schämen würde, aber ich möchte nicht, dass Ben auf die Idee kommt, ich wolle ihn unbedingt vorstellen, damit unsere Beziehung in die nächste Phase eintritt. Am besten wäre es fünf Minuten vor der Hochzeit. Aber ihn jetzt mit ihnen zu überraschen, wäre ein bisschen unfair. Entschlossen beiße ich die Zähne zusammen. Sie werden jetzt gehen müssen.

»Ihr müsst jetzt gehen«, stoße ich hervor.

Drei verwirrte Augenpaare richten sich auf mich.

»Ben kommt!«

»Das ist ja großartig, Liebling! Dann können wir ihn ja endlich kennen lernen.« Meine Mutter zupft ihr Kleid zurecht.

»Nein, nein. Das wäre nicht gut. Ich erkläre es euch ein anderes Mal, aber jetzt müsst ihr gehen.« Ich stehe auf und ergreife die Handtasche meiner Mutter und die Krücken meines Vaters. Mit der anderen Hand nehme ich meinem Vater das Glas aus der Hand, das er gerade zum Mund führen wollte.

»Los, kommt!« Ich keuche vor lauter Anstrengung, drei äußerst unwillige Personen hinauszubefördern. »Auf! Auf!« Ich lasse meinen Vater los und greife stattdessen Morgan, der mich vorwurfsvoll anplinkert. Ich stopfe ihn mir unter den Arm und helfe meiner Mutter, meinen Vater aus dem Sessel zu ziehen. Wir sind kaum an der Tür angelangt, als die Klingel ertönt. Mist! »Zurück! Zurück!«, schreie ich. Es ist mir egal, ob meine Eltern mein Benehmen ein wenig seltsam finden. Ich drücke alle drei wieder aufs Sofa und laufe zur Sprechanlage. Ich muss ein paar Mal tief durchatmen, bevor ich hervorstoßen kann: »Hallo?«

»Holly? Machst du unanständige Anrufe über die Sprechanlage?«, dringt Bens Stimme über die Leitung.

»Nein, ich war nur gerade, äh … Möchtest du heraufkommen? »

»Ja, das wäre nett.«

»Ja. Gut.« Ich drücke auf den Knopf und rase wieder zurück ins Wohnzimmer.

»Es ist Ben. Er kommt jetzt herauf. Benehmt euch normal.« Das ist selbst für mich ein bisschen viel. »Na ja, so gut es eben geht.«

– 9 –

Meine Beziehung zu Ben beruht auf dem Szenario, dass keiner von uns Verpflichtungen hat, und ich bin fest davon überzeugt, dass das die Grundlage für meinen Erfolg ist, weil ich damit wesentlich besser gefahren bin als alle seine Freundinnen vorher. Das ist der Hauptgrund dafür, dass ich diesen prächtigen Mann so lange an mich fesseln konnte. Ich habe stets dafür gesorgt, dass ich nie zu interessiert wirke. Ich frage nie, wann wir uns das nächste Mal sehen oder wann er anruft, und deshalb kommt er auch immer wieder zurück. Ich weiß, dass dieser unnatürliche Zustand nicht ewig andauern kann, aber ich habe gehofft, dass er zumindest so lange dauert, bis er gemerkt hat, dass ich die Richtige für ihn bin. Ihn meinen Eltern vorstellen zu müssen durchkreuzt meine Pläne.

»Sagt ihm bitte, dass ihr rein zufällig hier seid«, zische ich, renne ins Schlafzimmer, lege Lippenstift auf, fahre mir mit dem Kamm durch die zerzausten Haare und atme tief durch – das tue ich in der letzten Zeit ziemlich oft. Dann hetze ich zur Wohnungstür, um Ben in Empfang zu nehmen. Er küsst mich auf die Wange und tritt in den Flur. Wie gewöhnlich trägt er Clubblazer und Krawatte, wie das gesamte Team nach dem Spiel. Ich kann nichts dafür – ich kriege weiche Knie, wenn ich ihn ansehe.

»Ben! Hi! Wie geht es dir?« Meine Stimme kippt ein bisschen über und Ben betrachtet mich leicht misstrauisch.

Rasch lasse ich meine Stimme eine Oktave tiefer gleiten. »Wie war das Spiel?«

»Wir haben verloren.«

»Gut. Ich meine, äh, oh, nein! Ben, meine Eltern waren gerade in der Gegend und sind bei mir reingeschneit.«

Er starrt mich eindringlich an.

»Deine Eltern?«

»Ja, meine Eltern. Meine Familie.«

Er zögert ein paar Sekunden, dann macht er sich auf den Weg ins Wohnzimmer. »Gut«, erklärt er gleichmütig. Ich ziehe die Augenbrauen hoch. Vielleicht stelle ich mich ganz umsonst so an.

Meine Mutter springt auf, als er eintritt, und da sie meine Mutter ist, küsst sie ihn auf beide Wangen. »Ben! Wie nett, Sie endlich kennen zu lernen! Es tut uns Leid, dass Sie das erst so kurzfristig erfahren, aber wir sind zufällig vorbeigekommen!« In der Zwischenzeit hat sich auch mein Vater aufgerappelt und schüttelt Ben die Hand.

Ich schlucke. Mir war gar nicht aufgefallen, wie gut sie angezogen sind. Besonders zufällig sieht das Ganze nicht aus. Warum konnten sie nicht einfach mit Gummistiefeln oder dergleichen bei mir reintrampeln? Müssen sie unbedingt so aussehen, als wollten sie ihren zukünftigen Schwiegersohn begutachten? Aber dann sage ich mir, schließlich sind sie ja wirklich zufällig vorbeigekommen …

»Holly!«, schreit mir mein Vater ins Ohr. Ich zucke zusammen.

»Was?! Was ist?«

»Ich glaube, Ben hätte gerne etwas zu trinken«, sagt mein Vater in dem Tonfall, der normalerweise für Dreijährige reserviert ist.

»Ja. Ja. Klar.« Mit zitternden Händen sammele ich die

leeren Gläser ein und stürze in die Küche, um sie neu zu füllen, wobei ich wirres Zeug vor mich hin, murmele. Ich gebe Eiswürfel in vier Gläser und beäuge die Ginflasche. Ruhig, ruhig. Denk glückliche Gedanken. Denk an Gärten. An Wasserfälle. An Stille. Ich bemühe mich, die Überreste der schimmeligen Zitrone gleichmäßig zu verteilen, und lausche mit einem Ohr auf die Unterhaltung im Wohnzimmer. Meine Mutter fragt Ben nach seinem Rugby-Spiel. Gott sei Dank. Als die Drinks fertig sind, marschiere ich zurück ins Wohnzimmer und verteile die Gläser.

»Liebling, ich habe gerade vorgeschlagen, dass wir alle eine Kleinigkeit essen gehen, bevor dein Vater und ich wieder nach Hause fahren.« Meine Mutter lächelt mich an. Ich runzele die Stirn. Ich bin mir nicht sicher, ob zwei Stunden mit meinen Eltern gut für meine Beziehung zu Ben sind.

»Willst du mitkommen, Ben?«, frage ich langsam. »Musst du dich nicht mit der Mannschaft treffen?«

»Erst um zehn, Holly, und es ist ja erst halb acht.«

»Na ja, es ist Samstagabend. Ich weiß nicht, ob wir überhaupt einen Tisch bekommen.«

»Mach dir deswegen keine Sorgen«, ruft meine Mutter fröhlich. »Ich bringe uns schon irgendwo unter.«

Und tatsächlich sitzen wir eine halbe Stunde später an dem besten Tisch, den Melbourne's zu bieten hat. Meine Mutter zündet sich sofort eine Zigarette an.

»Rauchst du immer noch, Mutter? Du solltest es aufgeben, die Dinger bringen dich um.«

»Entweder die Zigaretten oder dein Vater, Liebling. Als ich das letzte Mal aufgehört habe zu rauchen, war ich so unausstehlich, dass er fast mit einer Machete über mich hergefallen ist. Da rauche ich doch lieber. Rauchen Sie, Ben?«

»Nein, Mrs Colshannon«, erwidert er ein wenig steif. Er benimmt sich ein bisschen wie bestes Internat. Tatsache ist nur, dass das bei meinen Eltern nichts ausrichtet. Sie stehen auf gewöhnliche Schulen.

Ich spüre, wie ich mich verspanne. Das Problem bei meinen Eltern, genauer gesagt bei meiner Mutter, ist, dass sie dazu neigt zu übertreiben. Es ist eine Art Test. Sie testet gern andere Leute, um herauszufinden, wie sie auf ihre exzentrische Art reagieren. Auch aus diesem Grund hatte ich es bisher vermieden, sie mit Ben zusammenzubringen. Er ist einfach noch nicht so weit. Eigentlich mache ich mir weniger Gedanken darüber, was sie von ihm halten. Es geht mir vielmehr darum, ob er sie nicht völlig überspannt findet und deshalb denkt, ich hätte als ihre Tochter ihre Gene geerbt.

»Und, Ben«, sagt mein Vater, »haben Sie das Kricketspiel gesehen?«

Ich hätte nie gedacht, dass ich dem lieben Gott dafür danken könnte, dass es Sport gibt.

Alles in allem ist es ein schwieriger Abend gewesen. Ich habe schon unterhaltsamere Gespräche erlebt. Aber wahrscheinlich sind alle ersten Begegnungen zwischen Eltern und Freund so. Ben hat wahrscheinlich meine Eltern definitiv ein wenig unkonventionell gefunden, und meine Eltern haben garantiert gedacht, er sei ein bisschen steif. Aber sie müssen einander halt näher kennen lernen. Ich weiß noch, wie die Freundin meines Bruders zum ersten Mal zu Besuch kam. Meine Mutter servierte zum Mittagessen Sahnetorte und Salat, weil sie dachte, die Sahnetorte sei eine Quiche. Jedenfalls hat sie das behauptet. Und mein Vater hat ihren kleinen Hund fast umgebracht, indem er ihm aus Versehen einen ziemlich großen Aschenbecher auf den Kopf hat fallen lassen. Und jetzt ist die Freundin meine Schwägerin. Ein schlechter Start muss nicht zwangsläufig auch ein schlechtes Ende bedeuten.

Nachdem wir meinen Eltern zum Abschied hinterhergewunken hatten, ist Ben zu seinen Rugby-Kumpels verschwunden und ich bin wieder in meine Wohnung gegangen. Gegen ein Uhr in der Nacht ist sein geschmeidiger, athletischer Körper, nach Rauch und Bier riechend, neben mir ins Bett gekrochen, und ich habe mich an ihn gekuschelt.

Am Montagmorgen wache ich aufgeregt auf. Heute sehe ich zum ersten Mal mein Tagebuch gedruckt! Ich ziehe mich rasch an und flitze zum Kiosk, wo ich drei Zeitungen kaufe. Dann laufe ich wieder in die Wohnung zurück, und während ich mein Müsli schlabbere, lese ich meinen Artikel. Er ist auf Seite drei, was wirklich ein guter Platz ist, es gibt ein kleines Foto von mir (voll bekleidet) und eine riesige Schlagzeile. Besorgt betrachte ich das Foto und überlege mir, wann es aufgenommen worden ist. Wahrscheinlich letztes Jahr auf dem Betriebsausflug. Ich lese den Artikel kurz durch, bin aber so vertraut mit meinen eigenen Worten, dass ich nicht beurteilen kann, ob er gut oder schlecht geschrieben ist. Also rufe ich Lizzie an.

»Hast du dir die Zeitung schon gekauft?«, frage ich, bevor sie überhaupt einen Ton von sich geben kann.

Eine verschlafene Stimme erwidert: »Äh? Holly? Was ist denn los? Wie spät ist es?«

»Es ist …«, ich blinzele auf meine Uhr, »… sieben Uhr dreißig. Du bist noch gar nicht aufgestanden, was?«

»Doch, jetzt schon.«

»Kauf dir die Zeitung und ruf mich später noch mal an.«

Doofe Nuss. Ich lege auf und blicke noch mal auf meine Armbanduhr. Es ist zwar noch ein bisschen früh, aber ich könnte eigentlich schon zur Polizeiwache gehen und auf das nächste Verbrechen warten. Was mögen sie wohl heute für mich auf Lager haben? Brandstiftung vielleicht? Oder Betrug? Die Straßen sind noch leer und ich bin in Rekordzeit da. Der mürrische Dave hat noch keinen Dienst und ich zeige meinen Ausweis einem völlig Fremden, der mich durch die Sicherheitstür hineinlässt.

Oben im Büro treffe ich ein paar Beamte, die von der Nachtschicht kommen. Wir unterhalten uns ein bisschen und ich frage sie nach den Vorfällen in der Nacht. Nach und nach füllt sich das Büro und diejenigen, die Nachtschicht hatten, machen sich gähnend auf den Weg nach Hause.

Callum kommt vor Energie berstend hereingestürmt und schwenkt die Zeitung.

»Holly! Er ist toll! Sind Sie nicht richtig stolz?«

»Doch. Doch, bin ich«, erwidere ich. Er reicht die Zeitung einem Kollegen und wendet sich dann wieder mir zu.

»Ich kann's gar nicht fassen, dass es ›Das Tagebuch des wahren Dick Tracey‹ heißt.« Seine Mundwinkel zucken.

»Ja, ich weiß. Joe, mein Chef, hat sich das ausgedacht.«

»Das wird Ihnen James nie verzeihen.«

Ich starre ihn entsetzt an. »Warum? Wie meinen Sie das?«

»Na ja, ›Dick‹. Den Spitznamen wird er nie wieder los.« Er grinst.

Verwirrt runzele ich die Stirn. An die sexuelle Anspielung hatte ich überhaupt noch nicht gedacht. »Sie meinen, die Leute werden ihn ›Dick‹ nennen?«

Ich habe den Satz noch nicht ganz zu Ende gesprochen, als am anderen Ende des Zimmers ein vielstimmiges »Morgen, Dick!« ertönt. Vorsichtshalber drehe ich mich gar nicht erst um. Um zu wissen, dass er näher kommt, brauche ich bloß Callums Blick zu folgen. Ich beiße mir in die Unterlippe.

»Viel Glück!«, murmelt Callum, richtet sich auf und sagt: »Na, wenn das nicht der wahre Dick Tracey ist!« Damit stürzt er zu der relativen Sicherheit seines Schreibtischs. Mir wäre es am liebsten gewesen, er hätte mich mitgenommen.

Detective James Sabine setzt sich mir gegenüber.

»Morgen«, flüstere ich. Er verzieht keine Miene, aber die eisige Note in seiner Stimme ist nicht zu überhören.

»Hätten Sie sich nicht etwas Besseres ausdenken können als Dick?«

»Das war nicht meine Idee«, erwidere ich kleinlaut. »Das hat sich mein Chefredakteur ausgedacht.«

Seine grünen Augen bohren sich in meine. »Nun, erinnern Sie mich daran, dass ich mich bei ihm bedanke, sollte ich jemals das Glück haben, ihn kennen zu lernen. Man wird mich jetzt wohl für den Rest meines Lebens Dick nennen.«

»Tut mir Leid«, flüstere ich.

»Nein, nein, das braucht Ihnen nicht Leid zu tun, Miss Colshannon. Es ist nur ein weiteres Missgeschick in einem Katalog voller unglückseliger Zwischenfälle, die mich seit Ihrer Ankunft hier heimsuchen.«

Blöde Mistbohnen. Er ist wirklich sauer. Unsicher beiße ich mir auf die Lippe, als er sich über die Berge von Unterlagen auf seinem Schreibtisch beugt. Muss das sein, dass ich mich so schrecklich fühle? Hätte er nicht einfach etwas Nettes über den Artikel sagen können? Ich werfe Callum einen Blick zu. Er zwinkert mir zu und ich lächele ihn an. Detective Sabines Kopf schnellt noch, als könne er das Lächeln riechen. Rasch mache ich wieder ein ernstes Gesicht und konzentriere mich auf meine Notizen.

Sein Telefon klingelt und er nimmt den Hörer ab. »Hallo?«

»Ja, sie ist hier. Leider.« Er reicht mir den Hörer. »Für Sie.«

»Danke.« Ich kann der Versuchung, ein »Dick« anzuhängen, kaum widerstehen. Glücklicherweise hält mich sein stählerner Blick davon ab.

»Hallo?«

»Holly, bist du das?« Es ist Joe.

»Ja.«

»Hast du heute früh das *Journal* schon gesehen?«

»Nein«, antworte ich zögernd. »Ich habe mir nur unsere Zeitung gekauft, wegen meines Artikels.«

»Dann hol dir das *Journal* so schnell du kannst«, empfiehlt Joe grimmig. »Sie haben uns reingelegt.«

– 10 –

Ich lege den Hörer auf und starre einen Moment lang gedankenverloren vor mich hin. Detective Sabine ist mit seinen Unterlagen beschäftigt. »Ich bin gleich wieder da«, sage ich, nehme mein Portemonnaie aus der Handtasche und eile aus dem Büro. Fünf Minuten später kaufe ich an dem kleinen Kiosk um die Ecke ein *Journal.* Außer Atem laufe ich wieder zurück an meinen Schreibtisch. Rasch blättere ich die Seiten um. Allzu lange brauche ich nicht zu blättern. Auf Seite drei springt mir die Schlagzeile ins Auge »Kultivierter Dieb stiehlt wertvolle Antiquitäten«. Ich beginne zu lesen.

Dem pensionierten Colonel Sebastian Forkar-White wurden gestern Nacht die wertvollsten Antiquitäten aus Familienbesitz gestohlen. Offenbar hat der Dieb ein Fenster aufgebrochen und sich dadurch mitten in der Nacht Einlass ins Haus verschafft. ›Er muss ein Auge fürs Detail haben‹, sagte ein Nachbar, ›die Forkar-Whites besitzen nur das Beste.‹ Die Polizei steht vor einem Rätsel und hat keine Indizien gefunden, außer einer Haarsträhne, die einer DNA-Analyse unterzogen wird, und einer geheimnisvollen Substanz, die am Tatort gefunden wurde. Die Ersten am Tatort waren Detective Sergeant James Sabine und eine Reporterin von der Bristol Gazette, die den Detective angeblich exklusiv sechs Wochen lang begleitet, aber schon wieder einmal berichtet Ihr Bristol Journal *als erste Zeitung. Ausführlicher Bericht: S. 7.*

Ich hole tief Luft und starre blicklos auf die Seite vor mir. In meinem Kopf wirbeln die Gedanken. Wo um alles in der Welt hat jemand diese Details her?

»Äh, Detective Sabine?« Er blickt auf und zieht fragend die Augenbrauen hoch.

»Haben Sie das gesehen?« Ich halte das *Journal* hoch.

»Ich ziehe Tatsachen der Fiktion vor«, erwidert er und wendet sich wieder seinen Unterlagen zu.

»Nun, ich denke, Sie sollten es sich einmal ansehen.« Ich reiche ihm die Zeitung und beobachte ihn schweigend, während er liest. Er verzieht erst ungläubig, dann wütend das Gesicht.

»Wie zum Teufel ...? So ist das!«, röhrt er. »Mir reicht es jetzt! Sie sind dafür verantwortlich und ich werde jetzt endlich dafür sorgen, dass der Blödsinn mit diesem Tagebuch ein Ende hat!«

Die Anspannung der ganzen vergangenen Woche schlägt über mir zusammen. »Blödsinn? BLÖDSINN?«, kreische ich. »Das Tagebuch ist kein Blödsinn. Nur weil wir nicht alle über Ihren arroganten, gottähnlichen Zugang zum Leben verfügen, bedeutet das noch lange nicht, dass alle anderen Berufe Blödsinn sind.«

»Wer ist arrogant?«, schreit er zurück.

»Sie sind arrogant.« Ich blicke zu Callum. Er sitzt unschuldig an seinem Schreibtisch und beobachtet uns interessiert. »Ist er etwa nicht arrogant, Callum?«, rufe ich hinüber.

Callum grinst und nickt. Auch ein paar andere Beamte im Zimmer bewegen zustimmend ihre Köpfe, als wollten sie sagen, das Mädchen hat Recht.

»Sehen Sie?«, gifte ich James Sabine an. »Callum sagt auch, dass Sie arrogant sind.«

»Na ja«, wirft Callum ein, der mittlerweile zu uns herübergekommen ist, »ich habe eigentlich nicht direkt gesagt, dass James arrogant ist. Ich habe nur zugestimmt, weil er manchmal ein bisschen …«

»Halt dich da raus, Callum«, schnauzt Detective Sabine ihn an.

Ich wende mich wieder an Detective Sabine. »Sie konnten mich von Anfang an nicht leiden. Sie suchen ständig einen Vorwand, um mich loszuwerden. Sie waren unkooperativ, schwierig und haben mich behindert. Aber Ihnen scheint überhaupt nicht klar zu sein, Mr Detective, dass Sie, während Sie den Superhelden spielen, das Leben und die Karriere anderer Leute mit Füßen treten, und das nur, weil Sie es nicht ertragen können, dass ich Sie für ein paar Wochen begleite. Sie sollten sich schämen!«, rüge ich mit erhobenem Zeigefinger. Ich komme mir vor wie aus einem schlechten Film vor 1940.

Als ich schweige, brandet hier und da Applaus auf, der aber schnell wieder erstirbt, als Detective Sabine seinen stählernen Blick durch das Zimmer schweifen lässt.

»Und Ihnen ist nicht klar, Miss Colshannon«, sagt er ruhig, »wie nervtötend es ist, Sie ständig um sich zu haben. Man kommt sich vor, als würde man von einer besonders hartnäckigen Mücke verfolgt, die sich nicht vertreiben lässt. Wir sind hier so unterbesetzt, dass jeder von uns die Arbeit von drei Beamten macht, und ich habe dazu noch Sie am Hals. Warum schreibt Ihr Presseleute nicht über irgendetwas Positives, statt die Ermittlungen meiner Fälle zu behindern?« Er schweigt. Dann sagt er: »Ich werde dem Chief Inspector von der undichten Stelle Bericht erstatten müssen.« Damit marschiert er aus dem Zimmer.

Innerlich zucke ich zusammen und starre ein paar Minuten vor mich hin. Na, Holly, wie ist das gelaufen? Wie hast du dich um deine Zukunft gekümmert? Vor allem der Seitenhieb mit der Mücke hat gesessen. Ich überlege eine Weile, wer denn jetzt nun Recht und wer Unrecht hat. Vielleicht haben wir ja beide in gewisser Weise Recht. Seufzend greife ich zum Hörer, um Joe mitzuteilen, dass das Tagebuch möglicherweise dünner wird, als wir uns vorgestellt haben.

»Hallo?«

»Joe, ich bin's, Holly.«

»Hast du dir den Artikel angesehen?«

»Ja. Detective Sabine ist gerade zum Chief Inspector gegangen.«

»Scheiße.«

»Ja. Vielleicht schmeißen sie mich raus.«

»Nur über meine Leiche«, grollt Joe. Es ist wahrscheinlich nicht der richtige Augenblick, um ihn darauf hinzuweisen, dass das sehr gut möglich sein kann, wenn Detective Sabine etwas damit zu tun hat. »Weißt du, wie das *Journal* an die Informationen gekommen sein könnte?«

»Nein, aber ich werde versuchen, es herauszubekommen. Ich rufe dich nachher noch einmal an.« Nachdenklich lege ich auf.

Robin statte ich als Erster einen Besuch ab. Sie wirkt zunächst ein wenig zerstreut, aber als ich ihr erzähle, was passiert ist, hört sie mir aufmerksam zu. Sie ist genauso entsetzt wie ich und macht sich Sorgen um die Zukunft des Tagebuchs. Sie erklärt, dass die Pressemitteilung erst heute herausgegangen sei und natürlich ohne die beiden Hinweise auf das Haar und die geheimnisvolle Substanz. Ich erzähle ihr von meiner kleinen Auseinandersetzung mit Detective Sabine. Und sie tut genau das, was ich gehofft hatte. Sie greift sofort zum Hörer und ruft beim Chief an, um ihr Projekt zu retten. Lächelnd verlasse ich das Zimmer. Vielleicht ist es doch nicht ganz so einfach, mich loszuwerden, wie er sich das vorgestellt hat.

Ich setze mich wieder an meinen Schreibtisch und starre den Artikel an. Detective Sabine kommt zurück. Ich blicke auf. »Nun? Muss ich meine Sachen packen?«

»Noch nicht. Aber machen Sie sich bloß keine Hoffnungen«, schnauzt er mich an. Anscheinend lautet das Familienmotto der Sabines nicht »Vergessen und verzeihen«. »Der Chief möchte, dass ich der Sache auf den Grund gehe. Haben Sie schon etwas herausgefunden?«

»Nein, nichts.« Ich blicke auf den Artikel, der vor mir liegt.

»Na, wundervoll«, murmelt er sarkastisch.

»Ich tue mein Bestes«, gifte ich.

»Großartig«, giftet er zurück.

Ich ignoriere ihn und starre weiter, bis mir auf einmal etwas so Offensichtliches auffällt, dass ich gar nicht glauben kann, dass ich es bis jetzt nicht bemerkt hatte.

»Detective Sabine, wie legen Sie Ihre Berichte ab?«, frage ich.

»Wie meinen Sie das?«

»Legen Sie zu jedem Verbrechen eine Akte an?«

»Wir schreiben den Bericht auf dem Computer und für den Papierausdruck und zusätzliche Dokumente wird eine Aktenmappe angelegt.«

»Wo ist die Aktenmappe?«

»Die Akten der Fälle, die ich im Moment bearbeite, sind alle in meinem Schreibtisch eingeschlossen.«

»Wie ist das mit dem Computer?«

»Der passt wohl kaum in die Schublade«, erwidert er trocken.

»Ich meine, hat jemand Zugang zu der Datei auf dem Computer?«

»Natürlich. Vielleicht braucht ja ein anderer Beamter Informationen über einen Fall. Sie wollen doch nicht etwa andeuten, dass irgendjemand hier …«

»Kann ich die Datei im Computer sehen?«

Zögernd blickt er mich an und meint dann achselzuckend: »Vermutlich.« Er dreht sich zum Computer um und holt die Datei auf den Monitor. Ich blicke ihm über die Schulter, als er sie abrollt.

»Da!«, sage ich und zeige auf den Bildschirm.

»Was?«

»Da! Sie haben Sebastian Forquar-White mit ›k‹ geschrieben.«

»Und?«

»Im Artikel stand es auch so. Ich habe gestern noch einmal bei Anton nachgefragt, und Forquar-White schreibt sich mit ›qu‹.«

Detective Sabine blickt schweigend auf den Schirm. »Das bedeutet gar nichts. So einen Fehler könnte jeder machen«, brummt er schließlich.

»Möglich. Aber kann sich jemand von außen in den Computer hacken? Ist er durch Modem mit irgendwem verbunden?«

»Nein. Man muss schon in dieser Abteilung sein, um an die Dateien zu kommen.«

»Können wir herausbekommen, wer als Letzter in den Dateien gewesen ist?«

»Ich kann das nicht, aber die EDV wahrscheinlich. Ich frage sie mal.«

Ich gehe wieder an meinen Schreibtisch und setze mich. Frustriert blicke ich mich um und frage mich, ob irgendjemand hier im Büro an das *Journal* Informationen weitergibt.

Hier scheint mein erster Ausflug in das Kriminalwesen

zu Ende zu sein. Es ist zwar deprimierend, aber ich kann nichts mehr tun. Ich schreibe eine E-Mail an Joe und sage ihm Bescheid, dass ich später vorbeikomme. Nach einer Weile kommt Detective Sabine zurück.

»Haben Sie mit der EDV gesprochen?«

»Sie prüfen es nach.«

Er wendet sich wieder seinen Papierbergen zu. Irgendetwas muss sein, denn er greift zum Hörer, spricht kurz mit jemandem, macht sich ein paar Notizen und steht dann wieder auf. Ich blicke auf.

»Fahren wir?«, frage ich hoffnungsvoll.

»Ich zumindest.«

Was soll das heißen? Will er zum Klo oder was? Unsicher blicke ich ihm nach, bis er sich schließlich umdreht und knurrt: »Na los, wenn Sie mitkommen wollen.«

Eilig stürze ich hinter ihm her. Hinter uns rufen alle: »Wiedersehen, Dick!«, »Bis später, Dick!«, und ich hoffe inständig, dass er es dezent ignoriert.

Detective Sabine stürmt in die Tiefgarage.

»Wohin fahren wir?«, hechel ich.

»Ich bin vom Krankenhaus angefordert worden. Wegen des Medikamentendiebstahls. Den Beamten hat das Gesicht von einem der Pfleger nicht gefallen und ich werde ihn jetzt überprüfen.«

Verlegen schweigend sitzen wir im Auto nebeneinander. Unsere frühere Beziehung war geradezu herzlich gegenüber der jetzigen Situation. Ich beiße mir auf die Lippe und schaue aus dem Fenster.

Wahrscheinlich sollte ich mich entschuldigen, aber das bringe ich nicht über mich.

Schließlich presse ich mürrisch zwischen zusammengebissenen Zähnen hervor: »Es tut mir Leid, wenn ich heute früh ein bisschen überreagiert habe. Es war keine einfache Woche.« Na ja, das ist wenigstens *fast* eine Entschuldigung.

Genauso mürrisch erwidert er: »Ist schon okay. Es tut mir Leid, dass ich Sie als Mücke bezeichnet habe. Ich meine, es stimmt, aber ich hätte es nicht sagen dürfen.« Das war noch weniger eine Entschuldigung als meine. Stumm fahren wir weiter.

In Gedanken bei dem Verhör des Verdächtigen, laufe ich neben Detective Sabine über die Straße.

»Soll ich irgendetwas sagen?«, frage ich ihn.

»Nein. Sagen und tun Sie nichts.«

»Kann ich Ihnen denn gar nicht helfen?«, frage ich. Ich möchte so gerne beteiligt sein.

»Helfen?«

»Na ja, vielleicht soll ich ja den bösen Polizisten mimen?«

Er bleibt stehen und mustert mich indigniert. »Böser Polizist?«, echot er.

»Oder den guten? Mir ist das egal. Oder …«

»Miss Colshannon, ich weiß Ihr Angebot zu schätzen, aber darf ich Sie auf eines hinweisen?« Fragend blicke ich ihn an. »Sie sind keine Polizistin. Verstehen Sie? Guter Polizist.« Er zeigt auf sich, als wolle er einer Fünfjährigen etwas erklären, und dann zeigt er auf mich. »Kein Polizist.« Er wiederholt die Gesten. »Schlechter Polizist. Kein Polizist. Haben Sie verstanden? Sie sehen zu viel fern.«

Resigniert folge ich ihm über eine Eisentreppe. Er klingelt an Wohnung drei. Nichts passiert. Wir läuten noch einmal. Detective Sabine dreht sich zu mir.

»Denken Sie daran, Sie sagen und tun nichts.« Vehement schüttele ich den Kopf, als hätte ich nicht im Traum daran gedacht. Die Tür öffnet sich einen Spaltbreit. Detective Sabine hält seinen Ausweis hoch und sagt: »Sind

Sie Kenneth Tanner?« Die schattenhafte Gestalt nickt bestätigend. »Ich bin Detective Sergeant Sabine. Ich würde Ihnen gerne ein paar Fragen zu dem Medikamentendiebstahl im Krankenhaus stellen, wo Sie meines Wissens nach arbeiten?« Die Tür geht etwas weiter auf und vor uns steht ein Mann Mitte zwanzig in Trainingshose und Sweatshirt.

»Ja? Was wollen Sie wissen?«

»Dürfen wir hereinkommen?«

Der Mann tut so, als wolle er die Tür ganz aufmachen, schlägt sie uns aber vor der Nase zu. Detective Sabine, dessen Reaktionsfähigkeit offenbar ausgeprägter ist als meine, rammt noch seine Schulter gegen die Tür, aber es ist zu spät. Er tritt einen Schritt zurück und stößt mit dem rechten Fuß direkt über die Klinke. Die Tür schwingt auf und schlägt gegen die Wand.

»Bleiben Sie da«, befiehlt er mir, als er hineinrennt.

Das überhöre ich geflissentlich und laufe ihm nach.

Gerade noch rechtzeitig hole ich ihn ein, um zu sehen, wie er Kenneth Tanner davon abhält, durch ein offenes Fenster auf eine Feuerleiter zu entschwinden. Blitzschnell hat er ihm die Hände auf den Rücken gedrückt und kniet auf ihm, um ihm Handschellen anzulegen. Wie ein Magier zieht er sie heraus und klickt sie fest. Ich höre, wie er Kenneth seine Rechte vorliest.

Mensch! Es ist noch nicht einmal Mittag.

»Holly! Herzlichen Glückwunsch!«, sagt Callum. »Deine erste Verhaftung!«

»Ja! Gut gemacht!«, quietscht ein anderer Beamter und alle strahlen mich an.

Bescheiden erwidere ich ihr Lächeln.

»War es eine schwierige Verhaftung?«, fragt Callum scherzhaft.

»Schrecklich kompliziert.«

Detective Sabine tritt hinter mich. Callum weist mit dem Kopf auf ihn. »War unser Dick hier eine große Hilfe?«

»Völlig nutzlos. Hat im Auto gesessen.« Callum und ich grinsen uns an. Detective Sabine verdreht die Augen und geht.

Ich setze mich an meinen Schreibtisch und meine Euphorie ist schlagartig verschwunden, als mir klar wird, dass die Geschichte meiner ersten Verhaftung wahrscheinlich schon während unserer Unterhaltung durchgesickert ist.

Detective Sabine kümmert sich um seinen Papierkram und ich arbeite an meinem Artikel auf meinem Laptop. Ab und zu starre ich gedankenverloren vor mich hin. Callum lädt einen Stapel von Unterlagen auf Detective Sabines Schreibtisch ab.

»Ich war gerade bei der Spurensicherung. Roger hat mich gebeten, dir das hier zu geben.«

»Was ist das?«, frage ich.

»Der Bericht über den Einbruch bei Forquar-White.« Detective Sabine blättert ihn bereits durch.

»Haben sie die DNA-Ergebnisse von dem Haar?«, frage ich aufgeregt.

Detective Sabine reagiert gar nicht, als Callum erwidert: »Es dauert Wochen, bis der Laborbericht kommt, Holly. Es ist nicht so wichtig …«

Ich unterbreche ihn. »Wieso?«

»Na ja, Mordfälle, Vergewaltigungen und so haben eine größere Priorität als Einbruch.«

»Sie können diese Substanz nicht identifizieren«, murmelt Detective Sabine.

»Ja«, sagt Callum. »Das hat er erwähnt. Er sagt, er hat keine Ahnung, was es ist.«

»Werden sie es denn herausfinden?«, lasse ich nicht locker.

Detective Sabine wirft mir einen entnervten Blick zu. »Sie haben im Moment einfach nicht die Mittel dazu, Miss Colshannon. Mangel an Ausrüstung. Darüber sollten Sie mal schreiben.«

Der Rest des Nachmittags vergeht mit dem Verhör von Kenneth Tanner, bei dem ich nicht dabei sein darf. Ich hoffe inständig, dass wir nicht schon wieder ausgebootet werden, aber als ich sehe, wie Detective Sabine die Einzelheiten in den Computer hackt, wird mir klar, dass es eine vergebliche Hoffnung ist. Schließlich packe ich meine Sachen zusammen, verabschiede mich für diesen Tag und fahre in die Redaktion. Joe wartet schon auf mich.

»Na?«

»Na was?«

»Hast du irgendwas über das *Journal* herausgefunden?«

»Wir haben herausgefunden, dass jemand durch Detective Sabines Computerdateien gegangen ist, was im Grunde genommen bedeutet, dass es praktisch jeder im Gebäude sein könnte. Die EDV-Abteilung versucht, den Schuldigen herauszufinden, aber wahrscheinlich nicht mit allzu großer Begeisterung. Was ist mit dir, hast du etwas herausgefunden?«

»Ich habe ein paar Kontaktpersonen angerufen, ehemalige Angestellte des *Journal*, aber sie wussten auch nur, dass es sich um eine Quelle im Haus handelt.«

Ich sinke auf den Stuhl vor Joes Schreibtisch. Der Mann fährt sich geistesabwesend durch die Haare und tigert hin und her.

»Spike Troman ist ihr Kriminalreporter, nicht wahr?« Der Mann ist ein kleines Wiesel und trotz seines Vornamens ist an ihm absolut nichts Scharfes.

»Spike könnte das nie alleine machen. Der muss doch noch mit dem Löffel gefüttert werden.«

»Wie lange mag er den Kontakt in der Wache schon haben?«, frage ich.

»Auf jeden Fall ist die Einführung des Tagebuchs nicht der auslösende Fakt. Das ist so schnell in die Wege geleitet worden, dass sie dazu einfach keine Zeit gehabt hätten.«

»Aber es war offensichtlich. Ich meine, dass sie über die ganzen forensischen Details geschrieben haben. Sie müssen doch wissen, dass es eine Untersuchung geben wird.«

»Absichtliche Sabotage. Das Tagebuch hat ihnen Sorge bereitet. Ich hatte gehofft, es würde uns Leser bescheren, die sich dadurch das *Journal* nicht mehr kaufen. Wahrscheinlich sind sie bewusst das Risiko eingegangen, uns vorzuführen.«

»Was können wir tun?«

»Kannst du dafür sorgen, dass bestimmte Details gar nicht erst in den Computer gelangen?«

»Das würde Detective Sabine niemals zulassen.«

»Na ja, das stimmt vermutlich. Vielleicht jagt ja die EDV-Abteilung dem Informanten Angst ein. Trau niemandem, Holly.«

»Nein.«

»Und schick deinen Artikel nicht per E-Mail, sondern bring ihn jeden Abend vorbei. Holly, kannst du versuchen, etwas anderes auf die Beine zu stellen als das *Journal?*«

»Und was zum Beispiel?«

»Bis jetzt haben wir immer das Gleiche gedruckt wie das *Journal.* Wir sehen dabei aus wie Idioten. Eigentlich sind wir diejenigen, die am Ball sind, aber sie haben trotzdem alle Storys. Du musst versuchen, aus diesem Detective ein paar interessante Details herauszukitzeln, an die das *Journal* nicht herankommt. Isst er gerne Doughnuts? Gibt es irgendwelche Streitereien im Büro? Pepp es ein bisschen auf! Gib unseren Lesern Informationen, die das *Journal* nicht haben kann. Details.«

»Details«, wiederhole ich.

Ich nicke und gehe geistesabwesend wieder zu Tristan zurück. Wütend balle ich die Fäuste. Das *Journal* ruiniert meine einzige große Chance. Wer um alles in der Welt mischt da mit? Er gewinnt doch nichts dadurch, außer womöglich Geld, aber das Risiko ist doch viel zu hoch. Es sei denn … Es sei denn, es handelt sich um einen Beamten, der Reporter nicht leiden kann und auf diese Art versucht, mich loszuwerden. Aber würde »Dick« wirklich seine eigenen Fälle sabotieren?

– 11 –

Lizzie erscheint äußerst aufgeregt zu unserem Treffen am Montagabend.

Bevor ich ihr auch nur einen Ton von den Vorfällen am Wochenende erzählen kann, platzt sie heraus: »Ich hatte einen absolut tollen Samstag. Rate mal, was ich getan habe!«

»Was?«

»Ich habe Hochzeitskleider anprobiert!«

Du meine Güte! Das ist jetzt aber schnell gegangen. Geschockt setze ich mich, während sie in die Küche läuft und fragt: »Was haben wir heute zu essen?«

»Wann? Wann hat er dich gefragt?«, rufe ich hinter ihr her. Sie steckt den Kopf durch die Tür.

»Wer?

»Na, *Alastair.*«

Sie kommt wieder aus der Küche und wirft sich aufs Sofa. »Er hat mich gar nicht gefragt, Dummchen. Ich bin lediglich gegen Mittag zufällig an dem Hochzeitsgeschäft vorbeigekommen und da habe ich gedacht, es wäre doch eine gute Idee, wenn ich mich mal ein bisschen umsehe. Es war toll, Holly.« Verträumt starrt sie vor sich hin und ich muss ein paar Mal blinzeln, um den Kopf wieder klar zu kriegen.

Als sie anfängt, mir eins der Kleider zu beschreiben, das sie anprobiert hat, unterbreche ich sie: »Was ist eigentlich passiert? Ich meine, vor ein paar Tagen hast du dich noch gefragt, ob Alastair mit dir Schluss machen will, und jetzt heiratest du auf einmal?«

»Na ja, ich habe eben viel nachgedacht in den letzten Tagen und dann ist mir nachts etwas eingefallen, was du zu mir gesagt hast.« Ich hasse es, wenn Leute mich zitieren, weil es ja sein kann, dass ich in der Zwischenzeit meine Meinung geändert habe. Ich sollte meine Freundinnen ein Formular unterschreiben lassen, in dem steht, dass alles, was ich sage, nach zehn Minuten nicht mehr gilt.

»Was habe ich gesagt?«

»Du hast gesagt, ich sollte nicht einfach nur herumsitzen und alles mit mir machen lassen.«

»Das habe ich gesagt?«

»Genau!«

»Vielleicht habe ich nur gemeint, du solltest nicht so viel darüber grübeln«, sage ich vorsichtig.

»Du hast auch gesagt, ich solle proaktiv sein!«

»Tatsächlich?«, wundere ich mich. Ich runzele die Stirn. Was bedeutet das Wort eigentlich?

»Ja, das hast du gesagt. Also bin ich proaktiv.«

»Und wie?«

»Alastair und ich werden heiraten.«

»Weiß der Bräutigam das schon?«

Lizzie wirft mir einen ungeduldigen Blick zu.

»Was du gesagt hast, war ganz richtig, Holly. Ich liebe Alastair. Ich liebe ihn von ganzem Herzen und ich werde ihn keinesfalls kampflos aufgeben.«

»Okay«, erwidere ich. »Das verstehe ich und das ist auch in Ordnung. Aber wie kommt das weiße Kleid ins Spiel?«

»Ich werde dafür sorgen, dass er mich heiratet, Holly!«, sagt sie triumphierend. »Zu genau dieser Schlussfolgerung bin ich gekommen! Zugegeben, mit den Hochzeitskleidern bin ich vielleicht ein bisschen übers Ziel hinausgeschossen, aber ich konnte einfach nicht widerstehen. Außerdem hat es mir gut getan. Irgendwie hat es mich in die richtige Stimmung gebracht.«

»Hast du auch schon ein Brautjungfernkleid für mich ausgesucht?«

»Ha, ha. Ich lasse es einfach nicht zu, dass mir Alastair entschlüpft. Gute Männer sind schwer zu bekommen.« Da hat sie wohl Recht.

»Und wie willst du es anstellen, dass er dich heiratet? Ich weise dich ja ungern darauf hin, aber er muss dich schließlich zuerst einmal fragen. Du kannst keine Hochzeit planen und dann so tun, als sei es eine Überraschungsparty.«

Kurz taucht vor meinem geistigen Auge ein hinreißendes Bild auf: zweihundert Hochzeitsgäste mit Hüten, vorne der Pfarrer, und alle rufen einem verdatterten Alastair »Überraschung!« zu. Das wäre doch eigentlich ziemlich lustig, oder?

»Ich habe einen raffinierten Plan und dazu brauche ich deine Hilfe.«

Ich entspanne mich ein bisschen. Das macht mich neugierig.

»Gut. Was für einen Plan?«

»KRANKENHAUS IN DROGENSKANDAL VERWICKELT« lautet die Schlagzeile des *Journal* am nächsten Morgen. Ich knirsche mit den Zähnen und steige wieder ins Auto, in dem Detective Sabine auf mich wartet.

»Es ist schon wieder passiert.« Empört reiche ich ihm die Zeitung.

»Nennen sie den Namen des Verdächtigen? Wenn ja, dann klagen wir …«

»Ich weiß nicht, ich habe es noch nicht gelesen.« Frustriert schaue ich aus dem Fenster, während er die betreffende Seite aufschlägt und den Artikel liest. »Nein, sie nennen ihn nicht. Gut.« Er gibt mir die Zeitung zurück und fährt los.

»Können wir irgendetwas tun?«

»Überlassen Sie das der EDV.«

Detective Sabine und ich, Partner im Kampf gegen das Verbrechen, sind auf dem Weg, um jemanden wegen des Einbruchs bei Sebastian Forquar-White zu verhören. Die eine Hälfte dieses großartigen Duos sieht allerdings nicht besonders begeistert aus und zusätzlich zu seinem mürrischen Gesichtsausdruck trommelt er auch noch ständig mit den Fingern auf dem Lenkrad herum, wenn wir vor einer roten Ampel stehen.

Ich hole meinen Notizblock aus der Tasche. Okay, machen wir uns an die Arbeit. Details.

»Wie würden Sie Ihr Verhältnis zu den Kollegen beurteilen?«

»Gut.«

»Gibt es irgendwelche Konkurrenzkämpfe? Sie wissen schon, wer die meisten Verhaftungen pro Monat hat oder so?«

»Nein.«

Na, das läuft ja fantastisch.

»Tragen Sie irgendwelche Glücksbringer, gestreifte Socken oder so?«

»Leider nicht.«

»Haben Sie Ihrer Pistole einen Namen gegeben?«

Endlich sieht er mich mal wieder an. »Miss Colshannon«, sagt er geduldig und ich ziehe hoffnungsvoll die Augenbrauen hoch. »Wenn ich eine Pistole hätte, dann wüssten Sie das.«

»Woher sollte ich das denn wissen?«

»Weil ich Sie mittlerweile schon mehrmals damit erschossen hätte. Hören Sie mit diesen albernen Fragen auf.« So viel zu persönlichen Details.

»Wen verhören wir denn?«, frage ich.

»Ein paar der Angestellten bei Sebastian Forquar-White. Ich will mir ihre Aussagen noch einmal anhören.«

»Gibt es irgendwas, was Ihnen daran nicht gefällt?«

»Nein, aber das Personal muss etwas damit zu tun haben, weil der Einbrecher den Grundriss des Hauses so gut gekannt hat.«

»Vielleicht hat er ja nur Glück gehabt.«

»Vielleicht. Da unten liegt eine Liste von den Sachen, die gestohlen worden sind, wenn Sie sie sich anschauen möchten.« Er weist mit dem Kopf auf meine Füße. Ich hebe die Mappe auf und hole das erste Blatt heraus.

Ach du lieber Himmel. Es gibt bestimmt Menschen auf dieser Welt, denen diese Liste etwas sagt, aber ich habe mich noch nie so sonderlich für Antiquitäten interessiert. Es wimmelt nur so von Gegenständen wie »Ebenholzfurnierte Konsoluhr um 1780« und »Sèvres-Vase von 1815«. Ich betrachte das Blatt stirnrunzelnd.

»Woher wollen Sie eigentlich wissen, dass Sebastian Forquar-Wie-auch-immer keinen Versicherungsbetrug begehen will? Eventuell hat er einfach ein paar Imitationen in den Keller gebracht, damit es ein paar leere Stellen gibt, und liest regelmäßig *Antiquitäten heute?* Man merkt schließlich kaum, dass bei ihm eingebrochen worden ist, das haben Sie selber gesagt. Mir kommt das reichlich verdächtig vor.«

Er lächelt spöttisch.

»Der Gedanke ist mir auch schon gekommen«, gibt er zu, »aber ich bin mir gerade deshalb so sicher, dass eingebrochen worden ist, weil man nicht genau erkennen kann, ob ein Einbruch stattgefunden hat.«

Das kapiere ich nicht so ganz.

»Wie meinen Sie das?«

»Na ja, wenn jemand die Versicherung betrügen will, dann übertreibt er es meistens. Statt eines aufgebrochenen Fensterriegels an einem sehr kleinen Fenster in der Speisekammer findet man dann zum Beispiel tonnenweise zerbrochenes Glas, herausgerissene Schubladen: falsche Fußabdrücke und einen Zettel, auf dem steht, ›Wir haben ein bisschen Unordnung gemacht, tut uns Leid. Schöne Grüße, die Einbrecher.‹ Die Besitzer des Hauses sagen: ›Ja, Officer, wir sind mitten in der Nacht von zersplitterndem Glas aufgewacht, und als wir herunterkamen, rannten zwei Gestalten über den Rasen davon.‹ Mr Forquar, äh, Dingsbums, sagt aber nur, er sei von nichts gestört worden und er hätte so gut geschlafen wie schon lange nicht mehr.«

Schweigend verdaue ich das alles.

»Außerdem«, fügt er hinzu, »habe ich mich bei der Versicherung erkundigt. Jeder der Gegenstände war ihnen namentlich bekannt, er hat also nichts vorgetäuscht.«

»Die Liste klingt ziemlich teuer.«

»Sie ist ungefähr siebzigtausend Pfund wert.«

Ich glotze ihn mit offenem Mund an. »Siebzigtausend Pfund?«

»Ja. Dagegen sieht Ihr Fernseh- und Videodieb ein bisschen blass aus, was?«

»Ich kann mir nicht vorstellen, dass die Versicherung besonders glücklich darüber ist.«

Ich zucke zusammen, als er gereizt auf die Hupe drückt. »Jetzt macht schon. Na los!«, faucht er. Ein paar Wagen vor uns scheint es ein Problem zu geben.

»Da ist irgendwas passiert«, erkläre ich unnötigerweise.

Er fährt das Auto an den Straßenrand, wodurch ich einen fantastischen Blick auf den zunehmend heftiger werdenden Streit von zwei Autofahrern vor uns habe, zieht die Handbremse an und stellt den Motor ab.

»Ich gehe mal nachsehen. Sie bleiben hier.« Er steigt aus dem Auto und marschiert auf die beiden Autofahrer zu. Schätzungsweise hat es einen Unfall gegeben. Ich verrenke mir den Hals auf meinem Sitz und versuche, etwas mitzubekommen. Detective Sabine hat so eine Befehlsart, bei der ich mir vorkomme wie eine Sechsjährige, die mit der Hand in der Keksdose erwischt wird.

Ich zucke zusammen, als sein Handy klingelt. Es liegt in der Ablage zwischen den Sitzen. Ich mustere es misstrauisch, weil mir einfällt, was passiert ist, als ich den Funkspruch beantwortet habe. Darüber hat er sich wirklich gefährlich aufgeregt, also lasse ich es jetzt wohl lieber.

Es klingelt pausenlos weiter.

Ich spähe nach vorne, um zu sehen, ob der Streit wohl dem Ende entgegengeht. Aber es hat sich eine ziemliche Menschenmenge angesammelt. Die Neugier siegt, schließlich könnte es ja auch seine zukünftige Frau sein. Entschlossen nehme ich den Anruf an.

»Hallo?«

»Holly?« Eine Männerstimme.

»Ja, ich bin's.«

»Wo ist Detective Sabine?« Es ist die Polizeiwache.

Ich kneife die Augen zusammen und berichte wahrheitsgemäß: »Äh, er ist im Moment ein bisschen eingekeilt.«

»Könnten Sie ihn bitten, sofort auf der Wache anzurufen, wenn er sich losgeeist hat?«

»Äh, ja, mache ich.«

Gehorsam steige ich aus dem Wagen. Der Streit scheint an Heftigkeit zugenommen zu haben und der gute Detective steht mittendrin und versucht, die beiden Streithähne auseinander zu bringen. Ich dränge mich durch die Menge, aber die umstehenden Personen erweisen sich als ziemlich unnachgiebig. Ich drängele ein bisschen mehr und murmele ab und zu »Entschuldigung«. Nichts. Langsam werde ich ärgerlich. Ein Mann mit einer Schirmkappe mustert mich finster. »Liebchen, wir waren zuerst hier. Du kannst dich nicht einfach vordrängeln.«

»Polizei im Einsatz!«, schreie ich.

Dieses Mal drehen sich ein paar Köpfe nach mir um.

»Gib's auf, Liebchen«, grölt die Schirmkappe. »Wenn du von der Polizei bist, bin ich Tom Jones.«

Um uns herum kichern die Leute. Blödmann. Was jetzt? Ich stelle mich auf den Bürgersteig und denke nach. Der Beamte hat gesagt, es sei dringend. Wie dringend ist dringend?

Besorgt spähe ich nach vorne. Der Streit lässt nicht nach.

Ich werde einfach die Schweinwerfer einschalten. Wenn er dann zum Auto kommt, kann ich es ihm ausrichten und die Verantwortung abgeben. Wenn er es ignoriert, dann kann ich zumindest sagen, ich hätte es versucht. Genau. So mache ich es, dann kann man mir später auch nichts vorwerfen.

Ich klettere über die Handbremse und setze mich auf den Fahrersitz. Da ich den Schalter für die Scheinwerfer nicht finde, betätige ich alle Hebel und Knöpfe. Auf einmal geht die Sirene an.

Direkt neben meinem Ohr.

Du liebe Scheiße! Rasch blicke ich mich um, ob nicht zufällig ein anderer Streifenwagen eingetroffen ist und diesen entsetzlichen Lärm macht. Da das jedoch nicht der Fall ist, muss es wohl der Zivilwagen sein, in dem ich sitze. Wie kommt ein ziviles Polizeifahrzeug zu einer Sirene?

Scheiße, Scheiße, Scheiße! Wie eine Besessene drücke ich alle Knöpfe, um das Ding zum Schweigen zu bringen.

Zumindest ist Detective Sabine auf mich aufmerksam geworden. Und alle anderen auch. Die Menge, die sich um die Streitenden geschart hatte, hat sich umgedreht und stiert mich an. Fußgänger bleiben stehen und glotzen, die Leute quellen aus den Häusern und glotzen – und Detective Sabine marschiert auf mich zu.

Fieberhaft drücke ich alle Knöpfe. Die Scheibenwischer gehen an und aus. Die Scheinwerfer gehen an und aus. Das Funkgerät geht an und aus. Detective Sabine ist am Auto angekommen, reißt die Tür auf und greift hinein. Der Lärm hört auf.

Ich schließe die Augen und presse die Lippen aufeinander. Ich spüre seine Nähe und ich spüre die schlechten Schwingungen, die von ihm ausgehen.

»Hatten Sie einen Wunsch, Miss Colshannon?«, erkundigt er sich ganz ruhig. Zu ruhig. »Wollten Sie mich eventuell auf sich aufmerksam machen?«

»Äh, ja. Die Wache bittet Sie um Rückruf. Dringend«, sage ich kleinlaut. Eigentlich kaum hörbar. Kläglich starre ich auf meine Füße und wünsche mir, ich würde winzig klein und könnte einfach so verpuffen.

»Hätten Sie nicht einfach zu mir kommen und mir das sagen können? Oder waren Sie, aus irgendwelchen geheimnisvollen Gründen, nicht in der Lage, das Auto zu verlassen?«

»Ich habe es ja versucht, aber ich bin nicht zu Ihnen durchgekommen. Ich wollte Sie mit den Scheinwerfern anblinken, bin aber an den falschen Schalter geraten.«

»Genau. Würde ich Ihren Plänen zuwiderhandeln, wenn ich erst einmal das Problem da vorne zu Ende bringe?«

»Nein, nein«, murmele ich und reiche ihm sein Handy. Er dreht sich wieder um. War da …? Nein, ich irre mich bestimmt. Ich dachte für den Bruchteil einer Sekunde, dass ich den Anflug eines Lächelns gesehen hätte. Düster verharre ich im Auto, während er zu dem Unfall zurückgeht und dabei die Nummer der Wache wählt. Woher hätte ich denn wissen sollen, dass der Wagen eine Sirene hat? Ich bin schließlich nicht Inspektor Columbo. Schmollend klettere ich wieder über die Handbremse, wobei ich sorgfältig darauf achte, nicht versehentlich einen weiteren wichtigen Polizeiknopf zu berühren. Zum Beispiel den für den Schleudersitz.

Nach ein paar Minuten steigt er wieder ins Auto, wendet und wir fahren aus dem dichten Verkehr heraus in die entgegengesetzte Richtung.

Ich hüte mich, seinen Zorn durch weitere Fragen zu schüren. Schließlich sagt er: »Es hat schon wieder einen Einbruch gegeben. Die Kollegen glauben, dass es sich um dieselbe Person handelt.«

»Wirklich? Toll!«, entfährt es mir. Sein Blick für mich enthält Spiritus. Ich unterdrücke meinen Enthusiasmus und betrachte aufmerksam den Fußboden. Er sieht wieder auf die Straße.

Den Rest der Fahrt verbringen wir stumm. Anscheinend kennt er den Weg zu dem Haus. Der Einbruch hat in der gleichen Gegend stattgefunden, aber daran ist nichts Seltsames, weil hier viele reiche Leute wohnen. Wir halten vor einem großen Regency-Haus, das dem von Sebastian Forquar-White ziemlich ähnlich sieht.

Begeistert springe ich aus dem Auto und laufe ein paar

Schritte über den Bürgersteig. Plötzlich bleibt mein Fuß stecken und mit einem lauten Quieker stolpere ich und plumpse unelegant auf mein Hinterteil.

»Du meine Güte! Haben Sie sich wehgetan?« Detective Sabine kommt angeflitzt.

Verlegen rappele ich mich rasch wieder in die Senkrechte. »Nein, nein. Alles in Ordnung. Ich bin über irgendwas gestolpert.«

»Sie verbringen anscheinend einen Großteil des Tages damit, mit irgendwelchen Dingen zu kämpfen«, bemerkt er trocken, während wir beide den Bürgersteig nach der Ursache meines Sturzes absuchen. Aber da ist nichts. Verstohlen reibe ich mir mein schmerzendes Hinterteil und sehe noch einmal genauer zu Boden.

Und da ist es. Ein Fruchtgummi klebt auf dem Pflaster. Zitronengeschmack, so wie es aussieht.

»Was haben Sie entdeckt?«

»Nichts. Lassen Sie uns hineingehen, ja?«

Er folgt meinem Blick. »Sie sind über ein Fruchtgummi gestolpert?«, sagt er ungläubig und starrt mich an.

»Na ja, es klebt halt da«, murmele ich und gebe dem bedrohlichen Bonbon einen leichten Tritt.

Er schüttelt den Kopf und geht zum Haus. Ich trotte ihm nach, wobei ich leise vor mich hin fluche. Was ist bloß los mit mir? Kann ich nicht einfach mal den Tag überstehen, ohne dass mir etwas Peinliches passiert? Könnte ich das nicht wenigstens mal versuchen?

An der Haustür hole ich James Sabine ein. Sie geht gerade auf. Er zückt seinen Ausweis.

»Detective Sergeant Sabine. Ich glaube, bei Ihnen ist eingebrochen worden, Mrs Stephens?«

»Kommen Sie herein, Officer«, sagt eine charmante ältere Stimme. Als er dankend eintritt, kann ich einen ersten Blick auf die Hausbesitzerin werfen. Es ist eine alte Dame. Die Art von Dame, die ich gerne als Großmutter hätte, denke ich. Sie trägt einen Tweedrock und einen beigefarbenen Pullover. Ihr Gesicht ist zwar runzelig, aber sorgfältig zurechtgemacht. Sie strahlt Ruhe aus.

Ich folge in die helle Diele aus poliertem Holz. Detective Sabine bedenkt mich mit einem warnenden Blick. Vermutlich wegen meines gestörten Gleichgewichtssinns und dem Geruch nach Bohnerwachs, der darauf hindeutet, dass der Boden regelmäßig poliert wird, also glatt sein könnte.

»Könnten Sie versuchen, aufrecht stehen zu bleiben?«, murmelt er.

»Könnten Sie aufhören, mich darauf hinzuweisen?«, murmele ich zurück. Wir warten geduldig, während die alte Dame die Haustür mit Nachdruck schließt und die Kette vorlegt. Sie wendet sich wieder zu uns.

»Das ist Holly Colshannon«, sagt James. »Sie ist hier …«

»Nur als Beobachterin«, beende ich den Satz schnippisch und strecke meine Hand aus. Die alte Dame schüttelt sie lächelnd.

»Wie geht es Ihnen?«, will sie höflich – überhaupt nicht – wissen.

Sie führt uns in ein elegantes Wohnzimmer. Ein uniformierter Beamter ist bereits da und steht auf, als wir eintreten.

»Guten Morgen, Sir.«

»Morgen, Matt.«

»Möchten Sie einen Tee?«, fragt die alte Dame. Wir bejahen, und als sie, wie bei dem letzten Einbruch auch, verschwindet, um den Tee zu holen, setzen sich die beiden Polizisten auf die Couch und tuscheln sofort miteinander. Ich versuche gar nicht erst, das Gespräch zu belauschen, weil sie zum einen so leise sprechen, dass ich sowieso nichts verstehen kann, und weil ich außerdem meinen Fähigkeiten, koordinierte Bewegungen zu machen, im Moment nicht traue. Wahrscheinlich würde ich irgendeinem auf den Schoß fallen oder etwas ähnlich Peinliches vollführen.

Stattdessen blicke ich mich im Zimmer um. Eine große Standuhr tickt beruhigend in der Ecke und auf einem Flügel stehen ein Dutzend Fotos. Ich trete näher und betrachte sie. Auf einigen Fotos erkenne ich die alte Dame mit verschiedenen Kindern, die wahrscheinlich ihre Enkel sind. Während ich mir die Fotos noch anschaue, kehrt die alte Dame mit einem großen Tablett zurück. Detective Sabine springt auf und nimmt es ihr ab. Als wir alle zerbrechliche Porzellantassen mit Rosenmuster in der Hand halten, beginnt er mit seinen Fragen.

»Leben Sie allein, Mrs Stephens?«

»Ich bin verwitwet, Detective. Mein Mann ist letztes Jahr gestorben. Im Moment wohnt mein Enkel bei mir. Sein Vater ist in der Royal Navy und gerade nach Italien gezogen. Andrew, das ist mein Enkel, hat in ein paar Wochen Prüfungen und bis dahin wohnt er bei mir.«

»Wir müssten ihn dann ebenfalls befragen. Wäre das in Ordnung?« Sie nickt.

»Ich habe gehört, die fehlenden Gegenstände haben sich alle im Esszimmer befunden. Wann waren Sie das letzte Mal dort?«

»Gestern.«

»Also hat der Einbruch vermutlich letzte Nacht stattgefunden. Haben Sie etwas gehört?«

»Nicht das Geringste und ich habe einen sehr leichten Schlaf.«

»Haben Sie in den letzten Tagen irgendjemand Verdächtigen bemerkt?«

Mrs Stephens überlegt ein paar Sekunden und erwidert nachdrücklich: »Nein.«

»Wenn Sie nichts dagegen haben, möchte ich gerne ein paar Beamte ausschicken, die sich mit den Nachbarn unterhalten.« Mrs Stephens ist einverstanden und Detective Sabine blickt Matt an, der kopfnickend aus dem Zimmer verschwindet.

»Können wir sehen, wo sie eingedrungen sind?«

Wir stellen unsere leeren Tassen auf das Tablett und sie führt uns aus dem Zimmer durch die Diele in ein anderes Zimmer. Es ist ein Esszimmer mit einem großen Tisch, um den acht Stühle stehen. Sie zeigt auf ein Fenster hinten in der Ecke.

»Dort sind sie eingedrungen, sie haben eine Scheibe herausgeschnitten.«

Dann deutet sie auf den großen Vitrinenschrank. Er ist fast leer. Traurig runzelt sie die Stirn.

»Ich wollte immer schon Sicherungen anbringen. Sie haben alles genommen, was nur irgendeinen Wert hatte. Wenigstens haben sie mir ein paar Porzellanstücke gelassen, die die Kinder mir geschenkt haben. Dafür bin ich dankbar.« Man hört ihrer Stimme an, wie sie das alles mitnimmt. »Sie haben sogar eine Uhr gestohlen, die mein Mann mir zum ersten Hochzeitstag geschenkt hat. Dabei war sie nicht einmal funktionstüchtig!« Ihre Stimme bricht und eine Träne rollt ihr über die Wange. Ihr Kummer ergreift uns alle.

Überraschend sanft sagt Detective Sabine zu ihr: »Es tut mir so Leid, Mrs Stephens.« Er schweigt ein paar Minuten, damit sie die Fassung wiedergewinnen kann, dann fährt er leise fort: »Unsere Leute von der Spurensicherung sollen hier alles untersuchen, Mrs Stephens. Ist irgendetwas angefasst worden?«

Sie schüttelt langsam den Kopf und er führt sie sanft aus dem Zimmer. Matt, der uniformierte Beamte, tritt in der Diele auf mich zu, während Detective Sabine die alte Dame zu einem Sofa im Wohnzimmer geleitet. Danach kommt er wieder zu uns.

»Ich weiß, dass Sie sich Notizen machen müssen. Aber würde es Ihnen etwas ausmachen, sich für eine Weile zu ihr zu setzen?«

Ich schüttele den Kopf und gehe ins Wohnzimmer. Das ist kein besonders angenehmer Fall. Ich kann jetzt verstehen, warum Detective Sabine mir gegenüber so distanziert war wegen der Einbrüche. Gut, meine erste Erfahrung war der Einbruch bei Sebastian Forquar-Wie-auch-immer, der nun wirklich nicht besonders sympathisch ist. Aber das Verbrechen bei dieser alten Dame, deren einziger Besitz Erinnerungen waren, die nur für sie Wert hatten, kommt mir fast gewalttätig vor. Ich setze mich neben sie aufs Sofa und versuche, sie zu trösten.

Eine Stunde lang reden wir über ihre Familie. Über ihren verstorbenen Mann, ihre Kinder und ihre Enkelkinder. Sie erklärt mir jedes einzelne Foto, das auf dem Flügel steht, und nach dieser Stunde scheint es ihr besser zu gehen. Zwischendurch ist immer wieder Detective Sabine hereingekommen und hat ihr Fragen gestellt. Schließlich setzt er sich neben sie und beginnt ernsthaft mit der Befragung.

Da ich jetzt erst einmal überflüssig bin, gehe ich ins Esszimmer. Roger von der Spurensicherung ist schon da. Er blinzelt mir zu, als ich hereinkomme.

»Kommen Sie nicht zu nahe. Sie verseuchen alles.«

»Roger, Sie Schmeichler, Sie«, erwidere ich liebenswürdig.

Er grinst. »Wie kommen Sie klar?«

Ich bleibe in der Tür stehen. »Oh, gut«, sage ich zögerlich.

Er blickt auf. »So schlimm?«

Ich lächele. »Ja, so schlimm. Ich habe heute versehentlich die Sirene im Auto angestellt und anschließend bin ich über ein Fruchtgummi auf dem Bürgersteig gestolpert und zu Boden gegangen.« Roger lacht amüsiert auf, und auch ich muss unwillkürlich grinsen und fühle mich gleich schon viel besser. Er macht sich wieder an die Arbeit und ich sehe ihm eine Weile zu.

»Traurig, nicht wahr?«

»Was?«

»Dass eine alte Dame so bestohlen wird.«

Er hält inne und mustert mich. »Wir sehen viele traurige Dinge bei unserer Arbeit, Schätzchen.«

»Ja, vermutlich.« Ich grinse schief. Detective Sabine tritt hinter mich.

»Kommen Sie, wir müssen fahren. Hast du irgendwas gefunden, Roger?«

Roger seufzt. »Wenig. Ein paar Fasern. Diese Substanz, die auch beim ersten Einbruch verwendet wurde, haben wir ebenfalls auf den Türgriffen am Schrank entdeckt. Sieht aus, als ob es dieselben Einbrecher waren.«

»War die Substanz sonst noch irgendwo im Haus?«

»Nein, nur hier im Esszimmer. Und außer den Griffen am Schrank ist nichts angefasst worden.«

»Gibt es irgendeine Möglichkeit, herauszufinden, was das für ein Zeug ist?«

»Ja, irgendwann schon. Du weißt doch, wie das ist, James.«

Detective Sabine seufzt. »Ja, ich weiß. Bis später dann.«

Roger nickt und wir lassen ihn allein.

Zusammen gehen wir ins Wohnzimmer. Mrs Stephens sitzt immer noch grübelnd auf dem Sofa. Detective Sabine spricht sie sachte an.

»Können wir noch irgendetwas für Sie tun, bevor wir uns verabschieden?«

Mühsam erhebt sie sich und lächelt uns an. »Nein, danke. Ich bringe Sie hinaus.«

Gemeinsam gehen wir zur Haustür.

»Es war nett, Sie kennen zu lernen«, sage ich aufrichtig.

»Ja, ich habe mich auch gefreut. Danke für unsere kleine Unterhaltung, ich habe sie sehr genossen. Danke für Ihre Freundlichkeit, Detective.«

Als wir uns im Auto anschnallen, sagt Detective Sabine: »Hören Sie, meinen Sie nicht auch, wir könnten dieses Getue mit Detective Sabine und Miss Colshannon jetzt endlich sein lassen? Es ist sowieso ein alberner Name.«

»Das finde ich jetzt aber ein wenig streng. Es ist ja schließlich nicht Ihre Schuld, dass man Ihren Nachnamen kaum aussprechen kann.«

»Ich meinte Colshannon«, knirscht er mit zusammengebissenen Zähnen.

»Wir können uns ja mit dem Vornamen anreden, wenn Sie wollen«, erwidere ich.

»Was allerdings nicht bedeuten soll, dass wir besser miteinander auskommen«, prophezeit er grimmig und startet den Motor.

»Machen Sie sich keine Sorgen, diesem Trugschluss falle ich nicht anheim.«

»Wenn es nach mir ginge, wären Sie gar nicht hier.«

»Das haben Sie schon unmissverständlich kundgetan«, erwidere ich und muss unwillkürlich an die Artikel im

Journal denken, wo jemand mit aller Gewalt versucht, aus diesem Wunsch Realität zu machen.

Auf dem Weg zurück zur Polizeiwache schweigen wir beide. Ich denke an mein Gespräch mit Mrs Stephens und sage auf einmal: »Wird das eine Einbruchsserie?«

»Ich glaube, es ist schon eine.«

An der Wache springe ich als Erste aus dem Auto und warte ungeduldig am Empfang, dass der mürrische Dave mich einlässt. Er rührt sich nicht.

Als Detective Sab…, sorry, James hinter mich tritt, fährt sein Kopf hoch. Wie macht er das bloß? Hat er da unten Spiegel versteckt?

»Guten Morgen, Sir!« O Gott. Ist es noch Morgen?

»Morgen, Dave. Wie geht es Ihnen?«

»Gut, danke. Morgen, Holly«, sagt er, als er uns hineinlässt. Ich bin so überrascht, dass er mich beim Namen nennt, dass ich nur ein irres Grinsen zustande bringe.

James und ich gehen zusammen die Treppe hinauf. Oben sagt er: »Ich muss noch in eine andere Abteilung, bis später also.« Ich pflanze mich an meinen Schreibtisch und rufe Joe an.

»Joe, ich bin's, Holly.«

»Hast du das heute früh gesehen?« Er kann nur den Artikel im *Journal* meinen.

»Ja.«

»Woher kriegen sie das bloß?« Er klingt flehend und verzweifelt.

»Ich weiß es nicht. Die EDV hier kümmert sich darum. Ich verspreche mir allerdings nicht viel davon. Sie sind nicht allzu begeistert und es scheint so, als hätten sie Wichtigeres zu tun.«

»Hör mal, Holly, du musst unseren Lesern etwas geben,

was das *Journal* nicht wissen kann. Wir haben heute eine Umfrage gemacht. Das Tagebuch ist auf reichlich lauwarme Reaktionen gestoßen. Den Leuten, die es lesen, gefällt es zwar, aber wir bekommen dadurch keine neuen Leser. Ich glaube, das *Journal* macht uns fertig. Irgendwie müssen wir die Leute dazu kriegen, dass sie uns lesen. Und zwar nur uns.«

»Klar«, erwidere ich, »und wie sollen wir das machen?«

»Na, du hast doch den privaten Zugriff. Das *Journal* kann nur über die Fälle berichten, aber du steckst doch mit einem echten Detective mittendrin. Du musst mehr über ihn schreiben.«

»Okay«, erwidere ich zweifelnd. Die Richtung, die diese Sache nimmt, gefällt mir gar nicht.

»Was hast du denn für ein Verhältnis zu diesem Jack?«

»James Sabine?«

»Ja.«

»Na ja ...« Wie soll ich das jetzt ausdrücken? »Wir haben eigentlich kein besonderes Verhältnis zueinander«, sage ich vorsichtig.

»Kannst du nicht dafür sorgen, dass das anders wird?«, fragt Joe ungeduldig.

»Ich könnte es ja mal versuchen ...«, stottere ich zögernd.

»Holly! Es muss besser sein als ein Versuch! Wie du es anstellst, ist mir egal. Lad ihn ein, bekoch ihn. Schlaf meinetwegen mit ihm. Aber stell irgendwas mit ihm an!«

»Kennst du James Sabine eigentlich?«, ereifere ich mich. »Wenn ich versuche, mit ihm irgendwas anzustellen, könnte ich mich genauso gut mit Hannibal Lecter einlassen!« Plötzlich habe ich das Gefühl, dass jemand neben mir steht. Als ich mich umdrehe, steht James Sabine hinter mir. Ich weiß nicht, wie lange er schon dasteht, aber bei meinem Glück sicher lange genug. »Der mein Vetter ist und sehr nett …«, vollende ich lahm und werde knallrot. James nimmt etwas von seinem Schreibtisch und verschwindet wieder. Ich schließe die Augen und fluche im Stillen unflätig, während Joe mir weiter das Ohr zerkaut.

Als ich aufgelegt habe und die Situation überdenke, komme ich zu dem Ergebnis, dass alles viel einfacher wäre, wenn das *Journal* keine Informationen mehr bekäme. Entschlossen marschiere ich in die EDV-Abteilung im obersten Stockwerk. Abteilung ist vielleicht ein bisschen übertrieben. »Gruppe« oder »Ansammlung« würde wohl besser passen. Vier Schreibtische sind weiträumig im Zimmer verteilt. In einer Ecke erblicke ich eine Frau und strebe auf sie zu.

»Äh, hallo?«, sage ich, um Aufmerksamkeit heischend.

Überrascht hebt sie den Kopf und reißt die Augen auf.

»Entschuldigung, habe ich Sie erschreckt?«

»Äh, nein. Keineswegs. Haben Sie sich verirrt?«

»Ich suche die EDV-Abteilung.«

»Sie haben sie gefunden«, erwidert sie erfreut. »Was kann ich für Sie tun?«

»Nun, ich weiß, dass Detective Sabine Sie schon informiert hat, aber ich wollte einmal nachfragen, ob Sie irgendwelche Fortschritte bezüglich der Informationen gemacht haben, die an das *Journal* durchsickern?«

Sie mustert mich verständnislos. Aber diese Akademiker schweben ja immer ein bisschen in den Wolken, oder? Ihr Verstand befindet sich halt auf einer höheren Ebene als bei uns normalen Sterblichen. Ich lächele verständnisvoll und sage langsam und deutlich: »Die Informationen für das *Journal* sickern von Detective Sabines Computer durch. Sie müssen die Angelegenheit verfolgen.«

»Ich weiß nicht, wovon Sie reden, meine Liebe. Hier hat niemand Bericht erstattet.«

Überrascht trete ich einen Schritt zurück. »Niemand?«

Jetzt ist es an ihr, laut und deutlich zu sprechen, aber angesichts meines verwirrten Gesichtsausdrucks hält sie Worte wahrscheinlich für zu schwer verständlich. Langsam und nachdrücklich schüttelt sie den Kopf.

»Na ja, könnte es denn an jemand anderen berichtet worden sein?«

Sie weist auf eine große, weiße Tafel hinter meinem Kopf. »Wenn es nicht auf der Tafel steht, gibt es auch kein Problem. Danach arbeiten wir alle.« Sie zuckt mit den Schultern. »Womöglich hat er es ja vergessen.«

Nachdem ich offiziell über das Computerleck Bericht erstattet habe, gehe ich nachdenklich wieder die Treppe hinunter. Warum hat James Sabine keine Überprüfung veranlasst? Im Geiste spiele ich verschiedene Möglichkeiten durch, komme aber immer wieder zum selben Ergebnis. Es kann leider nur zwei Gründe dafür geben. Entweder will er, dass sein Computer weiter angezapft wird, um mich loszuwerden, oder es gibt gar kein Leck und die Informationen stammen direkt von ihm. Beide Möglichkeiten bestätigen die Tatsache, dass er mich verscheuchen will, die er sowieso nicht leugnet. Ich balle die Fäuste. Er ruiniert absichtlich meine Karriere, nur weil er es nicht ertragen kann, ein paar Wochen von einer Reporterin begleitet zu werden.

Wütend mit mir selber brabbelnd gehe ich auf Robins Büro zu. Ich muss mit ihr reden und ich habe das Gefühl, ihr vertrauen zu können, weil sie das Tagebuch genauso will wie ich, aus was für persönlichen Gründen auch immer. Am liebsten würde ich mich mit Detective Sabine selbst anlegen, aber ich habe keinen echten Beweis und letztendlich würde mich die Polizei vermutlich hochkant rausschmeißen. Hoffentlich weiß Robin eine Lösung. Ich trete in ihr Büro und sage: »Robin, hast du eine ...«

Wie angewurzelt bleibe ich stehen. Sie wissen ja, wenn ein Liebespaar sich streitet oder ein sehr intimes Gespräch führt, dann herrscht in einem Zimmer eine gewisse Atmosphäre voller Emotionen und Intensität. Und genau in eine solche bin ich gerade mitten hineingeplatzt. James Sabine hält Robin in den Armen. Er wirft mir einen höchst ärgerlichen Blick zu.

Rasch sage ich: »Ich komme später noch mal«, drehe mich um und flüchte aus dem Zimmer.

– 12 –

Am Abend kommt Ben vorbei, aber ich bin so abgelenkt, dass ich seine Fragen völlig ignoriere, an den falschen Stellen lache, als er mir von seinem Tag erzählt, oder seltsame Antworten gebe wie »Hättest du gerne Würstchen dazu?«. Schließlich gibt er auf und sieht sich die Sportschau an.

Die ganze Nacht wälze ich mich schlaflos hin und her und lausche auf Bens ruhiges Atmen neben mir. Tausend Fragen schwirren mir durch den Kopf. Haben Robin und James eine Affäre? Möchte Robin deswegen so dringend aus Bristol weg, weil James Sabine heiratet?

James Sabine scheint mir allerdings nicht der Typ zu sein, der Affären hat. Vielleicht war es ja Liebe auf den ersten Blick. Robin ist zwar erst seit ein paar Monaten da, aber so etwas kann bekanntermaßen schnell gehen. Und sie sieht toll aus. Doch warum heiratet er dann eine andere?

Was auch immer zwischen den beiden ist, für mich entwickelt sich ein neues Problem, nämlich dass ich Robin jetzt ebenfalls nicht mehr trauen kann. Nun weiß ich nicht, an wen ich mich wegen des Computerlecks noch wenden soll. Nachdem ich es offiziell der EDV-Abteilung mitgeteilt habe, verfolgen sie es möglicherweise. Eventuell nützt es ja was, wenn ich James gegenüber andeute, dass ich mit der EDV geredet habe. Dann kommt er mir vielleicht nicht mehr in die Quere.

Aber einschlafen kann ich immer noch nicht. Schließlich falle ich in einen unruhigen Schlummer und träume von James, Robin und Computern.

Ich stehe früh auf und fahre, nachdem ich dem schläfrigen Ben einen Abschiedskuss gegeben habe, auf die Polizeiwache. Als James Sabine eintrifft, sitze ich bereits an meinem Schreibtisch und hacke auf meinen Laptop ein. Wir beäugen einander misstrauisch. Er redet als Erster.

»Hören Sie, ich weiß, wie das gestern für Sie ausgesehen haben muss …«

»Ich glaube nicht, dass mich das etwas angeht«, unterbreche ich ihn. Ich habe keine Lust auf dieses Gespräch und schaue verbissen auf meinen Laptop.

»Es ist nur … Ich wäre Ihnen dankbar, wenn Sie es niemandem erzählen.«

»Natürlich nicht«, schnauze ich.

Also ist da wirklich was. Wenn es eine harmlose Erklärung dafür gäbe, dann könnte er es mir doch sagen, oder? Schweigend arbeiten wir eine Weile, dann sage ich beiläufig: »Ich war gestern übrigens in der EDV-Abteilung, um zu erfahren, ob sie schon etwas herausgefunden haben.«

Er beäugt mich misstrauisch. »Und was haben sie gesagt?«

»Sie haben gesagt, bis jetzt noch nichts.« Keine Reaktion von ihm.

Neugierig wie ich bin, schaue ich später an diesem Vormittag bei Robin vorbei. Sie wirkt ein bisschen reserviert, sieht aber toll wie immer aus. Als ich ihr schönes, betrübtes Gesicht betrachte, denke ich, dass man James verzeihen kann, dass er sich in so eine attraktive Frau verliebt hat, auch wenn sie knallhart ist und es mich wirklich nichts angeht. Außerdem kenne ich nicht die ganze Geschichte und man sollte keine vorschnellen Urteile über andere Leute fällen. Bevor ich den Mund aufmachen kann, sagt sie hastig: »Es tut mir Leid wegen gestern. Ich wollte heute auch zu dir kommen und mich entschuldigen.«

»Nicht nötig. Mit mir hat das nichts zu tun, Robin.«

»Also hat er dir gesagt …?«

»Wir haben in gewisser Weise darüber gesprochen«, gestehe ich vorsichtig.

»Ich fühle mich so schuldig.«

»Na ja, die Hochzeit ist wohl schon bald.«

»Das wird ziemlich peinlich werden.« Sie macht eine kleine Pause und fährt dann fort: »Du kennst ja nicht die ganze Geschichte.«

»Du kannst sie mir ja erzählen.«

»Das tue ich auch. Bald. Ich verspreche es dir.« Ich nicke nur. Sie fragt: »Was wolltest du denn gestern?«

»Hmm?«

»Als du uns gestern unterbrochen hast, was wolltest du da?«

Ich zögere einen Moment lang und schüttele dann den Kopf. »Nichts. Es war nicht so wichtig.«

Diese Woche hat sich James mit seiner miserablen Laune selber übertroffen. Offensichtlich hat er ein schlechtes Gewissen. Er hat zwar eine unvergleichliche Art, mir ein ungemütliches Gefühl zu vermitteln, aber offensichtlich beschränkt er seine miese Stimmung nicht nur auf mich. Ich habe ihn dabei erwischt, wie er sich nicht nur mit Callum gestritten hat (und ich frage Sie, wer könnte sich ernsthaft mit Callum streiten?), sondern auch mit einem freundlichen Typen namens Bill, der mir gegenüber stets höflich und zuvorkommend ist.

So bizarr das klingen mag, aber meine Tage haben eine Art Muster angenommen. Ich betrete gegen acht die Polizeiwache und albere ein bisschen mit Callum herum. Den Rest des Tages trabe ich mit James durch die Gegend, mit dem ich definitiv nicht herumalbere, und dann schreibe ich ab dem frühen Abend an meinem Tagebuch. Es ist harte Arbeit, tagsüber bei den Polizisten aufmerksam zu sein und später, wenn alle Feierabend haben, in die Redaktion zu fahren und zusätzlich meine obligatorischen zweitausend Wörter aus meinen Niederschriften zu pulen. Besonders hart ist es dann, wenn man bekennen muss: »Heute ist nicht viel passiert, außer dass wir fast eine Taube überfahren haben.« Es hat zwar nicht allzu viele langweilige Tage gegeben, aber James muss sich auch noch um ein paar Fälle kümmern, die sich vor meiner Zeit ereignet haben, und darüber darf ich natürlich nichts schreiben.

Mein Leben ist etwas einfacher geworden, weil das *Bristol Journal* keine Informationen mehr bekommen hat! Offensichtlich hat meine List, James Sabine von meinem Ausflug in die EDV-Abteilung zu erzählen, etwas genützt. Als ich Joe davon erzähle, schnauft er vor Erleichterung tief durch und wird außerordentlich freundlich zu mir. Und ich schnaufe vor Erleichterung tief durch, weil ich jetzt kein »besseres Verhältnis« zu James Sabine aufbauen muss.

»Hast du versucht, Detective Sabine zu erklären, warum wir persönliche Details brauchen und wie wichtig es für uns ist, dem *Journal* voraus zu sein?«

»Ja.«

»Und was hat er gesagt?«

»Ich glaube, er hat gesagt, es sei ihm scheißegal.«

»Ah.« Joe tigert mal wieder auf und ab, dann sagt er:

»Wir müssen unsere Position gegenüber dem *Journal* noch besser ausbauen, Holly. Das mit den Informationen kann jederzeit wieder passieren. Und unsere Verkaufszahlen haben sich nicht gesteigert. Wir müssen die Leute dazu bringen, dass sie auf uns aufmerksam werden.«

»Wer kümmert sich um die Umfragen?«

»Amy.« Ich nicke. Amy ist ein außerordentlich hübsches, effizientes Mädchen, das in unserer Presseabteilung arbeitet.

»Wie wäre es mit Werbung?«, frage ich.

»Ja, ich habe die Werbeabteilung heute gebrieft. Sie wollen Anzeigen bei den lokalen Rundfunk- und Fernsehsendern schalten. Wir haben sogar ein kleines Werbebudget bewilligt bekommen. So für Anzeigen auf Bussen und so.« Na großartig. Ich wollte immer schon auf einem Bus kleben. Ich höre förmlich die Kommentare auf der Polizeiwache.

Joe trabt weiter hin und her. Auf einmal dreht er sich um und packt mich fest an der Schulter. »Ich hab's!«, verkündet er begeistert. Nervös harre ich seiner Eröffnung.

»Ein Fotograf!«

Joe möchte, dass ich James überrede, auch noch einen Fotografen mitzunehmen. Er glaubt, Fotos würden die Verkaufszahlen dramatisch in die Höhe schnellen lassen. Zusätzlich würden sie die Geschichten noch zusätzlich illustrieren. Wie ich den Detective dazu überreden soll, ist mir ein Rätsel. Ich werde warten müssen, bis mich eine Eingebung heimsucht.

Da Roger die beiden Einbrüche (bei Sebastian Forquar-White und Mrs Stephens) offiziell miteinander in Verbindung gebracht hat, indem er die geheimnisvolle Substanz vom ersten Einbruch mit der des zweiten verglichen hat, ist der Druck größer geworden, den Einbrecher zu fassen. Roger weiß immer noch nicht, was das für eine Substanz, ist und außerdem warten wir auf das DNA-Ergebnis des Haares, in der Hoffnung, dass der Computer dann den Namen des Verdächtigen ausspuckt. Laut der Versicherungsgesellschaft war das Diebesgut des zweiten Einbruchs ungefähr fünfzigtausend Pfund wert. Irgendwie nötigt einem das Respekt ab. Da es sich jetzt um Seriendiebstahl handelt, habe ich dem Dieb den Spitznamen DER FUCHS gegeben, weil er seine Einbrüche so gerissen plant.

Alle Befragungen und Verhöre haben bis jetzt noch nichts ergeben. James Sabine verfolgt nach wie vor stur die These, dass die Verbrechen nur jemand begangen haben kann, der sich in beiden Häusern auskennt. Ich warte verzweifelt darauf, dass er die Fälle endlich löst.

Joe nimmt, vor allem seit der Sache mit dem *Journal*, großen Anteil am Wohlergehen des Tagebuchs. Er will auch unbedingt, dass der Fuchs gefangen wird. Nicht zum Wohle der Öffentlichkeit, nein, keineswegs. Er will nur nicht, dass ich über einen Fall schreibe, der womöglich ungelöst bleibt. Außerdem will er nicht nur, dass er gelöst wird, sondern das gefälligst rechtzeitig vor James' Heirat.

Leider bin ich bis jetzt noch mit keinem der Jungs von der Wache nach der Arbeit einen trinken gegangen. Callum fragt mich ständig, ob ich nicht mitkommen möchte, aber bis jetzt habe ich es zeitlich einfach nicht geschafft. Ich verstehe mich eigentlich gut mit allen in der Abteilung. Sie sind freundlich und nett zu mir und kümmern sich um mich. Callum bringt mir unzählige Tassen Kaffee, und seit er sich Anfang der Woche mit James gestritten hat, bestraft er ihn damit, dass er keinen mehr bekommt. Fragen Sie mich nicht, worum es bei dem Streit gegangen ist, weil ich nur noch das Ende mitgekriegt habe. Aber Callum ist wirklich lieb und nett zu mir.

Obwohl Robin und ich in dieser Woche ein paar Mal miteinander Kaffee getrunken haben, gehen wir nicht wirklich mehr ungezwungen miteinander um, und sie hat mir auch nichts weiter erzählt. Vielleicht glaubt sie, mir nicht vertrauen zu können, zumal ich eine Journalistin bin. Gelegentlich sehe ich die beiden, wie sie ernsthaft miteinander reden, und manchmal ertappe ich sie dabei, wie sie traurig vor sich hin starrt, und dann habe ich Mitleid mit ihr.

Seit der Geschichte mit Robin und James ist meine Neugier geweckt. Ich muss gestehen, dass ich jedes Mal schamlos lausche, wenn James mit seiner zukünftigen Frau telefoniert. Er ist besonders nett zu ihr (wenn man bedenkt, wie er sich den anderen gegenüber verhält, dann behaupte ich, das ist das reine Schuldgefühl!). Oh, und ich habe herausgefunden, wie sie heißt! Fleur! Was ist denn das nun wieder für ein ulkiger Name? Das kurbelt meine Fantasie heftig an, und ich überlege mir, wie sie wohl aussehen mag und was sie am Wochenende miteinander machen. Aber je häufiger ich die Gespräche belausche, desto mehr bedauere ich sie. Ob sie wohl von Robin weiß? Ich hoffe, dass ich ihr in den nächsten Wochen mal begegne, ich muss dann nur aufpassen, dass ich mich nicht verplappere.

Lizzie hat offenbar jetzt völlig den Verstand verloren. Eines Abends kommt sie auf dem Heimweg von der Arbeit auf einen Sprung bei mir vorbei. Sie lässt ihre Einkaufstaschen in der Diele fallen und wirft sich aufs Sofa mit dem Satz: »Gott! Was für ein Tag! Ich bin völlig erledigt!« Ich eile in die Küche, um etwas Aufbauendes zu trinken zu holen, und als ich mit einer Flasche Wein und zwei Gläsern wiederkomme, ist sie in eine Zeitschrift vertieft.

»Was gefällt dir besser, Hol, Orangenblüten oder Jasmin?«, fragt sie und blickt verträumt in die Ferne. Ich will gerade meine naturwissenschaftliche Meinung zum Besten geben, als mich ein Gedanke streift.

»Was liest du da?«

Sie hält die Zeitschrift hoch. *Die Braut.* Hmm.

»Ist das nicht ein bisschen voreilig?«

»Sei nicht gemein! Ich habe sie am Kiosk gesehen und konnte nicht widerstehen. Hier hast du auch eine.« Sie schiebt mir eine andere Zeitschrift herüber.

»Wie geht es dem zukünftigen Bräutigam?«, frage ich und lasse mich auf dem Sofa nieder.

Lizzies Gesicht bewölkt sich. »Oh, er ist leicht distanziert. Aber das wird sich bald ändern. Wie geht es Ben?«

»Gut, glaube ich. Wir begegnen uns momentan nur im Bett oder in der Diele.«

Aus Neugier blättere ich die bewusste Zeitschrift durch. Und dann noch eine, und bevor ich es merke, stecke ich mitten im Thema drin und Lizzie und ich wägen die Vor- und Nachteile einer Hochzeit im Winter oder im Sommer ab und überlegen, was unsere Brautjungfern anziehen sollen. Man kann süchtig von dem Thema werden. Auf jeden Fall verstehe ich, warum Frauen sich so gerne damit befassen. Als sie endlich aufsteht, ist es Mitternacht und zwei Weinflaschen später. Und ich bin gerade in einen Artikel mit dem Titel »Echte Heiratsanträge« vertieft.

»Holly?«

Ich hebe kaum den Kopf. »Hmm?«
»Ich gehe jetzt.«
»Ich lese das nur noch schnell zu Ende.«
»Du kannst die Zeitschrift behalten. Ich nehme sie nächstes Mal mit.«
»Wann möchtest du, dass ich mit Phase eins deines Plans beginne?«
»Wie wäre es mit nächster Woche?«
»Gut.«
»Ich rufe dich an, wenn es so weit ist.«
»Kein Problem. Bis später.«
»Tschüs.«
Ich lese den Artikel zu Ende und putze mir dann nachdenklich die Zähne. Offensichtlich muss ich nur Ben, einen Berg, einen Sonnenuntergang und eine Flasche Champagner zusammenbringen und einen überraschten Ausdruck auf mein Gesicht zaubern. Das kann doch nicht so schwer sein!

– 13 –

Ich glaube, im Moment ist die ganze Welt hochzeitsbesessen. Sogar meine Mutter! Bevor ich heute früh zur Arbeit starte, gehe ich ans schrillende Telefon. Das ist mein erster Fehler.

»Hallo?«

»Liebling!«

»Hi! Wie geht's dir?«

»Gut, die Frage ist jedoch, wie geht es dir?«

»Auch gut«, erwiderte ich zweifelnd. Gab es einen Grund, warum es mir nicht gut gehen sollte? War mir vielleicht eine dringende Operation entfallen?

Meine Mutter hält sich jedoch nicht bei ihrem mysteriösen Kommentar auf, sondern fährt fort: »Liebling, erinnerst du dich noch an die Hochzeit, von der ich dir erzählt habe? Die, auf die wir eingeladen sind?«

»Äh, ja.« Äh, nein.

»Ich wollte mich nur noch einmal vergewissern, ob wir immer noch in deiner Rumpelkammer schlafen können.«

Das war eine akkurate, aber niederschmetternde Beschreibung meines Gästezimmers. »Ja, gut. Wer heiratet denn? Bin ich auch eingeladen?«

»Nein, du nicht. Es ist Miles' Tochter. Kannst du dich noch an ihn erinnern? Schrecklicher alter Kerl. Hat mein Stück gesponsort.«

»Nein, ich erinnere mich nicht. Wann ist die Hochzeit?«

»In drei Wochen. Wir sind auch schon das Wochenende davor eingeladen. So eine Art Polterabend, aber ich glaube, den schenken wir uns.«

»Gut.«

»Da wir gerade von Hochzeiten reden, du hast doch nicht vor, mit jemandem durchzubrennen?«

Mir wird schwindelig von dem raschen Themenwechsel. »Äh, nein.«

»Gut. Ich habe nämlich kürzlich einen Hut gesehen, den ich auf deiner Hochzeit tragen möchte, deshalb wollte ich das nur wissen, bevor ich ihn kaufe.«

»Aber ich heirate doch gar nicht«, erwidere ich verdattert.

»Niemals?«

»Na ja, vielleicht nicht niemals, aber jedenfalls nicht in absehbarer Zukunft«, sage ich.

»Na ja, Liebling, warte nicht zu lange.«

»Ja, ich denke dran.« Ich bin zu müde, um mich mit ihr zu streiten. Wahrscheinlich hat sie wieder mal Frühstücksfernsehen geschaut, in dem sie einen Bericht über Hochzeiten gebracht haben. Meine Mutter ist gern auf der Gewinnerseite, ganz egal, worum es geht.

»Was macht dein Detective?«

»James Sabine?«

»Der Name kommt mir irgendwie bekannt vor …«, sagt sie nachdenklich.

»Das kommt daher, dass du ihn schon tausend Mal gehört hast«, erkläre ich geduldig. »Du kennst ihn als Jack.«

»Ach ja! Jack! Wir lernen ihn aus der Zeitung richtig gut kennen. Habt ihr den Fuchs gefangen?«

»Wir haben keine einzige Spur.«

»Die Spannung bringt mich noch um. Hoffentlich geht das so weiter. Wie geht es Jack?«

»Er hat schlechte Laune.«

»Gut!«, erwidert sie bar jeglicher Logik. »Liebling, ich muss los. Einer deiner Brüder ist gerade mit einem Schaf im Auto angekommen.«

»Bis bald dann!«

Ich lächele vor mich hin. Meine Familie amüsiert mich immer. Vor allem, wenn ein paar hundert Meilen zwischen uns liegen.

»James, was hielten Sie davon, wenn wir einen Fotografen mitnähmen?«

Ich runzele die Stirn. Vielleicht war das ein bisschen zu direkt. Vielleicht sollte ich das Ansinnen besser ein wenig verbrämen. Es ist der Beginn meiner dritten Woche als Kriminalkorrespondentin.

»Mein Chefredakteur findet, Sie sollten Ihr Licht nicht länger unter den Scheffel stellen. Er möchte, dass Ihr hervorragendes Aussehen auf Zelluloid gebannt wird.«

Zu dick aufgetragen. Die Tür zur Damentoilette geht auf und zwei kichernde Mädchen kommen herein. Ich wasche mir die Hände und lausche auf ihr sorgloses Geplapper über die Trennwände hinweg. Das Problem mit James Sabine ist, dass er jedes Süßholzraspeln mit seinen durchdringenden grünen Augen zunichte macht. Unwillkürlich überläuft mich ein Schauer.

Ich drücke den Knopf am Händetrockner und heiße Luft pustet über meine nassen Hände. Ich schüttele sie ungeduldig. Am liebsten würde ich ihn gar nicht darum bitten müssen, aber auf dem Weg hierhin bin ich heute früh kurz in der Redaktion gewesen und Joe ist mir über den Weg gelaufen.

Ich war gerade aus dem Aufzug getreten und wollte nur rasch zur EDV-Abteilung. Gestern Abend hatte ich nämlich meine Computer-Maus ins Klo fallen lassen (fragen Sie mich bitte nicht, wie) und jetzt brauchte ich eine neue. Glücklicherweise waren die Büros noch halb leer, weil die Tagschicht noch nicht angefangen hatte. Ich tappte gerade auf Zehenspitzen zu Andrew, dem Leiter der EDV-Abteilung, dessen kahlen Schädel ich über einem der Computer erspäht hatte, als Joe hinter mir dröhnte: »HOLLY!« Ich zuckte zusammen und drehte mich um.

»Joe! Guten Morgen! Wie geht es dir?«

»Gut. Du wolltest doch bestimmt zu mir?«

»Natürlich.« Wenn man schon lügen muss, dann sollte man es auch gründlich machen. Eigentlich hatte ich Joe die letzten Tage gemieden, seit er mir erklärt hatte, er wolle, dass James und ich von einem Fotografen begleitet werden. Ich wollte einfach ein bisschen Zeit verstreichen lassen, bis er sich besser an mich gewöhnt hatte. Seufzend folgte ich Joe in sein Büro.

Joe setzte sich an seinen Schreibtisch, beugte sich vor und verschränkte die Finger. Ich rutschte unbehaglich auf meinem Stuhl hin und her und blickte auf eine Stelle direkt hinter seinem Kopf.

»Und, hast du ihn schon gefragt?«

»Ich wollte es heute Morgen tun.« Ich lächelte ihn gewinnend an.

»Na, das klingt sehr siegessicher. Dann sage ich Vince Bescheid, dass er heute Mittag zu euch stoßen soll.«

»Vince?«, fragte ich zweifelnd.

»Er ist der Beste, den wir haben, Holly. Du solltest dich geehrt fühlen.«

»Oh, das tue ich auch.« Ich nickte heftig. Vince? Verstehen Sie mich nicht falsch. Ich liebe Vince. Ich bete den Boden an, auf dem er schreitet ... in seinen zierlichen

Stiefelchen mit Kettchen dran. Na ja ... wie soll ich es sagen? Am besten ganz direkt. Vince ist schwul. Sehr schwul. Unübersehbar.

Wenn man über die neueste Mode plaudern möchte, dann ist Vince der richtige Mann. Wenn man über irgendwelche Beziehungsprobleme reden will, dann braucht man nur Vince' Handynummer zu wählen. Aber James und Vince? Da komme ich total ins Schleudern.

»Holly, hörst du mir überhaupt zu?«

»Hmm?«, sagte ich und konzentrierte mich wieder auf Joe.

»Du willst doch auch, dass das Tagebuch erfolgreich wird, oder? Ein guter Fotograf ist genau das, was wir brauchen, um das Ding aufzumöbeln.«

»Toll!« Das meinte ich sogar ernst. Ich war auf einmal ganz aufgeregt. Das klang alles so, als sei das Tagebuch ungeheuer wichtig. Was bin ich? Eine Frau oder ein Hemdknopf? Warum mache ich mir eigentlich Gedanken darüber, was James Sabine denkt? Schließlich geht es einzig und allein darum, dass das Tagebuch erfolgreich ist. Holly, sagte ich mir, du und James Sabine, ihr trennt euch wieder in ein paar Wochen, aber die Arbeit, die du jetzt leistest, bestimmt deine Karriere auf viele Jahre hinaus. Also geh jetzt auf die Polizeiwache und red mit ihm über den Fotografen.

»Und ich habe auch noch eine weitere gute Nachricht für dich.«

»Was?« Noch eine gute Nachricht?

»Die BBC möchte ein Interview mit dir machen.«

»Fantastisch! Wann?«

»Ende der Woche. Weißt du, wo die Studios sind?«

»Die auf der Whiteladies Road?«

Er nickte. »Sei am Freitag um sieben da.«

Jetzt stehe ich also hier auf der Damentoilette in der Polizeiwache und überlege mir, wie ich James Sabine den Fotografen am klügsten schmackhaft mache. Pirsch dich einfach ran und frag ihn, mahne ich mich entschlossen.

Resolut marschiere ich durch das Büro, genau auf seinen Schreibtisch zu, an dem James sitzt und seine endlosen Formulare ausfüllt.

»James«, sage ich mit fester Stimme.

»Holly«, erwidert er, ohne aufzublicken.

»Ein Fotograf. Er wird nicht im Weg sein. Was meinen Sie?«

Jetzt hebt er doch den Kopf und sieht mich überrascht an.

»Macht er genauso viel Ärger wie Sie?«

Was kann ich darauf schon antworten? »Nein.«

»Na ja, wenn man davon ausgeht, dass es eine ziemlich große Bandbreite zwischen ›Kein Ärger‹ und ›So viel Ärger wie Sie‹ gibt, darf ich dann fragen, ob er sehr viel weniger Ärger macht als Sie?«

»Viel, viel weniger. Viel, viel, viel weniger.«

»Gut«, seufzt er müde.

Ich lasse mich an meinen Schreibtisch ihm gegenüber plumpsen. »Echt?«, frage ich total überrumpelt.

»Fragen Sie zuerst den Chief. Und keine Fotos von Verdächtigen«, befiehlt er und wendet sich wieder seinen Formularen zu.

»Okay!« Ich grinse ihn an. Das war viel leichter, als ich gedacht habe. »Was machen wir heute früh?«

»Wir fahren noch einmal zu Mrs Stephens. Ich möchte ihr noch ein paar Fragen stellen.«

Wir stehen auf und hasten in gewohntem Tempo in die Tiefgarage.

»Kann ich den Fotografen anrufen, damit er dort zu uns stößt?«

»Ja.«

Das grenzt für mich an ein Wunder.

Als wir an Mrs Stephens' Haus ankommen, wartet Vince schon im Auto vor der Tür. Es ist ein lila lackierter, aufgemotzter VW Käfer. James fährt unseren nüchternen grauen Vauxhall an den Straßenrand. Ich springe heraus und laufe auf Vince zu, der aussteigt, als er mich sieht. Er trägt hautenge Jeans, seine üblichen Zwergenstiefelchen und einen winzigen korallenroten Mohairpullover. Seine schwarzen Haare sind so voller Gel, dass ihm wahrscheinlich alle Friseure in Bristol entzückt nachlaufen. Er breitet die Arme aus.

»Entchen! Wie schön, dich zu sehen. Wie geht es dir? Es muss dich doch wahnsinnig machen, den ganzen Tag von all diesen gut aussehenden Polizeibeamten umgeben zu sein! Wir sind alle schrecklich eifersüchtig!«

Ich grinse breit und umarme ihn. James ist mittlerweile auch aus dem Auto geklettert und kommt auf uns zu. Sein Gesichtsausdruck ist zum Küssen und entschädigt mich für etliches.

Vince und ich warten geduldig, bis er bei uns ist. Er scheint unglaublich lange für die zweihundert Meter zu brauchen, die zwischen uns liegen.

»Wer ist dieser tolle Mann?«, murmelt Vince. »Du Glückliche.«

»Hände weg. Er ist verlobt«, murmele ich zurück.

Mittlerweile hat James die Fassung wiedergewonnen und ich stelle die beiden einander vor.

»Vince, das ist Detective Sergeant James Sabine. James, das ist Vince, unser Fotograf«, verkünde ich heiter, als sei ich Moderatorin einer Spielshow. James streckt seine Hand aus.

»Hallo, Vince, nett, Sie kennen zu lernen.«

»Das Vergnügen ist ganz auf meiner Seite«, säuselt Vince und schüttelt ihm die Hand. Ich unterdrücke mein permanentes Grinsen.

»Sollen wir hineingehen?«

»Ich muss nur gerade meine Ausrüstung aus dem Kofferraum holen. Geht ihr schon mal voraus, ich komme nach.« Vince tritt an seine lila Liebesmaschine (wie er sein Auto nennt) und öffnet den Kofferraum.

James und ich gehen auf Mrs Stephens' Haus zu.

»Sie hätten mich vorwarnen können«, flüstert er mir zu.

»Vor was?«, frage ich unschuldig. »Sie hätten vielleicht nein gesagt, wenn Sie gewusst hätten, dass Vince Ihnen den ganzen Tag lang schöne Augen macht.«

»Holly, entgegen Ihrer Meinung über mich bin ich nicht völlig prähistorisch. Ich habe nichts gegen schwule Männer. Passen Sie auf das Gummibärchen auf.« Er zeigt auf den Boden, den Ort meiner jüngsten Demütigung.

Wir gehen gerade durch Mrs Stephens' Vorgarten, als James auf einmal ruft: »Halt! Polizei!«, und aufs Haus zuläuft.

Ich folge seinem Blick und sehe eine dunkel gekleidete Gestalt, die aus einem Parterrefenster springt und hinter dem Haus verschwindet.

»Vince!«, kreische ich, »los, komm!« Ich lasse meine Tasche auf den Rasen fallen und renne hinter den beiden her. Wie ich an seinen Schritten höre, ist Vince offenbar dicht hinter mir. Durch ein offenes Holztor laufe ich in den Garten hinter dem Haus, wo ich erst einmal stehen bleibe und nach den beiden Ausschau halte. James rennt gerade durch ein Tor in der Ecke. Vince zieht an mir vorbei, und ich gerate ganz schön ins Keuchen, weil ich mich leider heute früh für diese kleine Verfolgungsjagd nicht richtig angezogen habe. Ich trage einen engen, langen grauen Rock und hochhackige Schuhe.

Durch das Tor gelange ich auf die schmale Straße, die hinten an den Grundstücken entlangverläuft. Die anderen sind ungefähr hundert Meter vor mir. So viel schneller sind sie also auch nicht. Ich habe Seitenstechen und werde langsamer. Ich glaube, mir wird schlecht. Ich brauche … ein bisschen … mehr … Sauerstoff. Ich bleibe ein paar Sekunden stehen und sprinte dann auf die anderen zu. Der Jugendliche in der dunklen Kleidung springt an der Mauer am Ende der Straße hoch. James bekommt eins seiner Beine zu packen. Gerade als ich bei ihnen ankomme, fängt Vince an zu fotografieren. Der Jugendliche zappelt heftig mit dem Bein, das James festhält, James lässt unfreiwillig los, sein Arm zuckt nach hinten und – ZACK! – sein Ellbogen trifft mich am Auge.

Ich taumele zurück und schlage mir die Hand vors Gesicht. Scheiße! Das tut weh!

»Holly!« James, der jetzt das andere Bein des jungen Mannes umklammert, dreht sich nach mir um. Aber nur kurz, dann wendet er sich wieder dem Jungen zu und zieht mit aller Macht an dessen Bein. Der Junge kracht zu Boden und James wirft sich sofort über ihn und legt ihm Handschellen an. Dann erst kommt er zu mir.

»Sind Sie okay? Lassen Sie mich mal sehen! VINCE! Hören Sie sofort damit auf!«, schnauzt er Vince an, der unablässig weiterfotografiert hat.

»Entschuldigung«, murmelt Vince und tritt nun auch zu mir.

James versucht, mir die Hand vom Gesicht zu ziehen,

aber ich habe das Gefühl, wenn ich die Hand weg nehme, fällt mein Auge heraus. James gewinnt.

»Was zum Teufel haben Sie eigentlich in meiner Armbeuge verloren?«

»Es tut weh.«

»Das sehe ich. Die Haut ist aber nicht aufgeplatzt.«

Ich blinzele durch mein gesundes Auge auf den Jungen am Boden. Am liebsten würde ich ihn dorthin treten, wo es besonders schmerzhaft ist.

»Tut mir Leid«, sagt James achselzuckend. Offenbar gehört das für ihn zum Alltag.

»Schon okay«, murmele ich. James zerrt den zeternden Jungen hoch und wir gehen zum Haus zurück. Vince hat wieder angefangen zu fotografieren und meine Hand liegt erneut schützend auf meinem Auge.

Auf der Straße begegnet uns eine alte Dame, und wenn mein Sinn für Humor nicht gerade abhanden gekommen wäre, wäre ich in lautes Lachen ausgebrochen. Sie wirft uns entsetzte Blicke zu und macht einen großen Bogen um uns.

Wir sind natürlich auch eine recht seltsame Truppe. Ein jetzt mürrischer, mit Handschellen gefesselter Jugendlicher. Ein staubiger Detective. Ein bunter, schwuler Fotograf und eine zurechtgemachte Blondine, die sich ein Auge zuhält. Na großartig.

Wir kehren in Mrs Stephens' Garten zurück.

»Ich wohne hier«, grummelt der Junge auf einmal widerwillig, ohne den Blick zu heben. Überrascht stoppen wir alle.

»Was?«, fragt James stirnrunzelnd.

»Ich wohne hier.«

»Warum kletterst du denn dann aus dem Fenster?«, fragt James. Gute Frage, das muss man ihm lassen.

»Ja, warum kletterst du dann aus dem Fenster?«, echoe ich, die Hand sorgfältig auf mein puckerndes Auge gepresst.

»Grandma weiß nicht, dass ich zu Hause bin«, murmelt er. Grandma?

»Na, dann wollen wir mal hineingehen und sie informieren«, sagt James. Ich knirsche mit den Zähnen. Ich habe ein blaues Auge, weil er seiner Großmutter nicht erzählen wollte, dass er zu Hause ist?

James klopft laut an die Hintertür und nach ein paar Minuten öffnet uns Mrs Stephens. Man sieht es ihrem überraschten Gesichtsausdruck deutlich an, dass er wirklich ihr Enkel ist.

Wir gehen alle ins Wohnzimmer, James nimmt dem Jungen die Handschellen ab und wir setzen uns alle zivilisiert hin, ein merkwürdiger Kontrast zu der hektischen Szene von vorhin.

»Andrew, was ist los? Was ist passiert?«, fragt Mrs Stephens entsetzt.

James wirft ein: »Mrs Stephens, ich sah, wie er aus einem Fenster kletterte, und nahm natürlich an, er sei ein Einbrecher. Ich rief ›Halt! Polizei!‹, aber da ist er weggerannt. Das ist normalerweise ein Beweis dafür, dass die betreffende Person nicht gefangen werden möchte. Es tut mir Leid.«

Sie schlägt die Hände vor den Mund. »*Mir* tut es Leid, Detective, dass er Ihnen so viel Ärger gemacht hat.« Auffällig drücke ich die Hand gegen mein Auge, in dem jämmerlichen Versuch, Aufmerksamkeit auf mich zu lenken, aber vergeblich. Niemand beachtet mich.

Mrs Stephens wendet sich an den Jungen. »Andrew, warum bist du nicht in der Schule?«

»Ich hatte keine Lust«, murmelt er verstockt. Na, Sonnenscheinchen, wir haben alle keine Lust, denke ich wütend.

»Warum?«, fragt sie sanft.

»Weiß nicht.« Hinreißend.

James steht auf. »Nun, das geht nur Sie beide etwas an, Mrs Stephens. Wir brechen dann mal wieder auf. Eigentlich wollte ich Ihnen ein paar Fragen stellen, aber ich komme noch einmal, wenn es günstiger ist. Sie brauchen uns nicht zur Tür zu bringen«, fügt er hinzu, als sie Anstalten macht, aufzustehen.

Vince und ich erheben uns auch und schlurfen zur Tür. Ich widerstehe der Versuchung, Andrew wenigstens vors Schienbein zu treten, als ich mich an ihm vorbeischiebe.

Draußen hebe ich meine Tasche vom Rasen auf und wir trödeln seltsam erschöpft noch eine Weile auf der Straße herum.

»Das war ein bisschen merkwürdig, was?«, sagt Vince schließlich.

»Eigentlich nicht«, erwidert James achselzuckend. »Ich habe mich nur in der Identität geirrt.«

»War das alles für heute?«, fragt Vince.

»Ja, ich denke schon. Holly reicht es wahrscheinlich sowieso«, erwidert James nun grinsend. Offensichtlich findet er die Situation amüsant – im Gegenteil zu mir.

»Ich weiß nicht, wie Sie das jeden Tag überstehen, Detective. Ich glaube, ich kriege eine Migräne«, jammert Vince, greift sich an den Kopf und trabt zu seinem Auto.

James geleitet mich zum Beifahrersitz, als ob ich eine Verdächtige sei, die zum Verhör abgeführt wird. Zögernd lasse ich die Hand vom Auge sinken und blinzele. Das Puckern ist jetzt weg und ich empfinde nur noch einen dumpfen Schmerz. Wir machen uns auf den Weg zur Polizeiwache, halten aber schon ein paar Minuten später an einem kleinen Eckladen. Wortlos springt James aus dem Auto. Sofort klappe ich die Sonnenblende herunter und inspiziere den Schaden im Spiegel. Gar nicht so geschwollen, wie ich es gerne hätte, aber ein Veilchen wird es auf jeden Fall.

Nach ein paar Minuten kommt James zurück und wirft mir wortlos eine Tüte Tiefkühlerbsen und eine Tafel Schokolade in den Schoß. Unwillkürlich muss ich lächeln und immer noch wortlos fahren wir weiter.

Wieder auf der Polizeiwache, sagt der mürrische Dave keinen Ton über den Beutel Tiefkühlerbsen vor meinem Antlitz. Ich grinse ihn an. Er zieht die Augenbrauen hoch.

»Alles in Ordnung, Sir?«, fragt er James.

»Ja, Dave. Ich habe, äh, Holly am Auge getroffen. Aus Versehen selbstverständlich.«

»Selbstverständlich, Sir. Aus Versehen«, murmelt er, was bei ihm so klingt, als hätte er James nicht den geringsten Vorwurf gemacht, wenn er mir absichtlich ein blaues Auge verpasst hätte.

Im Büro stürzt sich sofort Callum auf uns. James und Callum reden wieder miteinander. Und wie es wohl nur Männer fertig bringen, wird der Streit mit keinem Wort mehr erwähnt.

»Ein neuer Modeschrei, Holly?«, fragt er zweifelnd, während er meine geeisten Erbsen mustert.

»James hat mir aufs Auge gehauen.« Callum verzieht ratlos das Gesicht.

»Das stimmt doch gar nicht. Na ja, es stimmt schon, aber es war ein Unfall.« James wendet sich zu mir. »Würden Sie bitte nicht mehr ›gehauen‹ sagen? Das klingt so absichtlich.«

»Wie kann ein Verb absichtlich klingen?«

»Verwenden Sie es einfach nicht«, donnert er und verschwindet.

Ich grinse. Langsam fange ich an, die Situation zu genießen. Meinetwegen könnte das wochenlang so weitergehen! Es dauert ungewöhnlich lange, bis wir zu unseren Schreibtischen gelangen.

Der Rest der Abteilung (entsetzt): »Holly, was ist passiert?«

Ich (strahlend): »James hat mir ein blaues Auge geschlagen.«

James (schreit wütend von der Kaffeemaschine her): »Es war ein Unfall!«

Callum (wegwerfend): »Das behauptet *er!*«

Der Rest der Abteilung (kichernd): »Na, das sieht aber Dick Tracey gar nicht ähnlich!«

Nachdem Callum mir eine Tasse heißen, süßen Tee gebracht hat, lehne ich mich auf meinem Stuhl zurück und sehe ein, dass heute wohl nichts anderes mehr passiert. Also lese ich den Bericht der Spurensicherung über den Einbruch bei Mrs Stephens. Sie wissen nach wie vor nicht, was das für eine geheimnisvolle Substanz ist, die sie an beiden Tatorten gefunden haben. Ich weiß, dass die Spurensicherung hoffnungslos überlastet ist, und wenn wir die Lösung nicht auf dem Silbertablett serviert bekommen, werden wir wahrscheinlich nie erfahren, was das für eine Substanz ist. James, der mir gegenübersitzt, liest ebenfalls Berichte.

Weil ich über kein anderes Material verfüge und außerdem glaube, dass es eine gute Story abgibt (vor allem mit Vince' Fotos), hacke ich die heutige Eskapade für das Tagebuch schon in der Endfassung in mein Laptop.

James legt den Hörer auf.

»Das war Mrs Stephens. Sie wollte sich für heute früh entschuldigen.«

»Hmm.«

»Sie hat mit Andrew geredet. Offensichtlich vermisst er seine Eltern. Auf jeden Fall hat er versprochen, wieder zur Schule zu gehen, und sie sagt, nach ihrem Gespräch scheint es ihm wieder besser zu gehen.«

»Hmm.«

»Sie hat gefragt, wie es Ihrem Auge geht.«

»Was haben Sie geantwortet?«

»Ich habe gesagt, es sei schlimm. Sehr schlimm.«

»Gut.«

Er lächelt und wendet sich wieder seiner Arbeit zu.

Nachdem ich Robin besucht habe, um ihr mein zugeschwollenes, schwarzblaues Auge zu zeigen und ausgiebig bemitleidet zu werden, fahre ich gegen Ende des Nachmittags in die Redaktion, wo ich direkt in Joes Büro marschiere.

»Das wird eine richtige Schönheit«, sagt er, als ich nach dem üblichen »Herein!« eintrete.

»Hab einen aufs Auge gekriegt.« Ich betrachte mich in dem Spiegel, der an seiner Tür hängt. Mann! Mein Auge ist geschwollen und schimmert rot und gelb.

»Ich weiß. Ich habe die Fotos gesehen«, sagt er und zeigt auf seinen Schreibtisch. Ich sehe mir die Farbabzüge an, und während er meinen Artikel liest, suche ich die besten Fotos aus, wobei ich sorgfältig darauf achte, dass Andrew nicht im Bild ist. Wir einigen uns auf eine Serie von Aufnahmen, auf denen James mir gerade den Ellbogen ins Auge rammt. Danach lehnen wir uns auf unseren Stühlen zurück und Joe verschränkt die Hände hinter dem Kopf.

»Gab es noch Probleme mit dem *Journal?*«

Bedächtig schüttele ich den Kopf. Joe schmunzelt. »Hierbei hätten sie uns sowieso nicht zuvorkommen können. Schließlich ist keinem von ihren Journalisten ein blaues Auge geschlagen worden!«, sagt er triumphierend. »Ich glaube, wir haben sie ausgebootet. Du fährst jetzt nach Hause, Holly.«

Ich lächele und nicke dankbar. Ich bin wirklich ein bisschen müde. Das liegt wohl an der ganzen Aufregung heute.

»Dein Freund soll sich um dich kümmern.« Plötzlich fällt mir ein, dass Ben ja heute Abend vorbeikommt. Normalerweise vergesse ich das nicht, aber heute war offensichtlich zu viel los.

»Und vergiss nicht deinen Fernsehauftritt am Freitag.«

Entsetzt starre ich ihn an. Das hatte ich nun wirklich vergessen.

»So kann ich doch nicht im Fernsehen auftreten!« Ich deute auf mein halb geschlossenes Auge.

»Natürlich kannst du. Die Schwellung ist bis dahin sowieso zurückgegangen. Außerdem ist es eine tolle Werbung, weil jeder sehen kann, wie authentisch das Tagebuch ist. Los jetzt, fahr nach Hause«, scheucht er mich weg. »Ich habe zu tun.«

Müde fahre ich heim und lasse mir ein heißes Bad ein. Und zwar nicht wegen Ben, sondern nur für mich. Genüsslich aale ich mich im heißen, duftenden Wasser. Als ich gerade aus der Wanne steige, klingelt das Telefon.

»Hallo?«

»Liebling? Wie geht es dir?« Es ist meine Mutter. Ich setze mich in ein Frotteetuch gekuschelt im Schneidersitz auf den Fußboden.

»Mir geht es gut, außer dass ich ein blaues Auge habe.«

»Wie unvorsichtig. Wie hast du das denn geschafft?«

»Nun, James … ich meine, Jack …« Und ich erzähle ihr die ganze Geschichte.

»Liebling, das ist ja echt spannend! Klingt so, als würdest du ein aufregendes Leben führen.«

»Na, aufregend vielleicht nicht gerade. Es hat ziemlich wehgetan«, erwidere ich zweifelnd. »Auf jeden Fall kannst du es dir im Tagebuch anschauen. Wir haben nämlich jetzt auch Bilder! Oh! Und am Freitag gebe ich bei der BBC hier in Bristol ein Interview. Wollt ihr dabei sein?«

»Nein, ich glaube nicht. Aber so ein Auftritt ist wundervoll für dich! Besorgst du uns bitte eine Aufzeichnung?«

»Ja, das mache ich. Versprochen.«

»Halt dich an das, was mein Regisseur immer sagt. Sprich deutlich, denk an die Vokale und sitz gerade.«

»Danke für den Ratschlag«, erwidere ich trocken.

»Gute Ratschläge gebe ich immer gern weiter. Das ist das Einzige, was man damit machen kann. Oh, Mist, Liebling. Ich muss aufhören. Die Katze brennt.«

Ich verdrehe meine Augen, lege auf und gehe mich anziehen.

Eine halbe Stunde später kommt Ben. Er zuckt zurück, als er mein verquollenes Gesicht sieht.

»Was zum Teufel hast *du* denn gemacht?«

»Ich bin aus Versehen ins Gesicht geschlagen worden.«

»Na, so kann ich aber nicht mit dir ausgehen. Die Leute werden denken, das sei ich gewesen.« Er marschiert ins Wohnzimmer und wirft sich aufs Sofa. »Hat es wehgetan?«

»Ein bisschen.«

»Beim Rugby passiert mir so was dauernd«, erklärt er ziemlich gefühllos.

»Wie war dein Tag?«, frage ich.

»Wirklich gut. Erinnerst du dich an den Typen, von dem ich dir erzählt habe? Na ja, er ist heute …«

Eine halbe Stunde später finde ich es ein bisschen langweilig, ihn nur anbetend anzustarren und seine Zähne zu bewundern.

»Willst du mich denn gar nicht fragen, wie es passiert ist?«

Überrascht bricht er mitten im Satz ab. »Aber selbstverständlich, Babe. Ich dachte, du wolltest nicht darüber reden.«

Also erzähle ich ihm die Geschichte.

»Du kannst es morgen sowieso nachlesen.«

Er blinzelt mich an. »Es nachlesen?«

»Ja, im Tagebuch«, erwidere ich geduldig.

»Ach so, ja, natürlich. Das Tagebuch. Kannst du versuchen, das Spiel am Samstag zu erwähnen?«

»Das könnte in einem Tagebuch über die Polizei ein bisschen schwierig sein, aber ich versuche es.«

Ich stehe auf und mache uns Omelett zum Abendessen. Ich hole Eier, Milch und Käse aus dem Kühlschrank. »Willst du Käse oder Kräuter oder beides, Ben?«, rufe ich.

Keine Antwort.

Ich gehe ins Wohnzimmer. Ben steht am Zeitungsständer und blickt mit einem seltsamen Gesichtsausdruck darauf.

»Was ist los?«

Er zuckt zusammen. »Äh?«

»Käse oder Kräuter?«

»Ich, äh, mir ist gerade eingefallen, dass ich nicht hier bleiben kann. Ich habe ein Mannschaftstreffen.«

»Heute Abend?«

»Äh, ja. Über, äh, Teamstrategie.«

»Musst du jetzt gehen?«

»Ja, es ist äußerst wichtig. Ich darf es nicht verpassen.«

Überrascht ziehe ich die Augenbrauen hoch. Achselzuckend bringe ich ihn zur Tür. Als ich sie öffne, sage ich: »Wir sehen uns ja diese Woche noch.«

»Äh, ja, wahrscheinlich. Ich meine, bestimmt.«

Ich beuge mich vor, um ihn auf den Mund zu küssen, aber er bewegt sich auch, wahrscheinlich um mich zu küssen, und so lande ich auf seinem Ohr.

»Das hat nicht gepasst!«, sage ich verlegen.

»Ja, das war verrutscht. Bis bald! Tschüs!« Er läuft wie auf der Flucht die Treppe hinunter. Nachdenklich schließe ich die Tür und starre eine Zeit lang an die weiße Wand. Er hat sich eindeutig merkwürdig benommen. Fast als ob … Ich geh wieder ins Wohnzimmer und setze mich auf die Couch. Noch dazu hatte ich gar keine Gelegenheit, ihm von meinem Fernsehinterview zu erzählen.

Plötzlich wird mir heiß und ich balle die Fäuste. Er hat gar kein Rugby-Treffen. Er wollte weg. Ich gehe zum Zeitschriftenständer, wo er gestanden hat, als ich ins Wohnzimmer kam, und betrachte ihn. Ein wunderschönes, ganz in Weiß gekleidetes Mädchen mit einem Blumenbukett strahlt mich an. Eine Braut. Es ist eine von Lizzies Hochzeitszeitschriften.

– 14 –

Ich starre auf das Magazin und meine Gedanken überschlagen sich. Was mag Ben gedacht haben? Dass ich ihn heiraten will? Ich werfe mich aufs Sofa und könnte im Boden versinken vor Scham. Er muss sich ja vorgekommen sein wie bei »Fatal Attraction«. Wahrscheinlich sitzt er jetzt in einem Pub, hält ein großes Glas Brandy in der zitternden Hand und erzählt einem mitfühlenden Barkeeper von seiner gelungenen Flucht. Unwillkürlich entringt sich mir ein Stöhnen und ich schlage die Hände vors Gesicht.

Ich rufe ihn einfach an und erkläre ihm alles. Genau. Ich sage ihm, dass die Zeitschrift Lizzie gehört. Aber dann sinke ich verzweifelt in die Kissen zurück und überlege, ob er mir überhaupt glauben wird. Lizzie ist noch nicht einmal verlobt. Zusätzlich sind vor kurzem meine Eltern hier aufgetaucht, um ihren neuen Schwiegersohn endlich einmal kennen zu lernen. Was spielt es schon für eine Rolle, dass sie nicht deswegen hier waren. Entscheidend ist, dass es genauso ausgesehen hat. Und jetzt das.

Aber er muss mir einfach glauben. Schließlich ist es die Wahrheit! In meinem Hinterkopf ertönt eine zarte, nörgelnde Stimme. Was hat er denn dagegen zu heiraten? Und vor allem dich?, flüstert die lästige Stimme. Würde er auch davonrennen, wenn Cindy Crawford ihm vorschlüge, mit ihr nach Gretna Green abzuhauen? Will ich denn tatsächlich einen Mann, der beim Anblick eines Hochzeitsmagazins die helle Panik bekommt?

Ich weiß nicht. Ich weiß nur, dass ich es nicht ertrage, wenn es so endet. Ich kann es nicht ertragen, dass er glaubt, ich habe insgeheim geplant, ihn einzufangen. Und was wäre, wispert die kleine Stimme, wenn es zu Ende wäre? Würdest du zusammenbrechen oder würdest du im tiefsten Innern nicht ein bisschen erleichtert sein? Keine Samstagabende mehr, an denen du darauf warten musst, bis er endlich auftaucht. Keine faszinierenden Diskussionen mehr über Jeremy Guscott.

Resolut schüttele ich den Kopf. Bin ich irre? Ich will nicht, dass es vorbei ist. Andere Frauen würden töten, um an diesen Mann heranzukommen. Diese Schultern, diese Augen, dieses Aussehen. Nein, nein. Entschlossen beiße ich die Zähne zusammen. Gebt euch keine Mühe, Mädels, sage ich zu den imaginären Harpyien, die mich umkreisen. Er gehört mir und das bleibt auch so.

Ich gehe zum Telefon und wähle seine Nummer. Wahrscheinlich ist er noch gar nicht zu Hause, aber das ist mir jetzt egal. Keine Antwort. Ich lege den Hörer auf und marschiere nervös zehn Minuten lang in meiner Wohnung auf und ab. Wieder versuche ich es, wieder keine Antwort. Ich schalte den Fernseher ein, um auf andere Gedanken zu kommen, aber sie kreisen pausenlos um ihn. Sag es ihm ganz direkt, schärfe ich mir ein. Er muss dir glauben, weil es die Wahrheit ist.

Alles in allem wähle ich seine Nummer mindestens zehn Mal. Jedes Mal läutet es endlos. Wo ist er? Wo zum Teufel ist er bloß? Um Mitternacht gebe ich schließlich auf und gehe zu Bett. Ich ziehe mir die Decke bis ans Kinn und bete, dass ich einschlafen kann. Schließlich muss ich wohl irgendwie eingeschlummert sein, denn ich werde von einem schrillen Geräusch geweckt. Schläfrig blinzelnd stelle ich meinen Wecker aus, aber das Geräusch hört nicht auf. Ich luge auf die Uhr. Es ist noch viel zu früh, als dass der Wecker klingeln könnte. Auf einmal merke ich, dass es an der Haustür läutet. Hastig springe ich auf und tapse durch die Diele. Das kann nur Ben sein! Er hat eingesehen, dass er sich geirrt hat, und er will sich bestimmt bei mir entschuldigen! Ich hebe den Hörer der Gegensprechanlage ab.

»Hallo?«, sage ich eifrig.

»Holly?«

»Ja?«

»Ich bin's, James.«

»James?!«

»Machen Sie mir auf.«

Ich lasse ihn ein und höre, wie er die Treppe heraufkommt. Rasch laufe ich ins Schlafzimmer und werfe mir meinen Morgenmantel über.

»James, was machen Sie denn hier?«

»Es hat wieder ein Einbruch stattgefunden. Dieses Mal ist jemand verletzt worden. Sind Sie, äh, okay? Ich meine, abgesehen von dem Auge«, sagt er und mustert mich.

Verstohlen fahre ich mir mit der Hand übers Gesicht. »Äh, ja, ich glaube schon. Ich ziehe mich nur rasch an. Es dauert nur zwei Sekunden. Wenn Sie wollen, können Sie sich eine Tasse Tee machen.« Ich zeige ihm den Weg ins Wohnzimmer und in die Küche.

»Danke.«

Im Schlafzimmer betrachte ich mich im Spiegel. Na ja, jetzt kann ich verstehen, warum er sich womöglich Sorgen gemacht hat. Mein verprügeltes Auge ist fast ganz zugeschwollen und schillert in sämtlichen Regenbogenfarben. Und mein gesundes Auge sieht auch nicht viel besser aus, schläfrig und verquollen. Meine Haare stehen in alle Richtungen ab. Nichts, was mit ein bisschen Schminke nicht wieder behoben werden könnte, aber dazu bleibt jetzt keine Zeit.

»Woher wussten Sie, wo ich wohne?«, rufe ich in die Küche.

»Von Robin!«, ruft er zurück. Natürlich. Ob er sich wohl immer noch mit ihr trifft? Oder ist es altmodisch von mir, wenn ich finde, er sollte vor der Heirat mit ihr Schluss machen? »Möchten Sie auch einen Tee?«

»Ja, bitte.«

Zum Duschen habe ich keine Zeit. Hastig schlüpfe ich in eine schwarze Hose und einen schwarzen Pullover mit Polokragen. So gut es geht, richte ich mein Gesicht und meine Haare. Dann laufe ich barfuß in die Küche, auf der Suche nach geeignetem Schuhwerk. James reicht mir einen Becher Tee.

»Ich habe nur diesen widerlichen Earl Grey gefunden.«

»Was anderes trinke ich nicht.«

»Oh.«

Wir lehnen uns an den Tresen und trinken unseren Tee. »Wie geht es dem Auge?«, fragt er.

»Es ist okay, danke. Sieht allerdings nicht besonders attraktiv aus. Ist die Person bei dem Einbruch schlimm verletzt worden?«

»Ich weiß nicht. Er ist im Krankenhaus. Die Nachtschicht hat den Notruf aufgenommen, aber da sie meinten, es könne sich vielleicht um denselben Einbrecher handeln, haben sie mich angerufen. Der Chief will, dass ich mich um diese Einbrüche ganz besonders kümmere. Tut mir Leid, dass ich Sie geweckt habe, aber ich dachte, Sie wollten gerne mitkommen.«

»Ja. Danke.«

Ich raffe schnell meine Sachen zusammen, dann eilen wir zum Auto und fahren ins Krankenhaus.

»Sie sind so still. Geht es Ihnen gut? Sie haben doch keine Gehirnerschütterung oder so was?«, fragt er.

Eine Sekunde lang bin ich versucht, all meine Kümmernisse vor ihm auszubreiten und ihm zu erzählen, dass Ben glaubt, ich hätte vor, ihn zu heiraten. Aber mit so sensationellen Enthüllungen kann James nichts anfangen. Vielleicht glaubt er ja auch, dass ich flunkere, wenn ich behaupte, es seien Lizzies Zeitschriften. Also beschließe ich, den Mund zu halten.

»Nein, nein«, murmele ich. Außerdem muss sich James um seine eigene Hochzeit kümmern. In ein paar Wochen heiratet er und die arme Robin ist bestimmt am Boden zerstört.

Unterwegs sagt James auf der Wache Bescheid, dass sie die Spurensicherung zum Tatort schicken sollen.

Ich frage ihn, ob er glaubt, es sei wieder der Fuchs gewesen.

»Der Fuchs?«

»So nenne ich ihn im Tagebuch. Derselbe Einbrecher wie bei Mrs Stephens und Mr Forquar-White?«

»Keine Ahnung. Aber eventuell findet ja Roger etwas – und wenn es nur diese besondere Substanz ist –, damit wir die Einbrüche miteinander in Verbindung bringen können.«

Bis zum Krankenhausparkplatz bleiben wir stumm. Wir hängen beide unseren eigenen Gedanken nach. James fährt in eine Parklücke und zieht die Handbremse an.

»Holly?«

Fragend zucke ich mit den Augenbrauen.

»Würde es Ihnen etwas ausmachen, wenn Sie Ihre Sonnenbrille aufsetzten? Die Leute denken sonst noch, ich hätte Sie verprügelt oder so.«

»Das haben Sie doch auch«, erwidere ich hässlich grinsend.

»Aber nicht absichtlich.«

»Sind Sie sicher?«

»Setzen Sie einfach Ihre Sonnenbrille auf.«

Im Krankenhaus fragen wir nach Mr Williams und hecheln dann durch ein Gewirr von Korridoren, bis wir seine Station finden. James fragt eine Krankenschwester, in welchem Zimmer er liegt. Er scheint zu schlafen, als wir eintreten, und eine schreckliche Minute lang habe ich das Gefühl, er sei schon tot. Zwei Damen sitzen an seinem Bett. Die ältere Frau ist Mrs Williams. Sie ist in Tränen aufgelöst und völlig außer sich. Wir weisen uns aus und stellen uns vor. Danach regt James an, einen Tee in der Cafeteria zu trinken. Mrs Williams gibt der jüngeren Frau, die offenbar ihre Tochter ist, Anweisungen und geht mit uns hinaus.

Während James und sie sich schon einmal an einen der Resopaltische setzen, kaufe ich an der Theke drei Tassen Tee. Auf einem Tablett transportiere ich sie an den Tisch zurück. James hat sich neben die ältere Dame gesetzt und den Arm um sie gelegt. Sie hält den Kopf gesenkt und weint leise. Als ich das Tablett auf den Tisch stelle, blickt er mich lächelnd an.

»Danke, Holly. Hier, Mrs Williams, trinken Sie einen Schluck Tee, dann geht es Ihnen bestimmt besser. Soll ich jemanden anrufen, der sich um Sie kümmern kann?«

Sie schnieft in ihr Taschentuch und nimmt die Tasse entgegen.

»Im Zimmer ist meine Tochter. Sie bleibt ein paar Tage bei mir, aber trotzdem vielen Dank.«

»Ich habe die Kollegen von der Spurensicherung in Ihr

Haus geschickt. Man hat mir gesagt, Ihr Nachbar sei dort.« Sie nickt und James fährt fort: »Wann wird Ihr Mann wieder aus dem Krankenhaus entlassen?«

»Sie behalten ihn noch kurz zur Beobachtung hier. Morgen vielleicht, haben sie gesagt.«

»Dann können wir ihn sicher heute schon befragen. Es ist sehr wichtig, dass wir seine Aussage so bald wie möglich aufnehmen können. Mrs Williams, ich weiß, dass das schwierig für Sie ist, aber ich brauche dringend eine Liste der gestohlenen Gegenstände. Könnten Sie sie heute Nachmittag zu mir ins Büro schicken?« Sie nickt. James schreibt ihr seine Faxnummer auf und stellt ihr weitere Fragen, aber es ist offensichtlich, dass der armen Frau überhaupt nicht nach Reden zu Mute ist.

Wir gehen zurück ins Krankenzimmer. Mr Williams hat nach wie vor die Augen geschlossen. Die junge Frau entschuldigt sich und verlässt das Zimmer. James sagt laut: »Mr Williams?« Er schlägt mühsam die Augen auf. Er ist schon älter, wahrscheinlich so um die Mitte sechzig, also wie mein Vater etwa. Mir gefällt der Gedanke gar nicht, dass dieser hinfällig wirkende Mann eins über den Schädel bekommen hat. Er hat einen dicken Verband um den Kopf und sein linkes Auge ist blau.

Detective Sabine stellt uns vor und Mr Williams setzt sich matt auf und trinkt ein paar Schlucke aus dem Wasserglas auf seinem Nachttisch.

James wartet so lange und fragt dann: »Können Sie uns bitte die Ereignisse der letzten Nacht schildern, Mr Williams?«

»Ich werde es versuchen, aber es ist alles ein wenig verschwommen. Ich bin gegen drei Uhr früh von einem Geräusch aufgewacht. Es war nicht laut, aber ich habe einen leichten Schlaf, wissen Sie? Wegen meiner Prostata. Ich muss nachts ein paar Mal zur Toilette. Jedenfalls schaute ich auf die Uhr und lauschte auf weitere Geräusche. Ich habe zwar nichts mehr gehört, hatte aber so ein Gefühl, dass irgendetwas nicht in Ordnung sei. Deshalb bin ich aufgestanden und hinuntergegangen. Wahrscheinlich war ich auch ein bisschen nervös, weil ich das über den Fuchs gelesen hatte. Meiner Frau gegenüber erwähne ich zwar nichts davon, aber ich hatte ein bisschen Angst. Wissen Sie, Marjorie hat das Haus von ihrer Mum geerbt, dazu so ziemlich die ganze Einrichtung, und wir haben eine ganze Menge wertvollen Schnickschnack, jedenfalls hat der Mann von der Versicherung uns das gesagt. Sie will das Haus auf keinen Fall verkaufen. Sie sagt, das würde bedeuten, dass wir im Altersheim landen. Sie hat …«

»Mr Williams«, unterbicht James ihn sanft, »Sie wollten uns über letzte Nacht erzählen.«

»Oh! Ach ja, Entschuldigung. Also ich ging hinunter, schaute in jedes Zimmer und schaltete das Licht ein. Es ist im Esszimmer passiert. Vermutlich hat er sich hinter der Tür versteckt, weil ich mich nur noch daran erinnere, dass ich mich gerade umgedreht habe und wieder hinausgehen wollte. Plötzlich habe ich einen Luftzug gespürt und einen schrecklichen Schmerz im Kopf und dann nichts mehr. Erst hier bin ich wieder aufgewacht. Marjorie sagt, sie hat mich gegen halb sechs Uhr heute Morgen gefunden und sofort den Notarzt angerufen.«

»Dann haben Sie also den Mann nicht gesehen?«

Mr Williams schüttelt den Kopf. »Nein, tut mir Leid.«

James seufzt. »Danke für Ihre Hilfe, Mr Williams. Ich verspreche, dass wir alles tun werden, um ihn zu finden.«

Spontan tätschele ich Mr Williams die Hand. Er blickt mich an und lächelt.

»Was verbergen Sie darunter, meine Liebe?«, fragt er und zeigt auf meine Sonnenbrille.

Ich nehme sie ab.

»Uiih … Wie ist das denn passiert?«

»Er hat mir ins Gesicht geschlagen.« Mr Williams wirft James einen geschockten Blick zu.

»Aus Versehen«, erklärt James geduldig, wahrscheinlich schon zum hundertsten Mal.

Ich warte auf dem Gang, während James versucht, herauszufinden, wann Mr Williams entlassen wird.

»Hallo! Nett, Sie hier zu sehen!«, sagt eine freundliche Stimme hinter mir. Ich wirbele herum.

»Dr. Kirkpatrick!«

Man könnte sagen, sein Anblick tut wehen Augen wohl. Seine dunklen Haare wellen sich sexy und in seinen Augen steht ein träges Lächeln.

»Wahrscheinlich ist es gar keine besonders große Überraschung, wenn man an Ihren Hang zur Selbstverstümmelung denkt.«

»Ich versuche, mein Bestes zu tun«, erwidere ich grinsend, entzückt über seinen flirtenden Tonfall.

»Weswegen sind Sie dieses Mal hier?«

»Aus rein beruflichen Gründen.«

»Sind Sie sicher?«, fragt er und zeigt auf meine Sonnenbrille.

»Ach so. Nun.« Ich nehme die Sonnenbrille ab und enthülle mein lädiertes Auge. »Das habe ich mir allerdings nicht selbst beigebracht.«

»Aber es war rein beruflich?«

»Genau. Detective Sabine hat mich aus Versehen erwischt.« Er drückt mich auf einen Stuhl, setzt sich neben mich und inspiziert mein Auge. Ich falle bestimmt gleich in Ohnmacht.

»Hmm, sieht eigentlich in Ordnung aus. Ich lese übrigens jeden Tag Ihr Tagebuch«, sagt er.

»Tatsächlich?« Meine Stimme gerät mir leider eine Oktave zu hoch.

»Ja.« Er lässt mich los. »Das ist richtiger Kult geworden.«

»Heute können Sie alles über mein Veilchen lesen«, sage ich leichthin.

Er grinst mich an. »Das mache ich.«

»Holly!« James hat sich herangeschlichen und ich zucke zusammen. Dr. Kirkpatrick steht auf und die beiden Männer schütteln sich herzlich die Hände.

»Ich sehe mir gerade Hollys Auge an. Da haben Sie ihr aber einen sauberen Schwinger versetzt.«

»Es war keine Absicht«, erwidert James malmend. Er funkelt mich wütend an. Gehorsam setze ich meine Sonnenbrille wieder auf.

Auf dem Weg zurück zum Auto kaufe ich die Zeitung am Krankenhauskiosk. Normalerweise kaufe ich sie mir gar nicht mehr, aber heute ist die erste Folge mit Fotos drin. Im Auto schlage ich neugierig die Seite mit dem Tagebuch auf.

»Was ist das?«, fragt James.

»Die Fotos, die Vince gestern gemacht hat.«

»Wie sind sie geworden?«, fragt er und versucht während des Fahrens einen Blick darauf zu werfen.

»Gut. Besonders toll ist das von Ihrem Ellbogen, der gerade in meinem Auge landet.« Ich halte die Zeitung hoch, damit er es sehen kann.

»Mist! Das hat bestimmt wehgetan«, sagt er.

»Ja, ziemlich.«

»Sie haben bestimmt Gleichgewichtsstörungen.«

»Wie kommen Sie denn auf so was?«, erwidere ich empört.

»Derart unkoordiniert kann doch keiner sein. Sehe ich übrigens wirklich so aus?«

»Ja, das tun Sie«, gifte ich. Das schrille Klingeln von James' Handy unterbricht uns, bevor der Streit eskaliert.

Ich falte die Zeitung wieder zusammen und schaue stur geradeaus. James erledigt seinen Anruf, während ich versuche, Ordnung in meine wirren Gedanken zu bekommen. Ben, der Fuchs, Mr Williams, Dr. Kirkpatrick. Alles wirbelt in meinem Kopf durcheinander, so als säße ich in der Achterbahn und dürfte nicht aussteigen.

Es ist erst später Vormittag, als wir auf der Polizeiwache eintreffen. Der Beamte am Empfang ist fröhlich und charmant wie üblich. Mich übersieht er geflissentlich, während er James nach seinem werten Befinden fragt. Wir traben ins Büro und werden auf dem Weg zu unseren Schreibtischen ständig von Beamten aufgehalten, die mich fragen, wie es meinem Auge geht – und James lauthals Vorwürfe deswegen machen. Ich frage mich, wie lange James noch gleichmütig darauf reagiert, aber er scheint es ganz gut zu tragen. Callum ist nicht da, aber er hat mir eine schwarze Augenklappe gekauft und sie mit einer kleinen Notiz auf meinen Schreibtisch gelegt.

Mich drängt es, die Hochzeitsgeschichte mit Ben so schnell wie möglich zu klären. Die Gelegenheit dazu bietet sich mir, als James sich hinter seinem Schreibtisch verbarrikadiert. Rasch schlüpfe ich auf den Flur hinaus und wähle auf meinem Handy Bens Durchwahl im Büro.

Er hebt ab.

»Ben, ich bin es.«

»Oh, hi«, sagt er verlegen.

»Ben, ich weiß, warum du gestern Abend abgehauen bist, und ich wollte dir nur erklären …«

Ich erzähle ihm von Lizzies fixer Idee, unbedingt heiraten zu wollen, und dass sie die Zeitschriften bei mir in der Wohnung gelassen hat.

»Und ich bin absolut nicht interessiert daran, dich zu heiraten. Ich meine, ich habe überhaupt noch nicht darüber nachgedacht. Nicht dass ich dich nie heiraten wollte, aber …«

»Ich glaube dir, Holly. Es tut mir Leid, dass ich das falsch verstanden habe.«

»Oh, okay.« Ich atme erleichtert durch und entspanne mich. »Gut.« Da mir etwas anderes im Moment nicht einfällt, halte ich es für das Klügste, das Gespräch zu beenden.

»Na ja, ich bin froh, dass wir darüber gesprochen haben! Ich muss jetzt Schluss machen, bis bald.« Wir verabschieden uns und legen auf. Ich strebe gerade zu meinem Schreibtisch zurück, als mein Handy klingelt. Ich gucke auf die Nummer und nehme das Gespräch an.

»Hi, Lizzie! Wie läuft's?«

»Ich weiß, du lässt dich nicht gerne bei der Arbeit stören, aber ich musste einfach anrufen und dir sagen, wie toll die Bilder geworden sind!« Ihre Stimme quietscht vor Entzücken.

Ich lächle, ehrlich erfreut. »Oh, danke.«

»Und wie geht es dir?«

»So einigermaßen«, erwidere ich ausgelaugt.

»Was ist los?« Ich erzähle ihr, dass Ben die Zeitschriften gefunden und die falsche Schlussfolgerung gezogen hat.

»Oh, das tut mir so Leid«, versichert Lizzie traurig.

»Ich denke, wir haben das jetzt geklärt.«

»Nein, es tut mir Leid, weil es meine Zeitschriften waren.«

»Der Gedanke ist mir auch gekommen«, kontere ich süffisant. »Aber mach dir mal keine Sorgen. Ich muss jetzt los. Sehen wir uns heute Abend?« Sie sagt zu und ich kehre an meinen Schreibtisch zurück.

Während ich die Story für heute Abend in den Laptop tippe, trage ich Callums Augenklappe, um James zu ärgern. Vince ist ins Krankenhaus gefahren, um ein paar Fotos von Mr Williams zu machen. James telefoniert mit dem Labor. Zuerst höre ich nur mit halbem Ohr hin, werde aber aufmerksam, als ich ein paar Satzfetzen aufschnappe.

»Gott, das tut mir aber Leid ... Nein, wir hatten absolut keine Ahnung ... Natürlich konnte Roger nicht wissen ... Ich habe es ja selber nicht gesehen ... Ja, ich weiß, wie viel das alles kostet ... Ja. Danke noch mal. Wiederhören.«

»Was ist los?«, frage ich, als er den Hörer auflegt.

»Das Haar, das wir zum DNA-Test geschickt haben, war ein Katzenhaar.«

»Ein Katzenhaar?«

»Ein Katzenhaar.«

Zweifelnd sehen wir uns einen Moment lang an, dann müssen wir beide grinsen.

»Sie waren wütend«, sagt er, »und haben mir vorgeworfen, ich verschwende ihre Zeit und ihr Geld.«

»Man sollte doch meinen, dass Roger den Unterschied zwischen einem Katzenhaar und einem Menschenhaar erkennen kann.«

»Ja, eigentlich schon. Sie drucken das doch nicht, oder?«

Ich lächele. »Nein, das bleibt unser Geheimnis. Was für eine Farbe hatte das Haar denn?«

»Rot.«

»Schade, dass man das nicht in den Computer eingeben kann. Bekannte Katzenliebhaber, die eine rote Katze besitzen.«

Er grinst, wird aber sofort wieder ernst. »Verdammt, das war eine heiße Spur. Die können wir jetzt vergessen. Aber heute früh habe ich mit Roger gesprochen. Beim dritten Einbruch war diese Substanz nur auf *einem* Türgriff. Jemand muss vorher in all diesen Häusern gewesen sein, sodass er genau wusste, wo er er seine Beute findet. Wie hat er das angestellt? Wen würden Sie ins Haus lassen?« Er schraubt seinen Füller auf und greift nach seinem Notizblock, um eine Liste zu erstellen.

Ich überlege. »Äh, Gas- und Stromableser, Telefongesellschaft. Was ist mit Handwerkern? Klavierstimmer.« Er zieht eine Augenbraue hoch, schreibt es aber trotzdem auf. »... Vertreter, vielleicht irgendwelche Finanzleute wegen Rente oder so. Steuerberater. Tja, mehr fällt mir momentan nicht ein.«

Er schreibt selber noch welche auf, dann schraubt er seinen Füller wieder zu. »Wir brauchen die Verbindung zwischen all diesen Häusern. Kommen Sie.« Er steht auf.

»Wohin gehen wir?«

»Wieder zurück an den Anfang.«

»Können wir dieses Mal die Sirene einschalten?«

»Nein.«

– 15 –

Zuerst fahren wir zu den Häusern von Mrs Stephens und Mr Williams.

Wir schreiben die Namen von allen Personen auf, die in den letzten zwei Monaten bei ihnen im Haus waren. Klempner, Lieferanten, Steuerberater, Handwerker, alles und jeden. Dasselbe machen wir bei Sebastian Forquar-White. Wir vergleichen die Listen miteinander: Es gibt keine einzige Verbindung. Wir haben eine Niete gezogen.

Ich folge James zum Auto. Er lehnt sich gegen den Wagen und zaust sich mit der Hand durch die Haare.

»Sind Sie sicher, dass die Einbrecher vor dem Einbruch schon einmal im Haus gewesen sein müssen?«, frage ich.

Er betrachtet das prächtige Anwesen vor uns. »Alle haben übereinstimmend gesagt, der Einbrecher habe genau gewusst, wo sich die Alarmanlage befindet und wie er sie ausschalten musste. Jedes Kind weiß, dass solche Häuser gut gesichert sind. Keiner der Nachbarn hat irgendwas gehört oder gesehen. Dieser Jemand *muss* die Häuser gekannt haben. Außerdem findet sich die Substanz, die wir nicht identifizieren können, nur in den Zimmern, in die eingebrochen wurde. Und selbst dort kommt sie nur in geringen Mengen vor. Der Dieb muss genau gewusst haben, wo alles stand. Uns fehlt einfach nur das entsprechende Bindeglied.«

Wir fahren zurück zur Polizeiwache und parken wie so oft draußen auf dem Parkplatz. Während wir auf das Gebäude zugehen, kommt uns ein Mädchen entgegen.

Ein ganz besonders schönes Mädchen.

Hüftenschwingend setzt sie ein langes Bein vor das andere. Sie geht mit einer Anmut und einer Eleganz, die auf einen Laufsteg passen würde. Sie hat lockige, glänzende schwarze Haare und ihr Make-up ist von einer Perfektion, die ich niemals erreichen werde. Auch James entdeckt sie und verfällt in Schweigen. Sie stoppt direkt vor ihm und küsst ihn mitten auf den Mund. Das muss Fleur sein. Jetzt verstehe ich auch, warum Robin unbedingt wieder aus Bristol wegwill. Gegen die Frau hat sie keine Chance.

»Hallo, Liebling! Ich dachte, wir könnten gemeinsam nach Hause fahren.« Sie dreht sich zu mir und streckt die Hand aus.

»Hallo! Sie sind bestimmt Holly! Ich habe schon so viel von Ihnen gehört!« Ich wage es nicht, James anzusehen. Wir beide wissen, dass es nichts Gutes gewesen sein kann.

»Ich bin Fleur, James' Verlobte.«

Ich schüttele ihr die Hand und begrüße sie. Sie geht jetzt zwischen uns und schiebt ihre Hand unter James' Arm.

»Und, hattet Ihr beiden einen schönen Tag? Oder war es heute blutig?«, neckt sie im Plauderton.

»Nein, es war okay. Wie war es bei dir?«, erwidert James.

»Oh, das Übliche.« Das Übliche was?, denke ich. Die üblichen Modeaufnahmen? Die übliche PR für Stars? Ihre glamouröse Erscheinung macht mich seltsam schüchtern.

Als wir den Eingang erreichen, sagt James: »Ich laufe nur rasch hinauf und hole ein paar Sachen. Ich bin gleich wieder zurück.«

»Kein Problem. Ich warte hier und plaudere ein bisschen mit Holly.«

Eigentlich müsste ich ja auch meine Sachen holen und in die Redaktion fahren, andererseits bin ich ein bisschen neugierig.

Sie hockt sich auf die Treppe und lächelt zu mir hoch. Ich setze mich neben sie.

»Wie finden Sie diese ganze Aktion?«

»Oh, prima«, erwidere ich vorsichtig. Sie wirkt zwar nett und ist es bestimmt auch, aber sie wird mit Sicherheit alles, was ich sage, brühwarm James weitererzählen. Sie ist so höflich, die Sonnenbrille nicht zu erwähnen, und ich frage mich, ob sie wohl deshalb so höflich ist, weil sie weiß, dass ihr zukünftiger Mann mir dieses Veilchen verpasst hat. Ich wechsele also lieber das Thema.

»Herzlichen Glückwunsch! Ich habe gehört, Sie wollen bald heiraten!«

Sie lächelt. »Ja, in drei Wochen! Ich freue mich schon so! Wir machen Flitterwochen auf den Malediven. Stellen Sie sich das mal vor! Zwei Wochen weg aus der Tretmühle! Ich kann es kaum erwarten.«

»Was machen Sie denn beruflich?«

»Hat James es Ihnen nicht erzählt? Wir haben uns dort letztes Jahr kennen gelernt. Ich arbeite bei der Trauerhilfe. Sein Bruder ist letztes Jahr umgekommen.«

Oh, mein Gott. »Das tut mir Leid, das wusste ich nicht.«

»Er starb bei einem Segelunfall, niemand hatte Schuld. Es ist so tragisch. James war völlig am Boden zerstört. Er ist zur Beratung zu uns gekommen.« Du meine Güte, sie sieht nicht nur aus wie ein Engel, sie ist auch einer. Ich sehe einen gramgebeugten James vor meinem inneren Auge, dem diese wunderschöne Frau behutsam durch die

Trauerzeit hilft, wobei er sich natürlich in sie verliebt. Mich würgt es. Das ist entschieden nicht meine Liga. Ich komme mir vor wie eine plumpe Aubergine neben einer exotischen Orchidee. Sie unterbricht die verlegene Pause, die zwischen uns entsteht, indem sie mich fragt: »Haben Sie Callum schon kennen gelernt?«

»Ja.«

»Er ist nett, nicht wahr? Er wird unser Trauzeuge.« Das wusste ich auch nicht, was ich laut ausspreche.

»Das wusste ich nicht.« Überrascht ziehe ich die Augenbrauen hoch und frage mich, ob sie sich wohl letzte Woche wegen Robin gestritten haben.

James taucht auf der Treppe auf.

»Komm, Fleur. Hör auf, Holly unsere dunklen Geheimnisse zu verraten.« Dabei blickt er mich so eindringlich an, als wolle er mich davor warnen, Fleur *seine* dunklen Geheimnisse zu erzählen.

Wir stehen auf und Fleur wendet sich zu mir.

»Es war wirklich nett, Sie endlich kennen zu lernen, Holly. Wir müssen irgendwann mal was trinken gehen, nur wir beiden.«

»Ja, gerne«, erwidere ich aufrichtig.

»Passen Sie gut auf ihn auf, ja?«

»Mache ich. Wiedersehen, Fleur. Wiedersehen, James.«

Heroisch beschließe ich, die Stockwerke zur Redaktion zu Fuß hochzulaufen, da ich in der letzten Zeit wenig für meine Fitness getan habe. Als ich schnaufend vor Joes Tür stehe, klopfe ich und warte auf sein übliches, lautes »Herein«. Als es ertönt, trete ich ein. Joe ist gerade am Telefon, also setze ich mich still hin. In Gedanken bin ich bei James und seinem Bruder.

Joe legt auf.

»Mensch, Holly! Das ist ja ein richtiges Ding geworden!«

Verwirrt blicke ich ihn an. Was meint er damit? Das Tagebuch? Den neuesten Einbruch? Was?

»Alle Farben des Regenbogens.« Ich glotze ihn immer noch an. Was soll das? Ist das irgendein neuer Code, über den mich niemand informiert hat?

»Dein Auge, Holly. Dein Auge«, grinst Joe beeindruckt.

»Oh.« Unwillkürlich fährt meine Hand hoch. Im Chaos des heutigen Tages hatte ich das schillernde Ding ganz vergessen. Ich stehe auf und betrachte mich im Spiegel hinter der Tür. Es sieht wirklich äußerst gefährlich aus. Ich könnte da noch einiges draus machen. Wozu ist eine solche Verletzung sonst gut?

Mit dem Gesichtsausdruck eines verwundeten Tieres setze ich mich wieder.

»Alles nur aus Pflichterfüllung, Joe«, behaupte ich mit schwacher Stimme.

»Wie geht's denn so?«

»Tut immer noch ein bisschen weh«, erwidere ich kläglich.

»Nicht mit deinem Auge, mit dem Tagebuch.«

»Oh.« Ich ziehe eine tapfere, geschäftsmäßige Miene. »Heute hat es schon wieder einen Einbruch gegeben.«

»Schon wieder? Wieder der Fuchs?«

»Wahrscheinlich. Leider ist auch jemand verletzt worden.«

»Wirklich?«

»Ja, er hat den Einbrecher gestört und der hat ihm eins über den Schädel gezogen. Der Chief möchte, dass wir uns jetzt hauptsächlich um die Einbrüche kümmern. Vince war im Krankenhaus, um Fotos vom Opfer zu machen. Wahrscheinlich entwickelt er sie gerade.«

»Werden denn die Einbrüche aufgeklärt, bevor das Tagebuch endet?«

»Vielleicht!«, erwidere ich hoffnungsvoll.

»Die Meinungsforscher waren heute draußen, weil die erste Ausgabe mit den Fotos erschienen ist.«

»Und?«

»Toll! Die Leute lieben es! Die Auflage ist in die Höhe geklettert. Vergiss dein Fernsehinterview nicht. Wir haben es heute angekündigt. Du musst auf jeden Fall den Live-Aspekt betonen. Du weißt schon, gegen die Tür rennen und so. Als Grundlage kannst du deine Ankündigung für das Tagebuch nehmen.«

»Ja, mache ich.« Ich stehe auf.

Stirnrunzelnd mustert er mich. »Ich hoffe, du hast bis dahin noch dein Veilchen. Kannst du nicht irgendwas tun, um die Heilung hinauszuzögern? Feigensirup oder so?«

»Wie wäre es mit ein bisschen Selbstverstümmelung? Soll ich mir mit dem Hammer aufs Auge hauen?«

Ich ergreife meine Tasche, wandele schmerzgebeugt zur Tür und habe schon die Klinke in der Hand, da ruft Joe: »Wie geht's denn Buntam?«

»Häh?«

»Buntam, deinem Vetter. Wie geht es ihm?«

»Äh, Buntam geht's hervorragend«, erwidere ich blinzelnd.

»Ich habe ihn letztes Wochenende gar nicht spielen sehen.«

Mein Mund öffnet und schließt sich ein paar Mal und ich blinzele noch ein bisschen mehr. Normalerweise wäre ich auf solche Fragen vorbereitet, aber das Tagebuch hat meine ganze Energie aufgezehrt.

Automatisch sage ich: »Ach, habe ich gesagt, es ginge

ihm gut? Ich meinte natürlich den Umständen entsprechend, nach seinem Unfall.« Ich nicke ernst.

»Unfall?«

»Zusammenstoß mit einem Golfbuggy am sechsten Loch. Mit Fahrerflucht. Ziemlich üble Geschichte. Es sieht so aus, als ob der liebe alte Buntam die nächsten Monate nicht spielen kann.« Gut gemacht, Holly!

»Zusammenstoß mit einem Golfbuggy? Und Fahrerflucht?« Joes Stimme klingt eine Spur ungläubig.

»Es war einer dieser neuen, schnellen amerikanischen Buggys. Niemand hat sein Kennzeichen gesehen.« Haben die verdammten Dinger überhaupt Kennzeichen?

Joe schüttelt verwirrt den Kopf. »Kennzeichen?«

»Ja, die müssen sie jetzt haben. Weil sie so schnell sind.« Das ist selbst mir zu viel. Warum habe ich es nicht bei einem einfachen Unfall belassen? Jetzt muss ich aber schnell verschwinden, bevor er noch intensivere Fragen stellt. »Na ja. Ich muss jetzt gehen. Eine Freundin wartet auf mich.«

»Grüß Buntam von mir!«, ruft Joe mitleidig hinter mir her.

Es ist schon gegen acht, als ich nach Hause komme. Ich habe kaum meine Tasche hingestellt, als Lizzie auch schon klingelt.

»Wie war dein Tag?«, fragt sie, als sie sich auf die Couch plumpsen lässt.

Ich runzele die Stirn. »Interessant. Wie war es in der wunderbaren Computerwelt?«

»Langweilig.«

»Hast du heute das Tagebuch gelesen?«, frage ich, da ich die Zeitung aus ihrer Tasche lugen sehe.

»Aber ja! Ich lese es jeden Morgen. Ehrlich, ich bin richtig süchtig geworden darauf.« Ich wackel zum Kühlschrank und öffne die Tür. Nur noch ein extrem traurig aussehender Kopfsalat und ein paar abgelaufene Joghurts.

»Macht es dir was aus, wenn wir erst mal bei Sainsbury was einkaufen?«

»Überhaupt nicht.«

Lizzie und ich fahren in ihrem Auto zum Supermarkt und sie besteht darauf, dass ich ihr auf der Stelle erzähle, warum mein Tag so interessant war. Also berichte ich ihr von Mr Williams und dem Krankenhaus (was sie morgen in der Zeitung lesen kann) und von meiner Begegnung mit Fleur (von der nichts in der Zeitung stehen wird).

Durch Lizzie geht ein Ruck. »Willst du damit sagen, er hat eine Verlobte?«

Ich runzele ungeduldig die Stirn. »Das habe ich dir doch schon erzählt.«

»Ich habe gedacht, du hättest sie für das Tagebuch erfunden.«

»Nein. Warum sollte ich das tun?«

»Ich weiß nicht. Aus dramaturgischen Gründen vielleicht.«

»Lizzie, ich denke, du hast sämtlichen Männern abgeschworen und willst Alastair dazu bringen, dich zu heiraten?!«

»Das tue ich ja auch«, erwidert sie und starrt verbissen durch die Windschutzscheibe. »Die Verlobung ist aber nicht so felsenfest, oder?«, fügt sie gierig hinzu.

»Doch. Seine Verlobte ist schlichtweg hinreißend und obendrein sehr nett«, erwidere ich nachdrücklich. »Warum bist du eigentlich auf einmal so interessiert daran?«

»Ach, komm, Holly«, sagt sie, als müsse mir das klar sein.

»Was!?«

Sie erstickt beinahe an der Anstrengung, mir antworten zu müssen. »Er ist einfach umwerfend.«

Ich zucke gelangweilt mit den Schultern. Ja, er sieht gut aus. Ist groß. Gut gebaut.

»Die Mädchen im Büro sind über ihn total aus dem Häuschen.«

»Sie würden ihn nicht mehr so toll finden, wenn sie mit ihm so arbeiten müssten wie ich«, knurre ich.

»So schlimm kann er ja nun nicht sein! Wegen deinem Auge hat er auf dem Foto richtig besorgt ausgesehen.«

»Das will ich auch hoffen! Schließlich war es seine Schuld«, erwidere ich empört. Rasch wechsele ich das Thema. Das Gespräch wird mir unbehaglich.

»Mit Ben habe ich alles geklärt.«

»Oh, gut.«

»Na ja, ich hoffe, er glaubt mir.«

»Bestimmt. Wenn du willst, rufe ich ihn an und sage ihm, dass es meine Zeitschriften sind.«

»Nein, danke. Dann denkt er am Ende noch, ich schicke dich vor. Weniger ist in diesem Fall mehr. Wenn du heute Abend nach Hause fährst, nimmst du die Zeitschriften dann mit?«

Lizzie verzieht das Gesicht. »Wenn Alastair sie sieht, reagiert er am Ende noch genauso wie Ben.«

»Lizzie«, sage ich mit einem warnenden Unterton. Wenn sie mir nicht die Magazine ins Haus geschleppt hätte, hätte ich den ganzen Ärger nicht gehabt.

»Na gut«, verspricht sie schmollend.

Wir schieben unseren Einkaufswagen durch Sainsbury und kaufen alles Mögliche ein. Wir diskutieren gerade über die Vorzüge von zuckerfreien Baked Beans gegenüber den guten, alten Heinz-Bohnen, als hinter uns eine Stimme ertönt. »Hallo!«

Es ist Teresa. Ich schließe die Finger unwillkürlich fester um die Dose Bohnen und auch Lizzies Packung knirscht unter ihrem harten Griff.

»Hallo, Teresa. Wie geht es dir?«

»Gut. Meine Güte, wie ulkig, euch hier zu treffen. Ich hätte gedacht, ihr wärt ausgegangen oder so.« Sie lacht perlend.

Sie halten das eventuell für einen völlig unverfänglichen Kommentar, aber aus Teresas Mund gewinnt er eine völlig neue Bedeutung, so als ob wir mindestens ein Alkoholproblem hätten, wenn nicht gar an Sexsucht litten. Ich muss mich beherrschen, um ihr nicht die Dose auf den Kopf zu schmettern.

»Wahrscheinlich machst du hier genau das Gleiche wie wir, Teresa. Heute keine Bibelversammlung?«, säuselt Lizzie.

»Ich komme gerade daher.« Sie lächelt vergeistigt. Ironie ist an sie völlig verschwendet.

»Hast du Hollys Tagebuch in der Zeitung gelesen?«

»Nein, ich lese keine Klatschpresse.« Gleich brate ich ihr doch eine über. »Aber ich kenne Fleur. Ich glaube, sie ist mit dem Beamten verlobt, den du begleitest, Holly, oder?«

Werden wir dieses Mädchen jemals loswerden? Warum konnten wir denn nicht jemand Netten im Supermarkt treffen? Woher um alles in der Welt kennt sie Fleur?

»Woher kennst du Fleur?«, frage ich überrascht.

»Meine Gebetsgruppe macht Bibelarbeit bei der Trauerhilfe, wo sie arbeitet. Sie ist so nett und süß. Und so freundlich.« Und was sind wir, die Zwillingsschwestern von Dschingis Khan? »Wir haben kürzlich erst miteinander geplaudert und sie hat mir erzählt, dass ihr Verlobter von einer Reporterin begleitet wird. Ich habe zwar dein Tagebuch noch nie gelesen, Holly, aber ich wusste sofort, dass du das bist.«

»Wir würden uns gerne noch mit dir weiter unterhalten, Teresa, aber wir haben es eilig.« Steif lächelnd verabschieden wir uns. Teresa wendet sich zum Gehen, aber dann dreht sie sich noch einmal um.

»Ich wollte dir nur noch sagen, Holly, dass dein Ben echt nett ist.« Über ihr Gesicht huscht ein äußerst verschlagenes Lächeln. »Tschüs«, fügt sie hinzu und weg ist sie.

»Himmel!« Ich schäume vor Wut, als wir zum Auto marschieren. »Warum ist sie eigentlich immer so verdammt selbstgefällig? Und findest du nicht auch, dass die Bemerkung über Ben komisch war?«

»Ach, lass dich doch von der blöden Kuh nicht ärgern. Sie hat sich in den Kopf gesetzt, dass jeder Mensch gerettet werden muss, und sie denkt wahrscheinlich, du verdienst Mitleid, weil du eine normal funktionierende Beziehung hast.«

Auch den Rest des Abends ziehen wir noch hemmungslos über Teresa her. Schließlich geht Lizzie, weil sie am nächsten Morgen früh einen Termin hat.

Seltsam ruhelos wandere ich anschließend durch die Wohnung. Ich nehme Sachen in die Hand und stelle sie wieder hin. Ich schüttele die Kissen auf dem Sofa auf. Ich räume die Küche auf und wische die Arbeitsplatte ab. Dann rufe ich Ben an.

»Hi! Ich bin's.«

»Hi!«

»Ich wollte nur hören, wie es dir geht.«
»Gut. Soll ich vorbeikommen?«
»Ja, klar.«

Lange, nachdem Ben eingeschlafen ist, liege ich noch wach. Ich denke pausenlos an Fleur und James. Um mich abzulenken, richte ich meine Gedanken auf die Einbrüche. Wen würde Mr Williams in sein Haus lassen? Wenn er die Person, die ihn angegriffen hat, gesehen hätte, wäre sie ihm dann bekannt gewesen oder nicht?

– 16 –

Da ich das erste Mal in einem Fernsehstudio bin, bin ich ein bisschen nervös. Am Empfang begrüßt mich eine überfröhliche Blondine. Während ich geduldig darauf warte, dass mich jemand abholt, betrachte ich die Fotos der Stars, die an den Wänden hängen. Manche kenne ich, manche nicht, was nicht weiter erstaunlich ist, da ich mir nicht häufig regionale Sendungen im Fernsehen anschaue. Ich war noch nie im Fernsehen, wenn man davon absieht, dass wir in der Schule einmal gefilmt wurden, weil unsere Klasse einen Ostergarten angelegt hat. Ich war das einzige Kind, das keine Pflanze in dem Garten verewigen durfte, weil meine Mutter für mich angeblich Maiglöckchen besorgt hatte – wobei sie sich die ganze Zeit darüber ausließ, was das für eine schöne Blume sei und wie wunderbar sie duften würde –, es sich dann aber herausstellte, dass es sich offenbar um wilden Knoblauch handelte. Meine Pflanze und ich stanken die ganze Klasse voll und wurden von der gärtnerischen Aktion verbannt. Die Crew, die den Beitrag über uns aufnahm, fand es lustig, mich am Ende ganz allein mit meiner verwelkenden Pflanze aufzutreiben und zu filmen. Aber für eine Elfjährige ist das nicht witzig. Ich habe eine Woche lang geweint und es dauerte ein ganzes Schuljahr, bis ich den Spitznamen »Holly, das beste Mittel gegen Vampire« wieder los war.

Ein Mädchen in schwarzen Leggings, einem weiten

Pullover und Doc Martens kommt aus der Tür neben dem Empfang. Ihre Haare sind hellorange gefärbt und sowohl Ohren als auch Nase sind gepierct.

»Holly Colshannon?« Ihre distinguierte Aussprache steht in starkem Kontrast zu ihrer Erscheinung.

»Das bin ich.«

»Folgen Sie mir.«

Wortlos gehen wir durch ein Gewirr von schmalen Korridoren. Schließlich bleiben wir vor einer Tür stehen. Das Mädchen klopft höflich und tritt ein. Ich folge ihr. Der Raum ist klein und nur von künstlichem Licht erhellt. Vor einer Spiegelwand steht ein großer Friseurstuhl und der Mann, der darauf sitzt, springt auf. In seinem Kragen stecken zahlreiche Tücher und neben ihm steht eine Frau, die wahrscheinlich die Maskenbildnerin ist.

»Hallo!«, ruft er jovial. »Nett, Sie kennen zu lernen.«

»Hallo! Ich bin Holly!« Er schüttelt mir die Hand, als wolle er etwas aus mir herauspumpen. Vielleicht erwartet er, dass Champagner aus meinem Mund sprudelt.

»Super, Sie kennen zu lernen, Holly! Einfach super! Ich bin Giles, der Moderator von *Southwest Tonight.* Wie geht es Ihnen?«

»Äh, gut, danke. Und Ihnen?«, frage ich gut erzogen.

»Sehr gut, sehr gut. Das war sicher eine großartige Woche für Sie.«

»Äh, ja. Es passierte alles sehr schnell, also überraschend.«

»Aber nein! Sie haben sich doch bestimmt schon lange darauf vorbereitet.«

»Nein, eigentlich nicht. Vorher habe ich über Haustierbeerdigungen geschrieben.«

»Ihre eigenen Haustiere?«

»Äh, nein. Die von anderen Leuten.«

»Tragisch, tragisch.« Er legt eine Schweigeminute für die verstorbenen Tiere ein und blickt dabei feierlich auf seine Schuhspitzen. Danach sieht er mich wieder an. »Und wo sind die kleinen Racker?«

»Entschuldigung?«

»Wo sind sie?« Er strahlt mich an. Ich runzele die Stirn.

»Na ja, die meisten liegen in Bristol auf dem Friedhof. Es gibt dort eine extra Sektion dafür.«

»Nein, ich meine die lebendigen. Haben Sie sie nicht mitgebracht?«

Der Mann ist völlig von der Rolle.

Das Mädchen mit den orangefarbenen Haaren zupft Giles am Pullover.

»Das ist Holly Colshannon, Giles«, sagt sie so langsam, als hätte sie einen Fünfjährigen vor sich. »Sie ist von der *Bristol Gazette.* Sie schreibt dieses Tagebuch über den Polizeibeamten.« Giles dämmert es.

»Ach, mein Fehler, ich dachte, Sie wären die Dame mit den preisgekrönten Frettchen. Sie ist heute Abend auch in der Sendung.« Die Orangefarbene verdreht die Augen. Ich grinse.

»Äh, nein. Keine Frettchen, weder preisgekrönt noch sonst wie.«

»Gut. Ich habe mich schon gefragt, woher Sie das blaue Auge haben. Ich dachte, vielleicht sind Sie ja mit einem der Preisrichter aneinander geraten«, flachst er. »Wie läuft's denn so in der Zeitungsbranche?«

»Äh, gut.«

Das Gespräch bleibt mir erspart, weil die Maskenbildnerin einwirft: »Hör mal, Giles, wenn wir deine Augen jetzt nicht in Angriff nehmen, habe ich keine Zeit mehr.«

Ich werde von der Orangefarbenen (die übrigens Rosemary heißt) in eine Art Wartezimmer gebracht. »Es tut mir sooo Leid. Normalerweise wirft er die Gäste nicht durcheinander. Ich weiß gar nicht, warum ihm das dieses Mal passiert ist. Sie sind in zwanzig Minuten dran, der Tontechniker kommt dann und steckt Ihnen ein Mikrofon an.«

»Sehe ich tatsächlich aus wie jemand, der Frettchen züchtet?«, frage ich scherzhaft.

»Nun …« Sie geht einfach.

Nach einer Weile erscheint der Tontechniker. Offensichtlich hat er nur ein Ziel, und zwar, so vertraut mit meinem Körper zu werden, wie das in zwei Minuten möglich ist. Er begrapscht mich überall. »Ist das so in Ordnung, meine Liebe … Das muss nur noch da durch … uups! … Sie brauchen nicht so zu schauen, meine Liebe … Ich bin Fachmann … Letzte Woche war Sue Pollard da … Na, das ist vielleicht eine … Sagt zu mir: ›Mike, noch einen Zentimeter weiter und du kennst mich besser als mein Gynäkologe.‹« Er brüllt vor Lachen über diese Bemerkung. »… So, fertig, meine Liebe. Wenn irgendwas rutscht, dann schreien Sie.«

Rosemary kommt ins Zimmer.

»Fertig?«

»Ich glaube ja.« Ich stehe auf und folge ihr aus dem Zimmer.

»Rosemary? Können Sie mir sagen, was für Fragen Giles stellen wird?«

»Ach, nichts Besonderes. Er wird Ihnen nur ein paar allgemeine Fragen stellen. Und denken Sie daran, dass Sie ihn anschauen und nicht die Kamera.«

Sie legt den Finger an die Lippen, um mich darauf hinzuweisen, dass wir jetzt im Live-Studio sind, und schiebt mich hinein. Bevor ich weiß, wie mir geschieht, stolpere ich über Kabel zu einem weichen Sofa, auf dem Giles sitzt. Man drückt mich neben ihn. Mit Schmetterlingen im Bauch lausche ich auf sein Geplapper.

»Da die meisten von Ihnen sicher schon alles darüber gelesen haben, brauche ich den Einwohnern von Bristol unseren nächsten Gast nicht vorzustellen. Sie ist Reporterin bei der *Bristol Gazette* und schreibt jeden Tag über ihre Abenteuer mit der Bristoler Polizei und vor allem mit Detective Sergeant Jack Swither.«

Er wendet sich an mich. »Nun, Holly, wie ist denn so das Leben bei der Polizei?« Und schon sind wir mittendrin, und zwar in rasantem Tempo. Ich weiß nicht, ob Giles mehr Zeit mit den preisgekrönten Frettchen verbringen möchte, aber auf jeden Fall galoppieren wir in Eilgeschwindigkeit durch meinen Bericht, bis wir schließlich zu seiner letzten Frage kommen. Ich rutsche unbehaglich auf dem Sofa hin und her, weil das Mikrofon, das Mike, der Tontechniker, hinten an meinem Rockbund befestigt hat, verrutscht ist und sich meine Beine hinunterbewegt. Ich greife nach dem Glas Wasser, das mir jemand fürsorglich bereitgestellt hat, und versuche, die Tatsache zu kaschieren, dass ich Ameisen in der Unterhose habe.

»Nun, Holly«, sagt Giles und blickt mich mit gewinnendem Lächeln an, »würden Sie unseren Zuschauern, die eventuell noch keine Gelegenheit hatten, Ihr Tagebuch zu lesen, denn erzählen, woher Sie Ihr blaues Auge haben? Haben Sie gerade den Fuchs verfolgt, als es passiert ist?«

Es gelingt mir nicht, auf die Frage zu antworten, denn als ich mich vorbeuge, um das Wasserglas wieder auf den Tisch zu stellen, verfängt sich meine Hand im Mikrofonkabel. Das halb volle Glas wird mir aus der Hand gerissen und fällt genau auf Giles' Schoß. Gleichzeitig fällt das Mikrofon zu Boden und landet laut klappernd in einer Wasserpfütze. Giles ist aufgesprungen, als sich das Wasser über seinen Schoß ergossen hat, und steht jetzt sprach- und fassungslos da. Versteinert vor Entsetzen über das Chaos, das ich angerichtet habe, starre ich ihn an. Und plötzlich erwacht das gesamte Studio zum Leben. Zwei Leute kommen angerannt, einer mit einem Handtuch, mit dem er hektisch in Giles' Schritt herumtupft, während der andere mein Mikro aufhebt. Die Tatsache, dass es im Wasser liegt, scheint ihn nicht zu stören, aber die physikalischen Gesetze lassen sich nicht überlisten. Als er es anfasst, bekommt er einen gewischt. Mit einem lauten »Scheiße« lässt er das Mikrofon wieder fallen. Ich beäuge Giles, schließlich ist er der Moderator der Sendung und sollte das Chaos wieder in den Griff bekommen. Allerdings scheint er damit noch Schwierigkeiten zu haben, weil sein Mund unkontrolliert zuckt. Ich atme tief durch und peile ernst den Boden an, um das Kichern zu unterdrücken, das unaufhaltsam in meiner Kehle aufsteigt. Giles scheint es nicht viel besser zu gehen, und als sich ihm schließlich ein Schnarchlaut entringt, brechen wir beide in wildes Gelächter aus. Mir laufen die Tränen übers Gesicht. Der Regisseur hinter den Kameras macht hektische Handbewegungen und nach einer Weile wird unser Gelächter zum schwächeren Glucksen. Ich wische mir die Tränen aus den Augen. »Es tut mir echt Leid«, flüstere ich erstickt. Giles grinst mich vergnügt an und wendet sich wieder einigermaßen gesammelt zur Kamera.

»Nun, wir danken Holly für ihren Besuch. Vergessen Sie nicht, alles über Hollys Abenteuer in der *Bristol Gazette* zu lesen. Unser nächster Gast …«

Das Telefon klingelt schon wieder, obwohl ich gerade erst aufgelegt habe. Ich bleibe stehen, in der vergeblichen

Hoffnung, es könnte vielleicht aufhören, nehme aber dann doch ab.

»Hallo?«

»Wie war es?« Es ist meine Mutter.

»Schrecklich«, stöhne ich.

»Warum?«

»Hast du es denn nicht gesehen?«

»Wir empfangen es hier nicht.« Das hat ja zumindest sein Gutes, denke ich. Wenn man sich schon im Fernsehen demütigt, dann sollte es wenigstens bei einem Regionalsender geschehen, da schauen weniger Leute zu.

»Ich habe den Moderator mit Wasser übergossen, einem Techniker einen Stromstoß versetzt und mich dann darüber kaputtgelacht. Alles live.« Meine eher ungezwungene Einstellung zu den Vorkommnissen ist verschwunden, seit Joe mich angerufen und heruntergeputzt hat, weil mein Auftritt wohl absolut peinlich gewirkt hat.

»Wie großartig, Liebling!« Meine Mutter lacht ihr perlendes Lachen. »Von jetzt an kennen dich die Leute wenigstens!«

»Siehst du das wirklich so?«, frage ich.

»Absolut!« bekräftigt meine Mutter. »Ich kann es kaum erwarten, den Mitschnitt zu sehen.«

»Ich versuche gerade zu erreichen, dass jede einzelne Kopie auf einem großen Scheiterhaufen verbrannt wird.«

»So schlimm kann es doch wirklich nicht gewesen sein.«

»Doch, war es.«

Sie schweigt und ich höre förmlich, wie sie überlegt, was sie Aufbauendes sagen könnte. Normalerweise würde ich ihr dabei auf die Sprünge helfen, aber a) fällt mir auch nichts ein und b) habe ich keine Lust dazu.

Irgendwas wird sie sich schon ausdenken.

»Zumindest war es nur regional. Wer sieht denn schon Sendungen im Regionalfernsehen?«

Ich schleppe mich in die Küche und mache mir noch einen Drink. Ich habe kein Tonic mehr, kann mich aber nicht überwinden, in den Laden an der Ecke zu laufen und neues zu kaufen. Am Ende erkennt mich noch jemand und ich werde ausgelacht. Also trinke ich Wodka mit Wasser. Es hat etwas Verzweifeltes.

Das Glas fest an die Brust gedrückt, stolpere ich ins Wohnzimmer, lasse mich auf die Couch fallen und die Anrufe noch mal Revue passieren.

Nach Joe hatte Lizzie angerufen.

»Oh, Holly! Das war unbezahlbar!« Ich trat unbehaglich von einem Fuß auf den anderen. Sie fand das für meinen Geschmack ein bisschen zu lustig. »Sein Gesicht, als du das Wasser über ihn geschüttet hast. Oh! Das war vielleicht ein Bild!«

»Ich habe es nicht über ihn geschüttet, Lizzie. Es war ein Versehen.«

»Und wie dieser Techniker geflucht hat! Es war irre!«

»Na, ich wünschte, Joe sähe das auch so«, hatte ich müde entgegnet.

Schließlich beruhigte sich Lizzie wieder und wir redeten über Alastair. Morgen verbringen sie wenigstens den ganzen Tag miteinander und sie möchte, dass ich mit Teil A und B der Operation Altar beginne, ihrem ausgeklügelten Plan, damit Alastair sie heiratet. Ich fragte finster, was denn eigentlich so falsch an der altmodischen Methode, einfach schwanger zu werden, sei, aber sie erwiderte ziemlich logisch, dass sie dazu wenigstens ab und zu miteinander schlafen müssten.

Um sie loszuwerden und mich wieder ungestört meinen Depressionen und dem Alkohol widmen zu können, versprach ich es ihr.

Denken kostet mich jetzt zu viel Kraft.

Als ich am nächsten Morgen erwache, bleibe ich noch eine Weile im Bett liegen und überdenke den Tag, der vor mir liegt. Da fällt mir mein voreiliges Versprechen wieder ein. Ich stöhne auf. Verdammt, warum habe ich bloß so viel Wodka mit Wasser getrunken? Ich hätte Lizzie ihren lächerlichen Plan ausreden sollen.

Eine Stunde lang trödele ich in meinem Morgenmantel herum, trinke Tee, öffne Post und drapiere mich aufs Sofa. Ein ganzes Wochenende liegt vor mir. Ben kommt heute Abend nach dem Rugbyspiel zu mir und morgen wollen wir den ganzen Tag miteinander verbringen. Normalerweise hätte mich allein der Gedanke daran vor Freude aufquietschen lassen. Ich hätte die ganze Wohnung geputzt, frische Blumen gekauft, Wein kalt gestellt und ein paar Leckereien eingekauft. Normalerweise. Aber heute kann ich mich nicht dazu aufraffen. Stirnrunzelnd überlege ich, was das bedeutet. Entferne ich mich von ihm? Schließlich kann die Flitterwochen-Phase nicht ewig andauern und nach den jüngsten Ereignissen will ich natürlich auch nicht zu eifrig erscheinen. Genau, das ist es. Ich will nicht zu eifrig erscheinen. Beruhigt gehe ich mich anziehen und mache mich an den Ort auf, um Teil A der Operation Altar durchzuführen.

Die Dame im Blumenladen versichert, sie könne die Blumen heute ausliefern, und ich gebe ihr Namen und Adresse an. Sie wirft mir einen misstrauischen Blick zu. Wahrscheinlich glaubt sie, ich sei in ein lesbisches Dreiecksverhältnis verwickelt. Ich widerstehe der Versuchung, die Augen zu verdrehen, und verabschiede mich. Warum kann Lizzie sich eigentlich nicht selber Blumen schicken? Genau.

Der Plan beinhaltet weiter, Alastair verrückt vor Eifersucht zu machen, damit ihm endlich klar wird, dass er ohne Lizzie nicht leben kann. Dann wird er sich ihr zu Füßen werfen und sie sofort um ihre Hand bitten. Na ja, das ist auf jeden Fall Lizzies Meinung. Ich bin mir da nicht ganz so sicher, dass alles nach Plan verlaufen wird. Aber ich habe mich schon oft geirrt.

Zu Hause beschließe ich, Teil B hinter mich zu bringen, und wähle Lizzies Handynummer. Alles nur im Namen der Freundschaft. Nach dem vierten Klingeln geht sie dran.

»Lizzie? Ich bin's.«

»Wie schön, von dir zu hören! Woher hast du denn meine Nummer?« Sie klingt, als flirte sie mit jemandem. Ein komisches Gefühl, mit der besten Freundin zu flirten. Offensichtlich habe ich den richtigen Zeitpunkt erwischt und Alastair ist da.

»Ist Alastair da?«

»Oh, ich mache nichts Besonderes. Und du?«

»Nicht viel, ich habe gerade deine blöden Blumen losgeschickt.«

»Ja! Das würde ich schrecklich gerne!«

»Ich finde es absolut blöde, dass du so tust, als sei ich ein Mann!«

»Bis dann! Tschüs!« Das sagt sie so leise und schwülstig, dass es besser in ein Himmelbett mit Champagner und so gepasst hätte. Die Frau versteht ihr Geschäft.

»Ruf mich später noch mal an. Tschüs.«

Ungläubig starre ich den Hörer an. Sie hat tatsächlich so getan, als ob sie ein anderer Mann anrufen würde. Ich seufze. Na, Hauptsache, sie weiß, was sie tut. Bei meiner Beziehungsvergangenheit darf ich mir kein Urteil erlauben. Ich lege mich wieder aufs Sofa.

– 17 –

Es ist Montagmorgen. Ich bin auf dem Weg zur Polizeiwache. Tristan benimmt sich gut und selbst mein blaues Auge ist so weit abgeschwollen, dass ich die Sonnenbrille nicht mehr brauche. Jetzt sehe ich nur noch so aus, als hätte ich dunkle Ränder unter den Augen. Nun, zumindest unter einem Auge. Das Wochenende war ganz schön, aber, um ehrlich zu sein, ich bin froh, dass es vorüber ist. Ben und ich waren beide ein bisschen angespannt und sind vorsichtig umeinander herumgeschlichen. Es wird wahrscheinlich noch etliche Zeit dauern, bis wir wieder zur Normalität zurückfinden.

Es ist ein wunderschöner Tag und selbst der Betrieb in der Stadt wirkt friedlich. Ich fahre in eine Parklücke, ziehe die Handbremse an und steige aus.

Als ich die Treppe zur Wache hinauflaufe, erscheint James an der Tür.

»Drehen Sie gleich wieder um.«

Ich bleibe stehen. »Warum? Was ist los?«

Er schnaubt resigniert. »Schon wieder ein Einbruch.«

»Wieder der Fuchs?«, frage ich.

»Wahrscheinlich. Dieses Mal ist es ein Antiquitätenladen.« Er eilt an mir vorbei die Treppe hinunter. Ich starre ihm mit offenem Mund nach. »Kommen Sie. Wir gehen hier entlang in die Tiefgarage.

Ich habe übrigens Ihren Fernsehauftritt gesehen«, ruft er über die Schulter. Ein unterdrücktes Lachen liegt in seiner Stimme, aber im Moment interessiert mich der Einbruch mehr. Entschlossen setze ich mich in Bewegung und hole ihn an der Treppe zur Tiefgarage ein.

»Das ist jetzt aber schon unverschämt, was?«, hechel ich atemlos. »Ein Antiquitätenladen!«

»Ja, in der Tat. Der Eigentümer hat uns gerade angerufen. Es muss irgendwann am Wochenende passiert sein. Lassen Sie mich das tragen.« Er greift nach meinem Laptopkoffer.

»Oh, danke.«

»Die Spurensicherung kommt auch dorthin. Gott sei Dank ist dieses Mal wenigstens niemand verletzt worden.«

»Vielleicht hat er ja Angst bekommen, nachdem er Mr Williams niedergeschlagen hat, und fand, ein unbelebter Laden sei sicherer.«

»Vielleicht.«

»Mensch, das ist der vierte Einbruch in vier Wochen.«

»Ja, mir macht das auch Sorgen.«

»Wie meinen Sie das?«

»Na ja, wenn Einbrüche so gehäuft auftreten, dann bedeutet das meistens, dass der Einbrecher eine bestimmte Anzahl im Sinn hat. Danach hören die Einbrüche plötzlich auf und man hört nie wieder von ihm.«

Wir gelangen an unsere graue Limousine und James eilt zur Fahrerseite.

Im Auto drückt er mir einen Stapel Papiere in die Hand.

»Wegbeschreibung.«

Als wir über die Rampe nach draußen rollen, hole ich mein Handy aus der Tasche.

»Ich rufe nur rasch Vince an, dann kann er auch dorthin kommen.«

»Okay.«

Ich erkläre Vince den Weg, dann lehne ich mich auf meinem Sitz zurück und schnalle mich an.

»Und – was haben Sie am Wochenende gemacht?«, fragt er.

»Och, das Übliche«, antworte ich und füge im Stillen hinzu: Sie wissen schon, unter falschem Namen Blumen geschickt, so getan, als sei ich jemand anderer, damit meine beste Freundin ihren Freund dazu kriegt, sie zu heiraten. Das Übliche eben.

»Und Sie?«, frage ich.

»Die Hochzeit. Es gibt eine Unmenge zu tun.« Die Erwähnung der Hochzeit scheint seltsamerweise seine Stimmung zu beeinträchtigen, aber ich habe keine Zeit, darauf zu achten, weil James ungeduldig fragt: »So, und wo müssen wir jetzt lang?«

Oh, Brokkoli. Die Wegbeschreibung. Nervös blinzele ich auf den Zettel in meiner Hand. Ich bin nicht besonders gut im Lesen von Stadtplänen und Wegbeschreibungen. Ich kann links und rechts nie auseinander halten, und da Detective Sabine so gern darauf hinweist, wie nutzlos ich im Allgemeinen bin, traue ich mich nicht, es ihm gegenüber zuzugeben.

»Äh, wir wollen zur Richmond Road in Clifton«, sage ich vorsichtig. Gehorsam fährt er Richtung Clifton und dadurch habe ich ein paar Minuten Zeit, um seine Handschrift zu entziffern.

Um links von rechts unterscheiden zu können, halte ich meine Hände hoch und bilde mit Daumen und Zeigefinger ein L. Nur an der linken Hand ist es nämlich ein echtes L, verstehen Sie? L für links.

»Wohin jetzt?«

»Äh, ich schaue gerade.« Ich darf mich nicht durcheinander bringen lassen. Ich muss mich konzentrieren. Die

Straßen sausen vorbei, aber dann erspähe ich diejenige, nach der ich suche.

»Abbiegen!«, schreie ich.

»In welche Richtung?«

»Äh, nach links. Nein, nein, rechts.« Zu spät.

»Könnten Sie mir das demnächst netterweise ein bisschen früher sagen? Eventuell, bevor wir daran vorbeigefahren sind?«

»Es ware schön, wenn Sie nicht so rasen würden«, erwidere ich. Wir stieren beide finster vor uns hin. Wirklich, der Mann ist unerträglich! Mitten auf der Straße wenden wir völlig unvorschriftsmäßig und düsen zurück.

»Und jetzt nach links oder rechts?«

»Rechts«, sage ich selbstbewusst, aber eigentlich haben wir doch gedreht, oder nicht?

»Nein! Links! Ich meine, links!« Er bremst mit quietschenden Reifen und fährt an den Straßenrand.

»Sie machen mich wahnsinnig! Wohin müssen wir denn nun? Und was fuchteln Sie dauernd mit Ihren Händen?«

Unheilschwangeres Schweigen tritt ein, während ich fieberhaft überlege, mit welcher Lüge ich die Situation erklären soll. Das Problem ist nur, mir fällt keine ein. Verzweifelt blicke ich auf meine Hände, als könnten sie eine Antwort geben. Aber sie sind nicht besonders kommunikativ. Ich muss wohl oder übel die Wahrheit sagen.

»Ich kann links und rechts nicht auseinander halten«, gestehe ich kleinlaut. Er schweigt. Ich warte auf eine Strafpredigt, aber sie kommt nicht.

»Rutschen Sie rüber. Sie fahren und ich sage Ihnen den Weg.«

Er steigt aus dem Auto und geht auf die Beifahrerseite, während ich über die Handbremse auf den Fahrersitz klettere.

»Sind Sie Legasthenikerin?«, fragt er, als wir uns beide wieder angeschnallt haben und ich den Sitz für meine kürzeren Beine in die richtige Position gerückt habe.

»Nein«, erwidere ich hitzig. »Ich kann nur rechts und links nicht unterscheiden.«

»Und das hat nichts mit Legasthenie zu tun?«

»Nein.«

Ich lasse den Motor an und warte auf Anweisungen. Er blickt ein paar Sekunden auf die Wegbeschreibung. Ich muss sagen, ich bin angenehm überrascht. Detective Sabine hat beinahe menschlich reagiert. Ohne Probleme erreichen wir unser Ziel innerhalb von zehn Minuten und er verwendet nicht ein einziges Mal das Wort »rechts« oder »links«. Er zeigt nur ständig die Richtung mit der Hand an und sagt: »Biegen Sie hier ab.«

Wir halten vor einem unauffälligen kleinen Laden mitten in Clifton, dem reichen Teil von Bristol. Schweigend ergreifen wir unsere Sachen. Wir sehen einander nicht an, weil wir beide nicht genau wissen, was wir sagen sollen. Das schrille Klingeln seines Handys unterbricht das verlegene Schweigen.

»Hallo? … Hi, ja, ich bin gerade beschäftigt … Mach dir keine Sorgen, ich habe daran gedacht … Wo wohnt er noch mal? Fragt er mich, wie oft ich in die Kirche gehe? … Kein Problem … Wir treffen uns dann da gegen acht … Tschüs.« Vermutlich die zukünftige Frau. Ich habe in der Zwischenzeit in meiner Handtasche gewühlt, damit es nicht so aussieht, als ob ich sein Gespräch belauschen würde. Das verlegene Schweigen ist durchbrochen, er kehrt zu seinen üblichen Umgangsformen zurück.

»Fertig?«, fragt er und steckt sein Handy in die Tasche. Ich schließe den Wagen ab und wir gehen auf den Laden zu. Hinter unserem Auto hält Vince' lilafarbener Käfer.

»Tschaui!« Er winkt uns aus dem Seitenfenster zu. James stöhnt kaum vernehmlich auf. Vince steigt aus und tänzelt auf uns zu. Heute trägt er weiße Jeans und ein türkisfarbenes T-Shirt mit der Aufschrift »Fick-tastisch, Baby!«. Auf seinen gegelten Haaren sitzt neckisch ein Käppi, und seine Aufmachung wird, Sie haben es schon erraten, durch seine Kettenstiefelchen vervollständigt. Ich kann es nicht ändern. Ich liebe ihn. Er küsst mich auf beide Wangen.

»Liebling! Ich hab dich im Fernsehen gesehen. Du hast mir den Abend gerettet, als du das Wasser über Giles gekippt hast! Der Kerl hat mich letzten Monat sitzen gelassen!« Ohne Luft zu holen, wendet er sich an James.

»Guten Morgen, Detective! Sie sehen richtig sommerlich aus!«

»Danke, Vince.« James lächelt verhalten und ich betrachte ihn. Er trägt ein blaues Hemd mit offenem Kragen, dessen Ärmel hochgekrempelt sind und seine gebräunten Unterarme zeigen. Dazu trägt er eine abgewetzte Kordhose. Ein ziemlicher Kontrast zu unserem Fotografen.

»Vince, würde es Ihnen etwas ausmachen, wenn Sie einen Pullover überziehen? Das soll nämlich eine polizeiliche Ermittlung sein und ich glaube nicht …« Er deutet beziehungsvoll auf den Aufdruck »Fick-tastisch, Baby!«.

»Aber natürlich, Detective Sabine! Ich verstehe Sie voll und ganz. Machen Sie sich keine Sorgen, ich halte mich völlig im Hintergrund.« Vince wedelt mit den Händen, um anzuzeigen, wie sehr er sich im Hintergrund halten wird.

»Sie werden gar nicht merken, dass ich überhaupt da bin.« Bei jedem Wort, das er sagt, tippt er James auf den Arm.

James wirft ihm einen zweifelnden Blick zu.

Als sich Vince umdreht, um zu seinem Auto zu gehen, dürfen wir auf seinem Rücken lesen: »Bist du geil?« Wir verdrehen unisono die Augen.

Als wir den Laden betreten, schlägt eine altmodische Glocke an. James muss sich bücken, um durch die Tür zu gelangen. Drinnen ist es dämmerig, weil die Fenster zu klein sind, um genug Licht hereinzulassen. Wie aus dem Nichts taucht ein Mann auf, um uns zu empfangen. Er ist klein, von Kopf bis Fuß in Tweed gekleidet, hat einen Schnurrbart und eine runde Brille. James zeigt ihm seinen Ausweis.

»Ich bin Detective Sabine und das ist ...«

»Holly Colshannon.« Ich trete höflich vor. »Ich bin nur zur Beobachtung dabei.«

Mit schlaffem Händedruck schüttelt er uns beiden die Hand. »Ich bin Mr Rolfe, der Eigentümer des Ladens.«

»Können Sie uns zeigen, wo der Einbrecher eingedrungen ist?«

»Selbstverständlich.« Wir folgen ihm in den hinteren Teil des Ladens. »Ich kam wie gewöhnlich gegen acht Uhr heute früh. Ich benutze selten die Hintertür, nur gelegentlich, um den Müll hinauszubringen, aber heute früh habe ich gleich gemerkt, dass verschiedene Dinge fehlen, und deshalb bin ich nach hinten gegangen, um nachzuschauen, wo er hereingekommen ist.« Er zeigt auf eine Tür, deren Glasscheibe zerbrochen ist. Das Schloss wurde offensichtlich aufgebrochen.

»Haben Sie eine Alarmanlage, Mr Rolfe?«

»Ja. Sie muss irgendwie außer Betrieb gesetzt worden sein. Sie hat nicht funktioniert, als ich heute früh den Code eingegeben habe, aber zuerst dachte ich, der Strom sei ausgefallen oder so. Der eigentliche Alarm ist wohl draußen in einen Eimer Wasser gelegt worden.« Er geht auf die Tür zu, um uns den Wassereimer zu zeigen, aber James hält ihn zurück.

»Mir wäre es lieber, die Spurensicherung sieht sich das zuerst an, Mr Rolfe. Sie sind schon auf dem Weg hierher. Könnten Sie uns, während wir warten, vielleicht eine Liste der gestohlenen Gegenstände anfertigen?«

Wir spazieren wieder nach vorne. Draußen sehe ich Vince, der Fotos vom Laden macht.

»Das habe ich bereits getan, als ich auf Sie wartete«, sagt Mr Rolfe und nimmt ein Blatt Papier von einem Schreibtisch.

James blickt flüchtig auf die Liste. »Wie würden Sie den Wert der gestohlenen Gegenstände beziffern?«

Mr Rolfe räuspert sich. »Nun, ich möchte sagen, dass der Einbrecher ein bemerkenswert gutes Auge für Qualität hatte. Er hat zum Beispiel die Lalique-Vase mitgenommen, während er diesen kleinen Schmuckkasten hier stehen gelassen hat.« Er weist auf den betreffenden Gegenstand. »Das ist eine relativ wertlose Reproduktion.«

Sein Kopf ruckt hoch, als die Türglocke wieder anschlägt. Roger und seine Leute treten ein und hinter ihnen schlüpft Vince durch die Tür. Er formt mit den Lippen: »Ich bleibe im Hintergrund.«

James reicht mir die Liste und führt die Kollegen von der Spurensicherung nach hinten in den Laden.

»Wird das alles in diesem Tagebuch stehen?«, fragt mich Mr Rolfe.

»Äh, ja. Wenn es Ihnen recht ist.«

»Und das erscheint morgen?«

»Ja, wahrscheinlich.«

Vince macht ein paar Aufnahmen von mir, während ich stirnrunzelnd die Liste betrachte. Dann folgt er den anderen in den Hintergrund des Ladens.

Irgendwas an dieser Liste stört mich. Ich kann es nur nicht in Worte fassen. Noch einmal lese ich die Auflistung und mein Blick bleibt an einem Gegenstand hängen. Tischuhr, 18 Karat. Mir dämmert es. War auf Sebastian Forquar-Whites Liste nicht auch eine Uhr? Und hat Mrs Stephens nicht gesagt, dass der Einbrecher sogar eine Uhr mitgenommen hat, die ihr verstorbener Ehemann ihr geschenkt hat, obwohl sie nicht einmal richtig funktionierte? Ob auf Mr Williams' Liste auch eine gestanden hat, weiß ich nicht mehr.

Ich sause nach hinten.

»James? Ist Ihnen auch aufgefallen, dass auf jeder Liste eine Uhr ist?«, frage ich ihn leise.

»Ja.«

»Könnte das nicht eventuell zu einem verbindenden Hinweis führen?«

»Ich weiß nicht«, seufzt er. »Die Gegenstände müssen halt so klein sein, damit der Einbrecher sie problemlos transportieren kann. Also kann es genauso gut reiner Zufall sein. Allzu viele Schränke werden wir auf den Listen wohl kaum finden.«

Er wendet sich wieder zu seinen Kollegen. Ich zucke mit den Schultern. Na gut. Vielleicht sollte ich mein Detektiv-Gehirn in Dauerurlaub verbannen.

Seufzend hole ich mein Notizbuch heraus und schreibe mir auf, was die Spurensicherung findet. Um den Eingangsbereich der Hintertür hat jemand Klebeband geklebt und dahinter steht Vince und fotografiert. Roger, in einem weißen Plastikoverall (die übliche Uniform der Leute von der Spurensicherung), nimmt Fingerabdrücke vom Rahmen. Jemand anderer untersucht den Fußboden und James steht mit Mr Rolfe an der Seite und redet mit ihm.

Ich höre ihnen zu und mache mir dabei Notizen. Als James fertig ist, winke ich Vince, um ihm klar zu machen, dass wir aufbrechen. James sagt gerade: »So, das wäre es momentan, Mr Rolfe. Wir gehen jetzt. Ich komme später allerdings noch einmal wieder, um Ihnen weitere Fragen zu stellen.« Langsam gehen wir auf die Eingangstür zu.

Mr Rolfe nimmt seine Brille ab und reibt sich müde die Augen. Dann sagt er: »Möglicherweise möchte die Versicherung noch mit Ihnen sprechen. Darf ich ihnen Ihre Nummer geben?«

James nickt zustimmend und wir verlassen alle den Laden.

Auf der Fahrt zurück in die Stadt kaue ich nachdenklich auf meiner Unterlippe. Irgendetwas geht mir nicht aus dem Kopf. Etwas, das jemand gesagt hat. Was war es bloß? Auf einmal fahre ich keuchend hoch. James bremst instinktiv.

»Was ist los?«

»Versicherung!«

»Oh!« Er seufzt erleichtert auf. »Ich dachte schon, ich hätte jemanden überfahren. Was ist mit der Versicherung?«

»Vielleicht ist das das Bindeglied. Vielleicht ist das der Grund, warum der Einbrecher ganz genau weiß, wie er in die Häuser hineinkommt und was er mitnehmen muss. Eine Versicherungsgesellschaft listet alle Details auf.«

James blickt ein paar Sekunden gedankenverloren vor sich hin.

Ich fahre fort: »Haben Sie nicht gesagt, dass alles, was bei Sebastian Forquar-White gestohlen wurde, der Versicherung bekannt war?«

»Ja. Und ich weiß auch noch, dass die Versicherungsgesellschaft von ihm verlangt hat, den losen Riegel an dem kleinen Fenster, durch das der Einbrecher eingestiegen ist, richten zu lassen. Und er meinte, was das für eine Ironie sei, dass der Einbrecher genau durch dieses Fenster eingedrungen ist.«

Nachdenklich runzelt er die Stirn.

»Wissen Sie, wo die anderen Opfer versichert sind? Mrs Stephens, die Williams und Mr Rolfe?«

»Nein. Aber wir rufen sie an, wenn wir auf der Wache sind.«

»Kommt denn jemand von einer Versicherungsgesellschaft extra ins Haus, um sich den Besitz anzusehen? Wegen meiner Hausratversicherung hat sich niemand zu mir bemüht, das habe ich alles telefonisch geregelt.«

»Es kommt in dem Moment jemand ins Haus, wenn es sich um einen großen Besitz handelt und viele einzelne Gegenstände aufgeführt werden müssen. Sie müssen ja schließlich nachprüfen, ob die Sachen überhaupt existieren. Gute Idee, Holly.« Überrascht ziehe ich die Augenbrauen hoch. Du meine Güte, das klang ja fast schon nach einem Kompliment!

Der Rest der Fahrt verläuft schweigend. Ich bin ein bisschen aufgeregt. Wenn ich nun wirklich Recht habe und es hat etwas mit der Versicherungsgesellschaft zu tun? Wir fahren in die Tiefgarage und stürzen sofort hinauf an unsere Schreibtische.

»Morgen, Dave«, sagt James aber vorher noch zu dem mürrischen Beamten am Empfang. Dave blickt auf und begrüßt ihn mit einem Lächeln.

»Guten Morgen, Sir! Ich habe etwas für Sie.« Er bückt sich und befördert einige mit der Hand beschriebene Briefumschläge zutage.

»Was um alles in der Welt …«

Verschwörerisch beugt Dave sich über den Tresen und flüstert ziemlich laut: »Fanpost, Sir, wenn ich mich nicht irre. Riecht stark nach Parfüm.« Ich muss unwillkürlich grinsen, weil James ihn so entgeistert anstarrt, mache aber sofort wieder ein ernstes Gesicht, als er sich zu mir dreht.

»Das ist Ihre Schuld!«, sagt er vorwurfsvoll. Unwillkürlich muss ich wieder grinsen.

»James, ich kann es nicht verhindern, dass Ihnen Frauen schreiben. Mit mir hat das nichts zu tun.«

»Hmm.« Er wendet sich wieder an Dave.

»Sie haben doch, äh, niemandem gesagt …«

»Unser kleines Geheimnis, Sir.«

»Genau. Gut. Danke.«

Wir treten durch die Sicherheitstür. Dave sieht mich nicht an, sondern lächelt nur still auf seinen Tresen.

Schweigend steigen wir die Treppen zum zweiten Stock hinauf.

»Soso!«, sage ich schließlich. »Fanpost.«

»Wenn Sie auch nur einen Ton davon sagen, dann …«

»Dann was?«

»Das werden Sie schon sehen. Aber es wird nicht angenehm.«

Als wir ins Büro treten, werden wir von allen Seiten begrüßt. »Oh, James, wir lieben dich so …«, jubelt einer der Beamten mit hoher Stimme. »Dick, du bist mein Held!«, säuselt ein anderer, und ein weiterer tut so, als falle er bei James' Anblick in Ohnmacht.

»Anscheinend haben sie es von alleine herausgefunden«, raune ich, als wir uns zu unseren Schreibtischen durchkämpfen.

Callum lehnt sich grinsend auf seinem Stuhl zurück. Als wir uns beide hingesetzt haben, schlendert er zu uns herüber. Jack stopft die verräterischen Briefumschläge rasch in seine Schreibtischschublade. Callum hockt sich auf die Kante meines Schreibtisches.

»Was muss ein Mann tun?«

»Wie meinst du das?«, frage ich misstrauisch.

»Nun, ich weiß nicht, was ich als Erstes tun soll. Soll ich dir die Hölle heiß machen wegen des Fernsehinterviews oder dir«, er zeigt auf James, »wegen der Fanpost?«

Wir lachen alle. In diesem Moment tritt Robin zu uns und sofort ändert sich die Atmosphäre, als ob sie die Sonne ausgeschaltet hätte. Die Spannung, die sie mit sich bringt, ist kaum zu ertragen.

»Habe ich etwas verpasst?«, fragt sie leichthin, aber ihr Gesicht drückt etwas anderes aus.

»Keineswegs.« Callum äfft ihren Tonfall nach und sie mustern sich voller Abscheu. Offenbar nimmt Callum die Affäre zwischen James und Robin persönlich, aber eventuell fühlt er sich auch als Trauzeuge irgendwie verantwortlich.

»Du verpasst ja auch sonst nie was, nicht wahr, Robin«, faucht er sie an.

»Was soll das jetzt wieder heißen?«

»Du weißt schon, wie ich das meine.«

»Was können wir für dich tun, Robin?«, wirft James hastig ein.

»Ich möchte kurz mit Holly sprechen.«

»Klar«, sage ich, stehe rasch auf und gehe mit ihr zur Tür. Callum und James schauen uns hinterher und dann wendet James sich Callum zu und redet ernst auf ihn ein.

»Ich wollte nur wissen, wie du vorankommst«, sagt Robin. »Gibt es etwas zu berichten?«

Ich zucke mit den Schultern. »Eigentlich nicht. Wir haben womöglich eine Spur bei den Einbrüchen.«

»Du und James, ihr versteht euch jetzt besser, nicht wahr?«

»Ja.«

»Gut«, erwidert sie und geht genauso überraschend, wie sie aufgetaucht war.

Ich kehre wieder an meinen Schreibtisch zurück. Irgendwie habe ich das Gefühl, sie wollte James und mich nur ausspionieren. Ihr Verhalten war unfreundlich.

»Okay«, wendet sich James an mich. »Sie rufen Mrs Stephens und Mr Williams an. Fragen Sie sie nach ihrer Versicherungsgesellschaft, wer dort ihr Ansprechpartner ist und wann das letzte Mal jemand zu ihnen nach Hause gekommen ist. Ich rufe die beiden anderen an. Mr Williams ist gestern erst aus dem Krankenhaus entlassen worden, er ist bestimmt zu Hause.«

Ich bin verblüfft und fühle mich außerdem ein bisschen geehrt, dass James mich mitarbeiten lässt. Als ich zehn Minuten später den Hörer auflege, guckt mich James erwartungsvoll an.

»Mr Williams sagt, er sei bei Royal Sun Alliance versichert, aber Mrs Stephens hat eine Versicherung am Ort, Elephant Insurance Co. Ich habe die Ansprechpartner von beiden Gesellschaften.«

»Wie heißt der Versicherungsagent bei Elephant?«

»Ein Mr Makin.«

»Sebastian Forquar-White ist bei derselben Gesellschaft versichert und hat auch denselben Agenten.«

Wir mustern einander wortlos. »Was ist mit dem Laden, mit Mr Rolfe?«

»Er hat eine andere Versicherung. Aber einen Laden kann der Einbrecher leicht selber auskundschaften, oder nicht? Er braucht sich bloß ein bisschen umzusehen und sich die für ihn interessanten Gegenstände zu merken. Und dann huscht er einmal um die Ecke und inspiziert die Alarmanlage. Wenn ihn jemand dabei beobachten würde, könnte er immer noch sagen, er habe sich verirrt.«

»Aber was ist mit Mr Williams?«

Wir grübeln beide.

»Rufen Sie ihn noch einmal an«, sagt er plötzlich. »Fragen Sie ihn, ob er jemals bei einer anderen Versicherung war. Oder ob er sich jemals über Beitragshöhen anderer Versicherungen informiert hat.«

Noch einmal wähle ich die Nummer von Mr Williams.

»Hallo?«

»Mr Williams, ich bin es noch einmal, Holly Colshannon. Entschuldigung, wenn ich Sie noch mal störe, aber waren Sie jemals bei einer anderen Gesellschaft versichert?«

»Nein, meine Liebe, immer bei derselben.«

»Nun, haben Sie denn dann jemals Informationen über die Beitragssätze anderer Versicherungen eingeholt?«

»Das tue ich regelmäßig!«, antwortet er ganz entrüstet. »Es braucht sich niemand einzubilden, er könne mich über den Tisch ziehen, nur weil ich alt bin! Ich entscheide mich dann für den billigsten Anbieter. Das ist nur zufällig stets meine alte Versicherungsgesellschaft.«

»Sind die anderen vorbeigekommen und haben sich das Haus angesehen?«

»Aber natürlich. Ich mache keine halben Sachen. Ich will nicht, dass sie mir Angebote unterbreiten, die sie dann nicht halten können, wenn sie das Haus sehen.«

Ich halte den Atem an. »Können Sie mir sagen, wer die anderen Gesellschaften waren?«

»Aus dem Kopf nicht, nein, aber ich habe es mir irgendwo notiert. Soll ich es für Sie heraussuchen?«

»Ja, bitte. Könnten Sie mich so bald wie möglich zurückrufen?«

Ich lege den Hörer auf und trommle nervös mit den Fingern auf den Schreibtisch. Nach ein paar Minuten stehe ich auf und hole uns Kaffee vom Automaten in der Ecke. James und ich trinken unseren Kaffee und können unsere Ungeduld kaum zügeln.

Als James' Telefon klingelt, greift er rasch zum Hörer.

»Hallo? … Mr Williams? … Ja, Sie können sie mir sagen … Ja … Ja … Danke … Auf Wiederhören.«

Gedankenverloren blickt er mich an.

»Und?«, frage ich

»Ein Angebot von einem Mr Makin bei Elephant Insurance Co.«

– 18 –

Mann«, hauche ich. Ich hatte eigentlich nicht mehr daran geglaubt, dass es wirklich eine Verbindung gäbe.

»Seien Sie nicht zu siegessicher, Holly. Es kann auch nur Zufall sein. Es ist eine Versicherungsgesellschaft aus Bristol. Vielleicht sind sie ja auf große Häuser oder Antiquitäten oder auf beides spezialisiert. Wir sehen sie uns einmal an. Ich rufe unseren Mr Makin an.«

James ruft die Auskunft an und erfragt die Nummer von Elephant Insurance Co. Dann redet er mit der Versicherung und legt nach ein paar Minuten wieder auf.

»Mr Makin ist heute früh für ein paar Tage zu einer Konferenz gefahren, aber ich habe einen Termin für Donnerstagmorgen.«

»Sie haben gar nicht gesagt, dass Sie von der Polizei sind.«

James verdreht die Augen. »Wenn er tatsächlich was damit zu tun hat, hielten Sie es dann für eine gute Idee, ihn vorzuwarnen?«

»Ach so. Ja, da mögen Sie Recht haben.«

James verschwindet, um ein paar alte Fälle weiter zu verfolgen und bleibt den restlichen Nachmittag unsichtbar. Also hinterlasse ich, als ich gehe, eine Notiz auf seinem Schreibtisch und fahre in die Redaktion. Joe scheint das Fernsehdesaster vergessen zu haben, er kommt lächelnd auf mich zu. »Holly! Ist der Artikel für heute fertig?« Ich nicke. »Großartig! Weiter so!«

Stirnrunzelnd frage ich mich, was wohl in ihn gefahren ist. Ich habe jedoch keine Zeit, mich damit aufzuhalten, weil ich heute Abend etwas vorhabe. Am Wochenende hat Fleur angerufen und gefragt, ob ich heute mit ihr etwas trinken gehen würde. Ich habe bereitwillig zugesagt, weil ich sie gerne ein bisschen besser kennen lernen möchte. Aber eigentlich habe ich keine Ahnung, warum sie sich ausgerechnet mit mir treffen will. Womöglich hat sie bei der Trauerhilfe nicht so viele Kolleginnen. Wir haben uns um sechs Uhr in einer Kneipe an der Whiteladies Road verabredet, deshalb habe ich meinen üblichen Montagstermin mit Lizzie auf später verschoben.

Hastig speichere ich meinen Artikel im Hauptcomputer und breche auf. Draußen herrscht strahlender Sonnenschein. Bis zur Park Street benimmt Tristan sich hervorragend, aber dann beginnt er zu stottern und zu spucken. »Oh, bitte, Tristan! Nicht hier und nicht jetzt! Ich komme zu spät.« Verzweifelt schlage ich aufs Lenkrad und verspreche ihm eine zusätzliche Inspektion, wenn er wieder anspringt. Gott sei Dank wirkt dieses Angebot und ein paar Minuten später kommen wir in der Whiteladies Road an. Nirgendwo ist ein Parkplatz sichtbar. Um diese Uhrzeit sind sie in diesem Teil der Stadt selten. Schließlich erspähe ich einen neben einem Porsche, quetsche Tristan hinein, wobei ich mich bei ihm entschuldige, dass er neben einem so tollen Auto stehen muss, und marschiere in die Bar. Nur zwei Minuten zu spät.

Fleur sitzt bereits an der Bar und plaudert mit dem Barkeeper. Entschlossen fahre ich mir durch die Haare und straffe die Schultern. Fleur sieht toll aus, so als ob sie gerade aus dem Schönheitssalon käme. Sie hat die langen

Beine übereinander geschlagen und trägt ein kurzes Etuikleid mit passender Jacke. Ab und zu wirft sie den Kopf zurück, wenn sie über eine Bemerkung des Barkeepers lacht. Ich hieve mich neben sie auf den Hocker.

»Fleur! Hi! Tut mir Leid, ich bin zu spät.«

»Holly! Nein, Sie sind gar nicht zu spät und außerdem bin ich gut unterhalten worden.« Sie lächelt den Barkeeper an.

Er fragt mich: »Was kann ich Ihnen bringen?«

»Wodka und, äh, Ginger-Ale, bitte«, bestelle ich mutig.

»Wie war Ihr Tag?«, fragt sie.

»Gut.« Ich überlege, wie viel ich ihr erzählen kann. Natürlich weiß ich, dass sie und James heiraten werden, aber eventuell erzählt er ihr ja keine Einzelheiten über die Fälle.

»Wie läuft es mit dem Fuchs?«

»Kann sein, dass wir eine Spur haben.« Das ist doch bestimmt okay, oder?

»Wirklich?«

»Ja. Und wie war Ihr Tag?«

»Oh, gut.« Faszinierende Unterhaltung.

Ich fange an, mich zu fragen, was das bringen soll. Wahrscheinlich haben wir nicht besonders viel gemeinsam. Abgesehen von James Sabine. Genau auf dieses Thema greife ich nun zurück. Ich sage: »James war den ganzen Nachmittag unterwegs. Ich habe ihn seit heute Mittag nicht gesehen.« Geistreich, Holly. Absolut geistreich.

Während der Barkeeper meinen Drink serviert, schweigen wir. Fleur besteht darauf, ihn auf ihre Rechnung zu nehmen.

»Und wie läuft es mit der Hochzeit?« Soweit ich weiß, ist dies für alle Bräute ein fesselndes Thema.

Sie erzählt mir ein bisschen von den Brautjungfern und

der Kirche, sagt aber dann: »Es tut mir Leid, das langweilt Sie bestimmt.«

»Nein, keineswegs.«

»Ich freue mich wirklich auf die Flitterwochen, weil wir dann endlich mal alleine sind. James hat in der letzten Zeit so viel gearbeitet und ich war sehr mit der Hochzeit beschäftigt.« Ich nicke mitfühlend und überlege mir flüchtig, ob er wohl auch Zeit mit Robin verbracht hat.

»Ich wollte Sie übrigens etwas fragen. Auf der Gästeliste stehen Mr und Mrs Colshannon. Sie sind nicht zufällig verwandt mit ihnen? Es sind Freunde meines Vaters.«

Ich runzele misstrauisch die Stirn. Der Name kommt nicht besonders häufig vor.

»Wissen Sie die Vornamen?«

»Hmm, ich kann mich nicht erinnern. Einer war irgendwie ungewöhnlich.«

»Sorrel.«

»Ja, genau!«

»Das ist meine Mutter«, erwidere ich. Es ist doch erstaunlich, wie sie sich überall einmischen … Fleur guckt mich mit aufgerissenen Augen an.

»Ihre Eltern kommen zu meiner Hochzeit? Das ist doch wirklich irre, oder? Wie heißt Ihr Vater mit Vornamen?«

»Patrick.«

»Mein Vater hat das Theater eine Zeit lang gesponsert, daher kennt er Ihre Mutter. Ich habe sie mal auf einer Party kennen gelernt. An sie kann ich mich gut erinnern …«, erzählt sie aufgeregt. Und dann muss ich mir endlose Geschichten darüber anhören, wie amüsant und toll sie sind. Ich meine, ich habe zwar nichts dagegen, mich eine Weile in ihrem Ruhm zu sonnen, aber das ist entschieden zu viel. Wie mögen sie es wohl geschafft haben, sich zu James' Hochzeit einzuladen? Seltsam, nicht wahr? James Sabine wird meine Eltern kennen lernen. Wie mag er sie wohl finden? Ein lautes Geräusch reißt mich aus meinen Gedanken. Muss ich jetzt lachen? Ich gebe ein kurzes Prusten von mir und Fleur stimmt ein.

»Das ist wirklich unglaublich komisch! Sie müssen unbedingt ebenfalls kommen!«

Ich glotze sie fragend an. »Wohin?«

»Zur Hochzeit natürlich!« Ich erstarre.

»Oh, danke, das ist reizend von Ihnen, aber Sie haben sicher schon mehr als genug Gäste.«

»Unsinn! Je mehr, desto lustiger wird es. James würde sich bestimmt auch freuen.«

Da bin ich mir nicht so sicher. Aber mehr als »Oh, danke« kann ich jetzt auch nicht mehr sagen.

»Und Sie nehmen an der Hühnerparty teil, nicht wahr?«

Ehrlich gesagt, kann ich mir kaum etwas Schlimmeres vorstellen. Wenn es sich wirklich um gute Freundinnen handelt und man sich gemeinsam ordentlich einen in die Kehle gluckert, dann geht das ja noch. Aber bei dem Gedanken an einen Haufen kreischender fremder Frauen läuft es mir kalt den Rücken herunter. Das Problem ist nur, dass mir spontan keine Ausrede einfällt und Fleur sieht mich so hoffnungsvoll an, dass ich nur murmeln kann: »Oh, toll!«

»Sie ist am Montag.«

»Montag?«

»Ja, wir heiraten Samstag in zwei Wochen.«

»Wirklich? Mir kommt es so vor, als sei ich erst seit gestern auf der Polizeiwache. Dann habe ich nur noch weniger als drei Wochen für mein Tagebuch!« Versonnen blicke ich in mein Glas. Die Zeit ist so schnell vergangen.

»Teresa kommt auch zur Hühnerparty.«

»Teresa? Teresa Fothersby?«

»Ja. Sie sagt, sie kennt Sie.«

»Das könnte man so ausdrücken«, erwidere ich düster.

»Ich kenne sie von meiner Arbeit her. Es war so schwierig zu entscheiden, wen ich einladen sollte. Ich wollte schließlich niemanden beleidigen, also hat Daddy gemeint, ich solle sie einfach alle einladen! Er sagte, so sei es am einfachsten.« Kluger alter Daddy.

Wir bestellen noch etwas zu trinken. Ich bin überraschend durstig geworden. Vielleicht hole ich Tristan ja erst morgen früh ab. Er versteht sicher, dass es sich um einen Notfall gehandelt hat.

Um nicht in all den Informationen, die mich in der letzten halben Stunde überschwemmt haben, zu ertrinken, wechsele ich rasch das Thema.

»Und James und Sie planen also eine große Familie?«

»Du lieber Himmel, nein!« Sie richtet sich auf ihrem Barhocker auf. Überrascht plinker ich sie an. Kinder kamen in meinen Tagträumen vom Verheiratetsein immer vor.

Womöglich ist das ja ein bisschen konventionell, aber für mich unendlich tröstlich.

»Das könnte ich meiner Figur niemals antun!«, fährt sie fort. Ich ziehe unwillkürlich den Bauch ein. »Denken Sie bloß an die Schwangerschaftsstreifen, Holly, Hämorrhoiden und wabbelige Bäuche!« Sie erschauert. »Nein, das will ich nicht!« Eifrig beuge ich mich vor, um mir ihre Alternative anzuhören. Wenn es eine Möglichkeit geben sollte, Kinder zu bekommen, ohne sie selber zur Welt bringen zu müssen, dann bin ich dafür! Die Wissenschaft vollbringt ja heute wahre Wunder!

»Und wie wollen Sie es dann machen?«

»Wir wollen überhaupt keine Kinder. Wir sind vollkommen glücklich mit dem Leben, das wir führen. Warum sollten wir es ruinieren?«

»Oh!« Ich ziehe die Augenbrauen hoch. Und dann reden wir von anderen Dingen.

Aufgrund der zahlreichen Drinks haben wir einen überraschend netten Abend. Fleur fragt mich nach Ben, und ich kenne sie zwar nicht gut genug, um ihr von unserem letzten Streit zu erzählen, aber ansonsten gebe ich ihr bereitwillig Auskunft. Wie das bei Frauen üblich ist, reden wir über alles Mögliche. Um halb neun blicke ich auf die Uhr und stelle fest, dass ich Lizzie schon warten lasse. Ich stehe auf.

»Fleur, ich muss gehen, ich bekomme noch Besuch.«

»Ja, ich breche jetzt auch besser auf. James wird sich schon wundern, wo ich bleibe.«

An der Tür verabschieden wir uns und sie erklärt mir noch, wo die Hühnerparty nächsten Montag stattfindet. Ich lehne ihr Angebot, sich mit mir ein Taxi zu teilen, ab, weil meine Wohnung zu Fuß nur zehn Minuten entfernt ist. Außerdem tut mir ein bisschen frische Luft gut.

Ohne mich besonders zu beeilen, wandere ich durch die baumbestandenen Straßen. Mittlerweile komme ich ernsthaft zu spät, aber ein paar Minuten mehr oder weniger werden Lizzie nichts ausmachen.

Als ich an meiner Straße um die Ecke biege, erwartet mich eine mürrisch wirkende Lizzie auf der Treppe. Ich beschleunige meine Schritte und überlege mir, wie sie wohl am Wochenende mit Alastair klargekommen ist.

»Hallo!«, rufe ich.

Lizzie hat den Kopf in die Hand gestützt und mit der anderen fummelt sie an ihren Zehennägeln herum. Als sie meine Stimme hört, blickt sie auf.

»Wo bist du gewesen?«

»Im Pub!« Ich grinse sie an und sie lächelt gutmütig, steht auf und küsst mich auf die Wange.

»Wegen der Arbeit?«

»Nein, mit Fleur. Sie ist die Verlobte von James.«

»War es schön?«, fragt Lizzie, während ich die Schlüssel aus meiner Tasche hole und aufschließe.

»Ja, aber sie hat mich auf ihre Hühnerparty eingeladen.«

»Pech.«

»Find ich auch.« Wir gehen die Treppe hinauf. »Was ist los?«, frage ich. Sie ist nicht so lebhaft wie sonst, sie weicht meinem Blick aus und wirkt nicht so interessiert an Fleur, wie ich gedacht hatte. Sie zuckt mit den Schultern. »Alastair?«, frage ich, als ich meine Wohnungstür aufschließe, und sie nickt.

Erst als wir im Wohnzimmer sitzen, bohre ich weiter.

»Ist es denn am Samstag nicht gut gelaufen?«

»Nicht ganz nach Plan.«

»Was ist passiert?«

»Nun, eigentlich nichts. Das ist ja das Problem. Nachmittags kamen die Blumen und du hast angerufen, und ich habe erwartet, dass er entweder einen Eifersuchtsanfall bekommt und wissen will, wer dahinter steckt, oder aber, dass er auf die Knie sinkt und mir einen Antrag macht. Auf jeden Fall ein großes Finale. Aber nichts von alledem ist passiert. Er hat sich nur noch mehr in sich zurückgezogen. Ich hatte ihn darauf aufmerksam machen wollen, dass ich ihn wegen seiner Arbeit kaum noch sehe.« Mittlerweile stehen ihr die Tränen in den Augen, deshalb gehe ich in die Küche und hole eine Küchenrolle.

»Erzähl weiter«, bitte ich und reiche ihr die Papiertücher.

»Ich habe versucht, mit ihm zu reden, Holly, wirklich.

Ich habe ihn gefragt, was los sei, ob alles in Ordnung sei, ob er mit mir reden wolle, aber er reagierte gar nicht. Es war schrecklich.« Die Tränen tropfen ihr über die Wangen.

»Ich habe sogar behauptet, die Blumen seien von meiner Mutter, aber er glaubte mir nicht. Also sind wir zu Bett gegangen und ich habe gedacht, dass es am nächsten Morgen vielleicht besser ist. Doch er war grässlich distanziert und ist gegangen, ohne irgendwas zu sagen. Ich war so dumm.«

»Warum hast du mich nicht angerufen?«, frage ich und ergreife tröstend ihre Hand.

»Ich wusste ja, dass Ben da ist. Außerdem habe ich mich ein bisschen geschämt. Ich war so überzeugt davon, dass meine kleine Scharade ihn aufrüttelt.«

Ich lege den Arm um sie und lasse sie ein bisschen weinen. Dann reiche ihr ein Glas Wein. Zitternd trinkt sie ein paar Schlucke.

»Weißt du, was das Schlimmste ist, Hol?«

»Was?«

»Dieser verletzte Ausdruck in seinen Augen. Es war weder Wut noch Liebe, nur Schmerz. Damit hat er mir zumindest gezeigt, was er fühlt.« Ich nicke. »Und jetzt habe ich ihn verloren.«

»Das stimmt doch nicht! Das weißt du doch gar nicht. Wie lief's denn heute im Büro?«

»Er hat den ganzen Tag nicht mit mir gesprochen, und das hat mich vollständig davon überzeugt. Wir hatten nur wenige Sitzungen heute, und ich bin ein paar Mal an seinem Büro vorbeigeschlichen, um ihm Gelegenheit zu geben, mit mir zu reden, aber er hat nicht reagiert.«

Ich lasse Lizzie einfach erst mal ihr Herz ausschütten. Als sie sich etwas beruhigt hat, berichte ich ihr ausführlich von meinem Tag. Über manches lacht sie sogar ein wenig, anscheinend tröstet sie unsere Unterhaltung. Die Nacht verbringt sie auf meinem Sofa, da sie nicht in ihre leere Wohnung zurückkehren will. Als wir endlich zu Bett gehen, ist es schon nach zwei Uhr morgens und wir haben zwei Flaschen Wein geleert.

Taumelnd sinke ich in Morpheus' Arme. Kurz vor dem Einschlafen fällt mir noch ein, dass wir am Donnerstag zu Mr Makin gehen, und meine Träume sind voller Polizeiautos, Uhren und James Sabine.

– 19 –

Die nächsten Tage fahre ich ständig zwischen der Polizeiwache, der Redaktion und Lizzie hin und her. Die Situation zwischen Alastair und ihr hat sich rapide verschlechtert. Am Dienstagnachmittag ist sie in einem letzten Versuch, alles zu klären, in sein Büro gegangen, aber er wollte nicht zuhören. Er sagte ihr nur, es sei vorbei, und hat ihr praktisch die Tür vor der Nase zugeschlagen. Ich bot an, ihn anzurufen und ihm zu beichten, dass ich die Blumen geschickt und angerufen hätte, aber Lizzie hielt es für sinnlos, weil er mir doch nicht glauben würde. Ich versuchte sogar, meinen Visa-Beleg für die Blumen wiederzufinden, bis mir einfiel, dass ich sie ja bar bezahlt hatte. Letztendlich konnte ich nichts anderes tun, als für Lizzie da zu sein, dafür zu sorgen, dass sie genügend Taschentücher, Wein und Eiscreme hatte, und ihr auf meinem Sofa ein Dauerlager aufzuschlagen. Alle anderen Termine habe ich abgesagt, was bedeutet, dass ich Ben seit Sonntag nicht mehr gesehen habe. Aber das ist schon in Ordnung, wozu sind Freundinnen schließlich da?

Die Entstehung des Tagebuchs war so hektisch wie üblich. James und ich sind noch einmal alle Aussagen zu den Einbrüchen durchgegangen, haben uns mit den Ergebnissen der Spurensicherung befasst und ein paar der Fälle besprochen, mit denen James zu tun hatte, bevor ich mich aufdrängte. James vierteilte mich schier, weil in der letzten Zeit viele Leute fragen, ob sie in die Zeitung kommen können. Normalerweise wäre ich bei den Vernehmungen gar nicht dabei, aber ich glaube, er hat sich an meine Gesellschaft gewöhnt, nimmt mich dabei also kaum wahr.

Ich schaue kurz in der Redaktion vorbei, um Amy bei der Pressestelle zu fragen, wie die letzten Verkaufszahlen waren.

»Glänzend!«, ruft sie aus.

»Wirklich?«

»Ja. Ich glaube, das liegt an den Fotos. Dadurch lernen wir auch alle Detective Sabine ein bisschen besser kennen.« Sie zwinkert mir zu und stößt mich in die Rippen.

»Amy! Er heiratet in zwei Wochen«, erwidere ich.

»Ich weiß«, seufzt sie. »Das finden wir ja auch alle ein bisschen enttäuschend.«

»Also, wie gut waren die Zahlen denn?«, hake ich nach, um das Thema zu wechseln.

»Na, besser als vor einem Monat. Ein paar Leuten gefällt der Rock, den du am Dienstag anhattest, nicht.« Sie zeigt auf eine Pinnwand mit Leserbriefen.

Ich runzele die Stirn. »Welcher war das?«

»Der beigefarbene mit den großen Mohnblüten.«

»Mir gefällt er aber besonders gut!«, knurre ich.

»Und eine Frau hat gemeint, du solltest dir mal die Haare schneiden lassen. Sie glaubt, der Detective mag dich vielleicht lieber mit einer anderen Frisur.«

»Was ist denn an meinen Haaren nicht in Ordnung? Außerdem will ich sowieso nicht, dass mich der Detective ›lieber mag‹!«, zische ich.

»Und …«

»Was ist denn mit ihm? Was haben sie über ihn gesagt?«

»Ein paar haben nach seiner Telefonnummer gefragt. Viele wollten wissen, ob er verheiratet ist, aber Joe will ja nicht, dass wir etwas über seine bevorstehende Hochzeit sagen.«

»Ich verstehe langsam auch, warum«, erwidere ich düster.

»Und ein paar haben gefragt, ob es ein Happy End gibt.«

»Aber natürlich«, gifte ich, »wenn er und ich uns für ewig voneinander verabschieden.«

James' Fanpost wächst. Pro Tag erhält er im Schnitt zwei oder drei Briefe, die Dave ihm jeden Morgen mit verschwörerischem Lächeln über den Tresen reicht. James wurschtelt sie zu den anderen Briefen in seiner Schreibtischschublade. Aber er muss sich damit abfinden, dass mindestens einmal am Tag einer aus der Abteilung so tut, als fiele er bei seinem Anblick in selige Ohnmacht. Callum behauptet, er habe einen Fanclub für ihn gegründet, und läuft mit Ansteckern herum, auf denen steht: »Mein Herz gehört James Sabine« und »Dick Tracey als Präsident«. Vince hat die Anstecker in die Finger bekommen und erscheint jetzt jeden Morgen mit einem an seiner Mütze und einem an der linken oder rechten Brust, je nachdem, wie er sich fühlt. James hat auf diese Albernheiten zuerst sauer, dann stocksauer und schließlich resigniert reagiert. Er bittet die Leute ständig, die Anstecker abzunehmen, was sie auch alle brav tun, aber kaum dreht er ihnen den Rücken zu, stecken sie sie wieder an. »Was steht denn so in Ihrer Fanpost, Detective?«, fragt Vince wissbegierig.

»Ich habe keinen einzigen Brief gelesen.«

Vince verzieht schmollend den Mund. »Dabei habe ich stundenlang für den Brief gebraucht.«

»Vince, bitte, erzählen Sie mir nicht, dass Sie zu diesen Briefverfassern gehören!«

Vince zwinkert mir zu, grinst und stolziert winkend davon.

Am Donnerstagmorgen dusche ich und ziehe mich rasch an, und nachdem ich Lizzie mit einer Tasse Tee geweckt habe, mache ich mich auf zur Wache. Heute findet das Gespräch mit dem mysteriösen Mr Makin statt und ich bin gespannt wie ein Flitzebogen, was dabei herauskommt. Kurz nach acht betrete ich die Polizeistation.

Dave, der mürrische Sergeant, hat sich in Dave, der nicht mehr ganz so mürrische Sergeant, verwandelt, und obwohl wir uns noch nicht miteinander unterhalten, lächeln wir uns zumindest artig zu. Er lässt mich hinein und ich laufe die zwei Stockwerke zum Büro hinauf.

Auf dem Weg zu meinem mir mittlerweile so vertraut gewordenen Arbeitsplatz begrüße ich die anderen Beamten. James sitzt bereits an seinem Schreibtisch und telefoniert. Wir lächeln einander zu. Rasch werfe ich Laptop und Tasche auf meinen Schreibtisch und hole uns zwei Becher Kaffee aus dem Automaten. Als ich zurückkomme, hat er aufgelegt und macht sich Notizen.

»So!«, sage ich, lehne mich auf meinem Stuhl zurück und trinke einen Schluck Kaffee. »Mr Makin!«

»Ja!«, erwidert James. »Mr Makin!« Ein paar Sekunden schweigen wir grüblerisch.

»Glauben Sie wirklich, dass er das Bindeglied zwischen den vier Einbrüchen ist?«

»Je mehr ich darüber nachdenke, desto wahrscheinlicher kommt es mir vor. Möglich wäre auch, dass er an irgendjemanden die Informationen weitergibt, der dann tatsächlich einbricht.« Stirnrunzelnd blickt er vor sich hin. »Kommen Sie, wir brechen jetzt besser auf. Wir sind um neun mit ihm verabredet.«

Rasch trinken wir unseren Kaffee aus und machen uns auf den Weg.

Kurz vor neun halten wir vor dem Versicherungsgebäude. James rollt rückwärts in eine Parklücke rein, und als er dazu den Arm über meinen Sitz legt, um besser nach hinten sehen zu können, steigt mir der Duft seines Aftershaves in die Nase. Es riecht angenehm und auch der Arm ist überhaupt nicht unangenehm, aber noch bevor ich Zeit habe, dieser Erkenntnis mehr Aufmerksamkeit zu schenken, holt seine Stimme mich in die Gegenwart zurück.

»Na los, Colshannon! Hören Sie auf, das Armaturenbrett anzuglotzen. Ich verspreche Ihnen, es ist noch da, wenn wir zurückkommen.« Ungeduldig steigt er aus und ich folge ihm eilig.

Elephant Insurance Co. liegt im zweiten Stock eines gepflegten Gebäudes mit Blumenbeeten und schwarzen, schmiedeeisernen Geländern. Eine leicht übergewichtige, mittelalte Sekretärin tippt gerade etwas auf einer vorsintflutlichen elektrischen Schreibmaschine, als wir eintreten. James stellt sich vor, ohne allerdings zu erwähnen, dass er von der Polizei ist, und sagt ihr, wir hätten einen Termin mit Mr Makin. Sie bittet uns, einen Moment zu warten, und verschwindet. Wir pflanzen uns auf die Stühle, die an der Wand stehen.

»Sagen Sie keinen Ton.«

»Ich sage nie etwas«, flüstere ich empört.

»Das ist wohl leicht übertrieben«, murmelt er.

Schweigend sitzen wir da. Ich mustere die verblichenen Blumentapeten, den alten Schreibtisch, an dem die Sekretärin gesessen hat, die noch ältere Schreibmaschine, die längst im Ruhestand sein müsste. Alles wirkt auf elegante Weise schäbig, und ich habe das Gefühl, Elephant Insurances Co. hat schon bessere Tage gesehen.

Ich beobachte James, der den Kopf an die Wand gelehnt hat und sich ebenfalls umsieht. Heute trägt er, wahrscheinlich wegen des Termins, ein blaues Hemd mit Krawatte und beigefarbene Chinos. Sein jungenhaftes Aussehen ist in diesem Raum irgendwie fehl am Platz.

Er grinst mich an. »Was ist los?«

Rasch schaue ich wieder zu Boden. »Nichts. Ich bin wahrscheinlich nur ein bisschen nervös.«

Im Geiste schüttele ich mich. Du liebe Güte, einen Moment lang habe ich ihn geradezu begehrt. Hör auf, eine Idiotin aus dir zu machen, schelte ich mich. In zwei Wochen heiratet er Fleur, Robin macht sich bereits lächerlich und jetzt fängst du auch noch an.

Die Sekretärin kehrt zurück und verkündet, Mr Makin erwarte uns. Auf dem Weg in sein Büro fragt James sie, ob Mr Makin der Eigentümer der Gesellschaft sei, was sie bejaht. Mr Makins Büro steht in völligem Kontrast zu den anderen Räumen. Ein Kristalllüster hängt von der Stuckdecke und an den Fenstern hängen dicke, geraffte Vorhänge. Hinter einem eleganten antiken Schreibtisch, auf dem ein Laptop steht, erhebt sich ein Herr, der wohl Mr Makin sein dürfte, und kommt mit ausgestreckter Hand auf uns zu. Er lächelt jovial.

»Guten Morgen! Wie geht es Ihnen?« Ich schätze ihn auf Ende fünfzig. Sein graues Haar lichtet sich bereits, unter den Augen hängen schwere Tränensäcke und er hat eine rötliche Gesichtsfarbe, die meiner Meinung nach das Zeichen für Unmengen von Alkohol ist. In der Luft hängt ein schwacher Duft nach Zigarrenrauch. Er trägt einen dunklen, dreiteiligen Nadelstreifenanzug mit einem kecken roten Tüchlein in der Brusttasche.

James schüttelt ihm die Hand, dann zückt er seinen Ausweis. »Ich bin Detective Sergeant James Sabine und das ist

Holly Colshannon.« Er wartet auf eine Reaktion – nicht vergeblich. Mr Makin reißt entsetzt den Mund auf.

»Es geht doch nicht um meine Frau, oder?« Ich glaube nicht, dass James diese Reaktion erwartet hat. Ich ganz bestimmt nicht. Ich hätte wahrscheinlich Mr Makin ohne viel Federlesen auf der Stelle verhaftet.

»Nein, Mr Makin«, erwidert James rasch. »Wir sind geschäftlich hier. Wir haben einen Termin.«

Mr Makin atmet erleichtert auf, zieht ein Taschentuch aus der Tasche und wischt sich über die Stirn.

»Gott sei Dank. Ich dachte schon, Sie wollten mir mitteilen, meine Frau habe einen Unfall gehabt oder so etwas Ähnliches.«

»Es tut mir Leid, wenn wir Sie erschreckt haben«, entschuldigt sich James.

Mr Makin geht zur Tür und öffnet sie. Seine Sekretärin fällt fast herein. Er ignoriert, dass sie offensichtlich gelauscht hat, und sagt ruhig: »Ah, Miss Rennie. Könnten Sie uns bitte einen Kaffee bringen?« Sie nickt und verschwindet rasch. Er setzt sich wieder an seinen Schreibtisch und betrachtet uns erwartungsvoll.

»Ich habe leider nur eine halbe Stunde Zeit, da ich dann einen wichtigen Termin habe. Wie kann ich Ihnen also behilflich sein?«

»Verflucht! Verflucht und zugenäht!«, schimpft James, als wir wieder zum Auto gehen.

»Er wirkte nicht besonders schuldbewusst.«

»Nein.«

James setzt sich hinters Steuer und starrt blind vor sich hin.

Ich traue mich nicht, ihn zu stören, weil er ja vielleicht gerade den Fall löst. Sie wissen schon, wie wenn Miss

Marple übers Stricken redet, und dann plötzlich – et voilà! – weiß sie, wer der Mörder ist!

Schließlich halte ich es aber doch nicht mehr aus und ich räuspere mich.

»Äh, James?«

»Hmm?«

»Äh, irgendwas nicht in Ordnung?«

»Ja«, murmelt er.

»Was denn?«

Er wendet sich mir zu. »Oberflächlich gesehen ist alles in Ordnung. Aber … haben Sie die vielen Uhren bemerkt?«

»Die Uhren?«

»Ja.«

Er mustert mich aufmerksam.

»Na ja, da waren welche …«

»In seinem Büro alleine hatte er fünf Stück!«

»Ach ja? Na ja, vielleicht kommt er immer zu spät.«

James schlägt die Augen gen Himmel. »Entschuldigung«, sage ich.

»Und? Was wollen Sie jetzt tun?«, frage ich nach einer Weile. Das andauernde Schweigen macht mich ein bisschen nervös.

»Ich möchte sehen, wo er hingeht.«

»Gut. Und was bedeutet das?«

»Dass wir hier warten und ihn beobachten müssen.«

»Das wusste ich.«

James lässt den Motor an und fährt los, für den Fall, dass uns die Sekretärin aus dem Fenster hinterherschaut. Wir kurven einmal um den Block und parken etwas weiter oben an der Straße, wo man uns vom Bürogebäude aus nicht sehen kann, wir aber jeden im Auge haben, der aus der Tür kommt.

»Woher wollen Sie wissen, dass es keine Hintertür gibt?«

»Weil ich die Türen in jedem Zimmer gezählt habe«, erklärt er mir geduldig mit dem Anflug eines Lächelns. »Das habe ich auf der Polizeischule gelernt.«

»Wir observieren ihn also?«, geht mir nun endlich ein Licht auf.

»Wenn Sie es gern so nennen möchten. Allerdings klingt der Begriff ›observieren‹ ein wenig glamourös und so besonders glamourös ist es nicht, zehn Minuten in einem Vauxhall zu sitzen.«

»Aber es könnte Stunden dauern!«

Anderthalb Stunden später habe ich in der Redaktion, bei Lizzie und Vince angerufen und fange an, meinen Tagebucheintrag für den heutigen Tag zu schreiben. James hat ebenfalls sein Büro angerufen, dann bei Fleur und noch mal im Büro.

Als unsere Handys eine Ruhepause einlegen, fällt mir ein: »Möchten Sie einen Kaffee? Ich kann versuchen, hier irgendwo einen zu bekommen.«

»Das wäre toll.«

»Möchten Sie auch etwas essen?«

»Ich bin am Verhungern, weil ich heute früh nicht gefrühstückt habe.«

»Was möchten Sie denn?«

»Überraschen Sie mich.« Er zieht seine Brieftasche hervor und reicht mir eine Zehn-Pfund-Note. »Beeilen Sie sich, weil ich losfahren muss, wenn Makin herauskommt, und gehen Sie nicht an seinem Büro vorbei.«

»Ich war zwar nicht auf der Polizeischule, aber ich bin nicht bescheuert«, sage ich naserümpfend. Dreihundert Meter weiter finde ich einen kleinen Eckladen. Ich kaufe alle möglichen Leckereien ein und trabe wieder zum Auto zurück.

»Kaffee gab's nicht.« Ich lege meine Einkäufe in den Fußraum.

»Aber ich habe … Bananenshake!« Triumphierend ziehe ich den Becher aus der Einkaufstüte.

»Danke.« Er nimmt ihn entgegen und schüttelt ihn heftig, wie jemand, der völlig vertraut ist mit Bananenshakes. Dabei wendet er den Blick nicht von Mr Makins Haustür. »Haben Sie auch Chips?«

Ich reiße eine Packung mit Paprikachips und eine weitere mit Käsebällchen auf.

Dann mache ich es mir auf dem Sitz gemütlich und wir knuspern genüsslich.

»Fleur hat mir erzählt, dass Ihre Eltern zur Hochzeit kommen.«

»Ja, tut mir Leid. Anscheinend sind sie überall bekannt.«

»Ich freue mich darauf …« James beendet seinen Satz nicht mehr, weil auf einmal eine Gestalt an der Beifahrerseite auftaucht, die irgendein schwarzes Gerät schwenkt. Ich kriege fast einen Herzinfarkt vor Schreck und drücke instinktiv meine Handtasche fest an mich. James springt aus dem Auto, rennt zu meiner Seite hinüber und schubst die Person hinten ins Auto. Der Mann kichert. Er trägt eine besonders schicke Lederhose und ein rosafarbenes T-Shirt.

Vince beugt sich vor. »Was liegt an?«, flüstert er.

»Vince«, erwidere ich gereizt und haue ihm meine Handtasche um die Ohren, »du Gelbe Rübe. Du hast mich zu Tode erschreckt. Wir beschatten jemanden.«

»Wie aufregend. Darf ich dabei sein?«

James klemmt sich wieder hinter das Steuer. »Was zum

Teufel machen Sie hier, Vince? Wir versuchen, uns so unauffällig wie möglich zu benehmen.«

»Das kann ich auch«, erwidert Vince beleidigt.

»Nein, das können Sie nicht. Sie können sich nur äußerst auffällig benehmen.«

»Ooh, Sie gemeiner Kerl.«

»Woher wussten Sie überhaupt, wo wir sind?«

»Holly hat doch vor einer halben Stunde angerufen und es zufällig erwähnt.«

»Ich habe dich aber nicht hierher bestellt. Wo hast du übrigens deine Lederhose her?«, frage ich interessiert.

»Gefällt sie dir? Da gibt es einen kleinen Laden auf der Bath Road und …«

»Holly! Vince!«, unterbricht uns James. »Fällt euch nichts Sinnvolleres ein?«

»Er ist wirklich ein gemeiner Kerl«, bestätige ich Vince.

»Sag ich doch. Kann ich ein paar Chips haben?«

Nachdem James Vince mit Gewalt aus dem Auto befördert und ihm verboten hat, dazubleiben, widmen wir uns wieder zu zweit unserer Observierung.

»Flapjack?«, biete ich an.

»Danke.«

Während ich mich mit der Verpackung abmühe, bemerke ich: »Flapjacks erinnern mich an meine Kindheit. Meine Mutter hat sie uns oft nach der Schule serviert. Sie kann zwar nicht kochen, aber danach mussten wir uns immer eine halbe Stunde lang die Zähne putzen.«

»Haben Sie Geschwister?«

»Ja, drei Brüder und eine Schwester.«

»Wow! Dann hat sie es Ihnen wahrscheinlich verabreicht, damit Sie alle den Mund halten.«

»Möglich. Bei den Mahlzeiten ging es recht lebhaft zu.«

James beißt von seinem Flapjack ab, ohne den Blick von dem Bürogebäude zu wenden. »Erzählen Sie mir davon.«

Also erzähle ich ihm ein bisschen von meiner Kindheit, davon, wie wir ständig wegen der Karriere meiner Mutter umgezogen sind. Auch wenn sie auf Tournee war, wollte sie uns stets bei sich haben. Ich erzähle ihm davon, wie viel Spaß es gemacht hat, zwei Monate im Jahr von Stadt zu Stadt zu ziehen und die anderen Schauspieler als Ersatztanten und -onkel zu haben, aber auch, wie es war, ständig die Schule zu wechseln und sich pausenlos neue Freunde suchen zu müssen. Ich erzähle ihm, wie meine Mutter sich schließlich ein wenig von der Schauspielerei zurückzog und wir uns in Cornwall niederließen, wo ich endlich ein paar Jahre hintereinander in dieselbe Schule gehen konnte. Dann befrage ich ihn nach seiner Kindheit auf der Farm.

Das Leben, das er mir schildert, ist mir völlig fremd, hauptsächlich deswegen, weil es an ein und demselben Ort stattfand. Wir lachen über seine unerwiderte Liebe zur Kellnerin im Dorfpub und er erzählt mir sogar ein bisschen von Rob, seinem Bruder, der letztes Jahr umgekommen ist.

»Sie sehen wahrscheinlich viele schlimme Dinge, oder?«, frage ich beiläufig.

»Ja, sicher.«

»Und warum wollten Sie dann unbedingt zur Polizei?«, frage ich neugierig.

Er mustert mich misstrauisch, aber dann entspannt er sich und sagt: »Ich wollte schon immer zur Polizei.«

»Warum?«

»Als ich ein Kind war, ist etwas passiert.«

»Verraten Sie es mir?«

Er zögert nur eine Sekunde. »Nun, ich bin in Gloucestershire aufgewachsen. Meine Familie hatte eine Farm dort. Wir wohnten in einem Ort, in dem nie etwas passierte. Mein Bruder Rob und ich beklagten jeden Tag die Tatsache, dass es so langweilig war. Wir hatten zwar eine ganze Menge zu tun, weil es auf einer Farm ständig Arbeit gibt, aber das war ja nichts Aufregendes. Doch dann, eines Tages, verschwand ein kleines Mädchen aus dem Ort, einfach so. Alle Leute aus dem Dorf beteiligten sich mit der Polizei an der Suchaktion. Wir suchten Tag und Nacht etwa zwölf Tage lang. Schließlich wurde die Suche von der Polizei abgebrochen. Die Dorfbewohner suchten noch ungefähr fünf Tage weiter, aber nach und nach hörten auch sie damit auf. Aber das Verschwinden des kleinen Mädchens hatte den Ort für immer verändert. Es wurde nie wieder so, wie es gewesen war. Die Eltern des kleinen Mädchens zogen weg, weil sie die Belästigungen nicht mehr aushielten. Ich fühlte mich so schrecklich hilflos, weil ich nichts tun konnte. Deshalb bin ich zur Polizei gegangen.« Verlegen zuckt er mit den Schultern.

»Sie haben gesagt, die Eltern des kleinen Mädchens wurden belästigt?«

»Ja. Von der Presse.« Er wirft mir einen Blick zu. »Sie campierten vor der Haustür, um nur ja nichts von ihrem Schmerz zu verpassen. Es war schrecklich.«

»Ach, deshalb können Sie Journalisten nicht leiden?«

»Genau.«

»Wurde das kleine Mädchen jemals gefunden?«

»Ja, einen Monat später hat man ihre Leiche gefunden. Missbraucht und erwürgt.«

Eine Zeit lang sitzen wir schweigend da. Jetzt kann ich endlich verstehen, warum er so gegen das Tagebuch und gegen mich war. Daraus kann ich ihm wirklich keinen Vorwurf machen.

»Haben Sie Ihren Entschluss, zur Polizei zu gehen, jemals bereut?«

»Niemals. Ich liebe meinen Beruf.« Die Wärme, mit der er das sagt, überrascht mich. »Mir gefällt, dass ich jeden Tag Leute kennen lerne, und wir können zwar nicht jeden Fall lösen, aber wenn wir es tun, ist es äußerst befriedigend.«

»Sie sagten, Ihre Familie hätte eine Farm gehabt. Was machen Ihre Eltern jetzt?«

»Sie haben sie letztes Jahr verkauft und sich zur Ruhe gesetzt.«

Ich würde ihm gern noch jede Menge Fragen stellen. Nicht für das Tagebuch, sondern für mich. Ich würde einfach gerne vieles von ihm wissen. Aber ich will ihn nicht zu sehr bedrängen. Also schweigen wir und blicken gedankenverloren vor uns hin. Mein Kopf ist voller Bilder von seiner Kindheit und ich wünschte, ich könnte Fotos von ihm als Junge sehen.

Mir kommt ein Gedanke, und ich finde, da wir uns jetzt so vertraut sind, kann ich ihn auch danach fragen. »Erinnern Sie sich noch an die Artikel im *Journal?*«

»Ja?«

»Hatte das was mit Ihnen zu tun?«

James blickt mich stirnrunzelnd an. »Nein, warum glauben Sie das?«

»Ich bin in der EDV-Abteilung gewesen.«

»Ich weiß. Das haben Sie mir ja eröffnet«, erwidert er geduldig.

»Sie haben behauptet, es hätte sie niemand informiert.«

»Doch, ich, und zwar, wie heißt er noch gleich, äh, Paul. Ja, Paul wusste Bescheid. Mit wem haben Sie geredet?«

»Mit einer Frau.«

»Da haben wir es doch schon. Die blöde EDV-Abteilung ist nie bei der Sache.«

»Aber kurz darauf haben die Artikel aufgehört.«

»Ja, das lag an mir. Ich habe herausgefunden, wer es war.«

»Sie haben es herausgefunden?«

Er seufzt. »Ja.«

»Und wer war es?«, frage ich ungeduldig.

»Kennen Sie Bill?«

»Bill? Den netten Bill? Der süße, sanfte Bill?«, stottere ich ungläubig.

»Ich habe ihn eines Abends an meinem Terminal erwischt, als ich noch mal ins Büro kam, um etwas zu holen. Er hat behauptet, er sehe nur etwas nach. Also habe ich einen Fall, mit dem wir gerade begonnen hatten, die Drogengeschichte, vom Hauptcomputer auf eine Diskette überspielt. Und als das *Journal* am nächsten Tag die Geschichte brachte, war mir klar, dass jemand sie von meinem Computer haben musste, weil sie auf dem Hauptcomputer gar nicht mehr drauf war. Ich stellte Bill zur Rede und er gestand alles.«

»Warum haben Sie es mir nicht gesagt?«

»Ich wollte Bill keinen Ärger machen. Er hat im Moment eine Menge finanzieller Probleme. Und so schrecklich war es ja nun auch nicht, was er getan hat. Es war nur unethisch.«

»Für mich war es ziemlich schrecklich.«

»Das stimmt. Ich meine, mich erinnern zu können, dass Ihr Chefredakteur Sie aufgefordert hat, sich besser mit mir zu vertragen. Und Sie haben zu ihm gesagt, das sei so, als müssten Sie sich mit Hannibal Lecter arrangieren.«

Ich erblühe in zartem Rosa und fummele an meinem Rocksaum herum.

»Na ja, so einfach ist es auch nicht, mit Ihnen auszukommen.«

»Ja, ich weiß.« Er schweigt eine Weile, dann sagt er: »... aber Hannibal Lecter?«

Grinsend wechsele ich das Thema. »Ja, ich erinnere mich jetzt auch, dass Sie sich mit Bill gestritten haben.«

»Ja.«

»Und ich dachte damals, Sie hätten nur schlechte Laune.«

»Na ja, genug von dem Thema.«

Stumm beobachten wir die Eingangstür zu Mr Makins Versicherung. Ohne den Kopf abzuwenden, sagt James: »Hat Robin Ihnen erzählt, was los ist?«

Ich rutsche unbehaglich hin und her. »Was? Mit Ihnen beiden?«, frage ich verlegen.

»Ja.«

»In gewisser Weise.«

»Es ist vorbei. Deswegen ist sie auch so niedergeschlagen.«

»Es ist also nichts zwischen Ihnen?«

»Nein.« Er schweigt, dann fügt er hinzu: »Es war nicht wirklich ...« Abrupt bricht er ab und beugt sich vor. Ich folge seinem Blick und sehe Mr Makin, der mit einer Aktentasche in ein Auto steigt.

James lässt den Motor an und wir schnallen uns an. Ich blicke auf meine Uhr. Wir warten bereits seit dreieinhalb Stunden.

Gespannt fahren wir hinter Mr Makin her. Wir gelangen in eine Wohngegend und es wird zunehmend schwieriger, ihn unauffällig zu verfolgen, da der Verkehr deutlich nachlässt. Nach ungefähr fünfzehn Minuten erreichen wir einen der Vororte von Bristol.

»Er fährt nicht nach Hause«, murmelt James, als Mr Makin rechts abbiegt.

»Woher wissen Sie, wo er wohnt?«, frage ich verblüfft.
»Ich habe gestern im Computer nachgesehen.«
Mr Makin biegt links ab, dann noch einmal. Wir bleiben ihm auf den Fersen. Schließlich hält er vor einem Haus und wir fahren ungefähr fünf Autos von ihm entfernt an den Straßenrand. Wir beobachten, wie er aus dem Wagen steigt und auf das Haus zugeht.
»Welche Nummer ist das?«, flüstere ich.
»Warum flüstern Sie denn?«
James zählt die Hausnummern ab. »Es ist Nummer sechzehn.« Dann schaut er sich nach dem Straßennamen um. »Maple Tree Drive«, sagt er und notiert sich den Namen.
»James!« Ich schubse ihn an und zeige auf den Bürgersteig.
Eine große rote Katze tapst dort entlang und verschwindet durch eine Katzenklappe im Haus.
»Das Katzenhaar«, hauche ich.
Wir wenden und fahren zurück zur Polizeiwache. Nachdem wir weitere Fanpost von Dave entgegengenommen haben, gehen wir ins Büro. James setzt sich an seinen Schreibtisch, überfliegt kurz seine Nachrichten und gibt darin die Adresse, zu der Mr Makin gefahren ist, in den Computer ein. Wir warten ein paar Minuten, aber es kommt nichts heraus.
James verschränkt die Hände hinter dem Kopf und starrt in die Luft.
»Wir hätten warten sollen, bis die Katze wieder auf die Straße gekommen wäre. Dann hätten wir ihr ein Haar ausrupfen können und das Labor hätte überprüfen können, ob es mit dem Haar am Tatort übereinstimmt«, maule ich.
»Abgesehen davon, dass die Idee lächerlich ist, würde

es Wochen dauern, bis wir ein Resultat aus dem Labor hätten.«

»Könnten Sie dann nicht einfach dorthin fahren, klingeln und sich irgendwie Eintritt verschaffen?«

»Ohne Durchsuchungsbefehl brauchen sie mich nicht hereinzulassen, und bis ich einen hätte, könnten sie das Diebesgut verstecken.«

»Tja – und wenn es nur seine Schwester ist? Wahrscheinlich haben viele Leute eine rote Katze. Sind Sie überhaupt sicher, dass Mr Makin etwas damit zu tun hat? Ich meine, dann könnten Sie auch meine Tante Annie verhaften. Die besitzt Uhren und eine rote Katze.«

»Es ist ja nur so eine Ahnung.«

»Ach, so ein Gespür?«, frage ich sarkastisch. Ich hatte nach dem Gespräch eigentlich eher das Gefühl, Mr Makin ist unschuldig. Journalisten haben auch Ahnungen.

»Es geht nicht nur um die Uhren und um rote Katzen. Es passt einfach alles zusammen.« Er runzelt die Stirn. »Ich schicke einen Beamten hin und lasse das Haus überwachen, bis wir einen Durchsuchungsbefehl haben. Dazu brauche ich die Einwilligung des Chiefs.« Mit diesen Worten entschwindet er zum Büro des Chefinspektors.

Eigentlich müsste ich weiter an meinem Tagebuch schreiben, stattdessen starre ich Löcher in die Luft. Nach einer Weile gehe ich zu Callum hinüber, um ein bisschen mit ihm zu plaudern.

»So …«, sage ich, setze mich auf die Kante seines Schreibtischs und nehme sein Paperweight in die Hand. »Du und Robin, ihr kommt also nicht gut miteinander aus?« Das mag zwar nicht das unverfänglichste Thema sein, aber das Dreieck Robin, James und Fleur macht mir in der letzten Zeit ziemlich zu schaffen. Und so häufig habe ich nicht die Gelegenheit, alleine mit Callum zu reden.

»Nein. Hat James dir alles erzählt?«

Ich nicke und drehe das Paperweight hin und her. »Bist du auch auf James sauer?«

»Natürlich! Er will Robin unbedingt zur Hochzeit einladen. Kannst du dir vorstellen, wie peinlich das wird? Ich habe ihm gesagt, das käme nicht in Frage, aber er hört mir gar nicht zu. Anscheinend denkt er, Robin müsse beschützt werden.« Seufzend lehnt er sich auf seinem Stuhl zurück und strubbelt sich mit den Fingern durch die Haare. »Du hast ja mit all dem bald nichts mehr zu tun, die Tagebuchzeit neigt sich ihrem Ende zu. Und was machst du danach, Hol?«

Ich zucke mit den Schultern. »Wahrscheinlich wieder Features. Hoffentlich bekomme ich danach wenigstens ein paar interessantere Geschichten.«

»Bestimmt. Es war doch ein großer Erfolg.«

Aus den Augenwinkeln sehe ich, dass James zurückkommt. Hastig sage ich »Bis später« zu Callum und laufe wieder an meinen Schreibtisch. »Und?«

»Der Chief hat widerstrebend zugestimmt, dass wir das Haus ein paar Tage beobachten lassen.«

Ich schreibe meinen Tagebucheintrag, dieses Mal relativ nachdenklich (für mich jedenfalls).

»Heute habe ich Detective Jack Swithers ein bisschen besser kennen gelernt. Wir redeten kurz über seine Kindheit und wo er aufgewachsen ist. Er erzählte mir die Geschichte eines kleinen Mädchens …«

Den nächsten Tag verbringen wir im Gericht, weil Kenneth Tanner, der Drogendieb aus dem Krankenhaus, seine Verhandlung hat. James und ich haben in der Kantine zahllose Tassen Kaffee getrunken, das Kreuzworträtsel in der Zeitung gelöst und uns gegenseitig unsere Horoskope vorgelesen (er ist Skorpion und ich bin Jungfrau). Letztendlich war es komplette Zeitverschwendung, weil James noch nicht einmal in den Zeugenstand gerufen wurde. Vince hat ein paar Fotos von uns vor dem Gericht gemacht.

Am Freitagmorgen kommt James ins Büro und sagt: »Zugriff im Morgengrauen am Dienstag. Bis dahin habe ich fünf weitere Beamte, um alles zu arrangieren.«

Ich reiße die Augen auf. Das ist heftig für eine einzige Journalistin. Eine Observierung und jetzt ein Zugriff im Morgengrauen! »Fantastisch!«, rufe ich aus und klatsche begeistert in die Hände. »Dann war die Überwachung also erfolgreich?«

»Offenbar ist in der Nacht eine ganze Menge passiert. Einer von den Beamten hat mit ein paar Leuten geredet und nachts scheint da ziemlich viel los zu sein.«

»Und wann brechen wir am Dienstag auf?«

»Sie kommen nicht mit.«

Mein Lächeln erlischt. »Was soll das heißen?«

»Das heißt, dass Sie nicht mitkommen.«

»Warum nicht? Ist es denn gefährlich?«

»Nicht gefährlich, nur unvorhersehbar. Mit Ihrem unvergleichlichen Talent, zum falschen Zeitpunkt am falschen Ort zu sein, könnten Sie sich verletzen.« Er wendet sich den Papieren auf seinem Schreibtisch zu.

»Das können Sie mir nicht antun. Es geht um meine Karriere.«

»Ich rede nicht von Ihrer Karriere, ich rede von Ihrer Gesundheit.«

»Und wenn ich im Auto bleibe und erst aussteige, wenn es ungefährlich ist?«

Er zögert. »Und Sie würden sich ganz bestimmt nicht rühren, bis ich Sie holen komme?«

»Ich verspreche es.«

Er seufzt resigniert. »Okay.«

»Vince auch?«

»Treiben Sie es nicht zu weit, Holly«, droht er und wendet sich wieder seinen Unterlagen zu.

Am Ende eines aufregenden Nachmittags sammle ich meine Sachen ein und fahre in die Redaktion. Die Lösung des Falles (wenn es denn die Lösung ist) wird die Auflagenzahlen dramatisch in die Höhe schnellen lassen. Manchmal geht es im Journalismus wirklich nur darum, zum richtigen Zeitpunkt am richtigen Ort zu sein. Während ich meine Laptopkabel aufwickele, frage ich mich, ob ich danach wohl einen neuen Posten bekomme oder ob Joe mich wieder zu Haustierbeerdigungen schickt.

Aufgedreht komme ich nach Hause. »Lizzie, bist du da?«, schreie ich schon in der Diele. Vom Sofa her ertönt ein lethargisches Rascheln. Ich gehe ins Wohnzimmer, wo sie auf der Couch liegt. Mitleidig frage ich: »Wie geht es dir? Wie war es heute im Büro? Gibt es irgendwelche Fortschritte oder ignoriert Alastair dich immer noch?«

»Ich habe mich so sexy angezogen«, erwidert sie betrübt. »Aber nichts. Kein Blick. Kein Wort.«

»Oh.«

Um sie abzulenken, erzähle ich ihr von den aufregenden Entwicklungen bei unserem Fall.

»Wenn ich mir vorstelle, dass wir nächste Woche dem Fuchs ein Gesicht und einen Namen geben können!«, jubele ich.

»Wie früh ist denn ›Zugriff im Morgengrauen‹?«

»Ich glaube, so gegen sechs Uhr.«

»Musst du am Abend vorher nicht auf die Hühnerparty?«

Mir fallen die Mundwinkel runter. Das hatte ich total vergessen.

»Ja, das muss ich wohl. Ich habe es Fleur versprochen.«

»Warum glotzt du mich so merkwürdig an?«

»Ich denke, es ist langsam an der Zeit, dass du mal wieder ausgehst«, sage ich.

»Du bist wahnsinnig. Ich schneide mir um Mitternacht die Pulsadern auf.«

»Och, komm! Es wird bestimmt lustig.«

»Lustig? LUSTIG? Ich bleibe lieber zu Hause, vielen Dank.«

»Fleur macht es bestimmt nichts aus. Ich kann sie ja vorher anrufen.«

»NEIN, unwiderruflich und unerbittlich, NEIN!«

– 20 –

Lizzie und ich betreten Henry Africa's Hothouse ungefähr zehn Minuten zu spät. Fleur sitzt an der Bar, umgeben von einer merkwürdigen Schar von Freundinnen. Die Mädchen, mit denen sie bei der Trauerhilfe zusammenarbeitet, sind leicht zu erkennen. Sie sitzen links von ihr, ein paar mit Brillen, andere mit so unattraktiven Frisuren, dass jetzt die Schere klappern würde, wenn ich Sassoon heißen würde. Eine trägt sogar einen Kilt (nein, nicht von Versace, und nein, er endet auch nicht zwanzig Zentimeter über dem Knie).

Die andere Gruppe ist erfreulicher anzusehen, jagt einem aber auch mehr Angst ein. Diese Mädchen tragen wahrscheinlich Versace und ihre Haare sind von Sassoon geschnitten. Das werden Fleurs Freundinnen sein. Vermutlich haben sie alle reiche Daddys. Ich kann mir nicht vorstellen, dass James Sabine wirklich mit ihnen klarkommt, aber ich sollte wahrscheinlich nicht nach der äußeren Erscheinung urteilen.

Ich spüre, wie sich Lizzies Augen in meinen Nacken bohren, als ich auf die Gruppe zugehe. Das Fernsehprogramm heute Abend hat vielversprechender ausgesehen. Beinahe hätte ich mich sogar überreden lassen, zu Hause zu bleiben, aber nicht von Lizzie. Ben war nach seinem Rugby-Training vorbeigekommen, gerade als Robbie Williams und ich uns fertig machten. Na ja, er sang und ich machte mich fertig.

»Musst du heute Abend weggehen?«, schmollte Ben und warf sich mit seinen schmutzigen Rugby-Klamotten aufs Bett. »Ich dachte, du könntest mir den Rücken in der Wanne schrubben und dann könnten wir vielleicht in dein Lieblingsrestaurant gehen.« Er schob sich die blonden Locken aus der Stirn und ich lächelte nachsichtig über seine Verführungsversuche.

»Ich habe es versprochen und außerdem tut es Lizzie gut«, sagte ich, während ich mir die Wimpern tuschte.

Er nörgelte: »Wie lange bleibt sie eigentlich noch hier? So lange kann es doch nicht dauern, über Alastair hinwegzukommen. Was arbeitet er noch mal?«

»Computer.«

»Blöder Beruf.«

Ich seufzte. »Ben, nur weil er sich nicht im Schlamm wälzt, seinen Kopf zwischen die Beine anderer Männer steckt und mit ihnen unter die Dusche geht, ist er noch lange nicht blöde.«

»Meiner Meinung nach doch.«

»Liebling, komm einfach morgen Abend wieder vorbei, dann schrubbe ich dir die ganze Nacht lang den Rücken, wenn du willst.« Ich schloss meine Kompaktpuderdose und setzte mich neben ihn aufs Bett.

»Du siehst viel zu toll aus, um an einen Haufen Mädels verschwendet zu werden«, maulte er und legte den Arm um mich. Ich muss sagen, ich war selber äußerst zufrieden mit mir. Ich hatte beschlossen, mich nach der hektischen Zeit, die ich auf der Polizeiwache, mit dem Tagebuch und Lizzie gehabt hatte, in aller Ruhe zurechtzumachen. Ich badete, rasierte mich und rupfte an mir herum, legte eine Gesichtsmaske auf und föhnte mir sogar die Haare. Jetzt trug ich einen engen grauen Rock mit Schlitzen bis zu den Oberschenkeln, den Ben mir zu Weihnachten geschenkt hatte (ich vermute allerdings, dass seine Mutter ihn gekauft hat, weil er ihn nie erkennt), ein fliederfarbenes, mit Perlen besticktes Top und die elegantesten Ohrringe, die Butler & Wilson zu bieten hatten. Ich zupfte dauernd das lila Top in die Länge, bis Lizzie mich darauf hinwies, dass es bauchfrei war.

»Na ja, ich muss zugeben, mir graut vor heute Abend«, seufzte ich.

»Siehst du? Dann bleib doch bei mir.«

»Sogar die blöde Teresa wird da sein.«

»Die blöde Teresa?«

»Ja, du hast sie vor ein paar Wochen kennen gelernt. In der Square Bar.«

Er drehte die Ecke meiner Steppdecke zwischen den Fingern. »Ach ja, ich erinnere mich«, erwiderte er vage. »Du kommst morgen am besten zu mir.«

»Ich kann Lizzie im Moment nicht allein lassen.«

»Okay, dann komme ich eben her«, erwiderte er mürrisch.

Ich küsste ihn auf den Scheitel. »Danke.«

Wir begrüßen Fleur, die strahlend auf einem Barhocker sitzt. Sie trägt eine pinkfarbene Hüfthose, in die ich vielleicht gerade mal ein Bein hätte zwängen können, und ein schickes bauchfreies Top. Ich ziehe diskret meine Mitte ein, bis ich kaum mehr Luft kriege, und hoffe, dass niemand Vergleiche zieht. Sie küsst uns auf beide Wangen und Lizzie dankt ihr für die indirekte Einladung. Dann stellt Fleur uns die übrigen Mädchen vor. Die Erste ist offenbar die Brautjungfer. Sie steht neben Fleur und wirft ständig ihre Haare zurück, als ob ihr Leben davon abhinge. Sie heißt Susie und schenkt mir ein dünnlippiges Lächeln, sieht aber standhaft an mir vorbei. Ich hätte sie niederstechen und sie hätte mich nie identifizieren können, weil sie mich gar nicht wiedererkannt hätte. Die Namen der anderen vergesse ich sofort wieder.

»Wir machen gemeinsame Kasse heute Abend«, sagt Fleur. Artig reichen wir ihr jeder einen Zwanziger und wenden dann unsere Aufmerksamkeit den Cocktails zu.

»Lass mich heute Abend bloß nicht so viel trinken«, flüstere ich Lizzie zu. »Ich habe morgen früh einen Polizeieinsatz.«

»Keine Sorge. Ich trinke deinen Anteil mit.«

Der Barkeeper macht uns zwei Long Island Iced Teas, und gerade als wir uns mit unseren Gläsern an die Theke lehnen, sehen wir, wie Teresa, die heilige Kuh, Fleur auf die Wange küsst. Lizzie dreht sich zu dem Barkeeper um.

»Machen Sie uns bitte gleich noch einmal zwei.«

Teresa tritt an die Bar, um sich etwas zu trinken zu bestellen. »Hallo, Teresa«, murmeln Lizzie und ich.

»Hallo, Holly, hallo, Lizzie. Fleur hat mir gesagt, dass du hier sein würdest, Holly, aber dass du auch kommst, hat sie nicht erwähnt, Lizzie.«

»Komisch. Holly hat auch nichts davon gesagt, dass du kommst«, erwidert Lizzie und wirft mir einen finsteren Blick zu.

»Ach nein?«, murmele ich.

»Und was machst du hier, Lizzie?«, fragt Teresa. Verzweifelt suche ich nach einer Ausrede, aber Lizzie kommt mir zuvor.

»Ich passe auf Holly auf, damit sie sich nicht betrinkt.«

Ich funkel Lizzie empört an.

»Das passiert aber bestimmt nicht *sehr* häufig«, sagt Teresa spöttisch.

»Hast du heute Abend keine Bibelversammlung, Teresa?«, frage ich.

»Nein, ich bin früher gegangen. Es hat Vorrang, eine Freundin zu unterstützen, wenn sie in den heiligen Stand der Ehe tritt.«

»Ich bin sicher, das kann der Barkeeper hier genauso gut.«

Sie ignoriert meine bissige Bemerkung und geht zu den Trauerhilfe-Freundinnen.

Wütend trinke ich meinen Cocktail aus, knalle das Glas heftig auf die Theke und mache mich über den nächsten Drink her.

»Warum hast du mir nicht gesagt, dass die Kuh auftaucht?«, zischt Lizzie.

»Weil du dann nicht mitgekommen wärst.«

»Da hast du verdammt Recht.«

Wir gehen nach oben ins Restaurant, um etwas zu essen. Gott sei Dank sitzen wir meilenweit von Teresa entfernt. Neben mir sitzt ein ernstes Mädchen namens Charlotte. Nachdem Teresa ein Tischgebet gesprochen hat, wende ich mich an Charlotte.

»Und was machen Sie bei der Trauerhilfe?«

»Ich bin eine der Beraterinnen«, sagt sie sanft. Sie ist recht hübsch, wenn auch ein bisschen langweilig, mit langen, dunkelblonden Haaren. Sie hat so eine Art, dass ich mich am liebsten zu Boden werfen und all meine Kümmernisse vor ihr ausbreiten möchte.

»Kennen Sie James Sabine?«, frage ich.

»Ich war nicht seine Beraterin, das war Judith, da drüben.« Sie zeigt über den Tisch auf ein freundlich aussehendes Mädchen. »Aber ich habe ihn ein paar Mal am Empfang gesehen. Sie sind die Reporterin, die das Tagebuch schreibt, nicht wahr?«

»Ja.«

»Ich habe Sie gleich nach Ihrem Foto in der Zeitung erkannt.«

Ich lächele, weil mir darauf keine Antwort einfällt. Dann fahre ich fort: »Fleur ist unheimlich nett, nicht wahr?« Bitte sag irgendwas Grässliches über sie.

»Ja, sie ist zu allen so reizend.«

Verdammt.

»Wie lange kennen Fleur und James sich denn schon?«

»Ungefähr anderthalb Jahre.«

»Haben sie sich auf den ersten Blick ineinander verliebt?«

»Bei ihm weiß ich das nicht, aber Fleur hat von nichts anderem mehr geredet. Natürlich war er schrecklich niedergeschlagen wegen seines Bruders. Deshalb hat es auch ein paar Monate gedauert, bis sie das erste Mal miteinander ausgegangen sind.«

»Ja, klar!«, erwidere ich nonchalant. Es ist schwer, nonchalant zu wirken, wenn man am liebsten sagen würde: »Erzähl mir alles!«

Sie fährt fort: »Und jetzt heiraten sie demnächst! Ein perfektes Happy End. Wundervoll!«

»Ja. Toll. Arbeitet Fleur schon lange bei der Trauerhilfe?«

»Seit ein paar Jahren. Unter uns ...«, sie senkt ihre Stimme zu einem Flüstern, »... ich glaube nicht, dass sie es nötig hat zu arbeiten.«

»Und warum tut sie es dann?«

»Sie hat einfach Freude daran, anderen Menschen zu helfen.« Du liebe Güte, das Mädel ist zu gut, um wahr zu sein.

»Sie tut es bestimmt nur aus Hilfsbereitschaft«, säusele ich heilig.

»Ich sollte Ihnen das wahrscheinlich besser nicht erzählen, weil Sie ja Reporterin sind. Das muss am Alkohol liegen.«

Sehnsüchtig blicke ich auf mein leeres Glas, winke einem vorbeieilenden Kellner und bestelle noch einmal zwei Cocktails. »Machen Sie sich keine Sorgen. Ich schreibe über die Polizei und James, nicht über Fleur und James.«

Nach dem Essen hält Fleur es für eine gute Idee, dass wir uns alle einen Platz weiter setzen, um »einander besser kennen zu lernen«. Also steht jede zweite auf. Ich pflanze mich grummelnd auf die linke Seite von Lizzie, sodass ich auf der anderen jetzt neben Susie, der besten Freundin, sitze. Ich strahle sie herzlich. an. »Hi!«

Sie lässt sich dazu herab, mich wahrzunehmen. Wenn ich fünf Minuten mit ihr überstehe, dann kann ich ja für den Rest des Abends mit Lizzie reden.

»Sie sind also die Brautjungfer?« Das ist doch wohl ein guter Anfang. Sie wirft ihre Haare zurück und nickt.

Ich versuche es noch einmal. »Wie sieht denn Ihr Kleid aus?«

Endlich zeigt sie eine milde Spur von Enthusiasmus. »Es ist diagonal geschnitten mit Schleppe.«

»Klingt wundervoll«, erwidere ich, ohne die leiseste Ahnung, wie so etwas aussehen könnte. »Kennen Sie den Bräutigam?«

Sie verzieht das Gesicht. »Er ist sehr … intelligent, nicht wahr?«

Ich wette, sie hat schon einmal James Sabines Sarkasmus zu spüren bekommen. Um ein Grinsen zu unterdrücken, blicke ich konzentriert auf meine Serviette und nicke.

»Er ist Polizist, nicht wahr?«

»Eigentlich Detective.«

»Das ist doch dasselbe.«

Nein, denke ich, das ist keineswegs dasselbe, aber ich halte meine Klappe. Dafür redet sie leider weiter.

Sie senkt ihre Stimme zu einem Flüstern. »Nicht gerade der tollste Beruf auf der Welt, was?«

Nun, Schätzchen, es ist der einzige Beruf, der mich davon abhält, nach diesem Buttermesser da zu greifen und es dir in deinen dürren, weißen Oberschenkel zu rammen, denke ich, aber ich nicke nur. Was James wohl sagen würde, wenn ich seine Brautjungfer anderthalb Wochen vor der Hochzeit mit dem Messer stechen würde (abgesehen vermutlich von »gut gemacht«)?

Ein paar Stunden später bin ich ziemlich angetrunken. Lizzie und ich vergnügen uns nur noch miteinander. Ich hatte in den letzten Wochen ganz vergessen, wie lustig es früher immer war, wenn wir zusammen ausgegangen sind. »Lizzie«, zische ich, »du wolltest mich doch nicht so viel trinken lassen.«

Lizzie versucht, mir mein Glas wegzunehmen. »Zu spät«, lalle ich und halte es krampfhaft fest.

Achselzuckend gibt sie auf. »Und was machst du morgen früh?«

»Es wird schon gehen.«

»Wann holt James dich zu dem Einsatz ab?«

»Halb sechs.«

»O Mann!«

»Wird schon gehen. Wir gehen einfach nicht ins Bett!« Ich stoße mit ihr an und stürze einen weiteren Long Island Iced Tea hinunter. »Wie geht es dir?«, frage ich voller Mitgefühl.

»Gut, gut.« Lizzie wackelt so heftig mit dem Kopf, dass ich Sorge habe, er fällt gleich ab. »Beschissener Alastair!«

»Ja«, stimme ich ihr zu. »Fleur!« Ich wedele hektisch

mit den Händen und sie kommt und hockt sich neben uns. »Wie ist die Hühnerparty? Lustig?«

»Toll. Geht es euch gut?«, erwidert sie.

»Könnte nicht besser sein.«

»Du und James, ihr müsst morgen arbeiten, nicht wahr?«

»Schscht«, sage ich und lege den Finger an die Lippen. »Erzähl ihm nichts, sonst nimmt er mich nicht mit.« Ich schaue mich um. Alles wirkt ein bisschen verschwommen und ich überlege, ob ich vielleicht langsam mal eine Brille brauche. Im Geiste mache ich mir eine Notiz, mal zum Augenarzt zu gehen.

»Wo ist Teresa?«

»Sie hat einen Anruf auf ihrem Handy bekommen und ist weg. Offenbar ein heißer Verehrer.«

»Nö. Bestimmt hat einer der Ministranten den Messwein getrunken.«

»Wir müssen jetzt alle mal ein bisschen aufheitern. Die schlafen ja fast ein.« Die Party ist wirklich ein bisschen zäh geworden.

»Ich kenne ein Spiel«, verkünde ich enthusiastisch.

»Holly, was zum Teufel ist hier los?«, fragt James ärgerlich.

Ich öffne ein Auge. Ich habe mich nur eine klitzekleine Minute lang ausgeruht, wissen Sie. Das Licht ist ein bisschen zu grell. Das ist das Problem mit den heutigen Notaufnahmen. Sie bestehen auf diesen grässlichen, hellen Neonleuchten. Ich werde mal eine Eingabe bei der Regierung machen, sobald sie mich hier rauslassen.

»James!«, sage ich entzückt und blinzele ihn aus einem Auge an. »Was machen Sie hier? Haben Sie sich auch den Zeh verletzt?«

»Nein. Ich bin hier, weil Fleur mich angerufen und mir gesagt hat, sie käme ein wenig später nach Hause, weil sie Sie ins Krankenhaus bringen müsste«, sagt er mit malmendem Unterkiefer. Ich riskiere das zweite Auge und betrachte ihn genauer. Seine kurzen Haare sind zerzaust und er hat sich offensichtlich hastig in die Kleider geworfen. Er hat ihm wohl nicht besonders gefallen, dass er geweckt worden ist.

Ernst runzele ich die Stirn. »Sie sind doch nicht böse, oder?«

»Ich bin nicht böse.«

»Sie wirken aber so.«

»Das liegt daran, dass ich stinkwütend bin!«, brüllt er und seine grünen Augen nageln mich fast ans Kissen. Ich habe einen Kater und zudem das Gefühl, dass mir Godzilla gegenübersteht. Außerdem ist grün im Moment nicht meine Farbe. Ich frage mich, ob der Alkohol wohl eine halluzinogene Wirkung auf mich hat und schließe wieder die Augen, wobei ich inständig hoffe, dass er nur eine Ausgeburt meiner blühenden Fantasie ist. Als ich jedoch nach einer Sekunde meine Sehschlitze wieder öffne, ist er immer noch da. Leider.

In einem dramatischen Versuch, das Thema zu wechseln, sage ich: »James, das ist meine beste Freundin Lizzie.« Es ist schwer, jemanden angemessen vorzustellen, wenn man sich auf einer Krankenhaustrage in der Waagerechten befindet.

James entspannt sich ein wenig und schüttelt Lizzie die Hand. Er murmelt: »Hi, Lizzie, wie geht es Ihnen?«

»Nett, Sie kennen zu lernen«, erwidert Lizzie erschöpft, schließlich liegt eine anstrengende Nacht hinter ihr. »Ich wollte uns gerade Tee holen, möchten Sie auch einen?«

»Das wäre toll.« Lizzie macht sich auf den Weg und

James wendet seine unwillkommene Aufmerksamkeit wieder mir zu.

»Sie sind sich darüber im Klaren, dass wir in …«, er guckt auf seine Uhr, »ungefähr drei Stunden einen Einsatz haben?« Sein Gesicht verschwimmt mir vor den Augen und blinzelnd versuche ich, den Nebel zu lichten, der meinen Kopf umgibt.

»Sobald sie mir die Flasche abgezogen haben, bin ich zu allen Schandtaten bereit.«

»Aber Sie kommen nicht mit!«, dröhnt er.

»Warum sind Sie denn dann hier?«, frage ich verständnislos.

»Weil meine irregeleitete Verlobte«, er weist auf Fleur, die fest schlafend auf drei Stühlen liegt, »mir am Telefon nicht gesagt hat, was mit Ihnen passiert ist. Sie hat einfach aufgelegt. Sie hätten ja auch einen Autounfall haben können.«

»Oh.« Beschämt zwicke ich die Augen zu. Es tut mir jetzt zutiefst Leid, dass es sich nicht um etwas Ernsteres als um ein Partyspiel, das ein bisschen außer Kontrolle geraten ist, gehandelt hat.

»Also, was ist passiert?«, fragt er und zeigt auf die Weinflasche, die an einer meiner Zehen hängt.

»Na ja, wir haben dieses Spiel gespielt. Man muss einen Trick vorführen oder ein Gedicht vortragen oder auch …« Ich schaudere vor seinem Gesichtsausdruck. »Ja, nun, jedenfalls, da ich ja selber das Spiel vorgeschlagen hatte, habe ich gemeint, ich müsse etwas Besonderes vorführen.« Ich warte auf einen Anflug von Verständnis und Mitgefühl, aber seltsamerweise zeigt sich in seiner Miene nichts von alledem. »Deshalb habe ich beschlossen, etwas zum Besten zu geben, was meine Brüder mit leeren Flaschen angestellt haben. Ich fand das immer sehr beeindruckend.« Kläglich betrachte ich meinen geschwollenen Fuß. »Aber es funktioniert wahrscheinlich besser mit Plastikflaschen. Ich hätte sie vorher anrufen und fragen sollen.« Ich bin von mir selbst begeistert, weil ich die Ereignisse des Abends so folgerichtig wiedergegeben habe.

»Und Sie glaubten, es unbedingt mit einer Flasche ...«, er blickt auf meinen Fuß, »Merlot probieren zu müssen?«

»Na ja, wir haben ihn zuerst getrunken«, versichere ich ihm hastig. Er soll nicht denken, dass ich den Wein weggeschüttet habe.

»Das ist offensichtlich«, sagt er trocken.

»Das Problem ist nur, je mehr wir an der Flasche gezogen haben, desto dicker ist mein Zeh geworden. Er steckt fest«, erkläre ich.

»Das sehe ich«, erwidert er. »Na gut, wenn Sie mich jetzt entschuldigen wollen. Ich will mich noch ein paar Stunden aufs Ohr legen und dann habe ich einen Termin.«

»Aber Sie fahren nicht ohne mich.«

»Holly«, sagt er gefährlich leise – und Kater hin oder her, ich glaube, ich ziehe die Brüllversion vor. »Selbst wenn ich Sie mitnehmen wollte, und ich kann Ihnen versichern, dass ich es nicht will, wie zum Teufel wollen Sie mich mit einer Flasche am Zeh begleiten?«

»Aber James, ich muss einfach mitkommen!«

»Mit dem Ding am Zeh nehme ich Sie nirgendwohin mit.«

»Joe feuert mich, wenn ich den Termin schmeiße.«

»Dann feuert er Sie halt. Seit Sie vor vier Wochen diese Stelle angetreten haben, werde ich vom Pech verfolgt. Sie sind Hungersnot, Dürre und Pestilenz in einem.«

»War es denn nicht wenigstens ein bisschen lustiger als sonst?«, frage ich kleinlaut.

»Lustig? LUSTIG? Wenn Sie es für lustig halten ...«

Meine Unterlippe beginnt verdächtig zu zittern, und je mehr ich mich bemühe, das zu unterdrücken, desto schlimmer wird es. Tränen schießen mir in die Augen, obwohl ich normalerweise gar nicht so emotional veranlagt bin. Wahrscheinlich hat das etwas mit den Unmengen von Alkohol zu tun, die ich heute Abend in mich hineingeschüttet habe. Er schluckt den bissigen Kommentar, der ihm wohl auf der Zunge lag, hinunter. Wahrscheinlich ist es ihm zuwider, wenn ich nachts um drei in Tränen schwimme. Eine Minute lang betrachtet er intensiv seine Schuhe, dann sagt er sanfter: »Ich bringe jetzt Fleur nach Hause. Falls Sie die Flasche von Ihrem Zeh haben, bis ich zurück bin, dann können Sie mit mir kommen.«

»Danke«, flüstere ich mit bebender Unterlippe.

Vorsichtig weckt er die verschlafene Fleur. Er nimmt sie an der Hand und führt sie aus dem Zimmer. An der Tür dreht er sich noch einmal um.

»Holly?«

Ich wende ihm mein Gesicht zu. »Ja?«

»Sie haben Recht. Es war lustiger als sonst.«

Ich lächele getröstet, aber er ist mit seiner zukünftigen Frau bereits verschwunden.

– 21 –

Ich hocke im Auto und bin gespannt wie ein Flitzebogen. Mindestens fünf Minuten lang vergesse ich, dass mein Kopf pocht, mein Magen eigentlich gerne woanders wäre und ich einen schlechten Geschmack im Mund habe. Oh, und mein geschwollener Zeh puckert auch. Natürlich alles meine eigene Schuld, aber deswegen tue ich mir trotzdem Leid. Vor einer halben Stunden haben sechs stämmige Beamte Maple Tree Drive sechzehn umstellt, das Haus, das Mr Makin besucht hat. James und Callum haben höflich an die Tür geklopft und gerufen: »Aufmachen, Polizei!« Eine Frau hat ihnen geöffnet, sie sind an ihr vorbei ins Haus gestürzt und das war das Letzte, was ich von ihnen gesehen habe. Nach ein paar hastigen Funksprüchen sind die anderen vier Beamten ebenfalls ins Haus gestürmt. Ich runzele die Stirn. Was machen die bloß da drinnen?

Dem glorreichen Krankenhauspersonal ist es schließlich gelungen, mir die Flasche vom Zeh zu ziehen, indem sie den Fuß über eine Stunde lang in kalte Tücher gewickelt und so die Schwellung zum Abklingen gebracht haben. Dann hat man den Zeh geröngt, aber Gott sei Dank war nichts gebrochen. Ein äußerst knatschiger James Sabine hat mich abgeholt und ist mit mir zu einem Café gefahren, das die ganze Nacht über geöffnet hat. Dort hat er mich mit Toast und Kaffee abgefüllt. Ich hatte das Gefühl, mir würde sofort alles wieder aus dem Gesicht fallen, aber glücklicherweise habe ich es bei mir behalten. Dann fuhren wir durch die wunderbare Morgendämmerung zu dem Treffpunkt mit den anderen Beamten, von denen einer Callum war. Er warf nur einen Blick auf mein grünes Gesicht, einen weiteren auf James und hielt klugerweise den Mund.

Endlich taucht James wieder auf. Er wirkt niedergeschlagen und mein Herz sinkt. Wortlos steigt er neben mir ins Auto.

»Was ist los?«, frage ich besorgt. »Haben Sie keine von den gestohlenen Antiquitäten gefunden?«

Er schüttelt den Kopf. Instinktiv lege ich ihm die Hand aufs Knie. »Oh, James, das tut mir so Leid.«

Er zuckt mit den Schultern und sagt: »Es braucht Ihnen nicht Leid zu tun, weil wir eine Computerdatei mit den Details über alle Häuser und eine Rechnung für eine gemietete Garage auf der anderen Seite der Stadt gefunden haben.« Er grinst mich von der Seite her an.

Ich stoße einen Freudenschrei aus.

»Dann haben wir den Fuchs also gefangen? Wir haben ihn endlich gefangen?«

»Es ist kein Er, sondern eine Sie.«

»Eine Frau?«, frage ich ungläubig.

»Offenbar hat unser Mr Makin sie mit den Informationen versorgt und sie hat dann die Einbrüche begangen.«

»Und ich dachte, es sei ein Mann.«

»Nein, Sie nahmen an, es sei ein Mann.«

»Und das hat sie ganz alleine, ohne Hilfe, bewerkstelligt?«

Er nickt. »Ich glaube schon, aber wir müssen erst noch die Vernehmung abwarten. Sie wohnt hier bei ihrem Onkel. Und das erraten Sie nie.«

»Was?«

»Er repariert in seiner Freizeit Uhren. Es gibt ein Zimmer im Haus, das mit Uhren voll gepfropft ist. Seinem Gesichtsausdruck nach zu urteilen, wusste er von nichts, aber wir müssen auch ihn erst mal verhören.«

»Was ist mit Mr Makin?«

»Ich habe Beamte losgeschickt, um ihn zu verhaften.«

Begeistert lächele ich ihn an, aber je länger wir einander anblicken, desto schwächer wird mein Lächeln. Verlegen rutsche ich hin und her. Ist das jetzt ein romantischer Augenblick oder spielt mir mein überreiztes Nervensystem einen Streich? Intensiv blicken wir uns in die Augen. Ich werde kurzatmig und immer noch wendet James nicht seine grünen Augen von mir.

»Holly«, sagt er leise. »Haben Sie …« Jemand klopft an seine Scheibe und wir zucken beide wie ertappt zusammen. Callum steht draußen und James steigt aus. Sie gehen auf das Haus zu. Was wollte er bloß sagen?

Während ich warte, versuche ich mir nicht auszumalen, was eventuell zwischen uns hätte passieren können. Du bist müde, beruhige ich mich, müde und wahrscheinlich hast du nach wie vor einen im Tee. Du bildest dir alles nur ein. Ich denke an die Frau, die zum Verhör gebracht wird, und empfinde widerwilligen Respekt für sie. Fast hätte sie sich unendlich wertvolle Antiquitäten gekrallt. Hoffentlich wird der Onkel mit allem fertig. Ich bin einfach zu mitfühlend. Ich könnte nie bei der Polizei arbeiten, ich mache mir viel zu viele Gedanken um die Menschen. Wenn ich nur an Mrs Stephens' trauriges Gesicht denke oder an Mr Williams' verbundenen Kopf, als wir ihn im Krankenhaus besucht haben. Die Leute sollten das einander nicht antun. Ich schalte meinen Laptop ein und beginne, die Ereignisse der letzten Stunden aufzuschreiben.

Schließlich quellen alle Beamte aus dem Haus. Sie führen eine Frau ab, dieselbe Frau, die die Tür geöffnet hat. Sie trägt jetzt eine Jeans und einen Pullover. Behutsamer als sie geleiten sie einen älteren Mann aus dem Haus. Nur die Frau trägt Handschellen. Ich sehe zu, wie die Beamten sie in ein ziviles Polizeiauto setzen und die Türen zuschlagen. Die übrigen Beamten tragen Plastiktüten aus dem Haus, die sie in dem Kofferraum verstauen.

James rubbelt sich erschöpft mit den Fingern durch die Haare und kommt auf unseren Wagen zu. Ich schreibe weiter. Er steigt ein, schnallt sich an und fährt hinter den anderen Polizeiautos her. Er sagt: »Kommen Sie mit auf die Polizeiwache oder soll ich Sie zu Hause absetzen?«

»Verhören Sie sie jetzt?«

»Ja, wir vernehmen sie sofort. Aber Sie dürfen nicht dabei sein.«

»Das ist schon okay. Ich komme mit zur Wache und schreibe dort das Tagebuch.«

»Gut.«

Der Name der Frau ist Christine Stedman. James verhört sie und ihren Onkel stundenlang. Ab und zu dürfen die beiden sich mit ihrem Anwalt beraten, der in den frühen Morgenstunden aus dem Bett geholt worden ist.

In einer dieser Vernehmungspausen kommt James ins Büro und holt sich einen Kaffee aus dem Automaten. Ich blicke von meinem Laptop auf, als er sich mir gegenübersetzt.

»Wie fühlen Sie sich?«, fragt er.

»Gut!«

Er mustert mich misstrauisch. »Das ist doch eine Lüge, oder?«

»Ja, ich fühle mich schrecklich.«

»Wie geht es Ihrem Fuß?«

Ich spähe auf die Behelfssandale, die sie mir im Krankenhaus aus einem alten Flip-Flop gemacht haben. »Tut ein bisschen weh. Wie geht es Ihnen?«

»Müde.«

»Ah«, sage ich und schaue wieder auf meinen Monitor. »Haben Sie schon was gegen sie in der Hand?«

»Nein.«

Ungeduldig warte ich bis in den Nachmittag hinein. Ich muss langsam die heutige Version des Tagebuchs in der Redaktion abliefern. Zwar darf ich keine spezifischen Details über den Fall veröffentlichen, wenn sie angeklagt werden, aber ich würde meinen Lesern doch zumindest gerne von einer Verhaftung berichten.

Endlich kommt James wieder.

»Was ist los?«, frage ich besorgt.

»Sie hat ein umfassendes Geständnis abgelegt, damit die Strafe milder ausfällt. Sie haben wir verhaftet, aber den Onkel haben wir wieder nach Hause geschickt.«

Hastig vollende ich das Tagebuch und schicke alles per E-Mail an die Redaktion. Dann lehne ich mich auf meinem Stuhl zurück. »Gut gemacht! Freuen Sie sich?«

»Ich bin eher erleichtert. Aber zumindest der Chief wird glücklich sein.«

»Und was geschieht jetzt?«

»Sie führt uns morgen zu dem Schuppen. Offenbar sind dort die meisten Sachen versteckt.«

»Dann bekommt also Mrs Stephens ihre Sachen wieder?«

»Ich hoffe es.«

»Und sie hat das ganz alleine über die Bühne gezogen? Ohne Komplizen?«

»Ja, ganz alleine. Mr Makin hat ihr gegen Geld alle seine Versicherungsdetails geliefert, einschließlich von den Häusern, für die er keinen Auftrag abgeschlossen hatte. Er will sich nächsten Monat zur Ruhe setzen, und da er noch ein bisschen Geld brauchte und das Geschäft in der letzten Zeit nicht so gut gelaufen ist, hat er seine Dateien verkauft. Er wird allerdings glimpflich davonkommen, da er laut seinem Anwalt keine Ahnung hatte, wozu sie seine Berichte missbraucht hat.«

»Was glauben Sie?«

»Ich denke, er ahnte es, aber im Grunde wollte er es nicht wissen.« Ich nicke. »Der Laden war offenbar der letzte Einbruch, den sie geplant hatte. Danach wollte sie wegziehen. Sie hat ihrem Onkel gesagt, sie wolle gerne nach Lincolnshire, um näher bei ihrem Bruder zu sein.«

»Also ist sie über die Versicherungsinformationen in jedes Haus gekommen?«

»Ja, in den Dateien waren die Alarmanlagen und Schwachstellen genau aufgeführt, zum Beispiel auch, dass Mr Forquar-White einen Riegel an dem kleinen Fenster anbringen sollte. Und diese Informationen hat sie genutzt.«

»Ich weiß noch, dass ich dachte, das Fenster sei ein bisschen zu klein für einen ausgewachsenen Mann.«

»Die Dateien enthielten auch eine komplette Liste und Beschreibung jedes Gegenstands, der mehr als dreitausend Pfund wert war, und in welchem Zimmer er sich befand.«

»Aber wie hat sie die Sachen erkannt? Ich würde keine Antiquität erkennen, und wenn sie mir ins Gesicht springen würde.«

»Sie ist in der Branche groß geworden. Ihr Onkel hatte früher einen Antiquitätenladen. Ein Interesse, das er übrigens mit Mr Makin teilte. Ironischerweise hat Mr Makin ihn damals versichert. Daher kannten sie sich auch.«

»Dann muss sie ja auch den armen Mr Williams niedergeschlagen haben?«

»Ja. Das wird sich auf das Strafmaß auswirken.«

»Hat sie Mr Rolfes Laden vorher ausgekundschaftet?«

»Ja. Wir machen morgen eine Gegenüberstellung.«

Ich muss diese ganzen Neuigkeiten erst einmal verdauen. Plötzlich kommt mir ein Gedanke.

»Was ist mit der Substanz, die Roger an den Tatorten gefunden hat? Weiß man da jetzt mehr?«

»Ich bin mir nicht sicher, aber es könnte ein spezielles Reinigungsmittel für Uhren gewesen sein, das ihr Onkel benutzt hat. Sie hat ein Paar alte Handschuhe von ihm benutzt. Roger überprüft das morgen.«

»Das Katzenhaar, das Roger gefunden hat, war bestimmt an ihrer Kleidung. Dann hat sie also stets ihrem Onkel eine Uhr mitgebracht?« James nickt. »Wusste er, was sie tat?«

»Ich glaube nicht. Er hat gedacht, sie würde Nachtschicht machen.«

Callum besteht darauf, dass wir alle im Rod & Duck ein wenig feiern. Dort erzählt James ihm von meiner misslungenen Vorführung und der ereignisreichen Nacht im Krankenhaus und treibt mir damit die mohnrote Farbe ins Gesicht. Er übertreibt schrecklich und Callum wiehert vor Lachen. Ich schütze Müdigkeit vor und fahre zurück zur Wache, um meine Sachen zu holen und kurz nach Robin zu sehen. Sie wirkt niedergeschlagen, aber es scheint sie zu freuen, dass James und die übrigen Beamten erfolgreich waren.

Joe empfängt mich ekstatisch. Er ist außer sich vor Freude, dass das Tagebuch ein so spannendes Finale hat. Danach fahre ich erschöpft nach Hause, wo ich mich sofort aufs Sofa werfe. Lizzie kommt aus der Küche.

»Nun? Was ist passiert? Habt ihr ihn gefangen?«

»Sie.«

»Was?«

»Sie. Wir haben sie geschnappt. Der Fuchs ist eine Frau.«

»Wirklich? Mensch! Freust du dich nicht? Jetzt muss das Tagebuch doch ein Erfolg werden! Du bist bestimmt völlig aus dem Häuschen.«

»Ja«, murmele ich. Was ist bloß mit mir los? Lizzie hat Recht, ich sollte vor Freude in die Luft springen, aber stattdessen fühle ich mich nur seltsam leer. Ich schleiche in mein Schlafzimmer, lege mich aufs Bett und schlafe sofort ein.

Erschreckt fahre ich hoch. Als ich erkenne, wo ich bin, beruhigt sich das heftige Pochen meines Herzens nach und nach wieder. Langsam setze ich mich auf und blicke auf die Uhr. Es ist noch früh. Jemand hat mich freundlicherweise ausgezogen. Ich liege in BH und Höschen unter der Decke. Ich greife mir an den schmerzenden Kopf und schlurfe in die Küche, um mir einen Tee zu kochen. Damit setze ich mich vor meinen Schminktisch, um den Schaden zu begutachten. Die Fremde in dem Spiegel habe ich noch nie gesehen. Sie sollte sich am besten so viel Feuchtigkeitscreme wie möglich ins Gesicht massieren. Als ich nach einem der Töpfchen greife, fällt mir ein Zettel auf. Er ist von Ben.

Bin gestern Abend vorbeigekommen wie versprochen, aber du hast schon geschlafen. Kein Problem, Lizzie hat mir gesagt, dass du eine anstrengende Nacht hattest. Aber an das Rücken-Schrubben werde ich dich noch einmal erinnern. In Liebe. B.

PS. Hübsches Höschen

Ich gelobe mir, es wieder gutzumachen und meine arme Haut mit reichlich Creme zu versorgen. Sie sieht aus, als ob ich in der Wüste Gobi lebe. Ich dusche, ziehe mir eine Hüfthose und einen roten Polopullover an und binde mir die Haare zurück. Dann nehme ich meine Sachen, hinterlasse eine Notiz für die schlafende Lizzie und steige in Tristan.

Dave, der nicht mehr so mürrische Sergeant, ist auf seinem Posten. Er schaut hoch und lächelt! »Herzlichen Glückwunsch. Ich habe gehört, Sie und Ihr Detective haben gestern jemanden verhaftet.«

»Ja, danke«, erwidere ich überrascht und er drückt auf den Öffner.

Mit meinem verletzten Fuß kann ich überraschend gut laufen. Die Schwellung ist mittlerweile zurückgegangen, aber er tut immer noch weh. Fast normal erklimme ich die zwei Stockwerke und gerade, als ich meinen Laptop einstöpsele, kommt James herein und wird von seinen Kollegen mit Applaus begrüßt. Er sieht besser aus als gestern.

»Morgen!«, sagt er. »Wie geht es Ihnen?«

»Besser. Haben Sie gut geschlafen?«

»Ja. Ich bin zu Hause wie ein Stein ins Bett gefallen.«

»Wann fahren wir zu dem Schuppen?«

»Christines Anwalt kommt gegen neun hierher. Wir fahren dann alle zusammen dorthin.«

Wir trinken eine Tasse Kaffee und reden über die Ereignisse der letzten Tage. Schließlich teilt man uns mit, dass Christines Anwalt da sei. Gemeinsam gehen wir, diesmal gemessenen Schrittes, in die Tiefgarage. James lenkt den Vauxhall vor das Gebäude und ich rufe Vince an. Während wir auf die Verhaftete warten, informiere ich ihn über unsere Aktion und gebe ihm die Adresse. Matt bringt die mit Handschellen gefesselte Christine heraus und führt sie zu einem Streifenwagen. Ein weiterer Beamter in Uniform und ein Herr, der wahrscheinlich ihr Anwalt ist, steigen ebenfalls dort ein.

Unser kleiner Konvoi fährt aus der Stadt hinaus. James und ich plaudern über dieses und jenes, lachen über alberne Dinge und ich spüre förmlich, wie die Anspannung der letzten Tage von uns abfällt. Er hat wahrscheinlich unter großem Druck gestanden, weil der Chief von ihm erwartet hat, dass er den Fall löst, und ich freue mich für ihn, allerdings auch wegen des Tagebuchs.

Nach zwanzig Minuten Fahrt biegen wir in eine schmale Gasse ein, an der rechts und links Garagen stehen. Ich bin überrascht von der Ländlichkeit der Gegend. Ringsumher nur üppige grüne Weiden und hier und dort ein paar kleine Weiler. Schließlich halten wir vor einem Schuppen.

Alle steigen aus ihren Autos.

»Ist er das?«, fragt James Christine. Sie nickt mürrisch. Er zieht einen großen Schlüsselbund aus der Tasche.

»Diese Schlüssel haben wir in Ihrem Haus gefunden. Erkennen Sie sie wieder?« Sie zuckt mit den Schultern und James tritt vor und probiert die Schlüssel einen nach dem anderen an dem Schloss der Schuppentür aus.

»Warum können wir das Schloss nicht einfach aufbrechen?«, flüstere ich Matt zu, der neben mir steht.

»Wenn es nicht dem Angeklagten gehört, dann muss die Polizei es bezahlen und wir haben kaum Geld«, raunt er. Der Anwalt wirft uns einen genervten Blick zu. Nachdem James ungefähr zehn Minuten lang alle Schlüssel ausprobiert hat – es sind mindestens fünfzig –, wendet er sich ungeduldig an Christine.

»Christine, Sie sollten besser mit uns zusammenarbeiten. Könnten Sie uns bitte sagen, welcher Schlüssel der richtige ist?« Sie guckt ihren Anwalt an, der leicht mit dem Kopf nickt. Dann dreht sie sich wieder zu James um.

»Der da«, murrt sie und weist mit dem Kopf auf den gesamten Schlüsselring.

»Welcher? Dieser hier?«

»Nein, der da.« Sie macht wieder eine vage Kopfbewegung.

»Welcher?« Seine Stimme klingt jetzt scharf. Ich habe oft genug James Sabines Reizschwelle überschritten, um zu wissen, dass er kurz davor steht, wütend zu werden. »Matt, nimm ihr die Handschellen ab«, befiehlt er. Matt zögert den Bruchteil einer Sekunde, tritt dann jedoch vor und schließt die Handschellen auf. Christine macht einen Schritt auf James zu und schießt plötzlich durch die Lücke zwischen ihrem unglückseligen Anwalt (der Schwierigkeiten haben wird, das dem Gericht zu erklären) und Matt hindurch. Sie flitzt die Straße hinunter auf die Felder zu. James reagiert am schnellsten.

»Oh, Scheiße!«, zischt er und setzt ihr nach. Matt und der andere Beamte folgen, während ich und der unsportliche Anwalt das Schlusslicht bilden.

Ich ignoriere die Schmerzen in meinem Fuß. Dieses Mal werde ich wenigstens nicht von engen Röcken oder hohen Absätzen behindert. Als ich das Ende der geteerten Straße erreiche, die dort einen Knick macht, sehe ich Vince' lilafarbenen Käfer von rechts auf uns zukommen. Christine hat sich links in die Felder verkrümelt.

»Los, komm!«, schreie ich Vince zu. Er springt aus dem

Auto und rennt hinter den anderen her. Wir kommen alle ungefähr zur gleichen Zeit am zweiten Zaun an. Als ich darauf zulaufe, stelle ich fest, dass er wesentlich höher ist als der erste. Man kann nicht darüber springen. James hatte wohl den gleichen Gedanken, denn er hüpft auf den Stacheldraht, um ihn herunterzudrücken.

Das ist meine letzte Erinnerung an diesen Tag. Ein lautes Krachen zerreißt die Luft. Seltsame Geräusche umgeben mich und ein scharfer Schmerz breitet sich in meinem Kopf aus. Danach ist nur noch Dunkelheit.

– 22 –

Ich höre Stimmen. Mühsam schlage ich die Augen auf. Köpfe beugen sich über mich. Hastig klappe ich die Lider wieder zu. Ich warte ein paar Sekunden, dann riskiere ich behutsam mein linkes Auge. Es huscht von Gesicht zu Gesicht. Ich spendiere auch mein rechtes. Mutter, Dad und James.

James? Was zum Teufel tut er in meinem Schlafzimmer? Ich ziehe mir rasch die Decke ans Kinn.

»Holly, es ist alles in Ordnung, alles okay«, summt meine Mutter, als wolle sie ein erschrecktes Pferd beruhigen. Gleich streichelt sie mir über die Nüstern.

Panisch blicke ich mich um und stelle fest, dass ich gar nicht in meinem Schlafzimmer liege.

»Wo bin ich?«

»Im Krankenhaus, Liebling. Du hast einen Schlag auf den Kopf bekommen.«

»Wie spät ist es? Wie lange war ich weg?«

Mein Vater linst auf seine Uhr. »Es ist jetzt neun Uhr morgens. Du warst ungefähr zwanzig Stunden lang k.o.«

Stirnrunzelnd fahre ich mir vorsichtig durch die Haare. Nach dem Aufwachen stehen sie mir immer zu Berge. Ich reibe mir die Augen und wische dabei verstohlen an der Wimperntusche, die sich bestimmt dort krümelig abgesetzt hat. Die andere Hand lasse ich prüfend unter die Decke gleiten. Meine schlimmsten Vermutungen bestätigen sich: Ich trage ein Krankenhaushemd, so eines, das auf dem Rücken offen ist. Misstrauisch mustere ich James. Er lächelt. Wie viel von mir mag er gesehen haben?

»Wie geht es Ihnen?«, sagt er.

»Okay«, erwidere ich zweifelnd. Ich versuche mich zu erinnern und ein paar verschwommene Bilder steigen auf. Wir haben jemanden verfolgt. Aber ich habe mich in sicherem Abstand zu James gehalten, weil ich nicht schon wieder ein Veilchen kriegen wollte. Dann sind wir von einem Zaun gestoppt worden. James ist darüber gesprungen, und als ich das ebenfalls in Angriff nahm, hat es einen lauten Krach gegeben. Danach ist alles nur dunkel.

»Was ist passiert?«, frage ich James.

»Es war ein Unfall.«

»Was denn?«

»Wissen Sie noch, dass wir Christine verfolgt haben?« Ich nicke. »Nun, wir mussten über einen Stacheldrahtzaun und ich bin darauf gesprungen, um ihn mit meinem Gewicht herunterzudrücken. Aber der Bauer hatte ihn unglücklicherweise an einen Baum genagelt, vor allem an einen abgestorbenen Baum. Als ich den Zaun mit meinem Gewicht herunterdrückte, ist er abgebrochen. Und dann, äh, ist er auf Ihrem Kopf gelandet … Es war ein ziemlich großer Baum … Gott sei Dank nicht so schwer … weil er ja schon hohl war.« Er bricht ab.

Wir schweigen, während ich versuche, die Information zu verdauen.

»Haben Sie Christine gekriegt?«

»Äh, ja. Matt hat sie eingeholt. Ich bin bei Ihnen geblieben. Ich habe gedacht, ich hätte Sie umgebracht.«

»Diesmal habe ich versucht, mindestens drei Meter Abstand von Ihnen zu halten, um keinerlei Risiko einzugehen. Sie haben ständig behauptet, ich sei die Apokalypse. Dabei sind Sie es, der mich das zweite Mal erwischt hat.«

Er grinst und ich ertappe mich dabei, dass ich denke, dass sich Fleur bestimmt deshalb in ihn verliebt hat. Wenn er es richtig einsetzt, ist es eine umwerfende Waffe. Im wahrsten Sinne des Wortes.

»Oh, na ja, nächstes Mal lasse ich Ihnen den Vortritt.«

James wirft meinen Eltern einen entschuldigenden Blick zu. Ich habe ganz vergessen, dass sie überhaupt da sind, und sie sehen ziemlich entsetzt aus. Sie müssen ja denken, er sei ein Irrer.

»Das ist nur ein Scherz. Wann seid ihr gekommen?«, frage ich sie.

»Gestern Abend. James hat uns angerufen und wir sind so schnell wie möglich aufgebrochen«, sagt mein Vater.

Meine Mutter unterbricht ihn: »Sogar noch schneller. Ich bin durchs Haus gerannt und habe alles, was mir in die Hände fiel, einfach in einen Koffer geworfen, und jetzt hat dein Vater keine Unterwäsche dabei und Morgan keinen Hundekuchen.«

»Wo ist Morgan?«, erkundige ich mich.

»Er sitzt im Auto und kaut wahrscheinlich gerade am Schaltknüppel. Er hat Hunger.«

James wirft ein: »Ich gehe mal einer der Schwestern Bescheid sagen, dass Sie wach sind.«

Meine Mutter blickt ihm nach, als er hinausgeht.

»DAS ist dein Detective?«, flüstert sie theatralisch und zieht die Augenbrauen hoch. Ihre Nasenflügel beben leicht. Sie kann ein Drama aus fünfzig Metern Entfernung riechen.

»Er ist nicht *mein* Detective.«

»Ich dachte, er kann dich nicht leiden.«

»Na ja, wir kommen mittlerweile ein bisschen besser miteinander aus.«

»Ja, das scheint mir auch so. Er war völlig aufgelöst, als

er uns gestern Abend angerufen hat. Der arme Junge, er hat sich wirklich Sorgen um dich gemacht.« Okay, okay. Warum reden wir eigentlich so salbungsvoll über den armen, alten James, der nichts Besseres zu tun hat, als unschuldige Reporter niederzumetzeln?

»Wahrscheinlich hatte er tatsächlich Angst, dass er mich umgebracht hat«, zische ich. »Er will bloß kein Verfahren riskieren in seinen Flitterwochen. Er heiratet in einer Woche.«

»Ich weiß«, erwidert meine Mutter ungerührt. »Wenn man sich vorstellt, dass Miles' kleines Mädchen so jemanden bekommt. Na ja, die Welt ist klein, was?«

Ich runzele die Stirn. »Was meinst du mit ›so jemanden‹?«

»Nun, sie sind einfach so unterschiedlich. Aber man sagt ja, Gegensätze ziehen sich an, nicht wahr? Er war auf jeden Fall reizend, ganz, ganz reizend. Er hat uns gestern Abend ins Hotel gebracht und ist dann mit uns ins Krankenhaus gefahren, und dabei hat er die ganze Zeit Polizeianrufe bekommen. Ich weiß gar nicht, woher er die Zeit nimmt, sich auch noch um dich Sorgen zu machen.«

»Wahrscheinlich nur, damit ihr ihn nicht anzeigt«, erwidere ich bissig.

»So wie du ihn beschrieben hast, habe ich mir das reinste Monster vorgestellt. Nein, wirklich, was du in den letzten Wochen über ihn geschrieben hast, der ganze Ort hat …«

Ich unterbreche sie hastig. »Hast du sonst noch jemandem gesagt, dass ich hier bin? Lizzie? Ben?« Nicht, dass ich die Leute beunruhigen will, aber eine so dramatische Situation muss man doch ausnutzen.

»Lizzie habe ich gestern Abend informiert, aber wie ich Ben erreiche, wusste ich leider nicht, deshalb habe ich

Lizzie gebeten, ihn anzurufen. Ich rufe sie gleich noch mal an und sage ihr, dass du wach bist.«

James kommt mit drei Bechern auf einem Tablett zur Tür herein.

»Die Schwester schickt den Arzt, damit er Sie durchcheckt. Eine Tasse Kaffee, Sorrel? Patrick?«

Sorrel und Patrick? Meine Güte, das ging aber schnell. Ich habe seit Jahren nicht mehr gehört, dass jemand sie so angeredet hat. In meinem Freundeskreis werden sie Mr und Mrs C genannt und ihre Freunde sagen ständig nur »Liebling«. Ich hatte beinahe vergessen, dass sie auch noch Vornamen besitzen.

»Danke, James, ganz reizend von Ihnen.«

Meine Mutter setzt sich auf einen Stuhl und holt eine Schachtel Zigaretten aus der Tasche.

»Haben Sie mir keinen Kaffee mitgebracht?«, jaule ich

James runzelt die Stirn. »Nein. Der Arzt kommt gleich. Ich glaube nicht, dass Sie vorher Kaffee trinken sollten.« Oh, nein, ich Dummchen, natürlich nicht. Ich streife die Zigaretten meiner Mutter mit einem schrägen Blick. Das Koffein würde mir schaden, aber nicht, im Zigarettenqualm zu ersticken.

»Glaubt ihr, ich darf hier drinnen rauchen?«, fragt meine Mutter gerade. James zuckt mit den Schultern. »Ich kann keine Rauchmelder entdecken.«

»Nein, ich glaube nicht, dass du hier drinnen rauchen darfst«, schimpfe ich.

»Ach, sei nicht so pingelig, Liebling. Ehrlich, wir armen Raucher geraten immer mehr in die Minderheit. Wir werden an den Rand der Gesellschaft gedrückt und kriminalisiert.« Sie zündet sich genüsslich eine Zigarette an und klopft einladend auf den Stuhl neben sich. »So, James, und jetzt erzählen Sie mal, wie Sie Miles' kleines

Mädchen kennen gelernt haben. Ich war bass erstaunt, als Holly mir mitteilte, dass Sie der Bräutigam sind. Kennen Sie Miles? Schrecklicher alter Kerl, was?«

Oh, toll. Ist schon in Ordnung. Kümmert euch nicht um mich. Ich bin nur dem Totengräber von der Schippe gehüpft und habe lästigerweise gerade das Bewusstsein wiedererlangt. Kein Anlass zur Sorge.

Und so findet uns Dr. Kirkpatrick eine Viertelstunde später vor. Ein verräuchertes Zimmer, eine schmollende Patientin, ein charmanter Polizeibeamter (der, wie ich hinzufügen möchte, so charmant ist, dass meine Mutter mich garantiert der Falschaussage bezichtigen wird) und meine lachenden Eltern. Meine Stimmung bessert sich ein wenig, als er das Zimmer betritt, weil es a) mein Lieblingsarzt ist und weil b) die Aufmerksamkeit, wenn auch nur für kurze Zeit, wieder mir gilt. Das heißt natürlich, wenn die drei Musketiere da drüben ihr faszinierendes Gespräch mal unterbrechen können.

Dr. Kirkpatrick ist wirklich hinreißend. Seine dunklen Haare sind frisch gewaschen und fallen ihm spitzbübisch in die Stirn.

Er grinst mich an. »Schon wieder da, Holly?«

»Ich kann mich einfach nicht fern halten«, murmele ich. Er ergreift mein Handgelenk und konzentriert sich auf meinen Puls. Er sagt ein paar Mal »hmm«, dann tritt er ans Fußende meines Bettes und nimmt das Krankenblatt zur Hand, um etwas einzutragen.

»Nun, ich sehe nicht, dass Sie dauerhafte Schäden davontragen werden, aber ich würde Sie gerne bis heute Nachmittag zur Beobachtung hier behalten. Mit einer Gehirnerschütterung kann man nicht vorsichtig genug sein.« Ich gucke vorwurfsvoll zu den anderen, um mich zu vergewissern, dass sie auch alles gehört haben.

Dr. Kirkpatrick wendet sich zu der Gruppe in der Ecke. »Kann einer von Ihnen … oh, hallo, Detective! Wie geht es Ihnen?« Er schüttelt James die Hand. »Halten Sie durch?« Ihm geht es verdammt wunderbar, würde ich am liebsten schreien. Ich bin die Verletzte. Diejenige, die fast den Löffel abgegeben hätte.

Dr. Kirkpatrick fährt fort: »Kann einer von Ihnen Holly nach Hause bringen? Gegen späten Nachmittag?« Alle nicken und der Arzt wendet sich wieder zu mir.

»Ich komme nach dem Mittagessen noch einmal zu Ihnen, Holly.« Er lächelt mir kurz zu und weg ist er. James steht auf.

»Ich muss jetzt mal ein bisschen arbeiten gehen.«

Ein Gedanke zuckt mir durch den Kopf und mir wird ganz übel vor Angst.

»Was ist mit dem Tagebuch? Hat Vince in der Redaktion Bescheid gesagt?«

»Natürlich. Ich habe Joe gestern Abend geholfen, die Ausgabe zu schreiben. Na ja, also ich habe ihm die Informationen gegeben. Und machen Sie sich keine Sorgen, das läuft heute genauso ab. Es gibt sowieso nicht allzu viel Neues. Ich werde Christine verhören und dann muss ich die Verhandlung gegen sie vorbereiten, das meiste ist also Papierkram.«

»James, mein Lieber«, flötet meine Mutter. »Macht es Ihnen etwas aus, Lizzie von unterwegs anzurufen? Hier ist die Nummer. Handys sind hier leider nicht erlaubt.« Oh, klar. Im Gegensatz zum Rauchen, das selbstverständlich hochwillkommen ist. Es fasziniert mich mein Leben lang, wie meine Mutter die Regeln zu ihren Gunsten hinbiegt.

Er nimmt die Nummer von meiner Mutter entgegen. »Ich komme gegen Mittag wieder.«

»Rufen Sie Joe auch an!«, rufe ich ihm hinterher. Zustimmend hebt er die Hand.

Ein paar Minuten lang sitzen wir schweigend da.

»Dad? Könntest du mir einen Gefallen tun? Könntest du mir eine Zeitung kaufen? Ich möchte gerne das Tagebuch lesen.« Brav macht sich mein Vater auf den Weg und ich nutze die Gelegenheit, um auf die Toilette zu gehen. Dann lege ich mich wieder ins Bett.

»Nun«, lobt meine Mutter, »James ist wirklich ein netter Kerl. Ich muss sagen, ich mag ihn außerordentlich gerne.«

Wieder tritt eine Pause ein. Mir wird langsam ein bisschen unbehaglich, denn ich kann förmlich hören, wie im Kopf meiner Mutter die Gedanken rattern, so was wie: »Warum um alles in der Welt mischt dieser attraktive junge Mann halb Bristol auf, um meiner Tochter zu helfen? Sollte ich als Mutter und als Gast auf seiner bevorstehenden Hochzeit dieser Sache nicht mal auf den Grund gehen?«

»Magst du ihn, Liebling?«

Ich bestaune die Bettwäsche und überlege, ob das Krankenhaus wohl eine eigene Wäscherei hat.

»Er ist okay«, erwidere ich unverbindlich.

Pause.

»Der ganze Ort liest das Tagebuch, Liebling. Wir fotokopieren es jeden Tag und hängen es ans schwarze Brett. Alle sind große Fans von dir! Mrs Murdoch aus dem Dorf glaubt, dass du ihn sehr gerne magst.«

»Du meine Güte! Er heiratet in einer Woche!«, explodiere ich. »Ihr seid zu seiner Hochzeit eingeladen, deshalb bin ich auch eingeladen! Seine Verlobte Fleur, die Tochter eures Freundes Miles, ist wirklich ein nettes Mädchen. Und was ist mit Ben? Magst du ihn auch so gerne?«

»Natürlich, Liebling. Natürlich mögen wir ihn auch.« Sie schweigt. »Obwohl …«

»Obwohl was?«, gifte ich. Langsam werde ich sauer. Mein Gott! Ich bin gerade niedergemäht worden, war praktisch tagelang bewusstlos, und sie rauscht hier herein, ein rasches: »Wie geht's dir, Liebling?«, und schon kommt sie zur Sache. Mein Blutdruck ist ihr völlig egal. Und auch die Aussage des Arztes, mit Gehirnerschütterungen solle man nicht spaßen.

»Er war auf einem Internat, nicht wahr?«, murmelt sie.

»Und?«

»Na ja, es ist nur, weil ich finde, Internatsschüler sind im Allgemeinen ein wenig … Es gibt natürlich Ausnahmen …«

»Was sind sie ›ein wenig‹?«

Sie blickt mir direkt in die Augen. »Emotional zurückgeblieben.«

Ich schlucke. »Emotional zurückgeblieben?« Ich fasse es nicht. Und das von der Frau, die regelmäßig versucht, mit einem Taschenrechner das Fernsehprogramm umzuschalten, und Weihnachtsgeschenke im Tiefkühler versteckt.

»Ja, emotional zurückgeblieben. Ihre Eltern schicken sie mit fünf aufs Internat und es heißt: ›Keine Tränen, kleiner Mann, dein Großvater hat Tiger in Indien geschossen.‹ Und als Erwachsene sind sie dann nicht in der Lage, eine wirklich emotionale Beziehung zu jemand anderem aufzubauen.«

»Nun, Ben ist anders«, erwidere ich störrisch, aber ich spüre doch, wie leise Zweifel in mir keimen. Das war ja wohl auch ihre Absicht.

»Schon okay«, erwidert sie leichthin. Sie zündet sich noch eine Zigarette an, bläst Rauchringe in die Luft und träumt ihnen versonnen nach. Jetzt bin ich echt sauer.

»Magst du ihn denn?«, würge ich heraus.

»Hmm?«, macht sie, als wüsste sie gar nicht mehr, wovon ich rede. »Natürlich mögen wir ihn, Liebling. Solange du nur weißt, dass es der Richtige ist. Solange du nur glücklich bist.«

Meine Mutter ist ziemlich klug. Viele Leute halten sie für eine hohlköpfige Schauspielerin, aber das ist alles nur Fassade.

Sie sagt diesen Satz mit genau berechneter Gleichgültigkeit, und obwohl ich weiß, dass sie nur schauspielert, hat es trotzdem den gewünschten Effekt auf mich. Ich beginne zu zweifeln. Bravo, Sorrel Colshannon. Eine gute Darbietung.

Aber wissen Sie was? Ich will jetzt nicht darüber nachdenken. Ehrlich nicht. Ich habe das Gefühl, ich möchte ein bisschen weinen, und es fällt mir schwer, die Tränen zurückzuhalten. Das liegt bestimmt am Schock. Dabei ist mein Leben doch sowieso schon kompliziert genug. Ich will einfach nicht über mein Liebesleben reden, weil es im Moment wichtigere Dinge gibt. Ich liege mit Gehirnerschütterung im Krankenhaus, meine Karriere hat durch das Tagebuch einen großen Aufschwung genommen, meine beste Freundin hat sich gerade von ihrem Freund getrennt und ich habe auch …

»Fernsehinterview. Morgen um sieben. Dein Detective hat angerufen und ich bin sofort hierher geeilt.« Joe walzt ins Zimmer.

»Es geht mir schon wieder besser, Joe, danke für die Nachfrage. Wie geht es dir?«, erwidere ich bissig.

»Gut, danke.« Er wendet sich zu meiner Mutter und streckt seine Hand aus. »Joseph Heesman. Nett, Sie kennen zu lernen. Sie sind sicher Hollys Mutter.«

»Und Sie müssen ihr berüchtigter Chefredakteur sein. Ihr Ruf eilt Ihnen voraus.«

»Hoffentlich nur schlecht?«

»Grauenhaft.«

»Was ist mit ihr?« Er weist mit dem Kopf in meine Richtung.

»Ein Schlag auf den Kopf.«

Er wendet sich direkt an mich. »Aber morgen bist du wieder fit, oder?«

»Ich weiß nicht … bei Gehirnerschütterungen muss man vorsichtig sein.«

»Ach, komm, Holly! Nach der letzten Ausgabe haben sie sofort angerufen.« Er zwinkert meiner Mutter zu.

»Was heißt das? Was hast du denn geschrieben?«

»Es hat alle Merkmale eines erstklassigen Thrillers. Der Täter flüchtet. Die Guten jagen die Bösen. Mann schlägt Frau nieder. Und das auch noch zum zweiten Mal! Zusätzlich sind die Fotos Spitze! Ich habe ein paar davon fürs Interview zurückgehalten.«

»Von wem werde ich interviewt?«

»Wie beim letzten Mal, nur vom Regionalsender. Aber schau einem trojanischen Pferd nicht ins Maul. Die Geschichte hat ziemlich viel Aufsehen erregt. Den ganzen Vormittag über haben Leute angerufen, um zu fragen, wie es dir geht. Du hast einen richtigen kleinen Kult geschaffen.«

Diese unverblümte Schmeichelei heitert mich auf.

»Wirklich?«

»Ja, wirklich.«

Mein Vater kommt zurück und reicht mir die Zeitung.

»Entschuldigung, dass es so lange gedauert hat. Das ist ein wahres Labyrinth hier.« Rasch schlage ich meine Seite auf, während mein Vater und Joe sich bekannt machen.

»Mann, Joe!«, lobe ich. »Kein Wunder, dass das Aufsehen erregt hat.« Er sieht äußerst zufrieden mit sich aus, und er hat auch allen Grund dazu. Der Artikel fängt an mit den Worten:

»Ich schreibe dies an Stelle unserer Korrespondentin Holly Colshannon, die als Folge der dramatischen Entwicklungen des heutigen Tages bewusstlos in einem Krankenhausbett liegt …«

»Die Fotos sind auch gut, oder? Vince hat sich unheimlich viel Mühe damit gegeben. Aber er konnte nur den ersten Film entwickeln, deshalb haben wir uns gedacht, wir nehmen den zweiten für das Fernsehinterview. Er kommt später vorbei, wenn es dir recht ist, und macht für die morgige Ausgabe ein paar Aufnahmen von dir.«

»Gut«, erwidere ich feixend. Die Fotos sind hervorragend geworden. Es gibt ein paar, auf denen wir alle (außer Christine) auf die Kamera zulaufen, und dann welche, auf denen wir hinter Christine, von der man nur den Rücken sieht, herjagen. Ich lese den Artikel zu Ende und reiche die Zeitung meinen Eltern, damit sie sich auch an ihm ergötzen können.

Joe steht auf. »Na ja, ich bin schon wieder weg. Hoffentlich bist du morgen in Ordnung. Übrigens soll ich dir von allen aus der Redaktion schöne Grüße bestellen. Ich hätte dir eigentlich ein paar Blumen mitbringen müssen, was?«

»Ja, das hättest du tun sollen.«

»Ach, macht nichts, schließlich schreibe ich dir ja heute Abend noch mal deinen Artikel. Gut gemacht, Holly. Ganz toll«, strahlt er, als sei ich persönlich dafür verantwortlich, dass ich niedergemäht worden bin. »Entlassen sie dich heute?«

»Ja, am späten Nachmittag.«

»Na, fein. Es ist doch alles zu etwas gut, was? Bis morgen, pass heute Nacht gut auf dich auf.« Und damit ist er verschwunden.

Ich werde müde. Meine Mutter merkt, dass mir die Augen zufallen, und sagt: »Willst du nicht ein bisschen schlafen, Liebling? Wir trinken einen Tee in der Cafeteria.«

Ich bin wirklich groggy. Probehalber mache ich für ein paar Minuten die Augen zu.

Panisch jage ich hoch. Man hat mich gejagt …

»Holly? Alles in Ordnung. Es geht dir gut.« Gesichter beugen sich über mich. Ich ringe nach Luft und langsam beruhigt sich mein Herzschlag wieder. Lizzie ist da, sehe ich, und ebenso meine Eltern.

»Wie lang habe ich geschlafen?«

»Ungefähr eine Stunde. Lizzie kam, kurz nachdem du eingeschlafen warst«, sagt meine Mutter.

»Hallo! Wie geht es dir?« Lizzies mitfühlendes Gesicht taucht über mir auf.

»Oh, gut. Warum bist du nicht im Büro?«

»Dein Detective hat mich angerufen und gesagt, dass du jetzt wach wärst. Im Büro haben sie schon den ganzen Morgen von nichts anderem geredet. Also bin ich zu Alastair gegangen, habe ihm erzählt, was passiert ist, und er hat mir sofort freigegeben! Du solltest das öfter machen, Hol!«

»Das sagen alle!«, erwidere ich grimmig. Ich sinke in die Kissen zurück.

Lizzie schnattert weiter, über dieses und jenes, und während ich im Zeitlupentempo wach werde, lausche ich ihrer Stimme.

»Hast du Ben angerufen?«

»Gestern Abend und heute früh. Er kommt in der Mittagspause.«

»Gut!«, freue ich mich und widme meiner Mutter einen beziehungsvollen Blick. Siehst du? Er liebt mich doch. »Ist dein Verhältnis zu Alastair besser geworden?«

Lizzie schüttelt den Kopf. »Nein«, erwidert sie knapp.

Schweigend sitzen wir ein paar Sekunden lang da. In Anwesenheit meiner Eltern will Lizzie offenbar über das Debakel mit Alastair nicht reden.

»Hast du die Zeitung schon gesehen? Ich habe sie mitgebracht«, sagt sie schließlich.

»Ja, danke, mein Vater hat sie mir schon besorgt.«

»Und, läuft denn da irgendwas, Hol?«

»Wie meinst du das?«

»Na ja, du weißt schon, zwischen dir und dem Detective. Im Büro reden sie von nichts anderem.«

»Zwischen uns läuft gar nichts«, herrsche ich sie an. »Du solltest es doch am besten wissen, Lizzie. Hast du ihr das in den Kopf gepflanzt?«, frage ich meine Mutter, die aufmerksam ihre Fingernägel studiert. Mein Vater hat sich den *Guardian* gekauft und ist taktvoll dahinter verschwunden.

Meine Mutter mustert mich beleidigt. »Natürlich nicht, Liebling. Ich denke das eben nicht alleine. Die Dame in der Cafeteria hat auch gesagt …«

Ich gaffe sie an.

»Du hast mit der Frau in der Cafeteria darüber geredet?«

»Na ja, nicht so direkt. Wir kamen ins Plaudern und ich sagte, ich besuche meine Tochter und du seiest Reporterin, und dann fragte sie, ob du *die* Reporterin seiest, was ich stolz bejaht habe. Und dann hat sie mir erzählt, dass sie und all ihre Kolleginnen jeden Tag das Tagebuch lesen würden. Ich hab mich bei ihr bedankt, obwohl ich eigentlich gar nicht weiß, wofür. Übrigens hat sie gemeint, einer der Röcke, den du in den letzten Tagen getragen hast, sei nicht so schön gewesen. Die anderen jedoch fanden …« Mein Vater senkt die Zeitung, sieht mich an, verdreht die Augen und hebt die Zeitung wieder vors Gesicht.

»Komm auf den Punkt«, mahne ich.

»Na gut, Liebling, du brauchst den Rock nicht gleich in die Altkleidersammlung zu geben, ich erzähle ja nur, was sie gesagt hat. Ich kann ja nichts dafür …«

»Komm, verdammt noch mal, auf den Punkt!«

»Na ja, und dann hat sie gefragt, ob du und der Detective wohl ein Paar werden würdet.«

Lizzie wirft ein: »Ich habe heute früh im Büro zehn Pfund darauf gesetzt. Aber, Holly, ich will nicht, dass du dich in irgendeiner Weise beeinflussen …«

»Ihr wettet im Büro? Auf was?«

»Auf dich und James natürlich.«

»Er heiratet in einer Woche!«

»Wer heiratet?«, ertönt eine Stimme von der Tür her.

»Sie«, antworte ich mit ersterbender Stimme. »Lizzie hat nur gerade gefragt, wann denn die Hochzeit sei.

Wie ist es im Büro? Sitzt Christine hinter Schloss und Riegel?«, fahre ich rasch fort, bevor er mich ins Kreuzverhör nehmen kann. Vielleicht sollte ich noch einmal bewusstlos werden und den Tag ganz von vorne beginnen.

»Ja, alles bestens.« Er schweigt. »Die Kollegen haben gesammelt und Ihnen das hier gekauft.« Er zieht einen riesigen Strauß Lilien hinter seinem Rücken hervor.

»Oh, wie toll!«, hauche ich glücklich und drücke meine Nase in den duftenden Strauß. Die Blicke, die meine Mutter und Lizzie wechseln, stehen geradezu im Raum. Zwischen den Stielen steckt eine Karte, auf der steht: »Tut uns Leid, dass Dick Ihnen ständig Veilchen verpasst. Wir freuen uns darauf, Sie bald wieder hier zu haben.«

»Wie nett von ihnen«, sage ich betont nüchtern. »Sagen Sie ihnen bitte herzlichen Dank von mir, ja?«

»Und ich habe Ihnen die hier mitgebracht.« Er zieht den anderen Arm hinter dem Rücken hervor und reicht mir einen großen Strauß Freesien. Ich bin außer mir vor Entzücken.

»Meine Lieblingsblumen.«

»Ich weiß, mir ist eingefallen, dass Sie das mal gesagt haben«, sagt er leise. Mir purzeln die Tränen in die Augen. »Robin ist mitgekommen«, fährt James fröhlich fort. »Sie parkt gerade das Auto.« Meine Rührung verwandelt sich in Ärger.

»Toll«, erwidere ich und fahre mir mit der Hand über die Stirn. Ob ich wohl in die Wechseljahre komme? Ein bisschen früh vielleicht, aber es wäre eine Erklärung für die Hitzewallungen und die Stimmungsschwankungen.

Dr. Kirkpatrick betritt das Zimmer. Er lächelt in die Runde.

»Sind Sie alle immer noch hier?« Ja. Leider.

»Ist es schon Mittag?«

»Ja, sicher«, erwidert er. »Wie geht es Ihnen, Holly? Besser?«

»Mir geht es gut.« Während er meinen Blutdruck misst, kommt Robin ins Zimmer und ich winke ihr zu.

»Wie geht es dir?«, formt sie lautlos. Ich signalisiere ihr, dass es mir gut geht. Sie starrt den gut aussehenden Arzt an, was ich ihr nicht verübeln kann, weil er wirklich zum Anstarren schön ist. Er lächelt sie an. Sie erwidert sein Lächeln. Er lächelt noch ein bisschen mehr. Das Blutdruckmessgerät piepst. Hallo! Hallo! Hier ist die Patientin. Ich räuspere mich betont.

»Hmm? Ach ja, Entschuldigung, Holly.« Er wendet seine Aufmerksamkeit wieder meinem Blutdruck zu.

»Es ist alles in Ordnung. Ruhen Sie sich noch ein bisschen aus, bevor Sie das Krankenhaus verlassen. Brauchen Sie ein Schmerzmittel?«

Ich betrachte düster meine menschliche Umgebung.

»Nicht für meinen Kopf«, murmele ich.

»Wenn ich es nicht mehr schaffe, zu Ihnen zu kommen, bevor Sie gehen, passen Sie ein bisschen auf in den nächsten Tagen. Ich bin überzeugt davon, dass wir uns bald wiedersehen.«

Er lächelt Robin an. »Nett, Sie kennen zu lernen«, sagt er noch, bevor er das Zimmer verlässt.

Robin starrt ihm nach. »Mann! Holly! Du hast vielleicht ein Glück!« Ja, nicht wahr?

Sie seufzt schwärmerisch. »Er ist göttlich!«

Ich lächele. »Ja, nicht wahr? Und du solltest ihn erst einmal sehen, wenn …«

»Schon gut, schon gut. Sie brauchen gar nicht so unverblümt vom Doktor zu schwärmen. Wir können sowieso nicht lange bleiben, wir müssen wieder ins Büro. Holly, Ihr Freund ist da«, faucht James und zeigt auf die Tür. Offensichtlich ist er eifersüchtig, weil Robin der gut aussehende Arzt so gut gefällt. Er führt wirklich ein kompliziertes Leben. Ich luge durch die Menschenansammlung zu Ben, der an der Tür steht.

»Ben!«, rufe ich liebevoll, während er mit drei großen Schritten an mein Bett geeilt kommt.

»Lizzie hat gestern Abend angerufen. Ich habe mir solche Sorgen gemacht. Aber sie hat gesagt, ich bräuchte nicht extra zu kommen.« Er beugt sich über mich und küsst mich. »Wie fühlst du dich?«

»Gut. Absolut okay.« Ich stelle sie alle einander vor und Ben schüttelt jedem die Hand. Er setzt sich ans Fußende des Bettes.

»Wie ist das denn passiert?«

Ich erkläre ihm lang und breit die Geschichte mit dem Baum und zeige dabei ab und zu auf James, der an der Wand lümmelt und herrlich schlecht gelaunt aussieht.

Ich bin zutiefst erleichtert, dass Ben in Erscheinung getreten ist. Das bringt seine Kritiker zum Schweigen.

»Wie lange musst du hier bleiben?«

»Sie lassen mich heute schon wieder raus, Gott sei Dank.«

Er runzelt die Stirn. »Ich habe gleich Training, aber deine Eltern bringen dich bestimmt nach Hause, oder?«

»Klar, kein Problem.«

Eine Krankenschwester betritt das Zimmer. Sie hat ein freundliches, mütterliches Gesicht und unter ihrem Häubchen blitzen rote Haare hervor. »Ein bisschen voll hier«, tadelt sie fröhlich. »Was hielten Sie davon, wenn Sie jetzt eine Tasse Tee trinken gehen und die Patientin in Ruhe essen lassen würden? Kommen Sie in einer halben Stunde wieder.« Gloria Halleluja! James, Robin und Ben verabschieden sich, während meine Eltern und Lizzie in die Cafeteria gehen.

»Geht es Ihnen gut, meine Liebe? Sie bekommen noch Kopfschmerzen von den vielen Leuten.«

Behaglich sinke ich zurück in die Kissen. Die Schwester schüttelt mein Bett auf und hebt ein Kissen auf, das zu Boden gefallen ist.

»Sie sind die Reporterin, nicht wahr? Das Dick-Tracey-Mädchen?«

»Ja.«

»Ich hatte gestern Abend Dienst, als man Sie gebracht hat. Ihr Detective war ganz aufgelöst.«

Ich versteinere. Offensichtlich hat meine Mutter die Frau infiziert.

»Er hat kaum etwas von seiner Umgebung mitbekommen. Nachdem wir Sie versorgt hatten, sagte ich zu ihm: ›Jack! Sie sehen genauso aus wie auf den Fotos!‹, und er glotzte mich an, als sei ich irre.« Ich entspanne mich ein wenig. James hatte in dem Moment bestimmt nur vergessen, dass sein Künstlername Jack war.

»Und welcher ist Ihr Freund?«, fährt sie im Plauderton fort.

Na, wenigstens einer, der begreift, dass ich keine heiße Liebesaffäre mir ihm habe, nur weil ich über ihn schreibe.

Ich grinse sie an. »Der große Blonde. Er ist Rugbyspieler.«

»Tatsächlich? Er sieht nett aus.«

»Ja, das ist er auch«, erwidere ich.

»Sie müssen ihn schrecklich lieben.«

»Ja, ich …« Ich breche ab und runzele die Stirn. »Warum sagen Sie das?«

Sie unterbricht ihre Arbeit und mustert mich. »Weil Sie die ganze Nacht nach ihm gerufen haben. O ja, die ganze Nacht hindurch. Sie waren ganz aufgeregt. Ich habe mich eine Weile zu Ihnen gesetzt, bis Sie sich wieder beruhigt hatten, aber nach einer Stunde wiederholten Sie das Ganze.«

»Das tut mir Leid«, erwidere ich zerknirscht.

»Kein Problem, Schätzchen. Dafür bin ich ja da und außerdem hat es mich gefreut.«

Ich wünschte, meine Mutter und Lizzie könnten das hören. Das wäre der Beweis dafür, dass sie sich irren mit ihren albernen … Ein Gedanke durchzuckt mich. Meine Handflächen werden ganz feucht und verlegen frage ich die Krankenschwester: »Habe ich seinen Namen oder seinen Spitznamen gerufen? Nur, damit ich ihn später damit aufziehen kann.«

»Seinen Namen, Schätzchen. Definitiv seinen Namen.« Sie schweigt, dann rammt sie mir das Messer in die Brust: »James klingt nicht nach Spitzname, oder?«

– 23 –

Ich starre auf mein Essenstablett und versuche krampfhaft, mich zu konzentrieren. James, James, ich habe James gesagt, wiederhole ich im Geiste. Na und? Schließlich hat er mich niedergestreckt, da musste ich halt an ihn denken. Genau. Daran liegt es. Ich habe sein Gesicht als Letztes gesehen, und da habe ich natürlich seinen Namen gerufen.

Entschlossen greife ich zur Gabel und betrachte den Kartoffelsalat. Es ist eins dieser kleinen Plastiktabletts, auf denen sie im Flugzeug die Mahlzeiten servieren. Ich piekse in den Schinken. Was hat die Schwester noch mal gesagt? »Es hat mir das Herz gewärmt«, oder so ähnlich. Ich schlucke. Sie hat auch erwähnt, wie sehr ich ihn lieben müsse. Ich lasse meine Plastikgabel fallen, sinke zurück in die Kissen und spüre, wie ich knallrot werde. Oh, Gelbe Rüben. Wenn er nun auf meiner Bettkante gesessen hätte! Wenn er mich gehört hätte!

Und was empfinde ich für ihn? Angestrengt überlege ich und versuche, mir die letzten Wochen ins Gedächtnis zu rufen. Sein Gesicht, sein Lächeln. Und dann denke ich an seine Hochzeit und an Fleur. Und ich weiß es. Es ist wie ein Schlag ins Gesicht. Ich kann es nicht ertragen, an seine Hochzeit zu denken. Ich liebe ihn.

Meine Unterlippe bebt ein wenig. Wie konnte mir das nur passieren? Noch ein schrecklicher Gedanke kommt mir. Mein Gott, man hat es mir bestimmt angesehen. Jeder, buchstäblich jeder hat doch gewusst, dass zwischen uns etwas ist. Meine Mutter, Lizzie, Mrs Murdoch aus dem Dorf, selbst die Frau in der Cafeteria. Und warum? WEIL ICH DARÜBER GESCHRIEBEN HABE, DESHALB! Nicht er, sondern ich. Nicht seine Gefühle, sondern meine. Und weil meine Gefühle schwarz auf weiß in der Zeitung standen, haben die Leute natürlich gedacht, er empfindet das Gleiche. Wie peinlich.

Ach, wie ich mir wünschte, es liefe wirklich etwas zwischen uns.

Ich schlage mir die Hand über den Mund. Wie kann ich so etwas nur denken? Wo doch Fleur so nett zu mir war!

Das Blut schießt mir noch mehr in die Wangen und Tränen sammeln sich in meinen Augen. Am liebsten hätte ich mich unter der Bettdecke versteckt und wäre nicht mehr herausgekommen bis, sagen wir, Weihnachten? Ob man es im Krankenhaus wohl merken würde, wenn ein Patient samt Bett verloren ginge? Das passiert doch sicher häufig.

Verzweifelt kaue ich an den Fingernägeln, was ich bestimmt seit zehn Jahren nicht mehr getan habe. Ich konzentriere mich darauf, nicht zu heulen, denn wenn ich jetzt damit anfinge, könnte ich sicherlich monatelang nicht mehr aufhören. Stattdessen versuche ich, an harmlose Dinge zu denken. Den Euro. Die Kommunalwahlen. Aber es hilft nichts.

Meine Tagebuchartikel müssen praktisch Liebesbriefe gewesen sein, ein offenes Buch für die Leser. Sie lachen mich wahrscheinlich alle aus und tuscheln: »Da ist ja die Reporterin, die so wahnsinnig in den Detective verliebt ist, der in einer Woche heiratet.« Und dieser Detective heißt James und er heiratet Fleur. Mir wird klar, dass ich absichtlich vermieden habe, an seine Hochzeit zu denken, deshalb zwinge ich mich jetzt dazu. Ich stelle mir vor, wie Fleur, wunderschön in cremefarbener Spitze, den Gang hinunterschreitet, wie James am Altar wartet, und ich zwinge mich dazu, zuzusehen. Ich werde ihn verlieren. Ihn verlieren, kaum dass ich ihn gefunden habe.

Jetzt weine ich wirklich. Eine einsame Träne kullert mir die Wange hinunter. Das ist in Ordnung, sage ich mir. Belass es dabei, fang bloß nicht an, hysterisch zu schluchzen.

Vielleicht ist es ja gar keine Liebe, denke ich hoffnungsvoll. Vielleicht ist es bloß Verliebtheit. Schließlich sieht er gut aus und ich war die letzten Wochen sozusagen mit ihm eingesperrt. Und heißt es nicht immer, dass entführte Frauen sich in ihre Kidnapper verlieben? Nun, eventuell ist es ja so was. Genau, das muss es sein …

Eins ist auf jeden Fall sicher. Er empfindet nichts Vergleichbares für mich. Ganz bestimmt nicht. Er heiratet jemand anderen. Nächste Woche. Ein wunderschönes, nettes Mädchen, der ich nicht das Wasser reichen kann.

Gleich kommt die halbe Mannschaft zurück. Und meine Mutter und meine beste Freundin werden sofort merken, dass irgendetwas los ist. Denk an was anderes. Ben. Gute Wahl, Holly, gute Wahl. Okay, lass uns an Ben denken. Warum nicht? Das ist ein absolut schmerzloser Gedanke. Dabei brauche ich nicht zu heulen. Entschlossen konzentriere ich mich aufs Denken. Na los, Holly, denk schon. Denk an Ben. Nichts. Stirnrunzelnd versuche ich es noch einmal. Wie schwer kann es denn sein, an Ben zu denken? Ich verharre eine Minute, dann gebe ich auf. Ich empfinde nichts für ihn. Natürlich, ich kann ihn mir vorstellen und auch zugeben, dass er auf gewisse Weise echt attraktiv ist, aber sonst nichts. Wie bin ich bloß jemals auf den Gedanken gekommen, ihn heiraten zu wollen? Ich habe ihn doch gar nicht geliebt. Ich liebte sein Aussehen, seine Position, die Scharen von Mädchen, die ihm hinterherrannten, aber abgesehen davon bleibt nicht viel. Die Erkenntnis ist ein weiterer Schlag für mich. Zerrüttet sinke ich in die Kissen zurück und schließe die Augen. Ich habe auf das falsche Pferd gesetzt.

Na ja, ich werde mich wohl oder übel von Ben trennen müssen. Der Feigling in mir hebt sein Köpfchen. »Aber dann bist du allein«, flüstert eine Stimme in mir. »James heiratet in einer Woche, haut auf die Malediven ab und du bleibst allein zurück.« Mir leuchtet der Standpunkt zwar ein, aber zu meiner Überraschung wäre es mir lieber, allein zu sein, als Ben etwas vorzumachen. Außerdem habe ich ja immer noch Lizzie und meine Familie. Wo wir gerade davon reden – wo bleiben sie eigentlich? Sie sind jetzt schon seit über einer Stunde in der Cafeteria. Warum drängen sie sich nicht um mein Bett und kühlen mir die fieberheiße Stirn?

Vom Flur ertönt lautes Kreischen und ich zucke zusammen. Wahrscheinlich hat jemand Nierensteine. Das Geräusch wiederholt sich, aber dieses Mal erkenne ich die Person, die es produziert. Keine Nierensteine. Leider.

Meine Mutter taucht an der Tür auf. Vor lauter Lachen purzeln ihr die Tränen übers Gesicht. Meine Familie ist wieder da. Hinter ihr tauchen Lizzie und mein Vater auf, der sich heftig den Arm reibt.

»Oh, Liebling! Das war unglaublich lustig! Dein Vater ist zwischen den Aufzugtüren stecken geblieben!« Gackernd sinkt sie auf einen Stuhl. »Die Türen sind einfach zugegangen. Ich habe hektisch versucht, auf den ›Tür auf‹-Knopf zu drücken, aber stattdessen habe ich wohl den ›Tür zu‹-Knopf erwischt!«

Die Belustigung meines Vaters hält sich in Grenzen. »Das war bestimmt für dich reichlich verwirrend.«

»Ich hatte meine Brille nicht auf«, juchzt meine Mutter entschuldigend.

»Daran hat es möglicherweise gelegen«, brummelt Vater.

»Na ja. Wie geht es dir, Holly? Wie fühlst du dich?«, wendet sich nun Lizzie mitfühlend an mich.

»Oh, gut. Ich fühl mich wieder wie neu«, schwindele ich, was in gewisser Weise ja auch stimmt. So beschissen habe ich mich noch nie gefühlt. Wie kann sich das Leben nur so schnell ändern? Vor einer Stunde haben die drei dieses Zimmer verlassen und seitdem befinde ich mich auf einer Art emotionaler Achterbahn, und ich habe das dumme Gefühl, dass die Fahrt noch lange nicht vorbei ist. Vince bewahrt mich mit seinem Erscheinen vor weiteren düsteren Gedanken.

»Ooh, Herzchen, alles in Ordnung?«, flötet er von der Tür her. Er tänzelt ins Zimmer und die Augen meiner Mutter leuchten auf. Sie erkennt einen Thespisjünger aus hundert Metern Entfernung.

»Was für ein Aufruhr! Das war ja so aufregend! Und die Fotos! Ich sag dir was, Liebling – das ist der Pulitzerpreis für mich!« Er wendet sich an meine Eltern. »Sie sind bestimmt Hollys Eltern. Sie ist Ihnen wie aus dem Gesicht geschnitten«, schmeichelt er meiner Mutter. Dann schüttelt er meinem Vater die Hand. »Und Sie! Nun, Sie …«

»Vince, das ist meine beste Freundin Lizzie!«, mische ich mich ein, bevor er irgendwas Übertriebenes zu meinem Vater sagt. Nicht dass mein Vater homophob wäre, aber Schwule machen ihn nervös. Ziemlich nervös.

»Nett, Sie kennen zu lernen, Lizzie.« Er wendet sich wieder an mich. »Wie geht es dir denn, meine Liebe? Das war vielleicht ein Schlag! Zack! Direkt auf den Kopf. Und James ist wie ein geölter Blitz zu dir zurückgerannt. Am liebsten wäre ich an deiner Stelle gewesen.« Er erschauert und starrt, in seine privaten Träume versunken, in die Ferne.

»Weiter«, dränge ich, »was ist dann passiert?«

»Oh, er war so männlich! Wie Rhett Butler. Er hat es einfach den anderen Beamten überlassen, weiter hinter der Frau herzujagen. Natürlich habe ich angefangen, dich zu fotografieren. Tut mir Leid. Er hob den Baum weg und schrie die ganze Zeit: ›Holly! Holly!‹ Die Fotos sind fantastisch geworden. Und das Licht war genau richtig. Ich brauchte noch nicht einmal einen Filter, ich konnte ...«

»Vince?«

»Entschuldigung. Auf jeden Fall, wie ich schon sagte, er hatte panische Angst und versuchte dauernd, dir den Puls zu fühlen. Und als er ihn dann endlich fand! Ooh! Er war so erleichtert.« Ich weiß, dass meine Mutter und Lizzie beziehungsvolle Blicke wechseln, aber es ist mir egal. Ich beuge mich vor, begierig, mehr zu hören. »Er hockte neben dir, schloss die Augen und murmelte vor sich hin. Es war wundervoll! Ich habe fast geweint.«

»Was hat er gemurmelt?«, frage ich mit gespielter Nonchalance.

»Hmm? Oh, ich weiß nicht. Ich konnte es nicht hören.« Ein lästiges Stimmchen in mir wispert: »Vielleicht bedeutest du ihm ja doch etwas.« Vielleicht. Aber wäre ich nicht genauso erleichtert, wenn ich merkte, dass ich jemanden nicht umgebracht habe? Würde es mich nicht auch beruhigen, wenn ich den Puls bei einer Person fände, der ich gerade einen abgestorbenen Baum auf den Kopf gedonnert habe? Wäre ich nicht auch dankbar, dass ich jetzt keine Gerichtsverhandlung befürchten muss?

Diese Gedanken beschäftigen mich, während Vince rasch ein paar Aufnahmen macht. Ihm gefällt mein trübsinniger Gesichtsausdruck. Als er fertig ist, verschwindet er mit einem fröhlichen »Horrido«, um in die Redaktion zu fahren.

Ich reiße mich zusammen. »Nun, ich ziehe mich jetzt mal an, dann können wir diese gastliche Stätte verlassen!«, erkläre ich heiter. Schlängelnd wickele ich mein Krankenhaushemdchen um mich und tapse ins Badezimmer. Mein Vater dreht sich taktvoll zum Fenster, während meine Mutter mir meine Siebensachen bringt. Rasch schlüpfe ich hinein und trete gerade aus dem Badezimmer, als das Telefon läutet. Neben meinem Bett steht wahrhaftig ein Telefon. Ich hatte es gar nicht bemerkt. Zögernd nehme ich ab. »Hallo?«

»Hallo? Bist du das, Holly?«

»Ja.«

»Holly, ich bin's, Fleur.«

»Fleur!« Leicht hysterisch sage ich zu den anderen im Zimmer: »Fleur! Fleur! Es ist Fleur!« Panik steigt in mir auf. Will sie mich warnen? Mir sagen, hör zu, ich weiß ja, dass mein zukünftiger Mann verteufelt gut aussieht, aber würdest du endlich damit aufhören, ihm schöne Augen zu machen? »Fleur! Wie geht es dir?«

Sie erwidert ein wenig verwirrt: »Äh, mir geht es gut, danke, Holly. Eigentlich rufe ich an, um zu hören, wie es *dir* geht.«

»Mir? Mir geht es gut. Wunderbar. Es könnte gar nicht besser sein.«

»Oh, das ist toll. Ich habe mir wirklich Sorgen gemacht, als James es mir erzählt hat. Er hat mir deine Telefonnummer im Krankenhaus gegeben.«

»Kein Grund zur Sorge. Mir geht es gut! Ich wollte mich gerade auf den Weg nach Hause machen.«

»Oh, holt James dich ab?«

»James? JAMES?«, frage ich so überrascht, als hätte sie Prinz Charles gesagt. »Nein, nein. Meine Familie bringt mich nach Hause.«

»Wunderbar! Nun, ich freue mich auf jeden Fall, dass du dich besser fühlst.«

»Ich auch. Danke für deinen Anruf! Wir sehen uns bestimmt bald.«

»Ja, wir feiern doch am Samstag die Party. Die, zu der auch deine Eltern kommen. Du bist ebenfalls herzlich eingeladen. Dann kannst du sie noch dazu allen vorstellen. Ich freue mich sehr darauf, sie kennen zu lernen.«

»Ja, danke«, erwidere ich, um sie so schnell wie möglich loszuwerden. »Bis Samstag also! Tschüs!«

Mir ist es leicht übel, als ich auflege. Samstag! Vielleicht bekomme ich ja bis dahin einen Rückfall, das passiert bei Gehirnerschütterungen schon mal, oder? Am Dienstag fühlt man sich nicht wohl, und am Samstag ist man tot. Auf diese Art würde ich mir auch die Hochzeit schenken können. Andererseits täte es mir sicher gut, auf die Hochzeit zu gehen. Als Schlusspunkt sozusagen. Ihr Anruf ist ein Generalangriff auf meine Nerven. James hat ihr meine Nummer gegeben und sie war so nett, anzurufen.

»Das war Fleur! Sie wollte wissen, wie es mir geht. Nett von ihr, nicht wahr? Sie sagt, sie freut sich auf die Party am Samstag. Sie hat mich auch eingeladen.« Innerlich schlucke ich. Es erstaunt mich, dass niemand merkt, was in mir tobt.

Die rothaarige Krankenschwester schaut herein.

»Gehen Sie jetzt?«

»Ja.«

Sie tritt ins Zimmer. »Sind das Ihre Eltern? Ich habe eben Holly erzählt, wie sie in der Nacht immer ihren Freund gerufen hat. Sie war ...«

»Jetzt kommt schon!«, dröhne ich. Diese Geschichte braucht wahrhaftig niemand zu hören. »Wir wollen doch dem Krankenhaus nicht länger zur Last fallen«, plappere ich und scheuche alle zur Tür. »Es platzt doch sowieso schon aus allen Nähten, nicht wahr? Da brauchen wir es nicht noch zusätzlich zu verstopfen. Wahrscheinlich brauchen sie mein Bett dringend für einen anderen Patienten. Los, los!«

Morgan, der Pekinese, wartet auf uns im Auto und dieses Mal freue ich mich aufrichtig, ihn zu sehen. Er ist ein vertrautes Geschöpf und er liebt mich bedingungslos.

Natürlich nicht so sehr, wie er meine Mutter liebt. Das macht er deutlich, indem er mich schwanzwedelnd und mit einem kurzen Lecken übers Gesicht begrüßt, sich aber dann sofort auf meine Mutter stürzt.

Zu Hause lege ich mich aufs Sofa. Diese rührenden Geschichten über die Liebe des Lebens beeindrucken mich bis jetzt nicht besonders. Wo sind Cupido, die Musik, die schöne Landschaft, die üblicherweise dazugehören? Mir tut lediglich alles weh. Innen und außen.

»Können wir irgendetwas für dich tun, Liebling?«, fragt meine Mutter. Sie hebt Morgan aufs Sofa. Er krabbelt sofort auf meinen Bauch und bleibt dort zufrieden schnaufend liegen. Normalerweise haben wir eine eher stürmische Beziehung, aber heute scheint er zu spüren, dass ich Trost brauche. Seltsam, wie Tiere das merken.

Müde schüttele ich den Kopf. »Nein, mir geht's gut.« Ich runzele die Stirn. »Willst du irgendwo hin? Fährst du nach Hause?« Der Gedanke erschreckt mich.

»Nein, nein, Liebling. Wir bleiben hier und lassen uns einfach noch ein paar Sachen nachschicken. Ich rufe nur rasch meinen Regisseur an, dass ich mir diese Woche freinehme. Vor dieser Party am Samstag brauchen wir wirklich nicht mehr nach Hause zu fahren, allerdings nur, wenn es dir recht ist.«

»Ja. Ich hätte gerne, wenn ihr hier bliebt.« Sie setzt sich mir gegenüber. »Wo ist Dad?«, frage ich, als sie sich eine Zigarette anzündet.

»Er ist zu Sainsbury gegangen. Dein Kühlschrank sieht aus wie die Marie Celeste.«

Lizzie kommt mit einem großen Tablett aus der Küche. »Tee!«, sagt sie fröhlich.

Bedeutungsvolles Schweigen senkt sich über uns, während Lizzie bedächtig den Tee ausschenkt. Die Luft scheint zu vibrieren.

»Na gut! Ich gebe auf!«, knurre ich schließlich.

Meine Mutter kriegt ein verdächtiges Leuchten ins Gesicht. »Dann gibst du es also zu?«, haucht sie.

»Ja, ich gebe es zu.«

»Wir haben es gewusst! Nicht wahr, Lizzie? Wir haben es gewusst!«

»Aber er liebt mich nicht, das ist das Problem«, nuschele ich vergrämt.

»Woher weißt du das?«

»Dass er eine andere Frau heiratet, sollte als kleiner Hinweis genügen.«

Beide nicken.

»Aber das war vereinbart, bevor er dich kennen gelernt hat«, erklärt Lizzie.

»Er heiratet aber trotzdem.«

Wir schweigen und jeder hängt seinen eigenen Gedanken nach. Ich zupfe an Morgans Ohren. »Es gibt auch auf der Polizeiwache eine Frau, mit der er wahrscheinlich was hat.«

»War das auch vor deiner Zeit?« Ich nicke.

»Na ja, das ist schon ein Problem. Haben sie immer noch was miteinander?«

»Ich bin mir nicht sicher.«

»Wie findest du Fleur denn?«, fragt meine Mutter.

»Sie ist schön, nett und sie arbeitet bei einer Trauerhilfe.« Meine Mutter zuckt leicht zusammen. Sie hat wahrscheinlich gehofft, ich würde sagen: »Pickelig, gemein und sie arbeitet hingebungsvoll in einem Schlachthaus.« Ich erzähle den beiden, dass James' Bruder bei einem Unfall ums Leben gekommen ist und wie er dann Fleur kennen gelernt hat. »Er hat einmal gesagt, sie hat ihn gerettet. Ihr seht also, es ist hoffnungslos. Absolut hoffnungslos. Wie ist eigentlich ihr Vater?«

»Miles? Oh, wie praktisch jeder Sponsor, den ich kenne. Er umgibt sich gerne mit Berühmtheiten und wirft exklusive Namen ins Gespräch. Im Grunde ihres Herzens empfinden sich solche Menschen selber als Schauspieler, wollen beim Premierenerfolg dabei sein, die Schminke riechen, solche Dinge. Wenn er mir gegenüber nicht gerade seinen gewöhnungsbedürftigen Charme hat spielen lassen, dann konnte er ein richtiger Stinkstiefel sein. Er hat jedes Mal, wenn der Regisseur das Budget auch nur um einen Penny überschritten hat, einen Riesenaufstand gemacht.« Sie zuckt mit den Schultern. »Aber das war sein Job und schließlich ist es sein Geld. Ich möchte nicht behaupten, dass wir immer gute Freunde waren.«

»Bist du sicher, dass James nichts für dich empfindet, Holly?«, bohrt Lizzie. »Ich meine, was du geschrieben hast, hört sich einfach so an, als ob …«

»Aber das ist doch genau der Punkt, Liz. *Ich* habe es geschrieben, und ich habe es natürlich subjektiv gesehen. Klar, wir verstehen uns gut, aber das heißt noch lange nicht, dass er mich liebt. Ich liebe ihn, und was ich geschrieben habe, war nur Wunschdenken. Gott, ich komme mir vor wie ein Idiot. War das Tagebuch denn so offensichtlich?«

»Nein!«, protestiert Lizzie. »Bei mir im Büro zum Beispiel waren wir alle von Anfang an interessiert und haben es jeden Tag gelesen. Aber richtig interessant wurde es erst, als die Fotos hinzukamen. Er sieht halt toll aus und du bist ja nun auch nicht gerade hässlich. Dann kamen immer mehr persönliche Details ins Spiel und schließlich der Zwischenfall mit dem blauen Auge, und da, na ja, da haben eben alle ihre Schlussfolgerungen gezogen. Die Fotos waren von der Zeitung auch so ausgesucht worden, dass die Leser das denken sollten. Letzte Woche zum Beispiel war ein hübsches drin, wo ihr beide miteinander lacht, und dann gab es ein nettes von dir …«

Sie bricht ab, als ich meine Stirn in tiefste Falten lege. »Ja. Na ja. Auf jeden Fall redet das ganze Büro von nichts anderem. Jede Zeile wird analysiert. Es ist so wie damals, als ›Stolz und Vorurteil‹ im Fernsehen war, weißt du noch? Gott, was waren wir da aufgeregt! Und ihr seid eben genauso wie Elizabeth und Darcy!«

»Wenn man davon absieht, dass Darcy Elizabeth letztendlich geheiratet hat«, wende ich trocken ein.

»Ach so, ja. Na gut, dann vielleicht nicht ganz genauso.«

»Nein, Lizzie, überhaupt nicht so.« Meine Stimme wird gefährlich hoch. »Ich kann mich nämlich nicht erinnern, dass Elizabeth zusehen muss, wie Darcy die blöde Miss Havisham heiratet! Du etwa? Wenn das der Fall gewesen wäre, hätte es bestimmt Protestbriefe gehagelt.«

»Dickens, Liebling«, wirft meine Mutter ein.

»Die Leute wollen ein Happy End!«, kreische ich.

»Nein, ich meine, es war Dickens. Miss Havisham ist aus ›Große Erwartungen‹.«

»Scheiß auf Miss Havisham.« Ich schubse Morgan von meinem Schoß und stehe auf.

»Wohin gehst du?«

»Weg«, verkünde ich.

Beide blicken mich entsetzt an. »Was willst du tun?«

»Mich von der Clifton-Brücke stürzen. Einen Bungeesprung ohne Seil machen.« Sie quietschen erschreckt auf. »Nein, keine Sorge. Ich mache jetzt Schluss mit Ben.«

»Gott sei Dank«, spendet meine Mutter prompten Applaus, als ich aus dem Zimmer marschiere. Ich wusste doch, dass sie ihn nicht leiden kann.

Ich gehe zu Fuß zu Ben. Mittlerweile bin ich richtig wütend. Stinkwütend. Ich könnte noch nicht einmal sagen, warum eigentlich. Aber ich weiß auf jeden Fall, dass es ein guter Zeitpunkt ist, um mit Ben Schluss zu machen. Ich muss es durchziehen, solange ich in dieser Stimmung bin. Wenn mich erst einmal wieder Apathie befällt, dann bin ich am Ende noch in zehn Jahren mit ihm zusammen. Ich habe nicht gesagt, dass ich ihn heiraten will, wie Sie vielleicht bemerkt haben. Nein. Ich weiß mittlerweile, dass er mich nie geheiratet hätte. Ich bin sogar ziemlich sicher, dass es ihm kaum auffällt, wenn es mich in seinem Leben nicht mehr gibt. Er wird sofort ein anderes großes, blondes Mädchen. an meine Stelle setzen, das über seine Witze lacht und sich ab und zu in die horizontale Position begibt.

Plötzlich wird mir klar, warum ich so wütend bin. Mir fällt einiges über Ben ein. Wann hat er eigentlich zum letzten Mal etwas für mich getan? Nur für mich? Wann habe ich jemals meine Sorgen und Ängste mit ihm geteilt? Das habe ich mich nie getraut, aus Angst, er könne mich für unsicher und bedürftig halten. Wann haben wir jemals gemeinsam über einen Witz gelacht, also über einen, den nicht er mir erzählt hat? Wir waren doch nur deshalb so lange zusammen, weil ich seine Bedürfnisse immer über meine gestellt habe.

Ich hielt mich für besonders klug. Ich dachte, wenn ich das Spiel nur clever genug spiele, dann kommt er letztlich von ganz alleine. Aber es war überhaupt nicht klug von mir, so pflegeleicht zu sein. Ich war gut unterzubringen neben Sport, Arbeit und sozialem Leben. Eine Freundin, die sich nie über Training und Rugbyspiele beschwerte, nie etwas von der Beziehung verlangte. Gott, war ich blöd! Ich schäume innerlich vor Wut! Nur weil er so gut aussieht, so charmant, so perfekt ist, habe ich mir eingebildet, er sei derjenige, welcher …

Meine Schritte werden langsamer, als mir einfällt, dass er gesagt hat, er müsse heute trainieren. Na gut, dann setze ich mich eben auf seine Treppe und warte, bis er nach Hause kommt. Er konnte mich ja noch nicht mal aus dem Krankenhaus abholen. Er würde doch nie im Leben für seine Freundin das Training ausfallen lassen. Ex-Freundin, denke ich grimmig.

Als ich bei ihm um die Ecke biege, sehe ich, dass sein Auto vor der Tür steht. Er muss also schon vom Training zurück sein.

Ich laufe die Treppe hinauf. Meinen gestrigen Unfall habe ich schon verdrängt. Ungeduldig läute ich. Nichts tut sich. Stirnrunzelnd spähe ich durch das Fenster. Die Vorhänge sind zugezogen, aber durch einen Spalt fällt Licht. Wie eine Wilde drücke ich auf die Klingel. Die Tür öffnet sich einen Spaltbreit und Ben lugt hindurch.

»Holly! Was tust du hier?«

»Ben, wir müssen miteinander reden.«

»Was? Jetzt? Im Moment ist es nicht so günstig, ich komme gerade aus der Dusche.« Er öffnet die Tür ein wenig weiter, damit ich sehen kann, dass er ein Handtuch um die Taille geschlungen hat.

»Okay. Dann können wir es auch hier draußen erledigen. Aber ich glaube nicht, dass du das möchtest. Ich glaube nämlich, dass auch ein bisschen GESCHREI dazugehört.«

Er packt mich am Arm, zieht mich hinein und schubst mich in Richtung Wohnzimmer.

»Was zum Teufel ist los mit dir? Worum geht es denn? Warum hat es nicht Zeit bis morgen?« Irgendetwas stimmt nicht. Er wirkt nicht so arrogant und sorglos wie sonst. Irgendwas macht ihm Sorgen. Wir gehen ins Wohnzimmer. Meine Antennen sind ausgefahren und ich schaue mich aufmerksam um. Nichts. Alles sieht genauso aus wie immer. Aber irgendwas stimmt trotzdem nicht. Auf einmal fällt es mir auf. Für jemanden, der gerade aus der Dusche kommt, sind seine Haare überraschend trocken.

»War das Training gut?«

Er beäugt mich misstrauisch. »Ja, danke. Worüber willst du reden?«

»Über dies und jenes. Ich habe dich ja seit einer Ewigkeit nicht mehr gesehen«, sage ich, um Zeit zu gewinnen.

Er starrt mich an. »Ich habe dich erst heute Mittag im Krankenhaus besucht, Holly! Weißt du das nicht mehr? Wie schlimm hat dich der Stamm getroffen?«

»Natürlich weiß ich das noch. Ich meinte ja bloß, dass wir schon lange nicht mehr in Ruhe miteinander geredet haben. Du weißt schon, ein Gespräch geführt haben. Wie wäre es mit Tee? Ich mache uns einen.«

Er hechtet zur Tür. »Nein, du bleibst hier. Ich koche ihn. Ich kann dich doch hier nicht arbeiten lassen, wo du gerade erst mit einem Baum zusammengestoßen bist. Setz dich gemütlich hin.«

Wie gejagt, flitzt er in die Küche. Jetzt ist mein Misstrauen vollends geweckt. Ich schleiche durch das Zimmer und suche nach irgendwelchen Hinweisen. Auf einem der Beistelltische neben dem Sofa glitzert etwas. Ich trete näher und sehe es mir an.

Es ist ein kleines, goldenes Kruzifix.

– 24 –

Ich nehme das Kettchen und lasse es an einem Finger baumeln. Ungläubig betrachte ich es. Ich weiß ganz genau, wem es gehört.

Ich hebe den Kopf, als Ben mit zwei Bechern Tee wieder erscheint.

»Da bin ich wieder! Genau das, was der Arzt dir verordnet …« Er bricht ab, als er meinen Gesichtsausdruck sieht. Er begreift, dass das Spiel vorbei ist, zumal ich ein Schmuckstück in der Hand halte, das nicht mir gehört. Ich widerstehe der Versuchung, ihm den heißen Tee über das Handtuch zu schütten, das er um die Taille geschlungen hat, und noch bevor er reagieren kann, dränge ich mich an ihm vorbei und laufe die Treppe hinauf. Als ich die Tür zum Schlafzimmer aufstoße, bestätigt sich mein Verdacht. Unter der Bettdecke liegt Teresa, die heilige – oder eher unheilige – Kuh.

Sie hat mich offenbar erwartet. Sie wirkt weder erschreckt noch schockiert, ihr Gesicht spiegelt eigentlich überhaupt kein Gefühl wider. Kühl mustert sie mich. Ich schnappe nach Luft. Ich hatte zwar gewusst, wem das Kettchen gehört, aber jetzt ist es doch eine Überraschung, jemanden in dem Bett zu sehen, in dem ich so oft gelegen habe. Rasch fasse ich mich.

»Ich glaube, das gehört dir«, sage ich und schwenke das Kettchen. Sie weicht meinem Blick nicht aus.

»Ja, und ich hätte es gerne zurück.«

»Nimm es«, erwidere ich, werfe es aufs Bett, drehe mich um und marschiere wieder die Treppe hinunter. Als ich ins Wohnzimmer trete, hat Ben die beiden Teebecher auf den Tisch gestellt und betrachtet sie besorgt. Lässig lasse ich mich in einen Sessel fallen.

»So! Und wie lange geht das schon mit dir und der singenden Nonne?«

»Da ist nichts. Es war nur ein paar Mal«, murmelt er, ohne den Blick von den Bechern zu wenden. Na, ich bin mir ziemlich sicher, dass man die paar Mal mindestens mit zehn multiplizieren kann.

»Wie lange?«

»Ein paar Wochen.«

»Wann habt ihr zwei ...« Ahh, jetzt dämmert es mir. Sie haben sich in der Square Bar kennen gelernt, an dem Abend, als ich mein Tagebuch gefeiert habe. »Doch nicht etwa seit dem Abend in der Square Bar?«

Er hebt den Kopf.

»Nein, damals noch nicht. Allerdings hat sie mir dort ihre Telefonnummer gegeben.«

»Und wann hast du dich das erste Mal mit ihr getroffen?«

»Erst als du versucht hast, mich in eine feste Beziehung zu drängen.«

»Ich habe versucht, dich in eine feste Beziehung zu drängen?«, frage ich ungläubig. Weiß er eigentlich, was Beziehung überhaupt bedeutet? Oder glaubt er tatsächlich, es reicht, sich von Woche zu Woche zu einem kleinen Bumser zu verabreden?

Anscheinend fühlt er sich im Recht, denn er erwidert trotzig: »Na ja, zuerst tauchen plötzlich deine Eltern auf, die *rein zufällig* in der Gegend sind. Und dann finde ich letzte Woche diese Hochzeitszeitschriften bei dir in der

Wohnung. Hältst du mich für blöd? Hast du wirklich gedacht, ich habe dir geglaubt, als du mir erklärt hast, sie gehörten Lizzie? Hätte ich denn einfach zusehen sollen, wie du mich zum Heiraten kriegen wolltest?«

Okay, habe ich Ihnen gerade gesagt, dass ich ganz ruhig bin? Vergessen Sie es! Jetzt stehe ich nämlich kurz vor der Explosion.

»Die Zeitschriften haben Lizzie gehört«, malme ich zwischen zusammengebissenen Zähnen heraus.

»Ach, Holly! Erwartest du etwa, dass ich das glaube? Warum sollte Lizzie Hochzeitszeitschriften in deiner Wohnung aufbewahren?«

Ein hässlicher kleiner Gedanke durchzuckt mich. »Hast du Teresa an dem Abend der Hühnerparty angerufen? Ist sie deinetwegen so früh gegangen?«

Er starrt auf den Teppich. Eine Antwort erübrigt sich. Sie steht ihm deutlich im Gesicht geschrieben.

»Würdest du mir glauben, wenn ich dir sage, dass ich hierher gekommen bin, um Schluss mit dir zu machen?«

»Mit *mir* Schluss zu machen?«, echot er ungläubig.

»Ja, Schluss zu machen, weil wir fertig miteinander sind. Vorbei. Finito.«

»Du versuchst nur, dein Gesicht zu wahren.«

»Ach ja? Warum rege ich mich nicht auf? Warum werfe ich mich nicht verzweifelt auf den Teppich, weil ich dich mit einer anderen Frau im Bett erwischt habe? Warum schneide ich mir nicht die Pulsadern auf, weil ich dich nie als Ehemann kriegen werde? Soll ich es dir sagen? Weil es mir scheißegal ist!«

Er glotzt mich mit offenem Mund an. So eine Situation dürfte ihm fremd sein. Bevor er Luft holen kann, fahre ich fort.

»Es mag dir ja schwer fallen zu glauben, dass dich nicht

jedes Mädchen zum Traualtar schleppen will, aber du wirst mir leider glauben müssen. Meine Eltern sind rein zufällig und überraschend aufgetaucht und diese Zeitschriften gehören wirklich Lizzie. Ich würde dich nicht heiraten wollen, und wenn du das letzte Sperma produzierende Männchen auf der Welt wärest. Ich halte dich für egozentrisch, oberflächlich und wenig amüsant. Und außerdem verteilst du deine sexuelle Gunst offenbar wie ... wie ...«, ich suche nach einem passenden Wort, »... wie Marmelade!« Na ja, gut, man kann nicht alles haben. Total geplättet gafft er mich an. Ich nutze seine Sprachlosigkeit, um einen perfekten Abgang zu inszenieren. An der Tür drehe ich mich noch einmal um.

»Noch etwas. Ich *hasse* das Restaurant, das du zu meinem Lieblingslokal erklärt hast ...« Er streicht sich erschüttert die Haare aus der Stirn. »Und lass dir die Haare schneiden. Ich mag sie lieber kurz und am liebsten sind sie mir zusammen mit grünen Augen.«

Mit diesen kryptischen Worten verlasse ich die Wohnung und knalle die Tür hinter mir zu.

Zufrieden mit meiner Vorstellung, mache ich mich auf den Weg nach Hause. Nach ein paar Minuten ruft jemand hinter mir meinen Namen.

»Holly! Holly, warte!«

Als ich mich umdrehe, sehe ich Teresa auf mich zulaufen. Was zum Teufel will sie von mir? Ich bleibe stehen, bis sie mich eingeholt hat.

»Was willst du?«, herrsche ich sie an.

Sie besitzt wenigstens so viel Feingefühl, ein wenig zerknirscht auszusehen. »Ich wollte dir nur erklären ...« Ich zucke uninteressiert mit den Schultern, aber um ehrlich zu sein, bin ich doch ein bisschen neugierig.

»Ich höre«, erwidere ich und gehe weiter. Bevor sie jedoch was sagen kann, stichele ich: »Was soll dieses heuchlerische Gerede? Kein Sex vor der Ehe und so?«

Jetzt zuckt sie mit den Schultern. »Sieh mal, Holly, wir beide haben uns nie besonders gut vertragen. Hast du dich eigentlich jemals gefragt, warum?« Sie reckt ihr spitzes Kinn. Mir liegt es auf der Zunge zu sagen: »Weil du eine blöde Kuh bist?« Aber ich schweige und lasse sie weiterreden.

»Du und Lizzie, ihr wart in der Schule immer so beliebt, so selbstsicher. Ihr hattet Freunde, ihr konntet tun, was ihr wolltet, nichts hat euch Mühe gemacht.«

»Teresa, das war vor zehn Jahren«, erwidere ich ungeduldig, »die Schulzeit hat mit heute nichts mehr zu tun.«

»Ich weiß, aber ich wollte beweisen, dass mich Männer auch attraktiv finden. Dass ich dir den Freund ausspannen kann. Deshalb habe ich Ben an dem Abend in der Square Bar meine Telefonnummer gegeben. Es war nur ein blöder Test, weil ich wissen wollte, ob er anruft. Und er hat angerufen. Aber dann lief dein Tagebuch so gut, und ich konnte es nicht ertragen, dass du mal wieder alles haben solltest. Deshalb beschloss ich, mit ihm zu schlafen, nur um es dir zu zeigen.«

Ich seufze tief. »Glaub mir, Teresa, ich habe nicht alles.« Schweigend gehen wir weiter.

»War es das erste Mal, dass du mit einem Mann geschlafen hast?«

»Nein.« Mensch!

»Warum quatschst du dann immer den ganzen Mist von Jesus und so? Warum investierst du nicht einfach in einen guten Eyeliner und benimmst dich wie wir anderen auch?«

»Bei *meinen* Eltern?« Sie lacht bitter auf.

»Ja. Nun.« Ich denke an meine unkonventionellen, liebevollen Eltern und auf einmal kann ich Teresa nicht mehr böse sein. Ich glaube, ich kann sie noch nicht einmal mehr verabscheuen.

»Du kannst ihn haben. Ich wollte heute Abend sowieso mit ihm Schluss machen«, biete ich großmütig an. Ich meine, ich bin ihr vielleicht nicht mehr böse, aber ich habe immer noch meinen Stolz.

»Ja, ich habe es oben gehört. Na ja. Ich muss jetzt los. Bis später.« Sie eilt über die Straße und weg ist sie.

Kopfschüttelnd sehe ich ihr nach. Das zeigt wieder einmal, dass man niemanden wirklich kennt. Sich selbst eingeschlossen.

Als ich nach Hause komme, sind Lizzie und meine Mutter noch wach. Natürlich haben sie auf mich gewartet und ich bin noch nicht ganz zur Tür hinein, da stürzt sich meine Mutter schon auf mich.

»Was ist passiert?«

Erschöpft erzähle ich es ihr und Lizzie, aber ich bin so erledigt, dass ich mich auf die puren Fakten beschränke. Lizzie ist angemessen entsetzt und meine Mutter reagiert total gelassen. Sie scheint das alles überhaupt nicht aus der Ruhe zu bringen, während Lizzie wie ein Mantra von sich gibt: »Teresa? Teresa?«

»Ja. Teresa.«

»Teresa, die heilige Kuh?«

»Ja.«

»Verdammt. Verdammt! Verdammt und zugenäht!«

Meine Mutter hingegen bleibt stumm. »Bist du nicht schockiert oder überrascht?«, frage ich sie verdattert.

Interessiert mustert meine Mutter ihre Fingernägel und streicht ihr Kleid glatt. Sie weicht meinem Blick aus. »Was sagst du nun dazu?«, will ich wissen.

Zögernd blickt sie auf. »Nun, Liebling, versprich mir bitte, dass du dich nicht aufregst. Das ist alles lange her.« Zu spät, ich rege mich schon auf.

»Was denn?«

»Erinnerst du dich noch an Matt?«

»Ja, klar erinnere ich mich an ihn.« Er war einer meiner ersten Freunde.

»Na ja, ich habe sie einmal in der Stadt gesehen. Teresa und Matt. Wie sie sich küssten.«

»Und?«

»Du bist damals mit ihm gegangen. Von der Minute an habe ich die kleine Schlampe gehasst. Ich habe den Mund gehalten und zum Glück hast du kurz darauf mit Matt Schluss gemacht. Ich habe nie herausbekommen, ob du davon erfahren hattest oder nicht.«

»Ach, das ist also ihr Spielchen!« Ich spucke Feuer.

»Also wusstest du es damals nicht?«, fragt meine Mutter besorgt.

»Holly alle Freunde ausspannen. O ja! Was für ein lustiger Sport! Na, das soll sie mal mit James Sabine versuchen«, sage ich hitzig.

»Äh, James Sabine ist nicht dein Freund«, stellt Lizzie automatisch fest.

»Danke.«

»Okay. Ja. Tut mir Leid.«

»Du bist aber jetzt nicht am Boden zerstört, oder, Liebling?«, fragt meine Mutter.

Ich sinke mit einem Mal in mich zusammen. Ich bin einfach zu müde, um so zu tun, als ob etwas, was vor über zehn Jahren passiert ist, mir etwas ausmachen würde. Mit Ben hatte ich ja heute Abend sowieso Schluss machen wollen. Erschöpft schüttele ich den Kopf. »Es war ein anstrengender Tag. Ich gehe jetzt ins Bett.« Ich küsse die beiden und schleppe meinen gequälten Körper ins Schlafzimmer.

Entweder war ich wirklich hundemüde oder die Gehirnerschütterung macht sich noch bemerkbar, denn trotz meiner aufgewühlten Emotionen schlafe ich wie ein Stein bis Tagesanbruch durch. Als ich aufwache, weiß ich im ersten Moment nicht, wo ich bin. Ich habe das Gefühl, als hinge eine dunkle Wolke über mir, und langsam wird mir bewusst, dass gestern etwas Schlimmes passiert sein muss. Leise stöhnend sinke ich wieder in die Kissen und rekapituliere kurz. Ich bin in James verliebt. Er will Fleur heiraten. Ben schläft mit Teresa. Gut. Großartig. Ich könnte nicht glücklicher sein.

Ich überlege, ob ich nicht für eine Weile aufs Land fahren sollte, irgendwohin in ein abgeschiedenes Cottage, wo ich in aller Ruhe nachdenken kann. Aber dann fällt mir ein, dass ich ja James heute sehe, und meine Laune hebt sich ein wenig.

Ich stehe auf und koche mir einen Tee. Bevor ich damit wieder ins Bett gehe, betrachte ich mich kurz im Spiegel. Ich sehe ein bisschen angeschlagen aus, aber das einzige sichtbare Zeichen meines Unfalls sind lediglich zwei leicht blaue Augen. Wenn ich ohne blaues Auge auftauchen würde, würden mich die anderen wahrscheinlich sowieso nicht wiedererkennen, denke ich düster.

Da ich keine Lust habe, im Bett zu bleiben und über meine Vergangenheit, Gegenwart oder Zukunft zu grübeln, stehe ich auf, als ich meinen Tee ausgetrunken habe, dusche und schlüpfe aus der Wohnung, bevor meine Eltern aufwachen. Ich fahre zur Polizeiwache, wo sowieso mein Laptop noch steht, um meine E-Mails zu lesen und weiter am Tagebuch zu schreiben.

Die Beamten, die noch von der Nachtschicht da sind, gähnen zwar, scheinen sich aber zu freuen, mich zu sehen. Von allen Seiten werden mir Arme und Schultern getätschelt und alle versichern mir, wie froh sie sind, dass ich relativ unbeschädigt wieder da bin. An meinem Schreibtisch arbeite ich zunächst auf, was liegen geblieben ist. Nach einer halben Stunde lehne ich mich auf meinem Stuhl zurück und blicke auf die Uhr. Es ist halb acht. Bald fängt die Tagschicht an. Ich gehe zur Toilette und frische mein Make-up auf, wobei ich mich bemühe, die dunklen Ringe um die Augen zu überschminken. Der Gedanke daran, James gleich zu sehen, macht mich nervös und mir wird es übel vor Spannung. »Reiß dich zusammen«, befehle ich mir, »heute ist ein ganz normaler Tag, was erwartest du denn? Dass er mit ausgebreiteten Armen auf dich zugelaufen kommt?« Zitternd trage ich Eyeliner unter meinem Auge auf. Es wäre schon schön, wenn ich wüsste, dass er mich ein bisschen gern hat. Sie wissen schon, zumindest als Freund.

Ich schlurfe zurück an meinen Schreibtisch und versuche, mich auf meinen Monitor zu konzentrieren, aber es gelingt mir nicht. Ich sehe die Wörter zwar, nehme sie aber nicht wirklich wahr, sondern schiele stattdessen ständig zur Tür. Plötzlich legt sich mir eine Hand auf die Schulter.

»Holly!« Ich springe fast an die Decke. »Wie geht es dir? Wie fühlst du dich? Ich wollte dich im Krankenhaus besuchen, aber James hat es mir nicht erlaubt.«

Ich drehe mich japsend um und drücke eine Hand an die Brust. »Callum! Du hast mich vielleicht erschreckt! Mir geht es gut. Warum hat James dir nicht erlaubt, ins Krankenhaus zu kommen?«

»Er meinte, es seien zu viele Leute da. Abgesehen von

deinen blauen Augen siehst du aber gar nicht so schlimm aus.«

»Äh, danke.« Er setzt sich auf die Kante meines Schreibtischs. Nach und nach trudelt der Rest der Tagschicht ein und alle kommen zu mir, um mich zu begrüßen.

Auf einmal ertönt eine vertraute Stimme: »Wer hat das Bild von Fred Feuerstein in meinen Sicherheitsausweis gefummelt? Dave wollte mich fast nicht reinlassen, weil ich dem Foto nicht sehr ähnlich sehe. Aber ich sollte wahrscheinlich dankbar dafür sein, dass euch nicht was Grässlicheres eingefallen ist, was?« James grinst alle spöttisch an. Seine Kollegen klopfen ihm lachend auf die Schultern. Es war ein weiterer alberner kleiner Scherz, weil seine Hochzeit nun kurz bevorsteht. James setzt sich mir gegenüber. »Morgen, Holly! Wie geht's Ihnen?«

»Gut, danke. Und Ihnen?«

»Gut. Ich hätte nie geglaubt, dass ich das einmal sagen würde, aber es ist schön, dass Sie wieder da sind.« Er strahlt mich an und mein Magen macht einen dreifachen Salto. Dann beginnt er, seinen Eingangskorb auszuräumen, und ich werfe ihm verstohlene Blicke über meinen Laptop hinweg zu. Mir kommt es so vor, als sähe ich ihn zum ersten Mal oder zumindest mit völlig neuen Augen. Ich beobachte ihn unauffällig, wie er seine Post öffnet, seinen Kollegen etwas zuruft, telefoniert, und versuche, diese Bilder in meinem Gedächtnis zu speichern, damit ich sie später, wenn alles vorüber ist, hervorkramen kann. Seine Stimme reißt mich aus meinen trüben Gedanken.

»Kommen Sie auch am Samstag? Zu der Party? Fleur hat erzählt, sie hätte Sie eingeladen.«

»Ja. Meine Eltern leider auch.«

»Ich fand sie nett. Sie sind toll.«

»Oh. Danke.«

»Was machen Sie heute Abend?«

»Fernsehinterview. Warum?«

»Schon wieder eins? Ich dachte, Sie hätten eventuell Lust, mit den anderen Kollegen und mir einen trinken zu gehen. Na ja, aufgeschoben ist nicht aufgehoben.«

Verfluchter BBC.

Trotz oder gerade wegen der Anwesenheit von James Sabine ist es ein ziemlich unerfreulicher Tag. Aus jeder seiner Äußerungen lese ich irgendeine Bedeutung. Es fällt mir schwer, ihn nicht ständig anzuglotzen, und als Fleur anruft, habe ich das Gefühl, mir habe jemand in den Magen geboxt. Ich frage mich, wie andere Leute es wohl aushalten, verliebt zu sein, ohne ständig Hilfe im Sanatorium zu suchen. Ich schwanke hin und her zwischen dem Wunsch, mich vor ihm auf die Knie zu werfen, seine Füße zu umklammern und ihm alles zu gestehen, und der realistischeren Einstellung, die Tatsache zu akzeptieren, dass er in einer Woche ein schönes, nettes Mädchen heiratet, um das er freiwillig angehalten hat. Den Rest des Nachmittags schwelge ich in bizarren Fantasien, was aus meinem Leben geworden wäre, wenn ich mich in jemand anderen aus der Abteilung statt in James Sabine verliebt hätte. Oder auch, was passiert wäre, wenn James' Bruder Rob nicht gestorben und James Fleur nie begegnet wäre, und somit die Zukunft uns offen gestanden hätte. Die Ironie daran ist jedoch, dass ich James Sabine nur zugeteilt worden bin, weil er halt heiratet.

Ich begebe mich in die Redaktion und plaudere mit ein paar Kollegen. Aus irgendwelchen Gründen besteht Joe darauf, mich zu dem Fernsehinterview heute Abend zu begleiten. Ich erkläre ihm zwar, dass ich erst noch nach Hause fahren müsse, um mich umzuziehen, aber er erwidert: »Kein Problem, ich hole dich einfach um sechs Uhr ab.« Achselzuckend finde ich mich damit ab. Das Leben in der letzten Zeit ist sowieso eine einzige große Überraschung für mich. Also sitze ich jetzt zu Hause und trinke Gin mit meiner Mutter und Lizzie, wobei wir versuchen, uns zu entscheiden, was ich für *Southwest Tonight* anziehen soll.

Lizzie und Mutter, Gott segne sie, tun ihr Möglichstes, um mich aufzuheitern, aber ich wünschte, sie würden damit aufhören. Ich finde es deprimierend und es hat auf mich genau die entgegengesetzte Wirkung. Glücklicherweise ist der Gin schön stark.

Schließlich entscheiden wir uns für ein feminines, blassblaues Kleid, das an genau den richtigen Stellen eng anliegt und mit kleinen weißen Gänseblümchen bestickt ist. Während meine Mutter mir die Haare frisiert, stiere ich blicklos vor mich hin und frage mich, ob ich wohl jemals wieder glücklich werde. Gerade als sie ihr Werk vollendet hat, läutet es an der Tür. Lizzie geht zur Gegensprechanlage.

»Es ist Joe«, ruft sie.

»Ich komme sofort«, erwidere ich.

Meine Eltern und Lizzie ziehen es vor, sich die Sendung vom Sofa aus anzuschauen, und da keiner von uns weiß, wie man den Videorekorder programmiert, muss er sowieso manuell bedient werden. Zehn Minuten später treten Joe und ich in die Empfangshalle des Fernsehstudios und genau wie beim letzten Mal kommt Rosemary uns abholen. Wortlos bringt sie uns in den Warteraum. Matt plumpse ich auf einen der Stühle an der Wand.

»Weißt du schon, was du sagen willst?«, fragt Joe.

»Ich weiß noch nicht einmal, was sie mich fragen.«

»Ach so, ja. Na, versuch auf jeden Fall darauf hinzuweisen, dass wir die führende Regionalzeitung sind und dass wir uns an den Schnittstellen des Journalismus bewegen.«

Ich mustere ihn verwirrt. Was für Schnittstellen? Mir fällt auf einmal auf, dass Joe seltsam erregt ist. Nervös leckt er sich über die Lippen. »Oh, und sie zeigen vielleicht auch ein paar Bilder von der Verfolgungsjagd auf Christine, weil Vince mittlerweile den anderen Film entwickelt hat. Also stell dich darauf ein, dass du darüber etwas sagen musst.«

Ich runzele die Stirn. Worüber macht er sich Sorgen? Aber ich habe keine Zeit, weiter darüber nachzudenken, weil Giles, der Moderator, hereinkommt.

Begeistert schüttelt er uns die Hände. »Holly, hi!« Ich stelle ihm Joe vor. »Joe! Nett, der Stimme endlich ein Gesicht zuordnen zu können.« Wieder runzele ich die Stirn. Wahrscheinlich haben sie miteinander telefoniert, um die Sendung abzusprechen. Normalerweise machen das allerdings Rechercheure.

Giles wendet sich wieder mir zu. »Wir haben alle Wassergläser aus dem Studio entfernt, damit Sie nicht in Versuchung kommen. Ha, ha!« Ich lächele bei der Erinnerung daran. Es kommt mir vor, als sei es in einem anderen Leben gewesen. »Wenn Sie verkabelt sind, werden Sie nach oben begleitet.« Er eilt von dannen und wir warten auf den Tontechniker. Im Studio drückt man mich wenig später auf ein ausgeleiertes Sofa, das den Eindruck macht, als würde es mich gleich verschlucken. Giles spricht in die Kamera.

»Unser nächster Gast ist Holly Colshannon, die Journalistin, die *Das Tagebuch des wahren Dick Tracey* in der

Bristol Gazette zu einem rauschenden Erfolg gemacht hat.« Er wendet sich zu mir. »Herzlich willkommen in unserer Sendung, Holly.«

Ich lächele. »Danke.«

»Ich muss gestehen, ich bin ein großer Bewunderer des Tagebuchs. Können Sie es den Zuschauern, die es noch nicht kennen, ein bisschen erklären?«

»Ja, natürlich«, sage ich mit einer Stimme, die in meinen eigenen Ohren fremd klingt. »Ich bin auf der Bristoler Polizeiwache einem echten Detective zugeteilt worden und begleite ihn …«

»Das ist Jack Swithers«, unterbricht Giles.

»Genau. Jeden Tag begleite ich Jack bei seinen Ermittlungen und schreibe dann mein Tagebuch.«

»Bis jetzt war es wirklich faszinierend. Sie haben Einbrüche, Diebstähle und alles Mögliche andere erlebt. Aber die neuesten Entwicklungen haben bei dem Fall des Fuchses stattgefunden, nicht wahr?«

»Ja. Wir haben in einer Reihe von Antiquitäteneinbrüchen ermittelt und nach einem dramatischen Einsatz im Morgengrauen hat die Polizei vor ein paar Tagen jemanden verhaftet.«

»Ich habe gehört, Sie haben deswegen im Krankenhaus gelegen?«

»Die Verdächtige, die wir gefasst haben«, es stört mich, dass ich in die Polizeisprache verfalle, deshalb korrigiere ich meine Ausdrucksweise, »ist uns entwischt. Wir sind ihr alle hinterhergejagt und dabei bin ich leider zu Boden gegangen.«

»Führen Sie den Erfolg des Tagebuchs voll und ganz auf den Detective zurück?«

Ich rutsche unruhig hin und her. Ich bin mir nicht ganz sicher, worauf er hinauswill. »Äh, nun ja. Jack Swithers hat eine Menge damit zu tun. Die Leser haben ihn in den letzten Wochen immer besser kennen gelernt. Ich glaube, er steht für die Werte, die jeder gerne bei unseren Polizeibeamten sähe. Am Anfang war es allerdings schwierig, ihm persönliche Details zu entlocken, damit die Leser des Tagebuchs auch wirklich eine Beziehung zu ihm aufbauen konnten.«

»Hatte Ihre Beziehung zu ihm auch etwas damit zu tun?« Ich glaube, allmählich wird mir klar, worauf der Hundesohn hinauswill.

»Wir haben uns nicht gerade auf Anhieb gemocht …«

»Und jetzt?«

»Jetzt verstehen wir uns besser.«

»Wir haben ein paar Bilder.« Giles weist auf einen Monitor rechts von mir und auf dem Bildschirm erscheint ein Foto. Ein besonders dramatisches Bild von mir, wie ich neben einem beeindruckend großen Baum auf dem Boden liege (war er wirklich so groß? Kein Wunder, dass ich Kopfschmerzen hatte!) und James sich über mich beugt. Mir wird ein bisschen komisch und ich bemühe mich, möglichst kühl und gelassen in die Kamera zu blicken. Und dann noch ein Foto von James, auf dem er offensichtlich gerade etwas schreit. Und ein weiteres, auf dem er die Hände um meinen Kopf gelegt hat. Mir wird es heiß. Nervös zupfe ich an meiner Halskette.

»Ich verrate Ihnen, Holly, dass uns einige Faxe und E-Mails erreicht haben, in denen gefragt wurde, ob sich zwischen Ihnen und dem Detective etwas angesponnen hat. Möchten Sie dieses Gerücht bestätigen oder dementieren?«

Ich werfe Joe, der am Rand des Studios steht, einen giftigen Blick zu. Wahrscheinlich hat er das Ganze eingefädelt. Mit einer fremden Stimme antworte ich: »Haha!

Natürlich nicht! Er heiratet in einer Woche.« Frag nicht weiter, frag nicht weiter, flehe ich Giles stumm an.

Er reagiert nicht darauf. »Ach ja, tatsächlich?«, sagt er und seine Augen funkeln. »Davon haben Sie aber im Tagebuch gar nichts erwähnt, oder? Für einen Mann, der in einer Woche heiratet, macht er sich höchst intensive Sorgen um Sie, wie man deutlich aus den Fotos erkennen kann«, setzt er perfide hinzu.

»Er glaubte, er hätte mich umgebracht! Ich hoffe mal, dass er besorgt aussah, er wollte sicher nicht von meinem Chefredakteur angezeigt werden!« Gut pariert, Holly. Giles stellt keine weiteren Fragen mehr.

»Nun, ich danke Ihnen, Holly. Sie haben uns allen etwas zum Nachdenken gegeben und ich bin sicher, dass die Leser die nächsten Entwicklungen in *Das Tagebuch des wahren Dick Tracey* jetzt mit noch mehr Interesse verfolgen werden.«

»Musstest du es so vehement verneinen?«, klagt Joe, als wir durch das Labyrinth von Korridoren zurück zum Auto gehen.

»Du hast mir das Ganze eingebrockt, nicht wahr? Du hast mich reingeritten!« Joe hat zumindest so viel Anstand, ein schuldbewusstes Gesicht zu machen. »Blut und Tränen waren dir nicht genug, du musstest auch noch ein bisschen Sex reinbringen. Die Journalistin, die mit dem Detective bumst. Ach ja. Das steigert die Auflage, was? Hast du darüber mit Giles am Telefon geredet? Mich brauchtest du ja nicht davon zu informieren, o nein!«

»Es musste echt aussehen. Ich weiß gar nicht, worüber du dich so aufregst, es wird deiner Karriere nützen. Du musst lernen, dass guter Journalismus mehr ist als nur schreiben.«

»Na, wenn das dazugehört, dann will ich es gar nicht wissen«, spucke ich.

»Es war absolut nicht nötig, allen auf die Nase zu binden, dass James nächste Woche heiratet. Du hättest die Leute zumindest im Ungewissen lassen können. Außerdem haben die Leute wirklich ständig angefragt, deswegen hielten wir es für das Beste, das Thema anzuschneiden.«

»Und was ist mit deiner Bildauswahl? Es ist mir bereits aufgefallen, dass die Fotos immer intimer werden.«

»Vielleicht waren sie es ja einfach in der letzten Zeit auch. Wo zum Teufel liegt denn da das Problem? Es knistert doch nicht etwa wirklich zwischen euch?«, fragt er aufgeregt.

»Nein, absolut nicht«, erwidere ich, was ja leider der Wahrheit entspricht. »Es sei denn, wenn wir uns mit Holzscheiten beschmeißen.«

– 25 –

Zwing mich nicht, dahin zu gehen!«, jammere ich.

»Holly, du musst«, erwidert meine Mutter mit Nachdruck. »Die Leute haben das Fernsehinterview gesehen und denken sich wahrscheinlich, wo Rauch ist, ist auch Feuer.«

»Verdammter Giles«, murmele ich wütend.

»Wenn du nicht erscheinst, werden sie darüber erst recht tuscheln.«

»Verdammter Joe.«

»Und wenn du es nicht für dich tun willst, dann tu es für James.«

»Verdammter James«, murmele ich.

»Holly! Hör mit dem Gemurmel auf.«

Es ist der Tag nach dem Fernsehinterview. Wir stehen in meinem Schlafzimmer und die Szene, die sich abspielt, erinnert mich an ähnliche Auftritte vor zehn Jahren, nur dass hier keine Poster von Duran Duran und Adam Ant an der Wand kleben.

»Warum sollte es für James eine Rolle spielen, ob ich da bin oder nicht?« Heute Abend findet die Party im Haus von Fleurs Eltern statt. Ich würde mir lieber die Pulsadern aufschneiden, als all diesen Leuten entgegenzutreten, die entweder denken, ich hätte eine Affäre mit James, oder ich sei in den gut aussehenden Detective verliebt. Seit dem Interview hege ich pausenlos Mordgelüste in Bezug auf Joe und Giles.

»Weil er sich mit den Leuten auseinander setzen muss, die sich fragen, ob es nun stimmt oder nicht. Das ist garantiert nicht besonders angenehm für ihn, schließlich ist er völlig unschuldig.«

»Ach, willst du damit etwa andeuten, ich alleine hätte das alles erfunden?«, erwidere ich hysterisch.

»Sei nicht albern.« Sie setzt sich auf das Bett und klopft einladend auf den Platz neben sich. Schmollend setze ich mich neben sie. Sie ergreift meine Hand und sagt liebevoll: »Liebling, die Situation ist sehr schmerzlich für dich, aber dein Charakter wächst an solchen Herausforderungen.«

»Mir kommt mein Charakter schon aus den Ohren heraus«, murre ich, aber meine Mutter lässt sich nicht von ihrem Thema abbringen. Sie steht auf, tänzelt in die Mitte des Zimmers und dreht sich dann mit großer Geste zu mir um.

»Deine Erfahrungen werden dich stark machen.« Das klingt irgendwie bekannt. »Bis du dann, wie ein Schmetterling …«

»Ist das aus einem deiner Stücke?«, unterbreche ich sie.

Sie hält inne. »Hmm?«

»Ist das nicht aus einem deiner Stücke?«

»Meinst du? Ja, kann sein. Manchmal fällt mir das gar nicht auf.« Sie besinnt sich und setzt sich wieder neben mich. »Na ja, auf jeden Fall gehst du zu dieser Party. Du wirst wunderschön aussehen und so, als hättest du überhaupt keine Sorgen. Die Leute vergessen dumme Gerüchte sehr schnell. Vielleicht haben sie ja auch das Interview gar nicht gesehen.«

Ich erwidere: »Aber wenn ich mich total renoviere und toll aussehe, dann halten sie mich für eine Schlampe.«

»Wäre es dir lieber, schlecht auszusehen, sodass die

Leute denken, du wärst verliebt wie ein Schulmädchen? Besser eine Schlampe als eine Närrin.«

Ich zögere nur den Bruchteil einer Sekunde. »Wo sind die Heizwickler?«

Eine Viertelstunde später erscheint Lizzie. Sie hat ein rotes Kleid an und sieht toll aus. Auf meinem Kopf stecken zwanzig Wickler. Ich sitze gerade vor dem Spiegel und versuche, meine Augenbrauen in Form zu zupfen. Dabei höre ich M-People. Als Lizzie hereinkommt, drehe ich mich um.

»Lizzie! Du siehst fantastisch aus! Wohin gehst du?«

»Mit dir! Ich werde als Frau in Rot die Aufmerksamkeit von dir ablenken!« Kichernd dreht sie sich vor mir im Kreis.

»Aber du bist doch gar nicht eingeladen.«

Meine Mutter steckt den Kopf durch die Tür. »Ich habe Miles angerufen und gefragt, ob ich sie mitbringen könnte. Ich habe behauptet, sie sei deine Kusine, dir für ein paar Tage zu Besuch ist.«

»Geht das denn so einfach?«

»Liebling, es ist lediglich ein Stehempfang, kein gesetztes Essen. Außerdem dachten wir, du kannst moralische Unterstützung brauchen.« Sie zwinkert Lizzie zu.

Achselzuckend wende ich mich wieder meinen Augenbrauen zu. Lizzie drapiert sich aufs Bett.

»Ich konnte es gar nicht fassen, als Giles nach James und dir fragte! Ich dachte, du würdest ohnmächtig werden!«, sagt sie.

»Joe hat sich mit ihm diese Gemeinheit einfallen lassen«, erwidere ich grimmig.

»Zwei Leute aus dem Büro haben mich angerufen und auf das Interview aufmerksam gemacht.«

»Ich hoffe nur, James und Fleur haben es nicht angeschaut.«

»Hältst du das denn für wahrscheinlich?«

»Na ja, James war mit seinen Kollegen einen trinken, aber was mag Fleur sich denken, falls sie es gesehen hat?«

Lizzie zuckt mit den Schultern. »Mach dir darüber keine Gedanken. Sie heiratet ihn nächste Woche. Wenn sie ihm bis jetzt immer noch nicht vertraut ...«

»Wie geht es dir eigentlich?«, frage ich Lizzie, weil mir auf einmal einfällt, dass ich nicht der einzige Mensch mit Problemen bin.

Sie lächelt. »Ich glaube, besser. Es ist gut, dass ich im Moment abgelenkt bin.«

»Es ist mir ein Vergnügen.«

Wir vier und ein mürrischer Pekinese steigen in den Range Rover meines Vaters. Keine kleine Sache mit hoben Absätzen, kann ich Ihnen versichern. Wir sehen alle unglaublich schick aus. Meine Mutter trägt ein elegantes Strickkostüm und mein Vater seinen obligatorischen Blazer mit Krawatte. Mir wäre es entschieden lieber, wir führen irgendwo anders hin. Zum Essen in ein friedliches Landgasthaus zum Beispiel. Um nicht an die bevorstehende Party denken zu müssen, gebe ich mich dieser Fantasie hin, während wir aus Bristol hinausfahren. Meine Eltern streiten sich über den Weg und meine Mutter sucht hektisch die Einladung, auf der offenbar eine Wegbeschreibung angegeben ist. Das Autoinnere füllt sich blitzartig mit Bergen von Papier und ich bewundere den einwandfreien Blindflug meines Vaters, der für meine Begriffe nichts mehr durch die Windschutzscheibe sehen kann, weil meine Mutter alles auf die Ablage vor ihm auftürmt. Schließlich geben beide auf, wischen die Papierflut in den Fußraum, lassen die Scheiben herunter und fragen Einheimische nach dem Weg.

Tatsächlich gelangen wir irgendwie zu dem Anwesen, biegen in eine Auffahrt ein und läuten am Tor. Die großen Eisenflügel schwingen auf. Vor uns erstreckt sich eine wunderschöne Allee. »Hier hinein heiratet James?«, frage ich ungläubig. »Was macht Fleurs Vater noch mal? Ich dachte, er sei Theatersponsor?«

»Das ist er auch, Liebling. Dazu braucht man allerdings eine Menge Geld und im Hauptberuf hat er irgendwas mit Finanzberatung zu tun.«

Seufzend sinke ich auf meinem Sitz zurück. Wie hatte ich nur jemals annehmen können, dagegen ankommen zu können? Mein scharfäugiger Vater bemerkt meine Reaktion.

»Goldener Käfig und so, Holly. Ich glaube, es ist nicht so lustig, wie es aussieht.«

Na ja, bei dem, was ich hier sehe, würde es mir ja auch schon reichen, wenn es nur halb so lustig wäre.

Die Auffahrt führt zu einem prächtigen georgianischen Haus. Dad parkt neben zahlreichen BMWs, Audis und Alfa Romeos. Mir schlägt das Herz bis zum Hals und ich würde am liebsten weglaufen. Meine Mutter greift nach meiner Hand. »Du siehst toll aus«, flüstert sie mir ins Ohr. Wir haben uns letztendlich für ein elegantes schwarzes Kleid entschieden, dessen rotes Futter durch den Stoff schimmert und ab und zu an den Schlitzen vorne und hinten in seiner ganzen Leuchtkraft aufblitzt. Es ist, wie Lizzie spöttisch bemerkt, das Aufreißerkleid, das ich getragen habe, als ich Ben kennen lernte.

Ich klettere aus dem Wagen und bewundere erst mal das Haus. Es ist aus Sandstein mit hohen georgianischen Fenstern und einer mächtigen roten Haustür.

Ein diskreter Kellner nimmt uns unsere Mäntel ab und geleitet uns zum Salon. Das Summen von Stimmen wird zunehmend lauter, als wir durch die riesige Halle gehen, und erreicht seinen Höhepunkt, als der Kellner die Tür öffnet. Sofort werden wir von einem Herrn begrüßt, der offenbar Miles, Fleurs Vater, ist.

»Miles! Großartig, dich zu sehen! Wie geht es dir?«, jubelt meine Mutter.

»Du siehst wundervoll aus, Sorrel! Patrick, wie nett, Sie wiederzusehen«, strahlt er und wendet sich zu meinem Vater, der ihm steif die Hand schüttelt. Er war nie ein großer Fan der Sponsoren meiner Mutter, da er ihnen unlautere Motive vorwirft.

Meine Mutter stellt mich vor. »Das ist meine Tochter Holly.«

»Sie brauchen nicht vorgestellt zu werden, Holly! Ich habe schon so viel von Ihnen gehört!« Er lacht herzlich und ich wünsche mir zum wiederholten Mal, ganz woanders zu sein. Vielleicht liegt es an seinen Worten oder seinem Lachen, auf jeden Fall fühle ich mich in seiner Gegenwart unwohl.

Schließlich schiebt meine Mutter Lizzie nach vorne. »Das ist meine Nichte Lizzie, die für ein paar Tage zu Besuch ist.«

Ich betrachte die Leute, die in Grüppchen zusammenstehen, an ihren Getränken nippen, während Kellner mit Tabletts voller Canapés herumgehen. James und Fleur unterhalten sich gerade mit einem älteren Paar und in einer Gruppe neben ihnen steht Callum. Als er mich entdeckt, entschuldigt er sich und kämpft sich auf mich zu. James sieht jetzt ebenfalls in meine Richtung. Mein Herz stolpert, als wir einander anlächeln.

Callum drängelt sich durch die Menge und küsst mich

auf die Wange, als er mich erreicht hat. Schließlich befinden wir uns auf einer Party. Lächelnd drücke ich seinen Arm, froh darüber, ein freundliches Gesicht vor mir zu haben. »Wie fühlst du dich?«, grinse ich.

Er zupft an seinem Kragen. Er sieht sehr schick aus in seinem grauen Anzug mit dem weißen Hemd. Nur der Donald-Duck-Schlips ruiniert den dezenten Gesamteindruck leicht.

»Alles ein bisschen anstrengend für uns einfache Polizisten«, flüstert er.

»Fertig mit der Welt?«

»Was tut man nicht alles im Namen der Freundschaft. Du siehst übrigens toll aus!«

»Danke. Und – war es gestern Abend schön?«, frage ich, während er zwei Gläser von einem Tablett nimmt und mir eins reicht.

»Gestern Abend?«

»Ja, ihr seid doch mit der Abteilung einen trinken gegangen.« Aus den Augenwinkeln sehe ich, dass James meine Eltern und Lizzie begrüßt.

»Richtig. Ja, es war okay«, erwidert er achselzuckend.

»Habt ihr durchgemacht?«

»Ach wo.«

»Ihr brauchtet nach der anstrengenden Woche wahrscheinlich ein bisschen Entspannung«, schwadroniere ich.

»Du willst bloß wissen, ob einer von uns das Fernsehinterview gesehen hat, oder?«

»Und?«, keuche ich.

»Nein. Mein Mitbewohner hat es allerdings für mich aufgenommen. Nur die ersten fünf Minuten hat er verpasst. Ich habe es also auf Video gesehen, aber sonst niemand.«

»Gott sei Dank«, sage ich inbrünstig. Ich beobachte James und meine Eltern. Sie lachen herzlich. Anscheinend hat gerade jemand einen Witz gemacht.

»So schlimm war es ja nun auch nicht«, meint Callum und nimmt sich ein Canapé.

Sei vorsichtig, warne ich mich. Ich zucke lässig mit der Schulter. »Nein, es war nur ein bisschen peinlich, wie Giles mich ausgefragt hat.«

»Mein Mitbewohner ist ein echter Fan deines Tagebuches. Er sagt, der Rock, den du einmal getragen hast, hat ihm nicht gefallen, der beige mit …«

»Mit den Mohnblüten«, beende ich seinen Satz. »Da ist er nicht der Einzige. Ich werde ihn verbrennen, sobald ich wieder zu Hause bin. Hast du deine Rede als Trauzeuge schon geschrieben?«

»Ich hab noch nicht mal damit angefangen. Es macht mich ein bisschen nervös, vor all diesen Leuten reden zu müssen. Polizisten sind nicht so ihre Kragenweite. James allerdings scheint ganz gut hineinzupassen.« Er senkt seine Stimme zu einem Flüstern. »Hast du diese Susie schon kennen gelernt? Na, die ist vielleicht …«

»Sie haben mich Jack nach einer Ihrer Katzen genannt?«, raunt eine amüsierte Stimme in mein Ohr.

Ich zucke ein wenig zusammen, als James sich zu uns gesellt. »Das hat wahrscheinlich meine Mutter gepetzt?« Ich grinse.

»Da vermuten Sie richtig.«

»Sie sollten sich glücklich schätzen, die andere heißt Jasper.«

»Na, in diesem Fall, vielen Dank für Jack. Haben Sie keine Lust, uns jetzt mal Ihren Flaschentrick mit dem Zeh vorzuführen?«, fragt er mit einem beziehungsvollen Blick auf mein Glas Champagner.

»Später vielleicht.«

Er lächelt. Callum entschuldigt sich damit, dass die Canapés ständig eine falsche Richtung einschlagen, und macht sich auf die Suche nach Nahrung. James und ich bleiben allein zurück. Ich betrachte aufmerksam den Teppich. Ist es ein Perser oder ein Siamese? Oder verwechsele ich das mit Katzen? Da ich noch nie mit ihm auf einer Party war, fühle ich mich seltsam befangen. Worüber um Himmels willen sollen wir uns bloß unterhalten?

Ich räuspere mich und frage: »Sind Sie schon ein bisschen nervös?«

»Warum?«

»Wegen der Hochzeit.«

»Ach, die Hochzeit.« Er zuckt mit den Schultern. »Nein, noch nicht. Kommen Sie auch?«

»Wenn Sie es gerne möchten.«

»Darüber würde ich mich sehr freuen.«

Wir blicken einander an und ich meine, eine gewisse Traurigkeit in seinem Gesichtsausdruck zu entdecken, aber das kann auch Wunschdenken sein. Wenn wir doch nur noch ein bisschen mehr Zeit hätten, aber mir ist klar, dass diese Hochzeit stattfinden wird. James Sabine ist ein Mann, der seine Versprechen hält.

Das perlende Lachen meiner Mutter verscheucht meine Hirngespinste.

»Sie ist wundervoll«, sagt er.

»Danke.«

»Was bedeutet eigentlich der Ausdruck ›Scheiß-MacGregor‹?«

Ich seufze. »Bitten Sie sie bloß nicht, es Ihnen zu erzählen.«

»Warum?«

»Weil zu der Geschichte unweigerlich ein Schotte und

ein Ruderboot gehören, und sie ist nicht lustig, wenn Sie sie zum hundertsten Mal hören.«

James lacht und wie durch ein Wunder taucht Fleur an seinem Ellbogen auf.

»Holly, kann ich ihn mir eine Minute ausleihen?«

»Er gehört voll und ganz dir«, erwidere ich wahrheitsgemäß.

»Liebling, du musst unbedingt jemanden kennen lernen …«, sagt sie, während sie mit ihm weggeht. Ich wandere zu der Gruppe um meine Eltern hinüber und nehme mir auf dem Weg dorthin ein frisches Glas Champagner. Höflich stehe ich am Rand und versuche, etwas von der Unterhaltung mitzubekommen, als ich eine Gestalt an der Tür bemerke. Ich runzele die Stirn. Er kommt mir so bekannt vor, ein ähnliches Gefühl, als ob man seinen Postboten im Supermarkt trifft. Wenn sie sich nicht in ihrem normalen Kontext bewegen, kann man sie nicht einordnen. Er blickt sich aggressiv um, entspannt sich aber auf der Stelle, als er sein Opfer erspäht. Er stürmt auf sein Ziel zu und genau in diesem Moment erkenne ich ihn.

Es ist Alastair.

Ich will dazwischengehen, aber es ist schon zu spät. Er hat James Sabine mitten ins Gesicht geboxt. »Teufel noch mal!«, ächzt mein Vater.

– 26 –

James geht zu Boden. Ein kollektives Keuchen erfasst die Menge, dann wird es gespenstisch still. Bewegungslos stehen alle da, mit offenen Mündern und entsetzten Gesichtern. Es sieht aus wie das Statuenspiel, das wir als Kinder immer gespielt haben. Callum und Lizzie erwachen als Erste aus ihrer Erstarrung. Ich kann zwar nicht hören, was Callum zu Alastair sagt, aber seine Körpersprache drückt deutlich aus, dass er ihn für völlig bescheuert hält, sich aber bemüht, ruhig mit ihm zu sprechen, weil er ja eine Waffe haben könnte. Er wirkt erleichtert, als Lizzie sich vor ihm aufbaut.

»Was zum Teufel hast du dir dabei gedacht«, kreischt sie ihn so schrill an, dass ich innerlich zusammenzucke und hoffe, niemand erinnert sich daran, dass ich sie mitgebracht habe.

James hat sich schon wieder aufgerappelt und die Menge drängt auf ihn zu, weniger aus Neugier als aus echter persönlicher Sorge. Da betritt Fleur von links die Bühne. Sie drängt sich durch die Menge und wirft sich ihm an den Hals.

»James, Liebling, geht es dir gut? Wie viele Finger halte ich hoch?«

»Fleur, mach dich nicht lächerlich!«, herrscht er sie an. »Ich bin okay.« Ich unterdrücke ein Lächeln.

Alastair hat offenbar seine Nase getroffen, weil Blut herauströpfelt. Fleur zückt ein Taschentuch und reicht es ihm. Ich muss mich richtig zusammenreißen, um mich nicht zwischen die beiden zu schieben.

Alastair mag ja ursprünglich gedacht haben, das Richtige zu tun, aber im Moment wirkt er nur verdutzt. Alle sehen ihn aus einer Mischung von »Achtung, Sprengstoff« und Neugier an. Vor ihm steht Lizzie, die Hände zu Fäusten geballt, und ich habe den Verdacht, dass sie die Situation genießt und wahrscheinlich gerade darüber nachdenkt, dass das rote Kleid genau die richtige Wahl war.

»Hast du getrunken? Was zum Geier hast du dir dabei gedacht?«, wiederholt sie.

»Ich … ich …«, stammelt er hilflos, aber dann fällt ihm offensichtlich etwas ein. »Nun, was hast du denn gemacht?«, fragt er triumphierend.

Jetzt ist es an Lizzie zu stammeln. Eine sarkastische Stimme unterbricht die beiden. »Ich nehme an, ihr kennt euch?«

Lizzie dreht sich um. »Ja. Es tut mir so Leid, James. Ich weiß nicht, warum …«

»Ich dachte, er heißt Jack?«, wirft Alastair ein.

Ich zucke zusammen, als dieser verbale Tiefschlag an James abprallt und stattdessen mich trifft. Bitte sag jetzt nicht, dass das irgendwas mit dem Tagebuch zu tun hat. James dreht sich zu mir um.

»Nun, ja. Im Tagebuch.« Lizzie wirft mir einen mitfühlenden Blick zu. Ich schaue zu meiner Mutter, die ihr »Ist das nicht aufregend?«-Gesicht macht. Gleich wird sie anfangen, Bonbons zu verteilen.

James sagt leise: »Sollen wir hinausgehen und uns darüber unterhalten?« Die Leute scharen sich dichter um ihn, um nur ja keins seiner Worte zu verpassen. Er scheucht die Beteiligten zur Tür, wie ein Schäfer seine Herde. Dann dreht er sich nach mir um und bedeutet mir, ebenfalls mitzukommen. Gehorsam trotte ich hinter ihnen her.

Als wir alle das Zimmer verlassen haben, schwillt das Stimmengemurmel lauter als jemals zuvor an. Unser betretenes kleines Grüppchen durchquert die Halle und geht in ein Zimmer gegenüber dem Salon, das genauso schön ist. Ein riesiger steinerner Kamin nimmt fast eine ganze Wand ein. Die anderen Wände sind voller Bücherregale und an einem Erkerfenster steht ein großer antiker Mahagonischreibtisch. Ich versinke in einem der weichen, chintzbezogenen Sofas vor dem Kamin.

»Fleur«, sagt James, »geh zurück zur Party. Mir geht es gut, wirklich.«

Besorgt legt sie den Kopf schräg und ich würde sie am liebsten in den verlängerten Rücken treten. Es ist erstaunlich, wie schnell sich meine Gefühle gegenüber einer Person wandeln können, von der ich weiß, dass sie nächsten Samstag die Liebe meines Lebens heiraten wird.

»Du auch, Callum«, fährt er fort. »Das hat mit der Polizei nichts zu tun.« Ich ziehe die Augenbrauen hoch. Vielleicht wird man ja ein bisschen geisteskrank, wenn man ständig eins über den Kopf kriegt. Unwillig verlassen Fleur und Callum das Zimmer.

Alastair richtet sich steil zu seiner vollen Größe auf. James hingegen lässt sich auf das gegenüberliegende Sofa fallen. Alastair wendet sich an Lizzie. »Wie lange geht das schon, häh? Ich bin doch nicht blöd. Die Blumen, die Anrufe. Holly hat dich ihm vorgestellt, nicht wahr?« Ich weiß nicht, wovon er redet, aber ich nehme es persönlich.

»Alastair, ich weiß nicht, wovon du redest. Ich habe diesen Mann vor ein paar Tagen im Krankenhaus bei Holly zum ersten Mal gesehen.«

»Was war da?«, frage ich James.

»Der Unfall mit der Flasche am Zeh«, antwortet er.

»Oh.«

»Mit wem hast du dann eine Affäre?«, will Alastair wissen.

»Mit niemandem. Oder, Holly?«

»Es sei denn, du meinst mich. Sie hat in den letzten beiden Wochen bei mir in der Wohnung gewohnt«, erwidere ich.

»Ich dachte, du seist bei ihm.« Er zeigt anklagend auf James, was dieser aber glücklicherweise nicht bemerkt, da er sich gerade um seine geschundene Nase kümmert.

»Nein«, erklärt Lizzie geduldig. »Ich war bei Holly. Woher weißt du überhaupt, dass ich nicht zu Hause war?«

Verlegen studiert Alastair die Stickerei auf dem Teppich. »Ich habe angerufen und ein paar Mal bin ich auch vorbeigekommen.«

»Ach, wolltest du mir nachspionieren?«

Ruckartig hebt er den Kopf. »Vielleicht war das ja nötig.«

»Na, es überrascht mich jedenfalls, dass du dich deswegen von deiner kostbaren Arbeit losreißen konntest«, sagt Lizzie spitz.

»Ich möchte befördert werden! Hast du dir jemals überlegt, warum eigentlich?!« Alastair schreit jetzt beinahe.

James wirft müde ein: »Müssen Holly und ich eigentlich noch dabei sein?«

Lizzie schnaubt. »Nein, das müssen wir alleine miteinander klären. Aber das mit Ihrer Nase tut mir schrecklich Leid.«

Alastair fügt hinzu: »Äh, mir auch. Ich dachte ... »James macht eine abwehrende Geste und sagt: »Ist schon okay«, allerdings mit einer Stimme, die deutlich macht, dass dies keineswegs so ist. Wir erheben uns von unseren Sofas und gehen in die Halle.

»Möchten Sie ein bisschen Eis für die Nase?«, frage ich, weil das Blut immer noch tröpfelt. »Ich glaube, dann würde die Blutung aufhören.« James nickt, geht mir voran eine Treppe hinunter und öffnet eine Tür. Wir treten in eine große, helle Küche, in der fünf Leute die Canapés vorbereiten. In einer Ecke steht ein altmodischer Riesenherd und höchstwahrscheinlich würde meine gesamte Wohnung in diese Küche hineinpassen.

James sinkt auf einen Stuhl an dem großen Eichentisch in der Mitte des Raumes und ich bitte einen der Angestellten um etwas Eis. Nennen Sie mich betulich, aber es macht mir Freude, mich um James zu kümmern. Was ist das bloß mit uns Frauen? Hätte man uns diesen Pflegetrieb nicht austreiben können? Ich wickele das Eis in ein sauberes Geschirrhandtuch und er drückt es sich auf die Nase. »Danke«, murmelt er erstickt. Schweigend sitzen wir ein paar Minuten da. Schließlich näselt er: »Hat sie wirklich eine Affäre gehabt?«

»Nein!«, erwidere ich mit Nachdruck.

»Warum hat sie dann Blumen und Anrufe bekommen?« Verdammt, ich hätte mir ja denken können, dass seine scharfen, kleinen Detective-Ohren das gehört haben.

»Hat sie das?«, frage ich unschuldig.

»Er hat es jedenfalls gesagt. Das hat doch nichts mit dir zu tun, Holly?«

»Nicht wirklich.« Offensichtlich ist ihm nach diesen diversen blutrünstigen Erlebnissen mit mir nicht mehr nach der offiziellen Anrede zu Mute, sondern er wechselt kommentarlos zum freundschaftlichen Du. Ist mir auch recht.

»Ich wusste es«, seufzt er. »Kannst du mir mal sagen, warum du Probleme so magisch anziehst?«

»Ich weiß nicht«, erwidere ich kleinlaut.

Schweigen.

»Jetzt brauchst du nur noch einen Schlag aufs Auge, dann sind wir quitt!«, versuche ich die Situation lächerlich zu machen.

»Deine Unfälle waren wirklich Unfälle, aber das hier war gezielt und du bist irgendwie daran beteiligt.«

»Glaubst du, das Blau der Nase zieht sich hoch zu deinen Augen?«

»Dann würden unsere Verletzungen wenigstens zueinander passen.«

»Aber du und Fleur, ihr würdet nächstes Wochenende nicht zueinander passen. Die Farbe beißt sich womöglich ganz schrecklich mit ihrem Kleid.«

»Keine Sorge. Das passiert schon nicht.« Hört sich irgendwie bedeutungsvoll an.

Fleur kommt in die Küche. »Liebling, ich habe dich überall gesucht! Wie geht es dir denn jetzt?« Sie sieht ein bisschen verärgert aus, also entschuldige ich mich und gehe.

Meine Eltern und ich verabschieden uns von unseren Gastgebern, steigen ins Auto und fahren zurück in meine Wohnung. Alastair und Lizzie sind noch nicht wieder aus dem Arbeitszimmer aufgetaucht, und ich nehme an, dass er sie nach Hause fährt. Meine Mutter quetscht jede Einzelheit über die Ereignisse des Abends aus mir heraus und ich bin dankbar, dass ich an etwas anderes denken kann. Also erzähle ich ihr alles haarklein.

Das restliche Wochenende schleppt sich so dahin. Ich sehne mich danach, dass die nächste Woche endlich vorüber ist, und zugleich quält mich der Gedanke, dass James dann aus meinem Leben verschwindet. Ich rechne mir aus, wie lange er in den Flitterwochen sein wird, und mir wird klar, dass ich nicht weiß, wie ich diese Zeit überstehen soll, geschweige denn den Rest meines Lebens. Meine Mutter ist fantastisch. Am Sonntag besteht sie darauf, dass wir einen Spaziergang am Meer machen und anschließend in einem Hotel Tee trinken. Aber alles erinnert mich an ihn, es ist, als ob sich in meinem Kopf ständig eine Schallplatte dreht, die ich nicht abstellen kann. Als wir nach Hause kommen, rufe ich zum x-ten Mal seit der Party bei Lizzie an. Und zum x-ten Mal nimmt niemand ab.

Schließlich ist es Montagmorgen. Ich ziehe mich sorgfältig an und Tristan und ich brechen zur Wache auf. Vergnügt laufe ich die Treppe zum Eingang hinauf.

»Morgen, Dave!«, begrüße ich meinen neuen Freund (der überhaupt nicht mehr muffig ist).

»Schönes Wochenende gehabt, Holly?«

»Ja«, erwidere ich munter.

»Das ist Ihre letzte Woche bei uns, was?« Ich nicke lächelnd. »Ich wette, danach wissen Sie nicht mehr, was Sie mit sich anfangen sollen!« Wieder grinse ich. Wenn er wüsste, wie Recht er hat.

Als ich ins Büro komme, hängt die Nachtschicht gerade ein großes Spruchband quer durch den Raum auf, auf dem steht:

»JAMES SABINES LETZTE WOCHE IN FREIHEIT! HEIRAT IST NICHT NUR EIN WORT, ES IST EINE STRAFE!«

Ich grinse alle an. »Das ist toll!«, lobe ich.

Einer der Beamten sagt: »Wir haben die ganze Nacht dazu gebraucht.«

»Es war also ruhig?«

»Völlig ruhig.«

Ich setze mich an meinen Schreibtisch, hole meinen

Laptop heraus und schaue mir meine E-Mails an. Eine ist von Joe, in der er mich bittet, heute Abend vorbeizukommen, damit wir über »meine nächsten Aufgaben« reden können. Seufzend überlege ich, ob wohl der Hund des Bürgermeisters gestorben ist und ich etwas darüber schreiben soll. Nach und nach strömen die Beamten von der Tagschicht ins Büro, es wird laut und duftet nach Kaffee. Die Telefone klingeln und die Leute fangen an, laut zu werden. Als Jubel losbricht, blicke ich auf und sehe, dass James hereingekommen ist und auf das Spruchband starrt. Ich bemühe mich zu lächeln, als er auf mich zukommt.

»Morgen«, sagt er.

»Morgen. Wie geht's deiner Nase?«

»Tut weh. Wie geht's deinem Kopf?«

»Gut.«

»Und dem Zeh?«

»Gut.«

»Haben wir nichts vergessen?«

Ich überlege einen Moment. »Ich glaube nicht.« Dann tippe ich weiter, während er uns einen Kaffee holt und seinen Eingangskorb durchsieht.

»Und? Gibt es was?«, frage ich nach einer Weile.

»Leider, eine Vergewaltigung. Ich sage einer weiblichen Beamtin Bescheid, danach können wir losfahren, um das Opfer zu vernehmen.« Er tätigt ein paar Anrufe und steht dann auf. »Los, Colshannon, wir müssen gehen.«

Wir laufen in die Tiefgarage – in dem üblichen Wahnwitz-Tempo -, was wir in den letzten fünf Wochen mindestens fünfzig Mal gemacht haben müssen. Ich beschließe, Vince nicht anzurufen, da der Fall wahrscheinlich zu heikel ist. Das Letzte, was das arme Mädchen braucht, ist ein Fotograf, der um sie herumtanzt und zu ihr sagt:

»Könntest du noch mal ein bisschen weinen, Entchen?« Wir werden einfach Archivfotos nehmen. In unserem grauen Vauxhall fahren wir zur Eingangstreppe, wo eine weibliche Polizeibeamtin auf uns wartet. Da ich mich in ihrem Beisein sowieso nicht mit James unterhalten kann, spreche ich während der zwanzigminütigen Fahrt mit der jungen Beamtin über Vergewaltigungsfälle und erfahre ein paar faszinierende und gleichzeitig traurige Tatsachen für die heutige Ausgabe des Tagebuchs. Die Vernehmung des Vergewaltigungsopfers nimmt mich so sehr mit, dass James mich ein paar Mal fragt, ob alles in Ordnung sei. Danach fahren wir alle zur Wache zurück und ich mache mir Notizen über die Vorfälle. Als ich am Spätnachmittag fertig bin, ist James immer noch mit dem Telefon und seiner Schreibarbeit beschäftigt, deshalb beschließe ich, Robin zu besuchen.

Sie blickt von ihrem Schreibtisch auf, als ich den Kopf zur Tür hereinstecke.

»Hi! Hast du Lust auf einen Kaffee oder Tee?« Wir gehen in die Kantine, plaudern auf dem Weg dorthin über dieses und jenes, und erst als wir uns mit unseren Getränken hingesetzt haben, frage ich: »Robin, weißt du noch, wie du einmal gesagt hast, ich wüsste nicht deine ganze Geschichte?«

Sie betrachtet mich mit hochgezogenen Augenbrauen und ich fahre fort: »Glaubst du, du könntest sie mir jetzt erzählen?«

Sie überlegt eine Weile, dann nickt sie. »Ja, ich denke, ich kann dir vertrauen.« Sie seufzt. »Ich weiß nur nicht genau, wo ich anfangen soll. Also, als du das erste Mal hier aufgetaucht bist, da war ich doch auch noch ziemlich neu.« Ich nicke. Daran erinnere ich mich noch gut. »Nun …«

O mein Gott. Die arme, arme Robin. Als ich sie kennen lernte, habe ich mich gefragt, wie so eine tolle Frau in die PR-Abteilung einer Polizeistation kommt. Nun, jetzt weiß ich es. Ursprünglich war sie ganz oben. So hoch wie der Eiffelturm. Sie ist aus London nach Bristol gezogen, um mit ihrem Freund Mark zusammenzuleben. Offensichtlich hat er sie monatelang angefleht, doch zu ihm zu ziehen.

Sie kennen das ja. Er rief sie jeden Tag an, erzählte ihr, wie es mit ihnen weitergehen sollte, was sie alles Tolles an den Wochenenden unternehmen könnten, statt immer nur zwischen London und Bristol zu pendeln, bla, bla. Eines Tages schaute sie sich eine Fernsehsendung an, in der alte Leute darüber redeten, was sie gerne aus ihrem Leben gemacht hätten und nicht getan haben. Dieses Bedauern über verpasste Chancen beeindruckte sie so sehr, dass sie am nächsten Tag ihren erfolgreichen, hoch dotierten Job kündigte. Einfach so. Ihre Kollegen waren außer sich, weil sie gerade mitten in einer Kampagne steckten, aber Robin sagte, sie hätte einfach Angst gehabt, dass sie nie mehr den Mut dazu aufbringen würde, wenn sie es jetzt nicht durchzog. Sie kam einen Tag früher als geplant nach Bristol, um Mark zu überraschen, was ihr hundertprozentig gelang: Sie fand ihn mit einer anderen Frau im Bett.

Können Sie sich das vorstellen? Sie hat ihn in flagranti erwischt! Praktisch wie ich bin, wollte ich natürlich sofort Einzelheiten wissen: Hat er sich angezogen und haben sie sich dann erst angebrüllt – oder sofort? Und was war mit der anderen Frau? Hat sie mit ihr geredet oder sie ignoriert? Na ja, Robin hat auf jeden Fall als Erstes (nein, nicht ganz, vorher hat sie auch noch ein bisschen rumgebrüllt) ihren Boss angerufen und ihn gefragt, ob sie ihren alten Job wiederhaben könne. Aber er war offenbar so sauer über ihre Kündigung, dass er ablehnte.

»Warum bist du denn nicht zurück nach London gegangen und hast dir dort einen anderen Job gesucht?«

»Das hätte ja bedeutet, dass ich gescheitert bin. Gescheitert mit Mark, mit meinem mutigen Umzug nach Bristol. Ich hatte auch schon meine Wohnung untervermietet. Ich hätte gar nicht gewusst, wo ich hingehen sollte.«

»Was war denn mit deinen Freundinnen? Konntest du nicht bei ihnen wohnen?«

Robin mustert verlegen ihren Kaffee. »Ich habe es ihnen nicht gesagt.«

Als sie meinen verdatterten Gesichtsausdruck sieht – ich könnte mir noch nicht einmal ein Bagel kaufen, ohne es meinen Freundinnen zu erzählen –, fügt sie hastig hinzu: »Ich konnte es einfach nicht. Ich meine, ich habe meinen tollen, hoch bezahlten Job gekündigt, um mit der vermeintlichen Liebe meines Lebens zusammenzuziehen, und dann musste ich feststellen, dass er mich schon Gott weiß wie lange betrügt. Zusätzlich habe ich nicht einmal mehr meinen Job zurückbekommen! Ich kam mir so entsetzlich blöd vor. Ich konnte doch nicht wieder nach London marschieren und sagen: ›Hallo, ihr, diese monumentale, lebensverändernde Entscheidung, die ich getroffen habe, war falsch. Ihr kennt doch alle meinen wunderbaren, tollen Freund, von dem ich ständig schwärme? Na ja, er hat hinter meinem Rücken mit einer anderen gevögelt.‹ Meine Freundinnen haben stets zu mir aufgeblickt, sie glaubten immer, dass alles, was ich anfange, klappt. Ich wollte nicht in ihrem Ansehen sinken.« Sie zuckt mit den Schultern. »Also blieb ich hier und versuchte, das Beste daraus zu machen. Ich suchte mir den herausforderndsten Job, den ich kriegen konnte. Wenn es mir gelänge, hier Erfolg zu haben, dann würde es in meinem Lebenslauf nur wie eine normale berufliche Veränderung aussehen, dass ich London verlassen hatte.« Sie mustert wieder intensiv ihren Kaffee.

»Und dann habe ich den Fehler gemacht, mich mit jemandem hier im Büro einzulassen.«

»War das nach Mark?«

Sie nickt. »Ich war völlig am Boden zerstört. Wir sind nach der Arbeit mit anderen Kollegen zusammen einen trinken gegangen. Wir haben uns bestens verstanden und die Dinge entwickelten sich eben.« Mein Magen verknotet sich. »Es war so nett, jemanden zu haben, aber dann hat auch er mich sitzen gelassen.«

»Deshalb also möchtest du zurück nach London.«

»Ja.« Sie zuckt mit den Schultern. »Ich habe die Nase gestrichen voll. Ich will wieder nach Hause.«

»Kommst du zu der Hochzeit am Wochenende?«

»James besteht darauf.« Ich tätschele ihr die Hand und dann halten wir uns beide gedankenverloren an unserem jeweiligen Kaffee fest.

Am Ende des Tages verabschieden James und ich uns voneinander und ich fahre in die Redaktion. Wenigstens erwartet mich Joe mit guten Nachrichten.

»Herzlichen Glückwunsch! Den vielen Anrufen, E-Mails und Faxen nach zu urteilen, die wir in den letzten Tagen bekommen haben, scheint dein Tagebuch der große Hit zu sein! Die Leute wollen alle wissen, wovon dein nächstes Tagebuch handelt! Hast du eine Idee?«

»Für was?«

»Für ein neues Tagebuch natürlich! Ich möchte Ende der Woche anfangen, es zu bewerben.«

»Du schickst mich also nicht wieder zu den Haustierbeerdigungen?«, frage ich hoffnungsvoll.

»Natürlich nicht! Außerdem …«, er macht eine dramatische Pause, »hat jemand vom *Express* angerufen. Sie wollen das Tagebuch in der überregionalen Presse abdrucken.«

»Machst du Witze?«

»Nein.« Er grinst breit und wiegt den Kopf. »Und als ich ihnen sagte, du hättest schon eine neue Tagebuchidee im Ärmel, da wollten sie gleich eine Option darauf.«

»O Gott!«

»Also musst du dir schnell was einfallen lassen. Ich gebe dir zwei Wochen Zeit, um ein Konzept zu machen, wenn du mit diesem Tagebuch fertig bist. Wir können morgen nach der Arbeit über deine Vorschläge reden.«

Als ich zu Tristan zurückgehe, strahle ich übers ganze Gesicht. Wer hätte das gedacht? Sogar der *Express!* Ich kann es kaum abwarten, meinen Eltern und Lizzie davon zu erzählen. Ich lege den ersten Gang ein und knattere los.

– 27 –

Ich bin gerade zwanzig Minuten zu Hause, als es an der Tür läutet. Ich gehe an die Gegensprechanlage. »Hallo?«

»Holly! Ich bin's!«, ertönt Lizzies Stimme. Ich lasse sie herein und warte oben an der Treppe. Ich brauche nicht lange zu warten, so energiegeladen kommt sie heraufgestürmt. Sie strahlt vor Glück und Aufregung. Breit grinsend ruft sie mir entgegen: »Wir sind verlobt!«

Ich japse aufgeregt und ziehe sie an der Hand in die Wohnung. »Wie ist das denn passiert?

Lizzie ist verlobt!«, krähe ich meinen Eltern zu, noch bevor sie Gelegenheit hat, mir zu antworten. Während die beiden ihr aufgeregt gratulieren, hole ich eine Flasche Champagner, die ich vor ein paar Monaten bei einer Tombola gewonnen habe, und lege sie auf Eis. Dann renne ich wieder ins Wohnzimmer, um mir die Geschichte anzuhören. Lizzie lacht und weint abwechselnd.

»Ich hatte einen kleinen Plan ausgeheckt, mir selber Blumen zu schicken und so zu tun, als ob ein Verehrer anriefe, um ihn ein bisschen eifersüchtig zu machen«, erzählt sie meinen Eltern. Mein Vater reagiert verwirrt auf dieses für ihn dusselig wirkende Rezept, aber meine Mutter nickt verständnisvoll. »Wir hatten eine Pechsträhne und ich dachte, die Beziehung müsse ein bisschen vorwärts gebracht werden. Aber er wurde so eifersüchtig, dass er gar nicht mehr mit mir redete! Irgendwie verbiss er sich darin, ich hätte was mit Hollys Detective! Also folgte er mir am Tag der Party. Er hat gestanden, als er James sah, sei ihm die Sicherung durchgebrannt und er habe ihn blindwütig niedergeschlagen. Was jedenfalls dazu führte, dass er mir gestern Abend einen Antrag gemacht hat. Er meinte, er habe erst jetzt gemerkt, wie sehr er mich liebte.« Lizzie errötet und wir gehen in die Küche, um die Temperatur des Champagners zu prüfen.

»Dann hat es also doch funktioniert, Holly«, sagt sie, als wir in der Küche stehen.

»Was hat funktioniert?«

»Der Plan, Operation Altar! Er war außer sich vor Eifersucht!«

»Er hat James auf die Nase geboxt, Lizzie«, protestiere ich. »Das war im Plan nicht beinhaltet.«

Mit einer lässigen Geste wedelt sie diesen kleinen Fehltritt beiseite. »Er hat gesagt, er wollte unbedingt herausfinden, mit wem ich mich treffe, und dabei ist er ständig immer nur auf deinen Detective gestoßen. Jedes Mal, wenn er in mein Büro kam, habe ich dein Tagebuch gelesen.«

»Wusste er nicht, dass James verlobt ist?«

»Nein, das hast du ja im Tagebuch nie erwähnt.«

»Weshalb ist er dir dann gerade am Tag der Party gefolgt?«

»Er ist immer mal wieder vorbeigekommen, um zu sehen, ob ich zu Hause bin. An dem Tag war ich natürlich da, weil ich mich ja umgezogen habe. Als er mich in meinem roten Kleid herauskommen sah, nahm er an, dass ich mich mit jemandem treffen wollte, und deshalb ist er mir gefolgt.«

Sie kichert. »Er musste eine Ewigkeit am Tor warten, bis er mit einem anderen Gast hereinkonnte.«

»Schade, dass er nicht noch länger warten musste, das hätte ihn vielleicht von seinem Attentat abgehalten.«

»Du sagst James noch mal, dass es uns Leid tut, ja?«

»Ich werde es versuchen.«

Ich stelle vier Gläser und die inzwischen turbo gekühlte Flasche auf ein Tablett. »Alastair muss dich sehr lieben, Lizzie, wenn er all das auf sich genommen hat. Vor deinem Haus zu warten, dich auf Partys zu verfolgen, anderen Männern auf die Nase zu hauen«, sage ich ein wenig wehmütig zu Lizzie. Missverstehen Sie mich nicht. Ich freue mich wirklich von ganzem Herzen für sie. Nur spüre ich dadurch mein eigenes gebrochenes Herz umso mehr. Wir gehen wieder ins Wohnzimmer, ich stelle das Tablett auf einen kleinen Tisch und reiche meinem Vater die Flasche.

»Er hat versprochen, dass er ab jetzt nicht mehr so viel arbeiten will und wir viel mehr Zeit miteinander verbringen werden! Schließlich war das unser Hauptproblem.« Sie ist außer sich vor Glückseligkeit. Mein Vater schenkt gekonnt den Champagner ein und wir prosten einander zu.

Ich setze mich im Schneidersitz auf den Fußboden. »Ich habe auch Neuigkeiten.«

»Und welche?«

»Sie wollen, dass ich noch ein Tagebuch schreibe! Und der *Express* hat die Abdruckrechte gekauft und sich eine Option auf das nächste Tagebuch gesichert.«

Lizzie starrt mich mit offenem Mund an. »Fantastisch! Darauf müssen wir auch anstoßen!« Wir erheben alle unsere Gläser. »Auf Hollys Tagebuch!«, prostet mein Vater vergnügt. »Auf Hollys Tagebuch!«, wiederholen meine Mutter und Lizzie im Chor.

»Und wovon soll das nächste Tagebuch handeln?«, fragt Lizzie.

»Wir haben gerade darüber gesprochen, als du kamst.«

Ich schweige und überlege mir, wie ich es ihr beibringen soll. »Ich habe gedacht, dass ich vielleicht irgendwo anders hingehe«, sage ich schließlich.

»Wohin?«, fragt Lizzie entsetzt. »Und was ist mit meiner Hochzeit?«

»Ihr habt ja noch nicht mal den Termin festgelegt. Außerdem bliebe ich ja gar nicht so lange weg. Höchstens ein paar Monate. Ich möchte nach James' Hochzeit eine Zeit lang aus Bristol verschwinden.«

»Versprich mir, dass du nicht zu lange wegbleibst.«

»Ich verspreche es.«

Lizzie nickt verständnisvoll. »Und was willst du anstellen?«

Begeistert erzähle ich ihr von meiner neuen Idee. »Nun, ich dachte …«

»Bergrettung? Bist du wahnsinnig?«, fragt James entsetzt. Wir fahren gerade zur Vernehmung in eine Tierarztpraxis, in der jemand Feuer gelegt hat.

»Ich glaube, das gäbe ein interessantes Tagebuch«, erwidere ich.

»Ja, klar! Posthum!«

»Mich erwischt es schon nicht«, sage ich abschätzig.

»Du musst auf Berge klettern!«

»Ich weiß. Ich kann auf Berge klettern. Leute steigen dauernd auf irgendwelche Berge, deshalb gibt es ja die Bergwacht«, erkläre ich ungeduldig.

»Holly, du schaffst es kaum bis in die Tiefgarage ohne Lunchpaket. Wie willst du denn dann dreitausend Meter in klirrender Kälte hinaufkraxeln? Das tut dir garantiert weh!«

»Oh, an Schmerzen bin ich mittlerweile gewöhnt«, murmele ich. Natürlich habe ich mir Gedanken über Fitness und Schmerzen gemacht. Aber auf der anderen Seite hoffe ich, dass dadurch der andere Schmerz betäubt wird, weil der sich nicht mit einem heißen Bad und einem Teller Pasta bewältigen lässt. Außerdem würde ich nachts vielleicht besser schlafen können, wenn ich körperlich total ausgepumpt bin. Diese Woche habe ich jede Nacht nur zirka vier Stunden geschlafen. Ehrlich gesagt ziehe ich es dann vor, einem Yeti gegenüberzustehen, nur mit einer Fackel und einer Dose Gletschercreme bewaffnet, als diese Schlaflosigkeit beizubehalten.

Schweigen breitet sich aus.

»Und wo willst du dein Leben riskieren?«, fragt er plötzlich. Ich werde langsam sauer. Er hat mein halbes Leben ruiniert und jetzt gibt er sich alle Mühe, auch noch die andere Hälfte in den Sand zu setzen.

»Irgendwo, wo es Berge gibt«, brummele ich.

»Warum? Warum willst du das bloß tun?«

»Weil ich dich hoffnungslos liebe und nach deiner Heirat nicht in dieser Stadt bleiben will, in der mich jede Kleinigkeit an dich erinnert. Und weil wir uns am nächsten waren, als du mich bewusstlos geschlagen hast und ich es deshalb nicht einmal genießen konnte.«

Okay, da war nur der Wunschtraum der Vater des Gedankens. In Wahrheit habe ich geantwortet: »Warum nicht?«

»Wir könnten uns hier in der Gegend alles Mögliche ausdenken. Was wäre zum Beispiel mit ...«, er denkt nach, »der Sherry-Industrie«, schlägt er triumphierend die einzige Sache vor, für die Bristol wirklich berühmt ist.

»Ich habe mich schon entschieden.«

»Und was sagt dein Freund zu dieser Bergrettungsgeschichte?« Mann, er gibt aber auch nie auf, was?

»Wir haben uns getrennt.«

»Ach du meine Güte. Tut mir Leid.«

»Ist schon in Ordnung. Ich habe Schluss gemacht.«

»Aus irgendeinem bestimmten Grund?«

Ich malme mit meine Unterkiefer. Dieses Gespräch geht mir zu sehr an die Nieren. »Nein, nein«, murmele ich. Thema beeendet. Bis zur Praxis des Tierarztes bleibe ich stumm.

Als wir dort ankommen, wartet Vince schon auf uns. Er sieht echt hübsch aus in seiner pinkfarbenen Jeans mit weißem Hemd. Wir steigen aus dem Auto und traben auf ihn zu.

»Oooh! Was ist denn mit euch los? Eure Gesichter sind ja länger als ein verregnetes Wochenende in Scarborough!«

»Sie können ja versuchen, sie zur Vernunft zu bringen. Sie möchte für ihr nächstes Projekt unbedingt die Bergwacht begleiten«, giftet James.

»Und was ist daran so schlimm?«, fragt Vince.

»Holly und Berge? Einer von beiden wird dran glauben müssen.«

»Was willst du damit sagen?«, knurre ich.

»Ooh! Schlagt euch!«, quietscht Vince und blickt begeistert von einem zum anderen. Unser Streit scheint ihn zu amüsieren.

James geht zum Eingang und Vince und ich folgen ihm. »Er ist so männlich«, seufzt Vince. »Ach, wenn man doch nur nächstes Wochenende an der Stelle seiner Verlobten sein könnte.«

Die Bemerkung trifft mich mitten ins Herz und ich zucke innerlich zusammen. Das Leben ist momentan wirklich zum Abgewöhnen. Manchmal wünschte ich, ich könnte die Zeit zurückholen, als Glück noch eine Tasse heiße Schokolade und ein Video vom A-Team bedeutete.

Vince knufft mich freundschaftlich in den Arm. »Ich glaube, der Detective mag dich ziemlich gerne«, raunt er und tänzelt auf den Empfangsschalter der Praxis zu.

»Er mag wahrscheinlich die ganze Menschheit ziemlich gerne, aber genau deswegen wird er auch nicht seine Hochzeit abblasen«, murmele ich und folge ihm.

Sie fragen sich vielleicht, warum ich James nicht einfach sage, was ich empfinde. Na ja, ich frage mich das auch. Es kann ja sein, dass er mich ganz gern mag, so wie man bequeme Schuhe gern hat, aber er empfindet bestimmt nicht das Gleiche für mich wie ich für ihn. Wenn man das Ganze mal in die richtige Perspektive rückt, dann läuft es darauf hinaus, dass er dieses schöne, nette Mädchen (das auch noch Geld hat) gebeten hat, ihn zu heiraten. Sechs Wochen vor dem großen Tag tauche ich plötzlich auf. Ich mache ihm nur Ärger, ich reize ihn bis zur Weißglut, wir streiten uns ständig, bis wir gegen Ende der Zusammenarbeit einigermaßen gut miteinander auskommen. Würden Sie deswegen Ihren großen Tag sausen lassen? Nein, bestimmt nicht. Weshalb sollte ich ihm also meine Seelenblähungen mitteilen? Ausgelacht werden möchte ich auch nicht. Offensichtlich laufen ihm sowieso scharenweise tolle Frauen nach. Robin zum Beispiel. Das ist ein weiterer Faktor, der mich vorsichtig macht. Ich weiß ja nun aus eigener Erfahrung, wie es ist, betrogen zu werden. Und wenn James schon nicht Fleur treu ist, was hätte ich denn dann für eine Chance?

Meine Mutter und Lizzie bemühen sich sehr, mir die Woche erträglicher zu gestalten, aber eigentlich machen sie dadurch alles nur noch schlimmer. Meine Mutter ist zutiefst davon überzeugt, dass sich alles einrenken wird, und sie schmiedet die ganze Zeit mit Lizzie abwegige Pläne. Da sie die meiste Zeit ihres Lebens auf einem anderen Planeten verbringt und Lizzie im Moment sowieso alles nur durch ihre rosa getönte Brille sieht, habe ich nicht viel Hoffnung, dass sie ihre vermeintlichen Wiederbelebungsversuche stoppen. Heute möchte sich meine Mutter unbedingt mit mir zum Mittagessen treffen.

Um zwölf Uhr blicke ich zu James, der gerade in die Unterlagen zu der Brandstiftung in der Tierarztpraxis vertieft ist. Wir haben bereits eine Spur und er hofft, heute Nachmittag schon den Täter verhaften zu können, was auch einen tollen Abschluss für das Tagebuch bedeuten würde. Alles ist perfekt, na ja, fast alles.

»James?«

»Hmm?« Er schaut zerstreut auf.

»Ich gehe mit meiner Mutter Mittag essen. Holst du mich bitte dort ab, wenn du zu der Verhaftung fährst?«

»Wohin geht ihr?«

»Zu Browns auf der Park Street.«

»Ja. Genieße nur dein Mittagsmahl, während wir armen Polizeisklaven uns abmühen, das Land zu beschützen. Mach dir keine Gedanken um mich.« Er grinst. »Und grüß deine Mum.«

»Das mache ich.«

Tristan und ich fädeln uns durch den dichten Stadtverkehr, finden endlich einen Parkplatz und ich komme nur zehn Minuten zu spät zu Browns. Dort residiert meine Mutter bereits, elegant eine Zigarette rauchend, an einem gut platzierten Tisch, eine halbe Flasche Chablis vor sich und umringt von einer Schar bewundernder Kellner. Die verschwinden rasch, als ihre finstere, nicht ganz so attraktive Tochter die Szene betritt.

»Liebling!« Sie springt auf, küsst mich auf beide Wangen und hält mich dann auf Armlänge von sich ab. »Was um Himmels willen hast du da an?« Ich blicke auf meinen geblümten, leicht ausgestellten Rock und runzele die Stirn. Ich habe ihn immer schön gefunden. »Deine Großmutter hatte ein Sofa aus diesem Stoff«, fährt sie ungerührt fort. »Bist du sicher, dass du nicht etwas davon abgeschnitten hast, als sie mal nicht aufgepasst hat?«

»Sehr sicher.« Ich gieße mir genervt Wein in ein Glas, das schon auf dem Tisch steht. Sie setzt sich wieder und zündet sich eine weitere Zigarette an.

»Ich möchte mit dir reden.« Ein Kellner kommt und bringt uns die Speisekarten. Um das drohend bevorstehende Thema zu vermeiden, studiere ich sie aufmerksam und entscheide mich dann für ein Sandwich. Meine Mutter wirft nicht einen einzigen Blick auf die Karte, sondern sagt lediglich: »Ich nehme das Gleiche« und reicht sie dem Kellner mit strahlendem Lächeln zurück.

»Ich hätte außerdem gern einen Orangensaft«, sage ich zu dem Ober. »Möchtest du auch einen?«, frage ich meine Mutter.

»Gott, nein, Liebling.« Sie zieht heftig an ihrer Zigarette. »Ich trinke nichts, wo Vitamine drin sind.«

»Nun«, sagt sie, als der Kellner weg ist, »hast du es ihm schon gesagt?«

»Nein, und ich habe auch nicht die Absicht, ihm irgendetwas zu sagen.«

»Meinst du nicht, du solltest es ihm sagen?«

»Nein!«, erwidere ich hitzig, »warum denn? Wenn er das Gleiche für mich empfinden würde, müsste er dann nicht etwas unternehmen? Er heiratet schließlich am Samstag. Er liebt mich nicht. Punkt. Du machst mich wirklich fertig.« Ich trinke frustriert einen Schluck Wein.

Meine Mutter rückt mit ihrem Stuhl näher an mich heran und blickt mich besorgt an. »Liebling. Du bist meine einzige Tochter.«

Ich fixiere sie spöttisch. Das geht ein bisschen zu weit, auch wenn man ihr den Hang zur Dramatik verzeihen muss. »Mutter, ich habe eine Schwester«, stelle ich geduldig fest.

»Ja, natürlich.« Sie versucht es noch einmal. »Liebling, ich habe nur zwei Töchter. Äh, und du bist eine davon.« Sie schweigt und fährt dann fort: »Siehst du? Das klingt nicht so gut. Na ja, auf jeden Fall will ich nur, dass du glücklich bist.«

»Das weiß ich doch. Ich kenne James noch nicht besonders lange und vielleicht verrenne ich mich einfach. Wenn er mich ebenfalls lieben würde, dann müsste es doch, na, also so was wie Zeichen geben.« Ich fuchtele gerade wild mit den Armen, als ich sehe, wie Joe auf unseren Tisch zustrebt.

»Joe!«, rufe ich, einen Arm noch in der Luft. »Was machst du denn hier?«

»Ich habe nach dir gesucht. Als ich deinen Detective angerufen habe, sagte er mir, du würdest mit deiner Mutter zu Mittag essen. Und da konnte ich nicht widerstehen, hierher zu kommen!« Er verbeugt sich übertrieben vor meiner entzückten Mutter. Ich verdrehe die Augen.

Joe zieht sich einen Stuhl heran und lässt sich darauf nieder. Unsere Sandwiches kommen und meine Mutter teilt freundlicherweise ihres mit Joe.

»Wolltest du irgendwas von mir?«

»Ja. Ich wollte wissen, ob ihr heute Nachmittag jemanden verhaftet.«

»Ich hoffe es. James will mich hier abholen.«

»Und Amy hat für dich bei der Bergwacht angerufen.

Sie hat eine geeignete Mannschaft gefunden. In Schottland, wäre dir das recht? Sie muss ihnen Bescheid geben.«

Ich werfe meiner Mutter einen Blick zu und nicke dann. »Ja, Schottland wäre gut.« Ein paar Minuten kauen wir schweigend.

»Da wir gerade von Schottland reden, spielt Buntam dieses Wochenende auf St. Andrews?«

Ich ersticke fast an einem Salatblatt.

»Äh, Buntam? Nein, er kann nicht. Er hat eine Allergie.«

»O nein! Gegen was?«

»Gegen, äh, Haggis natürlich. Deshalb kann er auch nicht nach Schottland fahren«, erwidere ich mit erstickter Stimme. Innerlich zucke ich zusammen. Eine Allergie gegen Haggis? So ein Blödsinn. Konnte ich mir nicht etwas Besseres einfallen lassen?

»Buntam«, wiederholt meine Mutter interessiert. »Liebling, wer ist Buntam?« Panik flackert in mir auf.

Joe kann mich doch bestimmt jetzt nicht einfach so feuern, oder? Jetzt, wo ich das Tagebuch geschrieben habe?

»Buntam ist Hollys Vetter, Mrs Colshannon. Er spielt Golfmeisterschaften«, erklärt Joe ernst.

»Vetter? Golfmeisterschaften?«, echot meine Mutter. »Das bezweifle ich. In unserer Familie ist man höchstens gegen Frischluft allergisch. Außerdem wüsste ich es, wenn jemand in unserer Verwandtschaft Buntam hieße. Der Name hat eine gewisse Ähnlichkeit mit Oscar Wildes … Liebling, warum trittst du mich?«

Ich schlage mir ächzend die Hände vors Gesicht und möchte mit meinem Stuhl verschmelzen. Joe gibt ein Wutschnauben von sich und vorsichtig spähe ich durch meine Finger. Er sieht aus, als hätte er einen Anfall. Seine Augen treten aus den Höhlen, sein Gesicht ist knallrot und er gibt seltsame Geräusche von sich.

Ich setze mich auf. »Joe! Geht es dir gut?« Anscheinend hat er Probleme mit dem Sprechen und Tränen laufen ihm übers Gesicht.

»Ooh, Holly!«, prustet er. Sein Gesicht besteht aus einem einzigen, gewaltigen Lachanfall. Worüber zum Teufel amüsiert er sich so?

»Ooh, ich w… w… wusste, dass du Buntam erfunden hast.«

»Du wusstest es? Und hast mich trotzdem immer weiter von ihm erzählen lassen?«, frage ich ungläubig. Joe kann vor lauter Lachen nicht sprechen, deshalb fahre ich empört fort: »Ich war gezwungen, mir am Wochenende ständig Golf anzuschauen. Weißt du eigentlich, wie unsäglich langweilig Golf ist?« Okay, das ist vielleicht nicht die passende Entschuldigung für jemanden, dessen Job auf dem Spiel steht. Aber meine Nerven liegen zurzeit etwas blank.

Joe verfällt in neue Zuckungen. Er tätschelt mir gackernd den Arm und wischt sich die Lachtränen von den Wangen. »Sei nicht so sauer, du hast den Job nur seinetwegen bekommen. Du hattest die erste Silbe noch nicht ganz ausgesprochen, da wusste ich schon, dass du ihn erfunden hast. Aber ich habe mir gedacht, jemand, der so fantasievoll lügen kann, muss unbedingt für mich arbeiten.« Ich glotze ihn total baff an. Er fängt wieder an zu lachen. »Außerdem war es unglaublich komisch, dich nach ihm zu fragen und zuzusehen, wie du dir Ausreden aus den Fingern gesogen hast! Ich glaube, die beste war, als du behauptet hast, Buntam wohne in einem Hotel, in dem der Strom abgestellt worden …«

»Hallo, Holly!«, sagt eine vertraute Stimme neben mir. Mein Kopf ruckt senkrecht in die Höhe.

»Hi, Ben«, erwidere ich mit einer Stimme, die mir nicht

zu gehören scheint. »Wie geht es dir?« Sein Gesichtsausdruck macht mich nervös.

»Gut. Ich sitze gerade mit ein paar Kollegen da drüben beim Mittagessen und dachte, es wäre doch unhöflich, dir nicht wenigstens Hallo zu sagen«, sagt er beherrscht.

Er schüttelt Joe die Hand, wobei er sich selbst als Hollys Ex-Freund vorstellt. Meine Mutter begrüßt er mit einem »Nett, Sie wiederzusehen, Mrs Colchannon«. Er kommt mir absolut fremd vor. War ich jemals mit dieser Person näher bekannt? Verlegenes Schweigen senkt sich über den Tisch. Ben setzt sich ungebeten.

»Ich habe über das nachgedacht, was du mir an dem Abend gesagt hast, Holly. Ich muss gestehen, dass es mich beschäftigt hat, wer wohl der geheimnisvolle Fremde mit den kurzen Haaren und den grünen Augen sein könnte.« Er wendet sich an meine Mutter und Joe. »Wer könnte dieser Mann sein, in den meine wundervolle Ex-Freundin sich verliebt hat?« Joe stellt seine Journalisten-Antennen auf und ich verkrieche mich in meinem Stuhl. »Und wissen Sie was?« Statt mich raten zu lassen, fährt er unfairerweise einfach fort: »Letzten Freitagabend schaltete ich den Fernseher ein, und wen sah ich da?«

Ben kann uns seine sensationelle Entdeckung nicht mehr mitteilen, weil zwei Dinge gleichzeitig geschehen. Zum einen rutscht meine Mutter elegant ohnmächtig unter den Tisch und zum anderen taucht James Sabine auf.

– 28 –

Sie ist zu schwer, um sie hochzuheben«, sage ich laut. Die Augenlider meiner Mutter flackern. Sehen Sie? Ich wusste doch, dass sie die Ohnmacht nur vortäuscht.

»Holly!«, rügt James mich schockiert. »Deine Mutter ist in Ohnmacht gefallen. Könntest du bitte etwas Wasser holen, statt hier solch rohen Kommentar abzugeben?«

Seufzend gieße ich Wasser aus der Karaffe auf dem Tisch in ein Glas und reiche es ihm. Er hat sein Jackett zusammengerollt und es ihr unter den Kopf geschoben. Um uns herum hat sich eine kleine Schar von Neugierigen versammelt, was wohl an den gefährlichen Geräuschen liegt, die meine Mutter von sich gibt.

»Ach, das ist also ...«, dröhnt Ben, der in der vordersten Reihe steht. Ich hatte ihn ganz vergessen.

»Ben!«, unterbricht ihn Joe. »Kommen Sie und erzählen Sie mir von Ihrer Rugby-Mannschaft. Sollen wir ein bisschen mehr in der Zeitung über Sie schreiben?« Joe legt den Arm um Bens Schultern und führt ihn weg. Ich atme erleichtert auf, weil diese Krise zumindest abgewendet ist, und wende meine Aufmerksamkeit wieder meiner Mutter zu, die wundersamerweise in aller Schönheit erneut zum Leben zu erwachen scheint.

»Ein Wunder ist geschehen«, kommentiere ich spöttisch. James maßregelt mich mit einem Dolchblick.

»War das nicht dein Ex-Freund?«, zischt er. »Ich dachte, du wolltest mit deiner Mutter zu Mittag essen?«

»Das habe ich ja auch, wie du siehst. Er ist plötzlich aufgetaucht.«

»Aaahh«, macht meine Mutter und legt sich die Hand auf die Stirn. Sie richtet sich mühselig auf.

»Wie geht es Ihnen?«, fragt James besorgt.

»Wie viele Finger halte ich hoch?«, frage ich und mache das V-Zeichen direkt vor ihrem Gesicht.

»Es ist mir zutiefst peinlich. Ich weiß nicht, was über mich gekommen ist. Das muss am schlechten Feng-Shui dieses Raumes liegen.«

»Holly, bring deine Mutter zum Auto. Wir fahren sie nach Hause. Es steht rechts um die Ecke«, faucht James mich an. »Ich bezahle schnell eure Rechnung.«

Behutsam führe ich meine Mutter hinaus, den Arm stützend um ihre Taille gelegt. Kaum sind wir draußen, lasse ich sie los. »Ich fasse es nicht!«, wüte ich.

»Liebling, ich weiß. Ich auch nicht. Ich konnte es ja selber kaum glauben, als Ben uns so unverblümt angriff. Absolut unverzeihlich.«

»Nein, ich meine dich«, erwidere ich. »Warum musstest du unbedingt in Ohnmacht fallen?«

Meine Mutter schüttelt verdutzt ihr Haupt. Für sie war es offenbar eine völlig normale Reaktion. »Weil Ben gerade allen erzählen wollte, dass du James liebst! Ich habe doch James zur Tür hereinkommen sehen.«

»Ich dachte, du wolltest, dass James es erfährt.«

»Aber nicht auf diese Art, Liebling. Und dann war auch noch Joe dabei. Es wäre grässlich peinlich gewesen. Außerdem hast du mir doch verboten, irgendetwas in der Richtung unterstützend zu unternehmen. Ich habe es für dich getan.«

Ich verlangsame meine Schritte. Das stimmt. Da habe ich ihr Unrecht getan. Ich habe überreagiert.

»O ja. Äh, tut mir Leid. Das war geistesgegenwärtig von dir. Danke. Glaubst du denn, dass Ben es jetzt irgendwo anders rumverbreitet?«

»Nein. Joe wird ihn schon überreden, das nicht zu tun. Er wird Werbung für seine Spiele machen oder so. Dein Tagebuch lässt Joe von niemand anderem ausbeuten.«

Die Woche vergeht, als sei die Zeit ein Eierlöffellauf. Spurts und Monotonie wechseln einander ab. Die Tage sind nicht mehr durch Ereignisse miteinander verbunden, sondern nur durch einen Wirrwarr von Gefühlen. Jedes Mal, wenn Fleur James anruft, spüre ich förmlich, wie mich der Abgrund verschlingt.

Lizzie und Alastair schwimmen in Glückseligkeit. Ich denke an Ben und Teresa, und wenn ich mich wirklich quälen will, stelle ich mir James und Fleur und James und Robin vor. Ich bin mir James' Nähe stärker denn je bewusst. Immer weiß ich, wo er gerade ist, wie nahe er mir ist. Manchmal spüre ich die Wärme seines Körpers, und wenn er mich zufällig berührt, versetzt es mir einen elektrischen Schlag. An den letzten beiden Abenden habe ich in Selbstmitleid gebadet. Ich habe jeden Song aus meiner CD-Sammlung aufgelegt, von dem ich wusste, dass er mich zum Weinen bringt. George Michael, U2, selbst der gute alte Robbie und Take That mussten dazu herhalten. Anscheinend bin ich der Ansicht, die Schmerzen dadurch lindern zu können. In Wirklichkeit bringt es mir nur verquollene Augen und der Taschentuchindustrie erhöhtes Produktionsvolumen ein.

Allerdings sind auch viele glückliche Dinge passiert. Und heute ist der letzte Tag für mein Tagebuch. Es ist Freitag.

Um die übliche Zeit fahre ich zur Polizeiwache und

werde nicht nur von Dave mit mehreren zusammenhängenden freundlichen Sätzen begrüßt, sondern auch mit einer Abschiedsparty, die die Abteilung mir und James zu Ehren gibt. Es ist eine ziemlich surreale Erfahrung, um acht Uhr morgens Kuchen zu essen und eine Party zu feiern, aber mir gefällt es. Ich finde, jeder Morgen sollte so anfangen. Den Rest des Tages haben wir dann ziemlich viel zu tun mit der Verhaftung des Brandstifters in der Tierarztpraxis und mit der letzten Episode des Tagebuchs und James übergibt seine Fälle Callum.

Gegen fünf Uhr nachmittags mache ich mich bereit, um in die Redaktion zu fahren und meinen letzten Artikel persönlich abzugeben. Ich verabschiede mich von den Leuten in der Abteilung. Die meisten würde ich sowieso morgen bei der Hochzeit sehen. James hilft mir, meine Sachen in einem Karton in Tristan zu verstauen, und dann stehen wir verlegen vor dem Auto.

»So«, sage ich.

Er betrachtet seine Hände. »So …«

»Bis morgen dann?«

»Ja«, erwidert er langsam, »bis morgen dann. Ich hätte ja vorgeschlagen, dass wir noch einen trinken gehen, aber die Kollegen haben so eine Art Junggesellenabschied organisiert …«

»Ist schon okay«, entgegne ich. Er hält mir die Tür auf und ich klettere in Tristan.

»Wir sehen uns auf jeden Fall noch mal, nicht wahr, Holly?«

»Ich glaube nicht, dass das klug wäre.«

Er runzelt die Stirn. »Ich weiß nicht, wie du das meinst.«

»Nein, vermutlich nicht«, sage ich erstickt, ziehe die Autotür zu, winke ihm noch mal und fahre los, bevor er womöglich merkt, dass mir die Tränen über die Wangen purzeln.

In der Redaktion wollen ein paar Leute wie üblich am Freitagabend einen trinken gehen, aber ich habe dazu heute keine Lust. Ich fahre nach Hause und meine Mutter flößt mir Wodka und Tonic ein. Sie ist voller Neuigkeiten über die Hochzeit, weil sie heute mit Fleurs Vater, Miles, zu Mittag gegessen hat. Es läutet an der Haustür. Meine Mutter geht hin und ruft mir zu, es sei Lizzie. Lizzie ist die ganze Woche über abends vorbeigekommen, um mich aufzuheitern.

Das Problem ist nur, sie platzt fast vor Glück und erzählt ständig von ihrer Hochzeit. Sowohl sie als auch meine Mutter haben es wohl aufgegeben, mich mit James zusammenzuwürfeln.

Lizzie stürmt herein. »Holly! Wie geht's dir?« Liebe und Glück strömen ihr aus jeder Pore.

»Gut«, erwidere ich lächelnd. Es ist schön, sie nach der langen unglücklichen Phase so strahlend zu sehen, aber ich bin auch nur ein Mensch und ich muss zugeben, dass es mir einen Stich versetzt.

»Heute war der letzte Tag, nicht?«

»Ja, der letzte Tag.« Prickelnde Konversation.

»Holly, Lizzie und ich haben heute Nachmittag telefoniert und ausgemacht, dass wir zusammen in die Stadt fahren«, sagt meine Mutter.

»Jetzt?«

»Nun, ich brauche noch Strümpfe für morgen und …«

»Das neue Hochzeitsmagazin ist gerade erschienen und das muss ich mir unbedingt kaufen«, plappert Lizzie.

»Ihr wollt mich allein lassen? Gerade heute?«

»Sei nicht albern. Wir bleiben nicht lange. Außerdem ist ja dein Vater da.«

Entschuldigend werfe ich einen Blick auf meinen Vater, der mir zuzwinkert. »Na gut.«

Rasch ergreifen sie ihre Taschen und verschwinden, angeregt plaudernd.

Mein Vater und ich wollen gerade etwas essen und dabei fernsehen, als das Telefon klingelt.

Ich gehe dran. »Hallo?«

»Holly? Ich bin's, Fleur.«

»Hi, Fleur, wie geht es dir?«, frage ich langsam. Warum um alles in der Welt ruft Fleur mich an?

»Gut. Hör mal, könntest du heute Abend vorbeikommen? Auf einen Drink?«

»Heute Abend? Aber du heiratest doch morgen!«, erwidere ich. »Hast du nicht noch unglaublich viel zu erledigen?«

»Das meiste macht der Hochzeitskoordinator. Also, was ist?«

»Nun, eigentlich habe ich schon etwas anderes vor.« Ich blicke zu meinem Teller und meinem Vater. »Wie wäre es, wenn wir das bis nach euren Flitterwochen verschieben?« Mit ein bisschen Glück treibe ich mich dann schon auf einem hohen, weit entfernten Berg rum.

»Ich würde dich gerne heute Abend sehen.« Ihre Stimme klingt etwas angespannt. »Kommst du? Mir zuliebe?«

»Äh, na gut.«

»Ich bin im Haus meiner Eltern. Weißt du noch, wo es ist?«

»Ich glaube schon. Ich bin in einer halben Stunde bei dir.«

Wir verabschieden uns und ich lege nachdenklich auf.

»Dad, ich muss noch mal kurz weg.«

– 29 –

Nervös ergreife ich meine Tasche und eile zu Tristan. Angestrengt überlege ich, warum Fleur mich unbedingt sehen will. In der Hast lasse ich die Autoschlüssel fallen, und als ich mich danach bücke, registriere ich, was ich anhabe. Mir entfährt ein entsetztes Röcheln. Ich sehe aus wie eine Werbung für Räuber Hotzenplotz. Ich war zu Hause in meine bequemsten Sachen geschlüpft, eine alte, ausgeblichene Hose und einen Pullover, der älter ist als ich. Er ist übersät mit Mottenlöchern, was durch das weiße T-Shirt, das ich darunter trage, unmissverständlich betont wird. Aber jetzt habe ich keine Zeit mehr, mich umzuziehen. Dann hebt sich Fleur halt umso mehr von mir ab.

Ich starte Tristan und mache mich auf den Weg zu Fleurs Elternhaus. Warum hat sie gerade mich angerufen? Fühlt sie sich nur einsam? Will sie nur ein bisschen mit mir plaudern? Warum gerade mit mir? Was ist denn mit ihren anderen Freundinnen? Ganz zu schweigen von Mummy und Daddy und dem ganzen Personal, das doch ständig um sie rumwuselt? Kann sie sich nicht mit denen unterhalten? Der Hochzeitskoordinator käme bestimmt auch in Frage. Mich kennt sie erst kurze Zeit. Also kann ich doch wohl kaum als ihre beste Freundin gelten. Und wo wir gerade dabei sind, warum will sie so unbedingt mit mir befreundet sein? Ich verstehe es nicht. Womöglich will sie mich ja auch aus weniger freundschaftlichen Gründen sehen. In meiner Fantasie stelle ich mir vor, wie ich vor dem völlig düsteren Landhaus ankomme. Vom Personal ist niemand zu sehen. Ich trete ins Arbeitszimmer und dort steht Fleur, ihr hübsches Gesicht flackert im Kerzenschein. Sie tritt auf mich zu und – Schock, Entsetzen – in ihrer zarten, manikürten Hand hält sie eine Axt! Unwillkürlich fasse ich mir mit der Hand an den Nacken. Sie will nur ein bisschen mit dir plaudern, beruhige ich mich. Jetzt dreh nicht durch.

Nach zwanzig Minuten komme ich an dem riesigen Eisentor an und drücke auf die Klingel. Ich sage meinen Namen durch die Sprechanlage und die Torflügel schwingen auf. Ich fahre die Auffahrt hinauf und halte vor dem Haus. Hell erleuchtet. Kein Stromausfall. Das ist doch schon mal ein friedliches Zeichen.

Als ich an der Haustür läute, öffnet Fleur mir zu meinem Erstaunen selber.

»Holly, wie geht es dir? Danke, dass du gekommen bist.«

»Kein Problem.« Wir tauschen Luftküsse aus und dann wandern wir durch die große Halle. Die Absätze ihrer Manolo-Blahnik-Schuhe klicken leise auf dem Holzboden und ich stampfe in meinen Clogs – die unweigerlich zu meinem Hotzenplotz-Outfit gehören – hinter ihr her. Sie führt mich ins Arbeitszimmer, wo vor einer Woche James, ich, Lizzie und Alastair gesessen haben. Dieses Mal brennt ein Feuer im Kamin. Es knistert leise und taucht den Raum in ein weiches, goldenes Licht.

»Möchtest du etwas trinken?«

»Ja, danke. Was immer du hast.«

Sie tritt an ein Tablett in der Ecke und gießt aus einer Karaffe eine goldgelbe Flüssigkeit in ein Kristallglas. Dann schenkt sie sich selbst ein Glas voll, das benutzt daneben steht. Offensichtlich hat sie schon etwas getrunken, während sie auf mich wartete. Ich blicke mich prüfend im Zimmer um, ob irgendwo Waffen versteckt sein könnten.

Hastig plumpse ich in den hinter mir befindlichen Sessel, als sie mit den beiden Gläsern in Händen auf mich zutritt. Sie reicht mir eins und setzt sich auf das Sofa gegenüber, wobei sie züchtig einen Knöchel hinter den anderen schiebt. Verflucht, das wird einem auf einem Schweizer Internat beigebracht. Anderenfalls sieht man dagegen aus wie ein Baby-Elefant. Wie ich. Fleur wirkt wie ein Panther.

»Und?«, frage ich. »Bist du aufgeregt?« Ich versuche, meine Stimme heiter klingen zu lassen, aber die Worte bleiben mir fast in der Kehle stecken, als sie mich aus ihren blauen Augen ansieht. Komisch, mir war nie aufgefallen, wie kalt sie sind.

»Ich glaube nicht, dass du morgen kommen solltest, Holly«, sagt sie ruhig und blickt auf ihren Drink.

Schweigend trinke ich rasch einen Schluck, während ich versuche, diesen plötzlichen Stimmungswechsel zu verarbeiten. Der Whisky rinnt mir heiß die Kehle hinunter. »Warum nicht?«, flüstere ich und räuspere mich. Der Alkohol macht meine Stimme so heiser.

»Oh, ich denke, du weißt warum. Ich habe dieses Fernsehinterview gesehen und deine Tagebücher gelesen.« Sie steht auf und schreitet zum Kamin. Sie legt eine Hand auf das Sims und dreht sich zu mir um. Wahrscheinlich auch eine Pose, die sie in ihrer vornehmen Schule gelernt hat. »Jämmerlich, wie kleine Liebesbriefe. Glaubst du wirklich, er würde dich mir vorziehen?« Sie mustert mich mit stählernem Blick. Mir ist klar, was sie meint. Eine nicht ganz naturblonde Reporterin mit ein paar Pfund zu viel und einer leicht gestörten Familie. Nur, was will sie damit sagen? Sie lässt mich nicht lange raten.

»Ich glaube, es wäre für uns beide peinlich, wenn du morgen dabei wärst. Es ist unser großer Tag und ich möchte mich später nicht an deine bemitleidenswerten Kuhaugen erinnern müssen.« Meine Innereien verknoten sich. Damit hat sie leider ins Schwarze getroffen. »Aber James möchte nicht unhöflich sein, deshalb wollte er nichts zu dir sagen.«

»Du hast mit ihm darüber geredet?«, frage ich bis ins Mark getroffen.

»Oft. Missversteh mich nicht, er hat nichts gegen dich. Wie hat er dich noch mal genannt?« Ich weiß nicht. Dick? Dumm? Ungeschickt? Sie lacht perlend und amüsiert sich anscheinend großartig.

»Schrullig! Genau, er hat dich schrullig genannt!« Ich zucke innerlich mit den Schultern. Schrullig ist nicht schlimm. Eigentlich ist es sogar ganz gut.

Sie dreht sich um und ergreift einen Schürhaken. Dann wendet sie sich wieder zu mir. »Weißt du, Holly, ich liebe ihn sehr und ich möchte nicht, dass du unsere Hochzeit ruinierst.« Sie schwenkt den Schürhaken hin und her, um ihre Worte zu unterstreichen, und diese Bewegung macht mich mehr als nervös.

»Ja, es wird sicher ein sehr glücklicher Tag für euch beide morgen«, brabbele ich, wobei ich wie hypnotisiert den Bewegungen des Schürhakens folge. »Du hast James bei der Trauerhilfe kennen gelernt, nicht wahr? Nach Robs Tod.«

Ihr Gesicht wird weich und sie lächelt.

»Ja. Er ist zwei Monate lang jede Woche gekommen. Bei seinem letzten Besuch hat er seine Brieftasche vergessen. Ich hätte ihm nachlaufen können, aber ich habe es vorgezogen, ihn anzurufen und ihm vorzuschlagen, dass ich sie ihm vorbeibringe. Also bin ich nach der Arbeit zu ihm gefahren und er hat mich natürlich zu einem Drink eingeladen, weil er sich bedanken wollte. Der Rest ist, wie man so sagt, Geschichte.« Sie geht in die Knie und fängt an, im Feuer zu stochern. Ich seufze erleichtert auf. Dann lehnt sie den Schürhaken an die Wand, wahrscheinlich um ihn griffbereit zu haben, sollte ich Schwierigkeiten machen.

Sie fährt fort: »Am Anfang war er ziemlich zurückhaltend, da er gerade erst eine andere Beziehung beendet hatte«, vielleicht Robin, denke ich. »Das hier gefiel ihm alles nicht«, sie wedelt mit der Hand, »aber ich habe ihn herumgekriegt. Weißt du, wenn jemand trauert, dann ist er sehr verletzlich. Er braucht viel Liebe und Aufmerksamkeit. Und ich wusste genau, wie ich mit ihm umgehen musste, schließlich arbeitete ich bei der Trauerhilfe.« Sie lächelt verschmitzt und klopft sich wohl gerade selber auf die imaginäre Schulter.

»Du bist mit ihm ›umgegangen‹?«, rutscht es mir empört raus. Ah, das war zu forsch. Ihre Hand zuckt zum Schürhaken.

»Holly«, erwidert sie herablassend, »ich gehe nicht nur mit *ihm* um, sondern mit jedem anderen auch. Glaubst du vielleicht, es ist leicht, reich zu sein?« Ich will schon antworten, es sähe nicht nur leicht, sondern wie ein Kinderspiel aus und ich könnte es mit gefesselten Händen im Kopfstand. Aber dann klappe ich lieber meinen Mund zu.

»Es ist nicht so wie in der guten alten Zeit, als sie alle vor dir geknickst und sich verneigt haben. Dir einfach Respekt erwiesen haben, nur weil du reich warst. Heutzutage muss man sich ständig rechtfertigen, wenn man Geld hat. Das liegt wahrscheinlich an den Lotteriegewinnen«, spuckt sie und tritt empört ans Fenster. »Die Leute glauben, du hättest keine Probleme, nur weil du Geld hast. Wenn du auch nur ein unfreundliches Wort zu jemandem sagst, dann heißt es gleich ›reiche Schlampe‹.« Sie zuckt mit den Schultern. »Ich hatte genug davon und deshalb habe ich beschlossen, nur noch süß und nett zu jedem zu sein.«

»Deshalb arbeitest du bei der Trauerhilfe?«, frage ich entgeistert.

»Ja, genau. Deshalb arbeite ich bei der Trauerhilfe. Ich hatte all die Hanswurste, die mein Vater mir zuführte, satt. Ich wollte einen wirklich guten Mann, aber ich wusste nicht, wo ich ihn kennen lernen sollte. Ohne Ausbildung bleiben dir nicht viele Jobs. Die Trauerhilfe war mein dritter Versuch, aber er hat sich ausgezahlt. Gute Männer sind schwer zu kriegen, Holly. Das solltest du am besten wissen.«

Ich nicke automatisch. Ja, das weiß ich. Und ihr besonders »guter Mann« ist für mich die Liebe meines Lebens.

Sie wickelt sich eine Haarsträhne um den Finger und schaut verträumt in die Ferne. »Und zudem noch einer, der so nett und aufrichtig ist.« Dann fixiert sie mich. »Und außerdem ist er Dynamit im Bett.«

Ich schlage die Augen nieder. Das ist ein Tiefschlag und ich gehe fast zu Boden. Dynamit? Nett zu wissen, was man versäumt. Sie dreht sich wieder zum Fenster um.

»Wir werden auch wesentlich mehr Zeit miteinander verbringen, wenn er mit seiner Arbeit aufhört.«

»Mit seiner Arbeit aufhört?«, wiederhole ich.

»Daddy bietet ihm eine nette, kleine Stelle im Unternehmen an.«

»Aber das wird James hassen! Er liebt seine Arbeit!«, ereifere ich mich.

»Das wird man sehen.« In meinem Kopf dreht sich alles. Wie hat sie es bloß geschafft, James zu überreden, seinen Job aufzugeben? Ich mag gar nicht darüber nachdenken.

Ich stehe auf. Mir langt's. Ich stelle mein Glas auf den Tisch, um zu gehen. Aber Fleur nagelt mich mit ihren Worten fest.

»Glaub bloß nicht, dass du ihm das alles erzählen kannst, Holly. Er ist irgendwo auf seinem Junggesellenabschied, du wirst ihn sowieso nicht finden. Und morgen brauchst du dich gar nicht erst hierher zu bemühen, weil ich dich dann vom Sicherheitsdienst hinauswerfen lasse. Und das würde selbst dir mit deinem Sinn für Öffentlichkeitsarbeit nicht gefallen.«

Unfähig, dieser Bosheit etwas entgegenzusetzen, schüttele ich nur den Kopf.

»Und komm nicht auf die Idee, nach der Hochzeit mit ihm Kontakt aufzunehmen. Ich werde ihm sagen, dass du eine zwanghafte Lügnerin bist. Und er wird mir immer mehr Glauben schenken als einer mittelmäßigen Reporterin.« Herausfordernd blickt sie mich an, aber da ich nicht reagiere, wendet sie sich achselzuckend ab. »Es würde dir sowieso nichts nützen. James steht zu seinem Wort.« Ein schmales Lächeln umspielt ihre Lippen. »Das ist das Großartige an guten Männern. Wenn sie sich erst einmal verpflichtet haben, dann gilt es fürs ganze Leben.«

»Warum hast du eigentlich versucht, dich mit mir anzufreunden?«

Sie zuckt mit den Schultern. »Ich wollte dich unter Kontrolle haben. Du …«, sie mustert mich von Kopf bis Fuß, »… hast mal ganz attraktiv ausgesehen.«

Das reicht. Wie ein Stier, der rot sieht, stürme ich aus dem Zimmer. Ein lästiger Tränenschleier nimmt mir fast die Sicht. Ich laufe hinaus zu Tristan. Mein lieber Tristan. Mein Fels in einem Meer der Verzweiflung. Ich fummele den Schlüssel ins Zündschloss und bete, dass er anspringt. Los, Tristan! Ärgerlich schlage ich mit den Händen aufs Lenkrad. Bring mich hier weg! Beinahe kann ich Fleurs Blicke in meinem Rücken spüren. Beim zweiten Versuch springt er endlich an. Ich lege den ersten Gang ein und wir holpern über die Auffahrt zur Landstraße.

Als ein paar Meilen zwischen mir und Fleur liegen, entspanne ich mich ein wenig. Kein Wunder, dass das Luder mit Teresa der heiligen Kuh befreundet ist. Sie passen großartig zusammen. Zudem ist Fleur eine hervorragende Schauspielerin, sie hat mich gründlich hereingelegt. Ihre schauspielerischen Fähigkeiten übertreffen sogar die meiner Mutter.

Ich muss es James erzählen. Irgendwie muss ich ihn erreichen und es ihm erzählen. Entschlossen drücke ich das Gaspedal durch und rase auf die Stadt zu. Doch dann durchzuckt mich ein bedrückender Gedanke und ich nehme den Fuß vom Gas. Was, wenn James das alles gar nicht wissen will? Wer will das in der letzten Nacht vor der Hochzeit denn schon hören? Da kommt so eine Blondine angeprescht und erklärt dir, sie wolle dich retten. Glaub doch bloß nicht, Holly Colshannon, dass er dir für die schlechten Nachrichten vor Dankbarkeit um den Hals fällt! Außerdem hat Fleur mit einem ganz bestimmt Recht gehabt: James nimmt seine Verpflichtungen sehr ernst. Und er fühlt sich ihr gegenüber doch verpflichtet?

Immer wieder wälze ich das Für und Wider und komme schließlich zu dem Schluss, dass er es wissen muss. Selbst wenn er danach nie wieder mit mir redet, selbst wenn er sich für Fleur und damit die Hochzeit entscheidet – er muss es trotzdem wissen. Einmal in meinem Leben werde ich etwas richtig machen. Tristan und ich brettern auf die Stadtmitte zu.

– 30 –

Junggesellenabschiede. Wo zum Teufel finden Junggesellenabschiede statt? Ich fahre in die Stadt, stelle Tristan verkehrswidrig ab und eile in den nächstbesten Pub. Niemand achtet auf mich. Da ich weder James noch sonst jemanden aus der Abteilung entdecke, laufe ich wieder hinaus und pilgere weiter die Park Street entlang. Ich schaue in jeden Pub, Club, in jedes Weinlokal, jede Kneipe hinein und verfluche die Vielfalt an Lokalen, die Bristol zu bieten hat. Schließlich erreiche ich Wedgies Nightclub.

»Ich suche nach einer Junggesellenparty«, sage ich zu dem Typen, der die Gesichtskontrolle macht.

»Wir haben hier jede Menge. Such dir eine aus.«

»Nein. Eine bestimmte Junggesellenparty. Für einen hoch gewachsenen Mann mit …«

»Bist du die Stripperin?«, unterbricht er mich.

»Ganz sicher nicht!«

Seine Augen wandern über meine Kleidung und landen schließlich auf meinen Clogs. »Nein, nein, jetzt sehe ich's auch«, murmelt er.

Ich richte mich zu voller Höhe auf und strecke meine Brust heraus, um ihn zu fragen, warum eigentlich nicht, als die Uhr vom Will's Memorial Building zehn schlägt. Ich habe keine Zeit, um Freitagabend auf dem Bürgersteig mit einem Typen darüber zu diskutieren, ob ich als Stripperin geeignet wäre, also marschiere ich an ihm vorbei. Er streckt die Hand aus, um mich aufzuhalten. »Kostet fünf Pfund, wenn du hineinwillst.«

»Stimmt so«, knurre ich, als ich ihm das Geld in die Hand gedrückt habe, und gehe hinein. Hinter einem Plastikschirm streckt eine gelangweilte Frau die Hand aus.

»Das macht einen Fünfer, bitte.«

»Ich suche nur nach jemandem. Ich bin gleich wieder draußen.«

»Das sagen sie alle. Es kostet trotzdem einen Fünfer.« Seufzend ziehe ich mein Portemonnaie heraus. Ich habe nur noch einen Zwanziger. Das ist jetzt schon ein teurer Abend.

Ein rascher Blick durch das Lokal bestätigt mir, dass ich nur meine Zeit vergeude, also verlasse ich den Laden wieder und gehe weiter die Straße entlang. Ein paar Mädchen stöckeln in ihren feinsten Partyklamotten auf Pumps an mir vorbei, stoßen sich gegenseitig an und kichern über meinen Aufzug und die Clogs.

In jedes Lokal schaue ich hinein und meine Barschaft schmilzt wie Butter in der Sonne.Schließlich hake ich den letzten Nightclub ab. Ich habe Blasen an den Füßen und meine Knöchel sind blutig, weil ich mit dem ungewohnten Schuhwerk dauernd umknicke und sie mir abscheuere. Trübsinnig sinke ich auf eine Bank und starre in die Gegend.

Ob ich wohl als alte Jungfer ende? Werde ich James jemals wiedersehen? Meine Odyssee hat mich bis zu meiner vertrauten Polizeiwache geführt.

Natürlich! Mit neuer Energie springe ich auf und rase die Treppe zum Eingang hinauf. Ich platze hinein und habe schon auf den Lippen: »Dave! Wissen Sie, wo …«, aber hinter dem Tresen steht ein völlig Fremder und blickt mich fragend an. »Wo ist Dave?«

»Seine Schicht war um sechs Uhr zu Ende, Miss. Kann ich Ihnen helfen?«

»Kennen Sie Detective Sabine?«

»Äh, ja, der Name kommt mir bekannt vor. Ist er bei der Tagschicht?«

»Ömm, ja.«

»Nun, Miss, dann kenne ich ihn leider nicht, weil ich nur Nachtschicht mache.«

»Könnten Sie mich dann vielleicht hereinlassen? Wissen Sie, sie sind alle auf einem Junggesellenabschied und ich dachte, ich könnte vielleicht …«

»Kann ich Ihren Sicherheitsausweis sehen?«

Ich klopfe sinnloserweise meine Taschen ab. »Ich habe ihn leider zu Hause, aber …«

»Dann darf ich Sie nicht hineinlassen.«

»Ich muss nur Detective Sabine erreichen, könnten Sie dann bitte im Computer für mich etwas nachschauen? Vielleicht kann ich ja die Frauen der anderen anrufen und sie fragen, ob sie wissen, wo die Männer hingefahren sind.«

»Ich kann Ihnen unmöglich die Privatnummer eines Beamten geben.« Meine Einwände würgt er sofort ab. »Selbst wenn ich es wollte, käme ich hier an diese Informationen gar nicht heran. Das geht nur oben. Und Ihnen, junge Dame, ist das ganz bestimmt nicht erlaubt.« Ich lasse die Schultern hängen und verlasse das Gebäude.

Ich trabe zurück zu Tristan und fahre in einen anderen Teil der Stadt. Es ist mittlerweile halb zwölf. Die Pubs leeren sich und die Nightclubs werden voller, also konzentriere ich mich darauf. Ich beginne mit meiner erneuten Suche am Triangle und in der Whiteladies Road. Nichts. Mein Portemonnaie hat die Schwindsucht und es gibt auch kaum noch Lokale, in denen ich suche könnte.

Schließlich bleiben zwei Clubs übrig und ich habe noch fünf Pfund. Leider gehören die beiden zu denen, die horrenden Eintritt verlangen. Also reichen meine Finanzen genau für einen Club. Ich wähle den linken aus, marschiere hinein, doch auch da: Fehlanzeige. Erschöpft sinke ich auf eine Bank, schlage die Hände vors Gesicht und fange an zu heulen. Ich bin so müde und verzweifelt, dass es mich richtig schüttelt.

»Hier. Kauf dir was zu essen.« Jemand drückt mir ein Pfund in die Hand. Ich fange noch heftiger an zu schluchzen. Wieder drückt mir jemand eine Münze in die Hand.

Fassungslos blinzele ich das Geld an. Ein Pfund und fünfzig Pence! Ich spähe rüber zu dem letzten Nightclub. Wenn ich noch drei Pfund fünfzig zusammenbekomme, kann ich hinein. »Haben Sie etwas Kleingeld für mich?«, frage ich einen Passanten. Zum ersten Mal an diesem Abend bin ich froh über mein Hotzenplotz-Outfit. Leute gehen achtlos an mir vorbei. »Haben Sie etwas Kleingeld?«, flehe und bettele ich. Ein Obdachloser sieht mir fassungslos zu. Ich starre ihn herausfordernd an, damit er mir bloß nicht in die Quere kommt. Grummelnd schlurft er davon. Im Stillen entschuldige ich mich bei ihm und gelobe, von jetzt an jedem Penner, den ich sehe, ein Pfund zu geben, wenn ich nur in diesen Nightclub hineinkomme. Ich weiß einfach, dass James da drin ist.

Bald habe ich tatsächlich fünf Pfund zusammen und renne hinein. Der letzte Spender glotzt mir nach. Er denkt wahrscheinlich, ich sei eine hoffnungslose Alkoholikerin. Ich bezahle und irre dann durch das Lokal, auf der Suche nach einem bekannten Gesicht. Schließlich entdecke ich einen breiten Rücken, den ich zu erkennen glaube. Ich laufe auf ihn zu. »James!«, rufe ich und lege ihm die Hand auf den Rücken. Er dreht sich um. »James! Ich …«

Ein völlig Fremder mustert mich von oben bis unten. »Entschuldigung ... Ich dachte, Sie seien ... Ohne seine Antwort abzuwarten, drehe ich mich um und hetze hinaus.

Total erledigt fahre ich nach Hause. Ich bin geschlagen, will aber noch nicht aufgeben. Meine Eltern sind noch auf und sie bestürmen mich mit besorgten Fragen, als ich in die Wohnung geschlichen komme. »Wo bist du gewesen? Es ist zwei Uhr morgens! Wir haben uns schreckliche Sorgen gemacht!« Mein Vater setzt zu einer vorwurfsvollen Rede an, aber meine Mutter bringt ihn nach einem Blick in mein tränenverschmiertes Gesicht zum Schweigen. Ohne Fragen zu stellen, zieht sie mich aus und steck mich ins Bett. Ich schlafe überraschenderweise sofort ein.

Am nächsten Morgen erwache ich mit einem Ruck. Mein Herz rast. Es ist acht Uhr morgens. Die Hochzeit ist um zwölf Uhr dreißig, aber ein paar Stunden bleiben mir noch. Ich ziehe rasch dieselben Klamotten an wie gestern, weil sie über einem Stuhl neben dem Bett liegen. Dann gehe ich in die Küche. Von meinen Eltern ist noch nichts zu sehen. Da ich sie nach ihrer anstrengenden Nacht nicht wecken will, hinterlasse ich ihnen eine Notiz, die ich an eine Milchflasche lehne, nehme Autoschlüssel und meine Tasche mit dem Sicherheitsausweis und der Brieftasche und haste hinaus.

Auf der Polizeiwache (immer noch keine Spur von Dave) werde ich durch die Sicherheitstüren gelassen und renne die Treppe hinauf, um ein paar Anrufe zu machen. Die Beamten, die Dienst haben, kenne ich nicht, aber sie hören sich geduldig meine Geschichte an, die ich mir im Auto ausgedacht habe, warum ich unbedingt Detective Sabine sprechen muss. Sie nicken verständnisvoll und einer von ihnen wirft den Computer an. »Sie haben Pech«, sagt er nach ein paar Minuten. »Detective Sabine hat Urlaub und wird von Detective Callum Thompson vertreten.«

»Können Sie dann versuchen, ihn zu erreichen?«

Er gibt etwas in den Computer ein. »Schon wieder Pech. Er ist erst morgen wieder erreichbar. Reicht Ihnen das?«

Ich schüttele den Kopf. Ich muss unbedingt herausfinden, wo James und Callum gestern Abend waren. Ob sie wohl eher im Hotel oder zu Hause übernachtet haben? Der Beamte sieht mich fragend an. »Fällt Ihnen sonst jemand ein, der Ihnen helfen kann?«, fragt er.

Wieder schüttele ich den Kopf. »Nein, das kann leider nur Detective Sabine.« Tränen treten mir in die Augen und der Beamte tätschelt meinen Arm.

»Wir finden ihn schon, meine Liebe. Keine Angst.« Er hängt sich ans Telefon. und ruft einen anderen Beamten aus der Abteilung an. Zwei Minuten später kommt er zu mir. »Mann, Sie haben aber auch ein Pech. Detective Sabine heiratet heute offenbar, deshalb erreichen wir ihn nicht.« Erfreut über seine detektivischen Fähigkeiten grinst er mich an. Ich nicke müde und sein Lächeln erlischt. »Sind Sie nicht die Reporterin ...? Sie und James Sabine ...?« Ich nicke wieder. Ich kann nicht mehr sprechen. Endlich fällt bei ihm der Groschen. Er starrt mich an. »Gut«, sagt er entschlossen und strapaziert erneut sein Telefon.

Zu zweit telefonieren wir nun, bis uns fast die Finger vom Wählen abfallen. Immer wieder wissen die Leute nicht genau, wo sie sind. Ich rede mit den Beamten selber, mit Frauen, Kindern, Großtanten, jedem, der zufällig ans Telefon geht. In den seltenen Fällen, in denen ich mit einem der Beamten selber spreche, leiden sie alle unter Gedächtnisschwund. Ich finde allerdings heraus, dass Callum und James irgendwo in einem Hotel übernachtet haben, aber niemand kann sich an den Namen erinnern.

»Wohin sind Sie denn am Abend gefahren?«, frage ich, als ich einen weiteren Kollegen namens John an der Strippe habe.

»Nach Weston-Super-Mare. Callum dachte, ein bisschen Seeluft würde uns allen gut tun.«

»Weston-Super-Mare?«, frage ich leicht hysterisch.

»Es war fantastisch. Sie hätten dabei sein sollen!«

»Hmm.«

»Na ja, ich glaube, Callum hat gesagt, sie wohnten im, äh, Pazific.«

»Gut. Danke, John.«

Ich lege auf und gebe diese Information an meinen neuen Partner weiter. Wir geben ›Pazific‹ unter Super-Weston-Mare in den Computer ein. Dann holen wir beide tief Luft und telefonieren weiter.

Ich blicke auf meine Armbanduhr. Es ist Viertel vor zwölf. Der Countdown hat begonnen. Erschöpft lege ich den Hörer auf und berühre meinen Partner am Unterarm. Er schaut mich mit dem Telefonhörer in der Hand fragend an und ich schüttele den Kopf. »Wir können es jetzt lassen. Er ist bestimmt schon auf dem Weg zur Trauung.« Der Beamte (ich weiß noch nicht einmal seinen Namen) lächelt mich mitfühlend an, als ich aufstehe. »Danke, auf jeden Fall«, sage ich und gehe hinaus. Die Zeit scheint stillzustehen. Alles bewegt sich in Zeitlupe. Ich beobachte eine Schar von Vögeln, die in perfekter Formation über den blauen Himmel fliegen, und denke unwillkürlich, dass auch das Wetter sich für die Hochzeit geändert hat. Ein Gebäude, das ich noch nie zuvor gesehen habe, fällt mir auf, und ich frage mich kurz, ob wohl noch jemand, genau wie ich, die ganze Nacht wach war und es blitzschnell gebaut hat. Ob James wohl merkt, dass ich nicht da bin? Ob er irgendwann auf dem Empfang denkt, dass er mich noch gar nicht gesehen hat? Ich bin zu groggy, um zu heulen, ich steige einfach ins Auto und möchte am liebsten immer weiter fahren, bis ans Ende der Welt. Ich habe keine Lust, nach Hause zu fahren, also nehme ich mein Handy und rufe meine eigene Nummer zu Hause an, um meinen Eltern eine Nachricht zu hinterlassen. Das Telefon läutet und läutet, bis mir endlich klar wird, dass sie ja auf der Hochzeit sind. Schließlich springt der Anrufbeantworter an, aber ich lege ohne was draufzuplappern auf. Eine endlose Zeit sitze ich bewegungslos da und überlege, was ich als Nächstes tun soll.

Vielleicht sollte ich Lizzie anrufen, aber eigentlich bin ich im Moment nicht in der Lage, mir ihr Glück anzusehen. Ich weiß, das klingt schrecklich, aber es ist so. Ich will so weit weg wie möglich. Wehmütig denke ich an Cornwall, an die grünen Felder und das blaue Meer. Cornwall. Ich werde einfach nach Cornwall, in das Haus meiner Eltern, fahren. An meinem Schlüsselbund ist ein Hausschlüssel, damit ich jederzeit hinein komme. Ich rufe nnoch einmal bei mir zu Hause an und dieses Mal hinterlasse ich eine Nachricht auf dem Anrufbeantworter.

»Hallo, ich bin's, Holly. Ich habe beschlossen, für ein paar Tage zu euch nach Cornwall zu fahren. Wenn ihr morgen heimfahrt, könnt ihr mir dann bitte ein paar Klamotten mitbringen? Achtet auch bitte darauf, dass alles ausgeschaltet ist, und zieht beim Weggehen einfach die Tür hinter euch zu. Danke. Bis morgen.«

Jetzt ist mir ein bisschen leichter ums Herz. In der Redaktion hinterlasse ich ebenfalls eine Nachricht für Joe, dass ich ein paar Tage Urlaub bei meinen Eltern mache, und dann mache ich mich auf den Weg zur M5, Richtung Süden.

Um nicht womöglich durch Tränenfluten eine Überschwemmung zu verantworten, rede ich laut mit Tristan über alles Mögliche. Ich schwadroniere über das Wetter, Urlaube, die ich gerne machen würde, Bücher, die ich lesen möchte – nur damit ich nicht nachdenken muss. Aber trotzdem schießt mir ständig die Hochzeit durch den Kopf. Mr und Mrs James Sabine. Klingt nett, was?

Nach einer Weile fängt Tristan an zu stottern. »Oh, nein, Tristan, nicht gerade jetzt.« Er röchelt rachitisch und ich stoppe notgedrungen auf dem Randstreifen. Ich schalte den Motor ab und bleibe ein paar Minuten lang sitzen. Immer wenn ein Lastwagen vorbeidonnert, bebt Tristan. Das muss mir gerade jetzt passieren, wo ich nur nach Hause fahren und dort in aller Ruhe und Abgeschiedenheit zusammenbrechen wollte. Schon wieder ein ironischer Hinweis darauf, dass das Leben einfach nicht fair ist. Vor mich hin fluchend, winde ich mich aus dem Wagen und marschiere zur nächsten Notrufsäule. Die vorbeirasenden Autofahrer, die sich den Hals verrenken nach der Pennerin, die den Randstreifen entlangläuft, strafe ich mit tödlicher Verachtung.

»Soll sich bloß ein Vergewaltiger oder Mörder in meine Nähe trauen«, murmele ich, »der würde sein blaues Wunder erleben.« An der Notrufsäule erkläre ich der höflichen Telefonistin, ich sei eine Frau und allein und sie solle doch bitte den Automobilclub so schnell wie möglich verständigen. Dann stampfe ich schlecht gelaunt wieder zurück zu Tristan.

Zwanzig Minuten später, was jedem Perversen genügend Gelegenheit gegeben hätte, mich in handliche Stückchen zu zerhacken, taucht ein vertrauter Streifenwagen auf. Ich lächle ihnen im Rückspiegel zu. Pete und Phil, meine üblichen Rettungsengel, bitten mich in ihren Wagen, um die Formalitäten zu erledigen.

»Hallo, Pete, hallo, Phil«, grüße ich, als ich hinten einsteige.

»Geht es Ihnen gut?«, fragt einer von ihnen und mustert mich stirnrunzelnd.

»Ja, warum?«

»Sie sehen ein bisschen seltsam aus, und ein bisschen ...« Seine Augen blinzeln, während sie über meinen Hotzenplotz-Aufzug wandern.

Ich seufze. Ich habe jetzt keine Lust, ihnen irgendetwas zu erklären. »Wie wäre es mit einer Partie Gin Rummy?«

Sie grinsen und Phil holt die Karten aus dem Handschuhfach, während Pete mir einen Becher Kaffee aus seiner Thermoskanne einschenkt. Zwei Spiele später bekommen sie einen Funkspruch. Schweigend trinke ich meinen Kaffee, während Phil ihn entgegennimmt.

»Holly, wir müssen los. Dringender Notruf. Sie brauchen nicht mehr lange zu warten, der Automobilclub kommt gleich.«

Schweren Herzens verabschiede ich mich, tapere wieder zu Tristan zurück, winke den beiden noch einmal zu und steige ein. Ich hadere gerade mit meinem Schicksal, als hinter mir ein roter Wagen hält. Oh, großartiges Timing. Der Axtmörder ist soeben eingetroffen. Na toll. Hastig sehe ich mich nach einer Waffe um, aber das Einzige, was ich erblicke, ist ein Kugelschreiber, der sich furchtsam unter einem Bonbonpapierchen versteckt. Jemand klopft an das Fenster auf der Beifahrerseite und ich richte den Kugelschreiber auf ihn.

James Sabine lugt hinein.

Mir klappt der Unterkiefer runter. Er öffnet die Tür

und steigt ein. »Wo zum Teufel bist du gewesen? Auf der Wache haben sie gesagt, du wolltest mich unbedingt sprechen, und wir haben überall nach dir gesucht.«

Ich werfe rasch einen Blick auf das Auto hinter uns. Sitzt Fleur darin, mit vier großen Koffern, bereit, auf die Malediven zu fliegen? »Ich, äh …«

»In der Redaktion haben sie schließlich gesagt, du wärst nach Cornwall gefahren.«

»Das kann mir doch niemand verbieten«, erwidere ich eine Spur zu defensiv, aber er hört mir gar nicht zu, sondern betrachtet meine Aufmachung.

»Was um alles in der Welt hast du da an?«

»Äh, ein neuer Modegag«, murmele ich.

»Hast du wirklich Geld für die Sachen bezahlt?«

»James, was tust du hier? Was willst du?«, frage ich ungeduldig. Die Warterei bohrt mir Löcher ins Herz.

Er mustert mich jetzt verlegen. »Nun, in einem Satz: Ich will … dich.«

»Mich?«, frage ich total perplex.

Ich glaube, meine Augäpfel kullern gerade aus den Höhlen.

— 31 —

Mich?«, stottere ich noch einmal.

Er nickt bedächtig und funkelt mich aus seinen grünen Augen – irgendwie liebevoll – an. Unsere Augen verhaken sich und schließlich beugt er sich zu mir herüber und küsst mich. Ein kurzer, warmer Kuss. Dann sieht er mich wieder an.

»Ich möchte ja nicht drängeln, Miss Colshannon, aber könntest du mir schnell sagen, ob es gegenseitig ist? Ich glaube, Callum«, er weist auf das rote Auto hinter uns, »möchte gerne zurückfahren.«

Eilig stoße ich hervor: »Es ist gegenseitig. Sehr gegenseitig. Es könnte nicht gegenseitiger sein.«

»Gut.« Er öffnet die Beifahrertür und zeigt Callum den erhobenen Daumen. Der rote Wagen blinkt und hupt, als er wegfährt.

Ich starre ihn immer noch ungläubig an und überlege, ob das Ganze vielleicht nur ein schlechter Scherz ist. Wieder beugt er sich vor und küsst mich. Zahllose wunderschöne, süße Küsse. Seine Hände gleiten über meine Arme bis zu meinem Gesicht, er streicht mit den Daumen über meine Wangen und vergräbt seine Hände in meinen Haaren.

»Hmmm, arrhmm«, murmele ich, weil mich auf einmal der unschöne Gedanke durchzuckt, dass ich mir seit vorgestern die Haare nicht gewaschen habe und auch meine Zähne dringend der Reinigung bedürfen. Er löst sich überrascht von mir. »Was ist los?«

Ich krause entschuldigend die Nase. »Ich fühle mich einfach nicht so richtig sauber und ich möchte nicht, dass du dich angewidert abwendest.«

»Da besteht keine Gefahr. Ich habe seit Wochen schon unreine Gedanken über dich«, grinst er. Er ergreift meine Hände.

»Wirklich?«, frage ich staunend. Ich berühre sein Gesicht, weil mir die Situation so irreal erscheint und ich mich vergewissern muss, dass ich nicht träume.

»Die Hochzeit?«, frage ich.

»Hat nicht stattgefunden.« Das sind Himmelschöre in meinen Ohren. Ich möchte jedes einzelne Detail hören.

»Wieso? Warum?«

»Es kamen verschiedene Dinge zusammen. Wie du ja weißt, haben wir meinen Junggesellenabschied in Weston-Super-Mare gefeiert.« Das wusste ich eigentlich nicht, aber ich lasse es ihm durchgehen. Was ich alles angestellt habe, kann ich ihm später immer noch erzählen. »Ich habe mich den ganzen Abend mit Callum unterhalten. Die anderen Kollegen haben sich großartig amüsiert und sich reichlich einen in die Kehle gegossen, während Callum und ich über meine Zukunft geredet haben. Ich wusste nicht, was ich tun sollte, Holly. Ich war so verwirrt. Dass etwas nicht stimmte, wusste ich schon die ganze Zeit. Wenn du nicht da warst, habe ich im Auto gierig nach deinem Parfüm geschnuppert. Ich hätte dich am liebsten zu jeder Tages- und Nachtzeit angerufen und mit dir geredet. Du hast in mir ein Gefühl geweckt, das ich für tot hielt. Ich dachte, es sei mit Rob gestorben. Aber ich habe dieses Gefühl nicht klar erkannt, ich dachte, ich sei bloß nervös wegen der Hochzeit. Weißt du, als das mit Fleur anfing, da war sie wie ein Lichtstrahl nach all diesen dunklen Monaten. Sie war schön und charmant, genau das, was ich damals brauchte.« Er schweigt ein paar Sekunden und betrachtet unsere Hände.

»Weiter«, ermuntere ich ihn.

»Na ja, sie hat mich ziemlich bedrängt und ich dachte, ich könne sie vielleicht nur nicht lieben, weil ich nach wie vor so um Rob trauerte. Ich dachte, die Liebe für sie würde sich mit der Zeit schon noch einstellen. Dass wir heiraten, schien mir eine natürliche Konsequenz zu sein. Meine Eltern waren begeistert und vermutlich glaubte ich, es würde ihnen über den Schmerz hinweghelfen. Du weißt schon, eine Hochzeit, Enkelkinder, Dinge, auf die sie sich freuen konnten.«

»Aber Fleur will gar keine Kinder«, werfe ich ein.

»Ja, ich weiß. Sie hat es vor ein paar Monaten erwähnt, allerdings erst, nachdem die Kutsche gebucht war, das Menü feststand und die Kirche reserviert war. Vielleicht gab es damals die ersten Risse. Ich weiß nicht. Als sie es mir eröffnete, habe ich es verdrängt, weil ich glaubte, ich könnte ihre Meinung später noch ändern. Und dann habe ich dich kennen gelernt.«

Er lächelt und sieht mich auf ganz besondere Art an. Ich erwidere sein Lächeln. Jetzt kommen wir endlich zum guten Teil.

»Du kamst herein mit deiner großen Klappe.« Ich runzele die Stirn. So hatte ich mir das Liebesgeständnis nicht vorgestellt. »Und ich begann, mich auf die Tage im Büro zu freuen. Es wurde wieder ein bisschen so wie vor der Zeit, als Rob starb.«

»Wann hast du dich von Fleur getrennt?«

»Als deine Mutter uns auf der Junggesellenparty fand …«

»Meine Mutter?«, echoe ich und falle aus allen Wolken.

»Ja, deine Mutter«, wiederholt er so geduldig, als ob er

es mit einer Gehirnamputierten zu tun hätte. »Lizzie war auch dabei.«

»Lizzie?« Da waren sie also gestern Abend und mir haben sie weisgemacht, sie kaufen Strümpfe und Hochzeitsmagazine!

»Ja, sie kamen gegen acht. Sie sind auf der Polizeiwache gewesen, wo Dave gerade Dienstschluss hatte. Er verriet ihnen, wo wir waren. Er hat sie sogar nach Weston-Super-Mare gefahren, damit sie uns auch nur ja erwischen. Der Mann muss das zweite Gesicht haben! Offenbar hat deine Mutter gestern mit Miles, also Fleurs Vater, zu Mittag gegessen und er hat ihr erzählt, was er mit mir für Pläne in seiner Firma hat . Das gab dann endgültig den Ausschlag.« Er feixt mich schräg an. »Und außerdem hatte ich so einen überaus triftigen Grund, die Hochzeit abzublasen.«

»Ich habe meine Mutter gestern Abend gesehen, warum hat sie mir nichts gesagt?«

»Sie wusste halt nicht, wie ich reagieren würde. Ich war nicht besonders durchsichtig, was meine Gefühle zu dir betraf. Ich habe ihr nur gesagt, dass ich das mit Fleur regeln würde. Ich war die ganze Nacht mit ihr zusammen. Wir haben nur geredet«, fügt er hastig hinzu, als er meine hochgezogenen Augenbrauen sieht. »Ich habe heute früh bei dir zu Hause angerufen, aber du warst schon weg.«

»Ich habe versucht, dich zu finden.«

»Ich weiß. Die Polizeiwache hat diverse Nachrichten auf meinem Handy hinterlassen. Ein dringender Fall, was?«

»Sehr dringend. Ich war gestern bei Fleur.«

»Sie hat mir alles erzählt.«

Er küsst mich wieder und vor Sehnsucht, Hunger und Gott-weiß-was-noch ziehen sich merkwürdige Dinge in meinem Inneren erwartungsvoll zusammen. »War es schlimm, alles zu beenden?«

Er brummt. »Ziemlich.«

»Waren deine Eltern geschockt?«

»Nicht so heftig, wie ich angenommen hätte.«

»Was ist mit Robin?«, frage ich rundheraus.

Er runzelt die Stirn. »Was soll mit ihr sein?«

»Triffst du dich denn nicht mehr mit ihr?«

»Wie meinst du das?«

»Na ja, ihr hattet doch was miteinander, oder nicht?«

Er fängt an zu lachen. »Wir? Du lieber Gott, nein. Das war Callum. Er hat sich von ihr getrennt.«

»Callum?«

»Hast du geglaubt, ich hätte …«

»Aber du hast sie in den Armen gehalten, als ich euch das erste Mal zusammen gesehen habe.«

»Ich habe sie nur getröstet. Callum, der Schuft, hatte sie gerade sitzen gelassen. Ich hätte es dir damals schon sagen sollen, aber ich habe dir nicht getraut, weil du ja eine Reporterin bist.«

»Hast du dich deswegen mit Callum gestritten?«

James nickt und lächelt verhalten. »Er fand, ich ergreife zu sehr Partei für sie. Aber sie hat es wirklich schwer gehabt. Hat sie dir erzählt, dass sie in London alles aufgegeben hat, nur um ihren Freund hier mit einer anderen im Bett zu finden?«

Ich nicke. »Tut mir Leid, aber ich wusste nicht so recht, was ich davon halten sollte.«

»Ich fühlte mich irgendwie verantwortlich für sie, weil sie neu hier war. Und Callum ist mein bester Freund. Na ja, sie ist jetzt mit deinem Doktor zusammen.«

»Mein Doktor?«

»Doktor Kirkpatrick. Sie hat ihn im Krankenhaus kennen gelernt, als du k.o. gegangen warst, weißt du noch? Sie waren in dieser Woche schon zwei Mal miteinander aus und sie wollte ihn auch zur Hochzeit mitbringen.«

Ich lächele. »Wie wundervoll für sie. Jetzt zieht es sie bestimmt nicht mehr nach London zurück.«

»Robin interessiert mich nicht«, murmelt er und beugt sich wieder vor. »Versprichst du mir, dass du nicht die Berge unsicher machst und irgendeinen armen Kerl von der Bergwacht in Bedrängnis bringst, der nicht ahnt, worauf er sich eingelassen hat?«

»Klar doch, das ist sowieso zu langweilig. Die Sherry-Industrie ist weitaus interessanter. Übrigens muss jeden Moment der Automobilclub da sein.«

»Dieses Auto war wirklich ein außergewöhnlich guter Kauf«, flüstert er und beugt sich erneut über mich. Eng umschlungen – weil es in Tristan auch gar nicht anders möglich ist – widmen wir uns unseren Küssen. Plötzlich blitzt ein Licht auf und wir zucken erschreckt auseinander. Vince, bewaffnet und gefährlich, grinst frech durch die Scheibe.

»Das ist ein Exklusivfoto für die Titelseite«, kräht er und rennt weg, bevor wir ihn erwischen können.